Der Proceß

Franz Kafka

소송

초판 1쇄 인쇄 2016년 8월 11일
초판 1쇄 발행 2016년 8월 18일

지은이 | 프란츠 카프카
옮긴이 | 이미선
발행인 | 신현부

발행처 | 부북스
주소 | 04601 서울시 중구 동호로17길 256-15 (신당동)
전화 | 02-2235-6041
팩스 | 02-2253-6042
이메일 | boobooks@naver.com

ISBN 979-11-86998-41-0 04850

이 도서의 국립중앙도서관 출판예정도서목록(CIP)은 서지정보유통지원시스템
홈페이지(http://seoji.nl.go.kr)와 국가자료공동목록시스템(http://www.nl.go.kr/
kolisnet)에서 이용하실 수 있습니다.(CIP제어번호: CIP2016016279)

부클래식

061

———

소송

프란츠 카프카

이미선 옮김

차례

미완성 글들

_____ 일러두기

1 이 책은 번역 원전: Franz Kafka, *Der Proceß*, kritische Ausgabe, hrsg. v. Malcolm
   Pasley, Frankfurt a. M. 1990(S. Fischer Verlag)를 번역 저본으로 삼았다.

체포

누군가 요제프 카를 중상한 게 분명했다. 무슨 나쁜 짓을 한 적도 없는데 어느 날 아침 체포되었기 때문이었다. 하숙집 주인 그루바흐 부인의 요리사는 매일 아침 여덟 시쯤 카에게 아침을 가져다준다. 그런데 그날 아침에는 오지 않았다. 이런 적은 없었다. 카는 잠시 더 기다리면서 베개를 베고 누운 채, 전에 없던 호기심을 보이며 자신을 관찰하고 있는 건넛집 노파를 쳐다보았다. 그러다가 마음이 산란하기도 하고 배가 고프기도 해서 종을 울렸다. 곧바로 문을 두드리는 소리가 나더니 이 집에서 한 번도 본 적이 없는 웬 남자가 들어왔다. 날씬하지만 야무진 체격에, 몸에 꼭 맞는 검은 재킷을 입고 있었다. 갖가지 주름, 호주머니, 버클, 단추에 벨트가 있는 여행복처럼 보이는 옷이었는데, 무슨 목적으로 입는 옷인지는 잘 모르겠지만 아주 실용적으로 보였다. "누구시죠?" 카는 이렇게 물으며 침대에서 반쯤 몸을 일으켰다. 그러나 그 남자는 마치 자신이 나타난 것을 당연하게 여겨야 한다는 듯이 묻는 말은 뒷등으로 넘기고 자기 말만 했다. "당신이 종을 울리셨죠?" 카는 말을 멈추고 한동안 집중하여, 대체 이 남자가 누구인지 알아내려고 곰곰이 생각하고 애쓰더니, "안나가 아침밥을 가져와야 하는데."라고 말했다. 그러나 그 남자는 자신을 관찰할 기회를 그리 오래 주지 않았고, 대신에 문 뒤에 바짝 붙어 서 있는 누군가에게 말하기 위해 몸을 돌려 문을 약간 열었다. "이 사람 안나가 아침밥을 갖다 주었으면 하는데." 옆방에서 잠깐 폭소가 터졌다. 소리만 듣고는 한 사람 이상이 웃은 것인지 분명치 않았다. 그런 소리로는 좀 전에는 몰랐던 사실을 새로 알 리 없을 텐데, 이제 낯선 남자는 보고하는 투로 카에게 말했다. "그렇게는 안 됩니다." "처음 듣는 말이네요." 카는 침대에서 벌떡 일어나 서둘러 바지를 입으며, 이렇게 말했다. "옆방에 어떤 사람들이 있는지, 그리고 나한테 이런 소란을 피우는 것에 대해 그루바흐 부인이 뭐라 변명하는지 한 번 봐야겠네요." 사실 이 말을 큰 소리로 말할 필요가 없었고, 또 그렇게 말함으로써 이 낯선 남자의 감시권을 인정하는 셈이라는 생각이 즉시 들었지만, 그런 것은 지금 중요하지 않아 보였다. 역시 낯선 남자는 그렇게 이해했다. 왜냐하면, "여기 그냥 있는 게 어때요?"라고 그가 말했기 때문이다. "당신이 자기소개를 하지 않는 한 여기 있지도 않겠고, 당신 얘기를 듣지도 않을 겁니다." "선의로 한 말이요."라고 낯선 사람이 말하면서, 이제 자발적으로 문을 열어 주었다. 카는 생각보다 훨씬 느릿느릿 옆방으로 들어섰다. 언뜻 보기에는 전날 저녁과 거의 같아 보였다. 그 방은 그루바흐 부인의 거실로, 가구들, 침대보들, 도자기들, 사진들로 둘러싸여서 혼란스러웠고, 곧바로 알아차릴 수는 없어도, 오늘은 평소보다 공간이 조금 넓어 보였는데, 웬 남자가 열린 창가에 앉아 책을 읽고 있는 가장 큰 변화 때문에 특히 그랬다. 그가 이제 고개를 들어 쳐다보았다. "당신은 방에 있어야만 했소! 프란츠가 그렇게 말하지 않던가요?" "했습니다. 대체 나한테 뭘 원하는 겁니까?" 카는 그렇게 묻고, 새로운 사람에게서 눈을 돌려, 문간에 서 있는 프란츠라고 불린 사람을 쳐다보고, 다시 눈길을 돌렸다. 열린 창문으로 다시 노파가 보였다. 그녀는 정말 노인다운 호기심으로 이제 건너편 집 창문에 다가서 있었다. 앞으로도 계속 다 지켜볼 요량이었다. "그루바흐 부인을 만나야겠어요……." 카는 이렇게 말하며, 두 남자가 멀찌감치 떨어져 서 있는데, 마치 그들을 뿌리치는 듯한 몸짓을 하며 밖으로 나가려 했다. "안 됩니다." 창가에 있던 남자가 책을 작은 탁자 위에 내려놓고 일어서면서 말했다. "떠나면 안 됩니다. 당신은 체포됐습니다." "그런 것 같군요." 카가 말했다. "그런데 왜죠?" "우리는 그걸 말해 줄 입장이 못 됩니다. 당신 방으로 가서 기다리세요. 소송절차가 이제 시작되었으니 모든 건 제때에 알게 될 거요. 당신에게 이렇게 친절하게 말해 주는 건 내 임무를 벗어나는 일이오. 그렇지만 이걸 프란츠 외에 아무도 듣지 않기를 바랄 뿐이오. 프란츠도 모든 규정을 어기고 당신에게 친절하게 굴었으니까 말이오. 우리가 당신 감시원으로 정해진 것처럼, 앞으로도 계속 이렇게 운이 좋다면, 당신은 낙관해도 괜찮을 것 같군요." 카는 앉으려고 했지만, 지금은 창가에 있는 안락의자 외에는 방에 앉을 자리가 없다는 것을 알았다. "이 모든 게 사실이라는 걸, 곧 알게 될 거요." 프란츠는 이렇게 말하면서 다른 남자와 함께 카에게 다가왔다. 특히 다른 남자는 카보다 훨씬 키가 컸고 여러 번 카의 어깨를 두드렸다. 두 남자가 카의 잠옷을 살펴보면서, 이제 당신은 훨씬 나쁜 셔츠를 입어야만 하고, 다른 옷과 함께 이 셔츠는 우리가 보관할 것이라 했고, 만일 사건이 유리한 결과가 나올 경우 다시 돌려주겠다고 말했다. "이 물건들을 보관소에 맡기기보다는 우리에게 주는 게 나을 거요." 그들이 말했다, "왜냐하면 보관소에서는 횡령당하는 일도 잦고, 특히 그곳에서는 관련 소송이 끝이 났는지 아닌지 살피지도 않고 일정 시간이 지나면 다 팔아 치우거든요. 게다가 특히 요즘 들어 이런 종류의 소송들은 정말 오래 걸려요! 물론 결국 보관소로부터 물건 판 수익금을 돌려받을 수는 있겠지만, 이 수익금이라는 것이 우선 정말 약소하단 말이오. 왜냐하면, 거래를 결정짓는 것은 매물의 액수가 아니라 뇌물의 액수이기 때문이오. 둘째로 경험으로 볼 때 그런 수익금은 이 손에서 저 손으로 한 해 두 해 거치는 동안 점점 줄어든다오." 카는 이런 말에 거의 신경 쓰지 않았다. 그는 물건의 처분권은 아마 여전히 자신이 갖고 있겠지만, 그건 대단치 않게 생각했고, 훨씬 더 중요한 일은 자신의 처지를 명확히 아는 것이었다. 이 사람들이 있는 상황에서는 심지어 생각조차 할 수 없었다. 두 번째 감시원의 배—이들은 확실히 감시원일 것이다—가 분명 호의적인 느낌으로 계속 카와 부딪쳤다. 그러나 쳐다보니, 뚱뚱한 몸에 전혀 어울리지 않는 얼굴이 보였다. 코가 옆으로 틀어지고 바짝 말라 불거진 얼굴이 카의 머리 너머로 다른 감시원과 의사소통을 하고 있었다. 도대체 이들은 어떤 사람들일까? 무슨 얘기를 하고 있는 거지? 이들은 어떤 관청 소속일까? 어쨌든 카는 법치국가에서 살고 있고, 보편적 평화가 있고, 모든 법령은 실행 중이었다. 대체 누가 감히 자기 집에 있는 그를 덮치겠는가? 그는 심지어 모든 것이 위협적일 때조차도, 항상 될 수 있으면 모든 것을 대수롭지 않게 받아들이고, 최악의 것이 발생해야 비로소 최악의 것으로 생각하며, 미래를 위해서 사전 조치를 취하지 않는 경향이 있었다. 그러나 그것이 여기서는 옳지 않아 보였다. 물론 이 모든 것을 장난이라고 생각할 수도 있었다. 은행 동료들이 알 수 없는 이유에서, 어쩌면 오늘이 그의 서른 번째 생일이기 때문에 꾸며낸 조잡한 장난이라는 생각이 들었는데, 당연히 그럴 수 있다. 아마 그가 할 수 있는 일이라고는 오로지 감시원들의 얼굴을 보고 웃는 것이고, 그러면 그들도 그와 함께 웃을 거다. 어쩌면 이들은 거리 모퉁이에서 일하는 짐꾼들일 수도 있다. 이 사람들은 그들과 좀 닮아 보였다—그럼에도 불구하고 카는 이번에는, 이미 프란츠라는 감시원을 처음 봤을 때부터, 이 사람들과 관련해 자신이 갖고 있을지도 모르는 아주 하찮은 이점이라도 놓치지 않겠다고 다짐했다. 카가 장난을 이해하지 못했다고 나중에 사람들이 말할 위험이 아주 약간 있었다. 그렇지만 카는—경험을 통해 배우는 것이 그의 평소 습관이 아니었는데도—친구들과 달리 의도적으로, 뒤따를 결말에 대해서는 조금도 생각하지 않고 경솔하게 행동하여 그 결과에 대가를 치른 몇 가지, 별로 대수롭지 않은 상황들을 기억했다. 그런 일이 또 일어나서는 안 된다, 적어도 이번에는. 이 일이 하나의 희극이라면 그는 함께 연기할 생각이었다.

그는 아직은 자유로운 상태였다. "실례합니다." 이렇게 말하고서 급히 감시자들 사이를 지나 자신의 방으로 갔다. "저 사람 정신은 있는 것 같군." 등 뒤에서 이렇게 말하는 소리가 들렸다. 방에 돌아오자 곧바로 책상 서랍을 열어젖혔다. 모든 것이 아주 잘 정돈되어 있었지만, 흥분한 탓에 하필 찾으려는 신분증명서를 금방 찾아낼 수가 없었다. 드디어 자전거 신분증을 찾아 그것을 들고 감시원들에게 가려고 했다. 그런데 그게 너무 하찮게 생각되어서, 출생증명서를 계속 찾다가 마침내 찾았다. 옆방으로 가려던 참에 맞은편 문이 막 열리더니 그루바흐 부인이 들어오려 했다. 그저 언뜻 그 모습이 보였을 뿐이다. 왜냐하면, 그녀는 카를 보자마자 분명 당황한 듯, 미안하다며 아주 조심스럽게 문을 닫고 사라졌기 때문이었다. "안으로 들어오세요." 카는 간신히 이렇게 말할 틈은 있었다. 그러나 이제 증명서를 들고 방 한가운데 서서 다시 열리지 않는 문을 바라보고 서 있다가, 감시원들이 부르는 소리에 비로소 흠칫 놀랐다. 그들은 열린 창가에 있는 작은 식탁에 앉아서, 카가 이제 알아챘듯이, 자신의 아침을 먹고 있었다. "저 부인은 왜 들어오지 않지요?" 카가 물었다. "허가받지 못했죠." 키가 큰 감시원이 말했다. "어쨌든, 당신은 체포됐단 말입니다." "대체 내가 어떻게 체포될 수 있죠? 게다가 이런 식으로요?" "그래 이제 또 시작이군요." 감시원이 버터 바른 빵을 꿀 그 릇에 담그면서 말하였다. "우리는 그런 질문에 대답하지 않아요." "대답해야만 될 겁니다." 카가 말했다. "여기 내 신분증명서요. 이 제 당신들 것을 보여주시오, 특히 체포 영장을 말이오." "원, 세상 에!" 감시원이 말했다. "당신은 당신 처지를 받아들이지 못하는 군요. 어쩌면 지금 우리가 모든 사람 중에서 당신에게 제일 가까 운 사람일 텐데, 그런 우리를 당신은 괜히 화나게 하려고 작정한 것 같군요." "그러니, 내 말을 믿는 게 좋을 거요" 프란츠는 이렇 게 말하고, 손에 든 커피 잔을 입에 대지 않고, 의미심장하지만 알 수 없는 눈길로 한참 동안 카를 바라보았다. 카는 의도하지 않게 프란츠와 눈길로 대담을 나누는 꼴이 되었지만, 마침내 자신의 증명서를 탁탁 쳐 대며 말했다. "이게 내 신분증명서요." "그게 무 슨 상관이요?" 이제 키 큰 감시원이 외쳤다, "어린애보다도 더 귀 찮게 구는군요. 대체 왜 그러는 거요? 당신은 우리 감시원들하고 신분증명서랑 체포 영장에 관해 토론해서, 당신의 그 대단한 빌 어먹을 소송을 빨리 끝내려는 거요? 우리는 그냥 말단 직원으로, 신분증명서 같은 것에 대해서는 아무것도 모르고, 당신 사건에 서 하는 일이라고는 하루에 열 시간씩 당신을 감시하여 그 보수 를 받는 것뿐이오. 우리 신분에 관해서는 이게 다요. 그렇지만 우 리를 고용한 상급 기관들이 이런 식의 체포를 지시하기 전에, 체 포 사유와 체포된 자의 신상에 대해 아주 자세한 정보를 입수했 다는 걸 알 정도는 돼요. 착오는 없어요. 어쨌든, 내가 아는 한, 나 는 최하급 기관만 알지만, 우리 부서는 시민들 속에서 죄를 찾는 게 아니라, 법에 적힌 대로, 죄가 우리 부서를 끌어당겨서, 기관은 우리 감시원들을 보내야만 하는 거요. 그게 법이요. 무슨 착오가 있을 수 있겠소?" "난 그런 법 모릅니다." 카가 말했다. "당신한 테는 더욱 나쁜 일이요." 감시원이 말했다. "그런 법은 아마 당신 네 머릿속에만 있겠지요." 카가 말했다. 그는 어떻게든 감시원들의 생각에 들어가 그것을 자신에게 유리하게 바꾸거나 그것에 동화되려 했다. 그러나 감시원은 그저 거절하듯이 말할 뿐이었다. "당신은 그걸 언젠가는 느끼게 될 거요." 프란츠가 끼어들어 말했다. "봐 빌렘, 이 사람이 법을 모른다고 인정하면서, 동시에 자기는 죄가 없다고 주장하고 있어." "자네 말이 맞아. 하지만 이 사람한테는 아무것도 납득시킬 수가 없어." 다른 감시원이 말했다. 카는 더 이상 대꾸하지 않고 생각했다. 내가 이런 말단 직원들—그들 스스로가 그렇다고 시인했다—과 허튼소리를 하여 점점 더 혼란에 빠져야만 하나? 이 사람들은 어쨌든 자신들이 전혀 이해하지 못하는 것을 이야기하고 있어. 이들은 그저 어리석어서 저렇게 확신할 수 있는 거야. 나와 같은 부류의 사람과 몇 마디 나누면, 이 사람들과 나눈 긴말과는 비교도 안 되게 모든 것이 훨씬 명료하게 되겠지. 카는 몇 차례 방의 빈 곳을 이리저리 거닐었다. 길 건너편에서 노파가 그녀보다 훨씬 더 늙은 노인을 창가로 억지로 끌고 와서는 가지 못하게 그를 껴안고 있는 게 보였다. 카는 이런 구경거리를 끝내야만 했다. "당신들 상관에게 나를 데려다 주시오." 그가 말했다. "그가 원하면요. 그전에는 안 됩니다." 빌렘이라고 불렸던 감시원이 말했다. 그가 덧붙였다. "그리고 내가 이제 충고하는데, 당신 방으로 가서 얌전히 있으면서 당신에게 취해질 조치를 기다리시오. 우리가 당신에게 충고하는데, 쓸데없는 생각을 하느라 정신을 흩뜨리지 말고 집중하시오. 엄청난 일을 겪게 될 거요. 당신은 우리가 당신한테 잘 대해 준 것만큼 우리를 대하지 않았소. 당신은 잊고 있는데, 우리가 어떤 신분이든 간에 적어도 이 순간은 당신에 비하면 자유로운 사람이오. 이런 우월함은 사소한 게 아니오. 그럼에도 불구하고 우리는 당신이 돈이 있다면 길 건너편 카페에서 간단한 아침을 사다 줄 준비가 되어 있소."

이런 제안에 아무 대답도 하지 않고 카는 잠시 조용히 서 있었다. 어쩌면 만약 그가 옆방 문 혹은 응접실의 문을 연다고 해도 두 사람은 감히 막으려 하지 않을 거고, 어쩌면 극단으로 행동하는 것이 이 모든 일의 가장 간단한 해답일지도 모른다. 하지만 그땐 어쩌면 그들이 그를 덮칠지도 모르고, 일단 무릎을 꿇게 된다면, 어떤 점에서는 이들에 대해 우월함을 갖고 있는 데, 그 모든 우월함을 잃게 될 것이다. 따라서 카는 자연스러운 진행이 가져다줄 안전한 해결책을 선택하고 자기 방으로 돌아갔다. 그의 편에서나 감시원의 편에서나 별다른 말을 하지 않았다.

카는 침대에 몸을 던지고 침대 옆 협탁에 둔 맛있는 사과를 집어 들었다. 사과는 아침 식사 때 먹으려고 어제저녁에 준비해 두었다. 이제 이 사과가 그의 유일한 아침이었다. 어쨌든 크게 한 입 베어 물자 확신이 든 것처럼, 감시원들의 호의로 지저분한 야간 음식점에서 사 왔을 아침밥보다 훨씬 나았다. 그는 기분이 좋아졌고 낙관적이 되었다. 오늘 오전 은행 근무는 못 하지만 은행에서 비교적 높은 위치에 있어 그런 일은 쉽게 변명할 수 있을 것이다. 그런데 사실 그대로 변명을 해야만 할까? 카는 그럴 생각이었다. 사람들이 그를 믿지 못할 경우에는, 이번 일에서는 그럴 수도 있는데, 그루바흐 부인, 아니면 아마 지금 맞은편 창문으로 달려오고 있을 게 분명한 건넛집에 사는 두 노인을 증인으로 삼을 수 있을 것이다. 그들이 자기를 자신의 방으로 몰아내어 자살할 가능성이 열 배나 높은 이 방에 혼자 두었다는 사실은, 적어도 그들의 사고방식에서 봐도, 놀라운 일이었다. 동시에 이번에는 자신의 사고방식으로, 자신이 자살할 만한 어떤 이유가 있는지 스스로 질문했다. 혹시 두 사람이 옆방에 앉아 자신의 아침을 먹어 버렸기 때문에? 자살은 너무나 비합리적이어서, 혹 자살할 마음이 있다고 해도, 그 행위의 비합리성 때문에 그렇게 할 수 없었을 것이다. 감시원들의 정신적인 편협함이 그렇게 눈에 띄지 않았더라면, 이와 똑같은 확신에서 그들도 카를 혼자 두는 것을 전혀 위험하지 않다고 여기리라는 것을 추측할 수 있었다. 카는 좋은 독주를 넣어 둔 벽장으로 가서, 첫 잔은 아침밥 대신, 두 번째 잔은 용기를 내기 위해, 마지막 잔은 그저 만일의 사태를 위해 꼭 필요할지도 모르는 조심성에서 마셨는데, 감시원들이 원하기만 한다면 지금 이 모든 것을 보았을 것이다.

그때 옆방에서 그를 부르는 소리에 깜짝 놀라 유리잔에 이를 부딪쳤다. "반장이 당신을 불러요!" 그를 놀라게 한 것은 그저 이 외침, 짧고 토막 난 군대식 외침이었다. 경비원 프란츠가 외친 것이라고는 전혀 믿기지 않았다. 명령 자체는 반가웠다. "알았습니다."라고 카는 소리쳐 대답하고는 벽장을 잠그고 곧장 옆방으로 서둘러 갔다. 그곳에 감시원 두 명이 서 있었는데, 마치 당연하다는 듯이 다시 카를 그의 방으로 쫓아냈다. "무슨 생각이오?" 그들이 외쳤다. "셔츠 바람으로 반장 앞에 서겠다는 거요? 그 사람이 당신을 두들겨 패도록 할 것이고, 우리도 같이 얻어맞을 거요!" "젠장, 날 좀 내버려두시오." 이미 옷장 앞까지 떠밀린 카가 외쳤다. "잠자리에 있는 사람을 기습하면, 정장하고 있을 거라 기대하지 않잖아요." "소용없어요." 감시원들이 말했다. 그들은 카가 소리를 지를 때마다 아주 조용해지고, 거의 슬픈 기색을 띠기까지 하여 카는 혼란스럽기도 하고 어느 정도 정신을 차리기도 했다. "웃기는 예절이로군!" 카는 여전히 투덜댔지만, 벌써 의자에서 양복 상의를 집어, 마치 감시원들의 판단에 맡기려고 보여주듯 잠시 양손에 들고 있었다. 그들은 고개를 저었다. "검은색 웃옷이어야 해요." 그들이 말했다. 그러자 카는 옷을 바닥에 집어던지며 말했다—자신도 무슨 뜻으로 이런 말을 했는지 몰랐다—"이건 본 심판은 아니지 않소." 감시원들이 미소는 지었지만 반복해서 말을 했다. "검은색 웃옷이어야 해요." "그렇게 해서 일이 빨리 된다면, 그렇게 하죠." 카는 이렇게 말하며 스스로 옷장을 열어 여러 벌 중에서 한참을 찾다가 가장 좋은 검은 옷을 골랐다. 허리 부분 때문에 아는 사람들 사이에서 주목을 받았던 재킷이었다. 이제 다른 셔츠도 꺼내서 조심스레 입기 시작했다. 감시원들이 그를 욕실로 가서 씻으라고 강요하는 것을 잊은 덕분에 모든 일이 빨리 진행된다고 마음속으로 생각했다. 혹시라도 감시원들이 그것을 기억하게 될까 봐 그들을 눈여겨봤다. 하지만 당연히 그들은 그런 생각은 전혀 하지 않았고, 대신 빌렘은 카가 옷을 입고 있다는 보고를 하도록 프란츠를 반장에게 보내는 것은 잊지 않았다.

옷을 다 입고 난 뒤 카는 빌렘 바로 앞을 지나 비어 있는 옆방을 거쳐 다음 방으로 가야만 했다. 양옆으로 여는 그 방문은 이미 열려 있었다. 카가 잘 알고 있는 것처럼, 이 방에는 얼마 전부터 뷔르스트너라는 타이피스트가 살고 있었다. 그녀는 아주 이른 아침에 일하러 가서 늦게야 집에 돌아오곤 했다. 카는 그녀와 몇 마디 인사말 외에는 별로 말을 나눈 적이 없었다. 이제 그녀 침대 옆에 있던 협탁은 심문에 이용하려고 방 한가운데로 옮겨졌고, 반장은 그 뒤에 앉아 있었다. 다리를 꼬고 팔은 의자 등받이에 올려놓았다. 방 한구석에는 젊은 사람 셋이 벽걸이용 매트에 붙어 있는 뷔르스트너 양의 사진을 바라보고 서 있었다. 열린 창문의 걸쇠에 하얀 블라우스가 걸려 있었다. 길 맞은편 창에는 두 노인네가 다시 자리를 잡았으나, 함께 있는 사람의 수는 늘었다. 노인들 뒤로 훨씬 키가 큰 남자가 가슴 위로 셔츠를 풀어헤친 채 손가락으로 뾰족한 붉은 턱수염을 눌렀다 꼬았다 하며 서 있었다.

"요제프 카?" 어쩌면 그저 카의 산만한 눈길을 자기에게 돌리기 위해서, 반장이 물었다. 카가 고개를 끄덕였다. "오늘 아침 일로 상당히 놀랐죠?" 반장은 이렇게 말하면서, 협탁 위에 놓인 몇 가지 물건들, 성냥과 양초, 책, 바늘꽂이 등을 마치 심문에 필요한 것들인 양, 두 손으로 밀어 옮겼다. "물론입니다." 카가 말했다. 드디어 자신의 문제를 얘기할 수 있는 이성적인 사람 앞에 있다는 안락감에 둘러싸였다. "물론 놀랐습니다. 하지만 절대 매우 놀라지는 않았습니다." "매우 놀라지는 않았다고요?" 반장은 이렇게 물으면서, 이제 초를 책상 한가운데에 놓고 다른 물건들을 그 주변에 모아 놓았다. "혹시 제 말씀을 오해하셨는지 모르겠습니다." 카는 말을 서둘렀다. "제 말은요.―" 여기서 카는 말을 중단하고 의자를 찾으려고 주변을 둘러보았다. "앉아도 되는 거죠?" 카가 물었다. "관례가 아니오." 반장이 대답했다. "제 말은" 이제 카는 단숨에 말했다. "물론 매우 놀랐지만, 이 세상에서 서른 살이 되도록, 저처럼 어려움을 극복하며 근근이 살았다면, 놀라는 일에 단련이 되어 그걸 어렵지 않게 받아들인다는 말씀입니다. 특히 오늘 일은 그렇습니다." "왜 특히 오늘 일이 그렇죠?" "일 전체를 장난으로 본다는 말은 아닙니다. 그러기에는 벌어진 일들이 너무 범위가 넓은 것 같습니다. 이 하숙집의 모든 사람이 이 일에 참여해야만 했을 겁니다. 그리고 당신들 모두도요. 이건 장난의 범위를 넘어가는 일입니다. 그래서 이게 장난이라고는 말씀드리지는 않겠습니다." "제대로 말했소." 반장은 이렇게 말하면서 성냥갑 안에 성냥이 몇 개나 들었는지 살펴보았다. "하지만 다른 한편으로는." 카는 말을 계속하면서 모든 사람에게 몸을 돌렸는데, 아마 사진을 보고 있는 세 사람 쪽으로도 몸을 돌렸을 것이다. "하지만 다른 한편으로는 이 사건도 별것 아닐 겁니다. 저는 다음과 같은 사실에서 추론하는 겁니다. 즉 제가 어떤 것 때문에 기소당하기는 했지만, 기소당할 만한 죄를 조금도 찾을 수 없습니다. 하지만 이것도 부차적인 것입니다. 중요한 것은 이것입니다. 누가 저를 기소했습니까? 어떤 관청이 이 소송절차를 진행하는 겁니까? 여러분들은 공무원입니까? 제복을 입은 사람이 아무도 없군요. 여러분 옷을"—카는 프란츠 쪽으로 몸을 돌렸다—"제복이라 부르지는 않겠지만요. 그건 여행복 같군요. 이 질문들에 대한 해명을 요청합니다. 해명해 주신다면, 우리는 서로 아주 기분 좋게 작별을 할 수 있을 것이라 확신합니다." 반장은 성냥갑을 책상 위에 내동댕이쳤다. "크게 착각하고 있군요." 그가 말했다. "여기 이 사람들과 나는 당신 문제에 있어서 완전히 부차적일 뿐이오. 사실, 우리는 이 일에 대해 거의 아무것도 모르오. 우리는 제일 반듯한 제복을 입을 수도 있을 것이고, 당신 사례는 조금 더 나빠지지 않을 수도 있을 거요. 당신이 무엇 때문에 기소당했는지 말을 해줄 수도 없어요. 더 정확하게 말하자면 나는 당신이 기소를 당했는지 아닌지도 모릅니다. 당신은 체포되었어요. 그건 사실이오. 더 이상은 모릅니다. 혹시 감시원들이 뭔가 다른 말을 주절거렸다면, 그건 그냥 주절거린 것에 불과하오. 따라서 내가 지금 당신 질문에 대답해 줄 수는 없지만, 당신에게 적어도 충고는 해줄 수 있소. 우리에 대해서나 당신에게 일어난 일에 대해서는 생각을 좀 덜 하고, 차라리 당신 자신에 대해 더 숙고해 보시오. 그리고 결백하다는 마음으로 그런 소란을 피우지 마시오. 당신 인상이 그리 나쁘지는 않은데, 그게 그 인상을 망친단 말이오. 또 말할 때는 정말 자제 좀 하시오. 당신이 그저 몇 마디만 했다고 쳐도, 이전에 당신이 했던 거의 모든 말을 당신 태도에서 추측할 수 있을 거요. 게다가 그런 말은 어떤 경우에도 당신에게 별로 유리하지 않았소."

카는 반장을 뚫어지게 바라보았다. 나이가 어릴지도 모르는 사람한테 지금 학교에서나 들을 법한 훈계를 들은 건가? 솔직함 때문에 비난을 받은 것인가? 체포의 이유와 그것을 지시한 사람에 대해서는 아무것도 못 듣지 않았나? 카는 어떤 흥분에 빠져 이리저리 서성거렸다. 아무도 그를 막지 않았다. 소맷부리를 걷어 올리기도 하고, 가슴을 짚어 보기도 하고, 머리칼을 쓰다듬어 바로잡기도 하다가, 세 남자 곁을 지나가면서 "정말 어리석은 일이야."라고 말하자, 이들은 몸을 돌려 마주 오면서 그를 진지하게 바라보았고, 마침내 다시 반장의 탁자 앞에 멈춰 섰다. "하스터러 검사가 친한 친구입니다." 카가 말했다. "그에게 전화해도 될까요?" "물론이죠." 반장이 말했다. "하지만 어떤 의미가 있을지 모르겠소. 그분과 뭐 사적인 이야기나 해야 할 게 분명한데 말입니다." "어떤 의미라뇨?" 카는 화가 나기보다는 당황해서 소리쳤다. "당신은 대체 누구십니까? 세상에서 제일 의미 없는 일을 하면서 의미를 찾는 겁니까? 이건 목석의 동정심이라도 일으킬 만한 일이 아니오? 처음에는 저 사람들이 나를 기습하고, 이제는 이곳에 빙 둘러앉았거나 여기저기 서서, 당신 앞에서 나의 능력을 증명하게 하는군요. 내가 체포되었다고 친다면, 검사에게 전화하는 게 어떤 의미겠소? 좋아요, 전화하지 않겠어요." "전화해 보세요." 반장은 전화가 있는 곁방을 손으로 가리키며 말했다. "아뇨,

그러고 싶은 마음이 없어졌습니다." 카는 이렇게 말하고 창문으로 갔다. 길 건너편 창가에는 여전히 한 무리 사람들이 서 있었는데, 카가 창문으로 다가가는 바람에 평온히 구경하던 게 약간 방해된 듯 보였다. 노인네들은 일어서려 했지만, 그들 뒤에 있는 남자가 달래고 있었다. "저기도 저런 구경꾼들이 있습니다." 카는 반장에게 큰 소리로 말하고는 집게손가락으로 창밖을 가리켰다. 그러고는 건너편에 대고 외쳤다. "저리 가요." 세 사람이 곧바로 몇 걸음 뒤로 물러났고, 두 노인네는 심지어 남자 뒤쪽으로 피하기까지 했다. 남자는 떡 벌어진 몸으로 두 노인을 막아 주었다. 그의 입놀림으로 보아 뭔가 말하는 것 같은데 멀어서 알아들을 수는 없었다. 그러나 그들은 아주 가 버리지는 않고, 눈에 띄지 않게 다시 창가로 다가올 기회를 노리고 있는 듯 보였다. "캐기나 좋아하고 아무 생각 없는 사람들이야!" 방 쪽으로 몸을 돌리면서 카는 이렇게 말했다. 곁눈질로 보니, 반장은 그에게 동의하는 것 같았다. 하지만 반장이 전혀 귀 기울여 듣지 않았을 수도 있었다. 왜냐하면, 그는 한 손을 탁자에 딱 누르고 손가락들의 길이를 비교하고 있는 것처럼 보였기 때문이었다. 두 감시원은 수놓은 헝겊으로 덮인 트렁크 위에 앉아 무릎을 문지르고 있었다. 세 명의 젊은 남자들은 손을 허리에 대고 목표 없이 이리저리 둘러보고 있었다. 텅 빈 사무실 안처럼 고요했다. "자. 여러분." 카가 외쳤다. 잠깐 자신이 모든 일을 책임져야 할 것 같은 생각이 들었다. "여러분들의 표정으로 보아, 내 문제는 끝난 것 같군요. 내 생각에는 이제 여러분의 행동에 대해 옳으니 그르니 더 이상 따지지 말고, 서로 악수하며 이 일을 사이좋게 마무리하는 것이 가장 좋을 듯싶습니다. 당신도 나랑 같은 의견이라면, 자—" 이러면서 카는 반장의 탁자로 다가가 손을 내밀었다. 반장은 눈을 치켜뜨고 입술을 잘근잘근 깨물면서 카가 내민 손을 쳐다보았다. 카는 여전히 반장이 악수를 받을 것이라 믿고 있었다. 그러나 반장은 일어서더니 뷔르스트너 양의 침대에 놓아두었던 빳빳한 둥근 모자를 집어들어, 새 모자를 시험 삼아 써 보듯 조심스레 두 손으로 머리에 썼다. 그러면서 카를 향해 "모든 게 정말 당신에겐 단순하게 보이나 보군요!"라고 말했다. "우리가 이 일을 사이좋게 마무리해야 한다고 당신은 생각하는 겁니까? 아니, 아닙니다. 정말 그렇게는 안 됩니다. 그렇다고 해서 당신한테 희망을 버리라고 말하는 것은 절대 아닙니다. 아니요, 무엇하러 그래요? 그저 체포되었고, 그게 전부요. 그걸 알려드려야 해서 그렇게 했고, 당신이 그것을 어떻게 받아들이는지도 보았소. 이것으로 오늘은 충분하니, 물론 잠깐 작별을 할 수 있어요. 이제 은행에 갈 거지요?" "은행에요?" 카가 물었다. "내가 체포되었다고 생각했는데요." 카는 일부러 반항적으로 물었다. 왜냐하면, 악수는 거절당했지만, 특히 반장이 자리에서 일어난 뒤에 점점 더 이 사람들로부터 자유로워지고 있다는 기분이 들었기 때문이었다. 그는 이들을 희롱했다. 그들이 가려고 하면 대문까지 따라가서 자기를 잡아가라고 할 작정이었다. 그래서 그는 반복해서 말했다. "체포되었는데 어떻게 은행에 갑니까?" "아, 이런." 벌써 문가에 갔던 반장이 말했다. "당신은 내 말을 이해하지 못했군요. 당신은 체포되었습니다. 분명해요. 하지만 그것이 당신의 직업을 수행하는 데 방해가 되지 않아요. 일상 생활도 방해받지 않습니다." "그렇다면 체포된 게 썩 나쁜 건 아니군요." 카는 이렇게 말하며 반장에게로 다가갔다. "나는 그게 나쁘다고 말한 적은 없소." 반장이 말했다. "그렇다면 그 경우에 체포 사실을 알리는 게 꼭 필요한 일은 아닌 것 같네요." 카는 이렇게 말하며 좀 더 가까이 다가갔다. 다른 사람들도 다가왔다. 모두 이제 문가의 좁은 공간에 모여들었다. "그건 내 의무였소." 반장이 말했다. "어리석은 의무였소." 카도 지지 않고 대꾸했다. "그럴지도 모르죠." 반장이 대답했다. "하지만 우리는 이런 말로 우리 시간을 잃고 싶지 않소. 나는 당신이 은행에 가려 한다고 생각했소. 당신이 말 한마디 한마디에 신경을 집중하니 덧붙이는 데, 은행에 가라고 강요하지는 않습니다. 당신이 갈 거로 추측했을 뿐이오. 그리고 당신이 은행에 가는 일을 좀 더 쉽게 해주고, 은행에 도착할 때 가능한 한 눈에 띄지 않게 해주려고, 여기 있는 당신 동료 세 분을 대동하라고 데려온 거요." "뭐라고요?" 카는 이렇게 외치고 세 남자를 놀라 바라보았다. 아무런 개성 없는 이 창백한 젊은 남자들은, 사진 주변에 모여 있던 사람들로만 여전히 기억하고 있는데, 사실 그가 다니는 은행 직원들이었다. 그러나 그의 동료는 아니었다. 동료라고 말하는 것은 지나친 과장이었고, 모든 것을 알고 있는 척하는 반장의 지식에 결함이 있음을 증명하는 것이었다. 하지만 그들이 은행 말단 직원임은 틀림없었다. 어떻게 카는 이것을 알아차리지 못했단 말인가? 반장이나 감시원들 때문에 카는 얼마나 정신을 빼앗겼던지 이 세 사람을 못 알아본 것이다. 양손을 이리저리 흔들고 있는 무뚝뚝한 라벤슈타이너, 눈이 움푹 들어간 금발의 쿨리히, 만성 근육 긴장으로 인해 어쩔 수 없이 꾸민 듯한 미소를 짓는 카미너를. "안녕하시오!" 카는 잠시 뒤에 인사를 건네며 깍듯이 허리를 굽히는 세 사람에게 악수를 건넸다. "전혀 알아보지 못했소. 자 그럼 일하러 갈까요?" 그들은 웃으면서 성급히 고개를 끄덕였다. 마치 내내 이 말을 기다린 것 같았다. 카가 방에 두고 온 모자를 찾자, 모두 잇달아 모자를 가지러 뛰어갔다. 이는 결국 그들이 어느 정도는 당황했다는 사실을 보여주는 것이었다. 카는 조용히 서서 열려 있는 두 문을 통해 지나가는 그들에게 눈을 떼지 않았다. 맨 뒤에 있는 사람은 당연히 무심한 라벤슈타이너로, 그저 점잖게 종종걸음을 칠 뿐이었다. 카미너가 모자를 건네주었다. 은행에서 자주 그랬듯이, 카미너의 미소는 의도적인 것이 아니며, 그는 절대 의도적으로 미소를 지을 수 없다고 카는 생각했다. 현관에서는 그루바흐 부인이 전혀 마음에 거리낌이 없이 모두에게 문을 열어 주었고, 카는 자주 그랬듯이 그녀의 육중한 몸에 쓸데없이 깊숙이 꽉 죄어 있는 앞치마 끈을 내려다보았다. 아래로 내려간 카는 손에 시계를 든 채, 이미 삼십 분이나 늦었는데 더 늦지 않기 위해 택시를 타려 했다. 카미너는 차를 잡기 위해 길모퉁이로 달려갔다. 다른 두 사람은 카의 관심을 딴 데로 돌리려 하였다. 갑자기 쿨리히가 건너편 집 문을 가리켰기 때문이었다. 거기에 뾰족하게 금발 턱수염을 기른 아까 그 남자가 나타나더니, 처음에는 자신의 모습이 온전히 드러나는 것에 약간 당황한 듯 벽 쪽으로 물러나 벽에 기대어 섰다. 노인네들은 아마도 여전히 계단에 있는 것 같았다. 카 자신이 벌써 그를 보았고, 실제로 그가 나타나기를 고대했기 때문에, 카는 쿨리히가 그 남자를 가리킨 것에 화가 났다. "그쪽 보지 마요." 카는 그런 식으로 말하는 것이 자립적인 남자들에게 얼마나 이상하게 들리는지 생각도 않고 불쑥 말했다. 그러나 바로 그때 택시가 왔기 때문에 어떤 해명도 필요 없었다. 모두 차에 올라타 그곳을 떠났다. 그런 다음 카는 반장과 감시원이 떠나는 것을 전혀 알지 못했다는 사실을 깨달았다. 아까는 반장이 카로 하여금 세 직원을 못 보게 하더니, 이제는 이들이 반장을 못 보게 막은 것이다. 이는 주의력이 많지 않다는 것을 증명하는 것이었고, 카는 이런 일에 더욱더 유심히 관찰하겠다고 마음먹었다. 반장과 감시원들을 볼 수 있을까 해서 그는 자기도 모르게 고개를 돌려 자동차의 뒷좌석 너머로 몸을 구부렸다. 하지만 누군가의 행방을 알아내려는 시도조차 하지 않고 곧 몸을 돌려 자동차 구석에 편안히 몸을 기댔다. 겉보기와 달리, 그에게는 이제 위로의 말이 필요할지도 몰랐으나, 직원들은 피곤한 것 같았다. 라벤슈타이너는 오른쪽 차창 밖을, 쿨리히는 왼쪽을 보고 있었고, 카미너만 미소를 띠고 마주하고 있었는데, 인간으로서 그 미소에 대해 농담을 해서는 안 되는 것이었다.

그루바흐 부인과 대화
그런 뒤 뷔르스트너 양과 대화

올봄, 카는 보통 아홉 시까지는 사무실에 있었지만, 일이 끝난 뒤에는 가능하면 혼자 혹은 지인과 함께 짧은 산책을 한 뒤 맥줏집에 가, 단골 탁자에서 주로 나이 든 사람들과 대개 11시까지 어울리며 저녁을 보내곤 했다. 이런 저녁 시간 보내기에 예외가 되는 때가 있었다. 그의 업무 능력과 성실성을 높이 평가하는 지점장이 드라이브하자거나, 자신의 고급 저택에서 저녁을 같이하자고할 때였다. 이외에도 카는 일주일에 한 번 엘자라는 아가씨에게 갔다. 그녀는 밤부터 아침 늦게까지 술집에서 급사로 일하고 낮에는 침대에서만 손님을 맞았다.

하지만 오늘 저녁—고된 일 그리고 존경과 친절로 가득한 수많은 생일 축하 인사로 하루가 빨리 지나갔다—카는 곧바로 집으로 가려 했다. 낮에 일하는 동안 잠깐씩 쉴 때마다 그 생각을 했다. 왜 그런지 정확히는 모르겠지만, 아침에 있었던 돌발적인 사고가 그루바흐 부인 집 전체에 커다란 혼란을 일으켜, 질서를 다시 바로잡으려면 자신이 꼭 필요할 것 같았다. 질서가 잡히고 나면, 이 사건의 모든 흔적이 지워질 것이고 모든 것이 예전처럼 될 것이다. 특히 세 명의 직원은 걱정하지 않아도 괜찮았다. 그들은 다시 은행의 많은 직원 틈에 묻혀 버렸고, 하나도 달라진 점이 없었다. 카는 가끔 그들을 따로 혹은 모두 한꺼번에 자신의 사무실로 불러들였다. 별다른 목적 없이 그저 그들을 관찰하기 위해서였다. 그는 매번 안심하고 그들을 돌려보낼 수 있었다.

저녁 9시 반, 살고 있는 건물에 도착했을 때 문 앞에서, 파이프 담배를 피우며 다리를 벌리고 서 있는 어떤 젊은이와 마주쳤다. "누구시죠?" 카는 즉시 이렇게 묻고 젊은이에게 바싹 얼굴을 들이댔다. 현관은 어둑어둑해서 잘 보이지 않았다 "집 관리인 아들입니다, 선생님." 청년은 대답하고는 파이프를 입에서 떼고 옆으로 비켜섰다. "관리인의 아들이라고요?" 카는 이렇게 묻고 지팡이로 초조하게 바닥을 두드렸다. "선생님 뭐 필요한 것 있으세요? 아버지를 모셔 올까요?" "아뇨, 아뇨." 카가 말했다. 마치 청년이 뭔가 나쁜 짓이라도 했으나 용서해 준다는 듯이, 목소리에는 뭔가 용서해 주는 것 같은 느낌이 있었다. "괜찮습니다." 카는 이렇게 말하고 계속 갔다. 하지만 계단을 올라가기 전에 또다시 몸을 돌렸다.

그는 곧장 자신의 방으로 갈 수 있었지만, 그루바흐 부인과 얘기를 하고 싶어서 그녀 방문을 노크했다. 그녀는 손으로 뜬 양말을 들고 탁자에 앉아 있었는데, 탁자에는 낡은 양말이 수북이 쌓여 있었다. 카는 너무 늦은 시간에 방문해 미안하다며 두서없이 변명했지만, 그루바흐 부인은 아주 친절했고 변명은 귀담아 들으려 하지 않으면서, 당신은 아무 때나 얘기할 수 있으며, 당신은 최고의 세입자이며 가장 좋아하는 세입자라는 것을 스스로 잘 알고 있지 않느냐고 했다. 카는 방 안을 둘러보았다. 다시 이전과 꼭 같은 상태였다. 아침에 창가의 작은 탁자에 놓여 있던 아침 식사 그릇도 이미 치워져 있었다. 여자의 손은 조용히 많은 것을 해내는군, 카는 이렇게 생각했다. 자신이라면 아마 그 자리에서 그릇을 깨 버렸을 것이고, 분명 그것들을 밖으로 내가지 못했을 것이다. 어느 정도 감사하는 마음으로 그녀를 바라보았다. "왜 이렇게 늦은 시간까지 일하세요?" 카가 물었다. 두 사람은 이제 모두 탁자에 앉아 있고, 카는 가끔 양말 속에 손을 넣었다. "일이 많아요. 낮에는 하숙 손님들 일을 해줘야 해서요, 내 일을 처리할 시간은 저녁밖에 없어요." 그녀가 말했다. "오늘은 제가 특별히 더 폐를 끼쳐 드린 것 같군요." "무슨 말씀이세요?" 그녀는 약간 진지해지면서 일감을 무릎에 내려놓았다. "오늘 아침 여기 있던 남자들 때문에 말입니다." "아, 그거요." 그녀는 이렇게 말하면서 다시 편안한 모습으로 돌아갔다. "그 일로 딱히 폐 끼친 건 없어요." 카는 그녀가 다시 양말을 들고 일을 하는 것을 묵묵히 쳐다보았다. '내가 그 일을 얘기하는 것에 대해 놀라는 눈치야. 이 일에 관해 얘기하는 게 옳지 않다고 여기는 것 같아. 그러니 얘기하는 게 더욱더 중요해. 난 그 일에 대해서 나이 든 여자하고만 얘기할 수 있어.' 카는 이렇게 생각했다. 그러고는 말했다. "아뇨, 분명 폐를 끼쳤습니다. 하지만 다시는 그런 일이 없을 겁니다." "그럼요, 그런 일이 다시 있을 수는 없죠." 그녀는 힘주어 말하면서 거의 애처롭게 카를 보며 미소를 지었다. "정말 그렇게 생각하십니까?" 카가 물었다. 그녀가 나직이 말했다. "네. 하지만 무엇보다도 그 일을 너무 심각하게 받아들이시면 안 돼요. 세상에는 별일이 다 일어나잖아요! 카 씨가 이렇게 저를 믿고 말씀하시니 저도 털어놓는 건데, 문밖에서 약간 엿들었고 두 감시원도 몇 가지 말해 주었어요. 카 씨의 행복에 관계되는 건데, 마음이 쓰이는군요. 어쩌면 오지랖 넓게 구는 건 아닌지 모르겠어요. 저는 그저 집주인에 불과하니까요. 그러니까, 몇 가지 들었어요. 하지만 뭐 특별히 나쁜 거라고 말할 수는 없어요. 아뇨. 카 씨가 체포되기는 했지만, 도둑이 체포된 것 같은 건 아니잖아요. 도둑처럼 체포되었다면 그건 나쁜 거죠. 하지만 이런 체포는 말이에요―. 저는 이건 뭔가 지적인 것 같아요. 제가 주책없는 소리를 한다면 용서해 주세요. 그건 뭔가 지적인 것 같아요. 사실 저는 이해하지 못하고, 또 이해할 필요도 없는 그런 거죠."

"아주머니께서 하신 말씀은 전혀 어리석은 말씀이 아닙니다. 적어도 저 역시 어느 정도는 아주머니와 같은 생각입니다. 그저 이 모든 것에 대해 제가 아주머니보다 조금 더 예리하게 판단할 뿐이죠. 저는 이걸 단순히 뭔가 지적인 것으로 생각하지 않아요. 그냥 아무 일도 아니에요. 저는 불시에 기습당했죠. 그게 전부입니다. 잠에서 깨어나자 곧바로, 안나가 오지 않았다고 해서 당황하지 않고, 곧바로 일어나, 나를 방해하는 그 어떤 사람한테도 관심을 두지 않고 아주머니께 갔더라면, 평소와는 달리 이번에는 부엌에서 아침을 먹었다면, 아주머니께 제 방에 있는 옷을 갖다 달라고 했다면, 한마디로 제가 이성적으로 행동했더라면, 아무 일도 일어나지 않았을 것이고, 일어날 모든 일이 덮여 버렸을 테죠. 하지만 준비가 전혀 되어 있지 않았어요. 예를 들면 은행에서 저는 준비가 되어 있습니다. 그곳에서는 그런 일이 일어날 수 없어요. 거기에는 제 개인 사환과 일반 전화와 사무실 전화가 내 앞에 있는 책상에 놓여 있고, 늘 사람들이 즉 고객과 직원들이 옵니다. 게다가 그리고 특히 저는 그곳에서는 항상 업무와 연관되어 있어서 방심하지 않은 상태입니다. 그곳에서 그런 일과 맞닥뜨렸더라면 그것을 즐겼을 거예요. 이제 다 지난 일이고 사실 그 일에 대해서 이제는 말하고 싶지 않았어요. 그저 아주머니의 판단을, 사리 판단에 밝은 여성분의 판단을 듣고 싶었을 뿐이었는데, 우리 의견이 일치해서 아주 기쁩니다. 자 이제 악수해 주세요. 이런 의견일치는 악수로 굳게 다짐해야만 해요."

이 여자가 내게 손을 건넬까? 반장은 나한테 손을 내밀지 않았는데, 카는 이렇게 생각하며, 조금 전과는 다른 눈으로 그루바흐 부인을 탐색하듯 바라보았다. 그가 벌써 일어섰기 때문에 그녀는 자리에서 일어났다. 카의 말을 다 이해하지 못했기 때문에 약간 당황했다. 당황했기 때문에 그녀는 의도하지 않은 말을, 그 자리에는 어울리지 않는 말을 했다. "카 씨, 이 일을 너무 심각하게 생각하지 마세요." 이렇게 말했지만, 그녀의 목소리에는 울음이 섞여 있었고, 당연히 악수하는 것도 잊었다. 카는 갑자기 피곤해지면서 이 여인의 동의가 얼마나 무의미한가를 알아차리고 이렇게 말했다. "이 일을 심각하게 생각하고 있지는 않습니다."

문간에서 그가 물었다. "뷔르스트너 양은 집에 있나요?" "아뇨." 그루바흐 부인은 이 간결한 대답으로 늦게나마 제대로 된 공감을 표시하며 미소를 지었다. "그 아가씨는 연극을 보러 갔어요. 그 사람에게 볼 일이라도? 제가 말씀을 전해 드릴까요?" "아, 그저 몇 마디 나누려고요." "유감스럽지만 그 아가씨가 언제 돌아오는지는 몰라요. 연극을 보러 가면 보통 늦게 오거든요." "뭐 상관없습니다." 카는 이렇게 말하면서 고개를 숙인 채, 나가려고 벌써 문 쪽으로 몸을 돌렸다. "오늘 그 아가씨 방을 쓴 것에 대해 사과할 생각이었어요." "그럴 필요 없어요, 카 씨. 너무 사려 깊으세요. 그 아가씨는 아무것도 몰라요. 아침 일찍 나가서 아직 돌아오지 않았어요. 방도 벌써 다 정리가 되었고요. 직접 보세요." 그러면서 그녀는 뷔르스트너 양의 방문을 열었다. "고맙습니다. 그러네요." 카는 말은 이렇게 하면서도 열린 문 쪽으로 갔다. 달이 어두운 방 안을 고요히 비추고 있었다. 볼 수 있는 한, 정말 모든 것은 다 제 위치에 있었다. 블라우스도 이제 창문 걸쇠에 걸려 있지 않았다. 베개들이 유난히 침대 위로 불룩 튀어나와 보였고, 일부는 달빛을 받고 있었다. "그 아가씨는 자주 집에 늦게 오더군요." 카가 말하면서 그게 그루바흐 부인의 책임이라도 되는 양 그녀를 쳐다보았다. "젊은 사람들이 다 그렇죠!" 그루바흐 부인은 이해시키려는 투로 말했다. "그럼요, 그럼요, 그렇지만 도를 넘어설 수도 있어요." 카가 말했다. "그럴 수도 있겠지요." 그루바흐 부인이 말했다, "정말 옳은 말씀이세요, 카 씨. 아마 이 경우에는 더욱더요. 뷔르스트너 양을 헐뜯을 생각은 정말 없어요. 착하고 귀여운 아가씨예요. 친절하고 참하고 정확하고 부지런해요. 이런 점들은 높이 평가해요. 하지만 한 가지는 사실이에요, 그 아가씨는 좀 더 당당하고 신중해야만 해요. 이번 달에도 벌써 두 번이나 외진 길에서 매번 다른 남자와 있는 걸 보았어요. 정말 불쾌했어요. 맹세하건대 이건 카 씨에게만 얘기하는 거예요. 하지만 앞으로 어쩔 수 없이 그 아가씨랑 직접 이 일에 대해 말해야만 할 거예요. 게다가 미심쩍은 건 이것뿐만이 아니에요." "얘기가 아주 빗나가고 있어요," 카는 화가 나, 화를 거의 숨기지 않고 말했다, "어쨌든 그 아가씨에 대한 제 말씀을 분명 오해하고 계시는데, 그런 뜻이 아니었어요. 솔직히 말씀드리는데 그 아가씨에게 이런저런 이야기하지 마세요. 아주머니께서 정말 잘못 생각하고 계시는 거예요. 저는 그 아가씨를 아주 잘 알아요. 아주머니가 말씀하신 건 하나도 사실이 아니에요. 어쩌면 저도 너무 빗나가고 있는지도 모르겠습니다. 그 아가씨한테는 아주머니 마음대로 말씀하세요. 안녕히 주무세요." "카 씨," 그루바흐 부인이 간청하듯 말하면서 이미 방문을 열고 있는 카를 문 앞까지 급히 따라왔다, "아직은 그 아가씨랑 이야기하지 않을 거예요. 물론 그전에 좀 더 지켜보려고요. 오직 카 씨에게만 제가 알고 있는 것을 털어놨을 뿐이에요. 결국, 모든 세입자 입장에서는 이 하숙집이 흠 없이 유지되는 게 중요하죠. 저도 그렇게 하려고 노력하고 있고요." "흠 없이, 라고요!"카가 열린 문틈으로 외쳤다, "이 하숙집을 흠 없이 유지하시려면, 먼저 저를 내보셔야만 할 겁니다." 그러고는 문을 닫고, 나직이 문 두드리는 소리에 더 이상 신경 쓰지 않았다.

그렇지만 잠을 자고 싶은 마음이 없어 조금 더 깨어 있으면서 이 기회에 뷔르스트너 양이 언제 집에 돌아오는지 알아보기로 했다. 그러면 실례일지는 모르지만, 그녀와 몇 마디 말을 나눌 수도 있을 것 같았다. 창턱에 기대어 피곤한 눈을 비비며, 그루바흐 부인에게 벌을 주고, 뷔르스트너 양에게 자신과 함께 방을 빼자고 설득 해볼까 하는 생각을 잠시 했다. 하지만 그런 일은 너무 도가 지나치다는 생각이 들었고, 아침의 그 사건 때문에 거처를 옮길 생각을 하는 것은 아닌지 자신을 의심하기까지 했다. 정말 말도 안 되는 일이며, 특히 아무 목적도 없고 경멸스러운 일인 것 같았다.

텅 빈 거리를 내다보는 것에 싫증이 나자, 현관에 들어오는 사람을 소파에서 곧바로 볼 수 있도록 현관으로 향하는 문을 조금 열어 놓은 뒤 소파에 누웠다. 대략 11시까지 시가를 피우며 조용히 소파에 누워 있었다. 그 이후에는 더 이상 그곳에 있지 않고 얼마 동안 현관에 가 있었다. 그렇게 하면 뷔르스트너 양이 일찍 도착할 것처럼. 그 아가씨에 대해 특별한 마음이 있는 것은 아니었다. 그녀가 어떻게 생겼는지 기억도 나지 않는다. 그런데도 지금 그녀와 얘기하려 하고, 그녀가 집에 늦게 오는 탓에 오늘 하루의 마지막에 약간의 불안과 무질서를 가져오는 것에 화가 났다. 오늘 저녁 자신이 저녁을 못 먹은 것도, 오늘 예정되었던 엘자를 보러 가려던 계획을 그만둔 것도 모두 그녀 탓이었다. 물론 이 두 가지는 지금 엘자가 일하는 술집으로 가면 만회할 수 있었다. 나중에 뷔르스트너 양과 이야기를 하고 난 뒤에 이렇게 할 생각이었다.

계단 쪽에서 인기척이 들렸을 때는 열한 시 반이 지나서였다. 생각에 잠겨 현관이 자기 방이라도 되는 듯 시끄럽게 이리저리 거닐던 카는 자기 방문 뒤로 숨었다. 집에 돌아온 사람은 뷔르스트너 양이었다. 한기를 느껴 그녀는 문을 잠그면서 실크 숄을 가녀린 어깨에 둘렀다. 다음 순간에 그녀의 방으로 들어갈 것이 분명했다. 한밤중에 카가 그곳에 들이닥쳐서는 안 될 일이었다. 그러니 지금 그녀에게 말을 걸어야만 했다. 그러나 불행히도 그는 자신의 방전등을 켤 기회를 놓치고 말았다. 깜깜한 방에서 밖으로 나가면, 습격한다는 인상을 줄 것이고, 적어도 그녀를 아주 놀라게 할 것이 분명했다. 당황하기도 하고, 낭비할 시간이 없었기 때문에 그는 문틈으로 "뷔르스트너 양"하고 속삭였다. 부른다기보다는 애원하는 듯한 소리였다. "거기 누구 있어요?" 뷔르스트너 양이 묻고는 눈이 휘둥그러니 주위를 둘러보았다. "접니다." 카가 말하면서 문밖으로 나왔다. "아, 카 씨군요!" 뷔르스트너 양이 미소를 지으며 말했다. 그러고는 "안녕하세요." 하며 악수를 청했다. "몇 마디 말씀드리려고요, 지금 괜찮으신가요?" "지금이요?" 뷔르스트너 양이 물었다, "지금 해야 하나요? 좀 이상하네요, 안 그래요?" "아홉 시부터 아가씨를 기다리고 있었어요." "그렇군요. 전 극장에 있었어요. 근데 저는 카 씨에 대해 모르는데요.""아가씨에게 말을 해야 할 이유가 오늘에서야 생겼습니다."
"그래요, 그러면 제가 쓰러질 정도로 피곤하다는 것 외에는 한사
코 반대할 이유가 없네요. 그럼 몇 분간 제 방으로 오시죠. 여기서
는 얘기를 할 수가 없네요. 우리가 사람들을 다 깨우겠어요. 그렇
게 되면 제가 불편한데, 다른 사람들 때문이라기보다는 우리 때
문에 더 그래요. 제 방 불을 켤 때까지 여기서 기다린 다음 여기
불을 꺼 주세요." 카는 그렇게 했다. 하지만 뷔르스트너 양이 자
신의 방에서 나직이 그에게 들어오라고 권할 때까지 조금 더 기
다렸다. "앉으세요." 그녀가 말하면서 쿠션을 댄 의자를 가리키
는 동안, 그녀는 피곤함에도 침대 다리에 기대어 서 있었다. 꽃으
로 넘치도록 장식한 모자조차 벗지 않았다. "자 무슨 말씀이신데
요? 정말 궁금하네요." 그녀는 다리를 살짝 꼬았다. "아마 지금 이
일을 말하는 게 그렇게 급한 건 아니라고 말씀하실지도 모르겠습
니다. 하지만……""저는 언제나 서론은 무시해요." 뷔르스트너
양이 말했다. "그러시다니 제가 부담이 적어지는군요." 카가 말했
다. "오늘 아침, 어떤 의미에서는 제 탓에, 아가씨의 방이 약간 어
질러졌습니다. 내 뜻과는 상관없이 낯선 사람들이 그렇게 했습니
다. 그리고 말씀드렸듯이 그건 제 탓입니다. 그래서 아가씨께 사
과를 드리려 합니다.""내 방을요?" 뷔르스트너 양은 이렇게 묻
고, 방 대신 카를 날카롭게 바라보았다. "그렇습니다." 카가 말했
고, 두 사람은 처음 서로의 눈을 쳐다보았다. "어떻게 그런 일이
벌어졌는지는 말할 가치도 없습니다.""하지만 그게 정말 흥미롭
군요." 뷔르스트너 양이 말했다. "아닙니다." 카가 말했다. "그래

요. 비밀을 파고들지는 않겠어요. 재미없는 일이라고 우기시면, 아니라고 맞서지는 않겠어요. 사과를 기꺼이 받아들이겠어요. 특히 어질러진 흔적을 찾을 수 없으니까요." 그녀는 양손을 펼쳐 허리를 꾹 누른 채 방 안을 한 바퀴 돌았다. 사진이 붙여진 매트 앞에서 그녀는 멈춰 섰다. "보세요." 그녀가 소리쳤다. "제 사진들이 정말 뒤죽박죽이네요. 볼품없이 되었잖아요. 그러니까 누군가 허락 없이 제 방에 있었다는 거네요." 카는 고개를 끄덕이며, 거칠고 의미 없는 활달함을 절대 자제할 수 없었던 은행 직원 카미너한테 조용히 저주를 퍼부었다. 뷔르스트너 양이 말했다. "정말 이상하네요, 제가 카 씨에게 뭔가를 하시지 말라고 할 수밖에 없으니 말예요. 카 씨가 알아서 하지 말아야 할 일인데요. 제가 없는 사이에 제 방에 들어오면 안 되는 일말이에요." "제가 말씀드렸는데요." 카는 이렇게 말하고 사진이 있는 곳으로 갔다. "아가씨의 사진들에 손을 댄 건 제가 아닙니다. 하지만 제 말씀을 안 믿으시니 고백하는데, 심문위원회가 은행원 세 명을 데리고 왔고, 그중 하나가 사진을 건드린 것 같습니다. 다음 기회에 그를 은행에서 내보낼 생각입니다. 그래요. 심문위원회가 여기 있었어요." 카가 덧붙였다. 뷔르스트너 양이 의심스러운 눈길로 그를 바라보았기 때문이었다. "카 씨 때문에요?" 그녀가 물었다. "네." 카가 대답했다. "그럴 리가요." 그녀가 소리치며 웃었다. "그렇다니까요." 카가 말했다. "그럼 제가 죄가 없다는 걸 믿으시는 겁니까?" "글쎄요, 죄가 없다……" 그녀가 말했다. "심각한 결과를 유발하는 판단을 내리고 싶지는 않군요. 그리고 또 저는 당신을 알지도 못하고요. 어쨌든 이미 심문위원회가 곧바로 온 것을 보면 중범죄자가 틀림없군요. 하지만 자유로운 몸인 걸 보니—적어도 태연하신 걸 보면 감방에서 탈출하신 것 같지는 않군요—그러니 그런 중범죄를 저지르실 수는 없겠네요." "그렇습니다." 카가 말했다, "하지만 심문위원회는 제가 죄가 없다고 생각했거나, 아니면 생각처럼 그렇게 죄가 있는 것 같지는 않다고 여긴 것 같습니다." "물론이죠, 그럴 거예요." 뷔르스트너 양은 아주 정중하게 말했다. "보세요." 카가 말했다. "아가씨는 재판 일에 경험이 많지는 않지요." "아뇨, 없어요." 뷔르스트너 양이 말했다. "그래서 가끔 유감이에요. 저는 모든 걸 알고 싶고, 재판에 관한 일에 정말 관심이 많거든요. 법원은 독특한 매력을 갖고 있어요, 안 그래요? 저는 분명히 이런 쪽의 지식을 향상하게 될 거예요. 왜냐하면, 다음 달에 변호사 사무실의 사무원으로 들어가게 되거든요." "아주 잘 됐어요." 카가 말했다. "그러면 제 재판 때 조금이라도 도와주실 수 있겠군요." "그럴 지도." 뷔르스트너 양이 말했다, "그렇고말고요. 기꺼이 제 지식을 이용할게요." "저는 진심으로 말씀드리는 겁니다." 카가 말했다. "아니면 아가씨처럼, 저도 적어도 절반은 진심입니다. 변호사를 부르기에는 너무 작은 사건입니다. 하지만 조언자가 정말 필요할 것 같아요." "그래요, 하지만 제가 조언자가 되어야 한다면, 무슨 일인지 알아야만 할 것 같은데요." 뷔르스트너 양이 말했다. "그게 바로 골칫거리입니다." 카가 말했다. "무슨 일인지 저도 모릅니다." "그렇다면 저한테 장난치신 거네요." 뷔르스트너 양이 상당히 실망하며 말했다. "그런 일 때문에 이 늦은 밤 시간을 택하신 것 정말 쓸데없는 일이었어요." 그러고는 그 녀는 그때까지 두 사람이 꽤 오래 같이 서 있던 사진 앞에서 물러 났다. "아닙니다, 아가씨." 카가 말했다, "전 장난치는 게 아닙니 다. 저를 믿지 않으시는군요! 제가 알고 있는 것은 벌써 말씀드렸 어요. 게다가 제가 아는 것보다 더 많이요. 왜냐하면, 그 사람들은 심문위원회가 아니었기 때문입니다. 다른 이름을 붙일 수가 없어 서 그렇게 부른 것뿐이에요. 심문은 아예 없었고, 그저 체포되었 을 뿐입니다, 어떤 위원회로부터요." 뷔르스트너 양은 쿠션을 댄 의자에 앉더니 또 웃었다. "어땠어요?" 그녀가 물었다. "끔찍했어 요." 카는 이렇게 말했지만 지금 그 일에 대해서는 전혀 생각하지 않았고, 뷔르스트너 양의 눈길에 완전히 사로잡혀 있었다. 그녀 는 한 손으로 얼굴을 괴고—팔꿈치는 의자 쿠션에 놓여 있었다— 다른 손으로는 천천히 허리를 쓰다듬고 있었다. "그건 너무 일반 적인데요." 뷔르스트너 양이 말했다. "뭐가 너무 일반적인가요?" 카가 물었다. 그러고는 기억을 되살리며 물었다. "그게 어땠는지 보여드려야 하나요?" 그는 몸을 움직이려고 했지만, 방을 나가려 고 하지는 않았다. "저는 벌써 피곤해요." 뷔르스트너 양이 말했 다. "너무 늦게 집에 오셨어요." 카가 말했다. "이제 제가 비난을 받는 것으로 끝이 나는군요. 그것도 당연하네요. 제가 카 씨를 방 에 들이지 말았어야 하니까요. 알고 보니 꼭 그럴 필요도 없었는 데 말이에요." "꼭 필요했습니다. 이제 그렇다는 것을 아시게 될 겁니다." 카가 말했다. "작은 탁자를 침대에서 이쪽으로 가져 와도 될까요?" "무슨 생각이세요?" 뷔르스트너 양이 말했다, "당연히 그러시면 안 되죠!" "그럼 제가 보여드릴 수가 없습니다." 카는 이 말로 굉장히 손해를 입은 것처럼 흥분해서 말했다. "좋아요, 상황을 보여주는 데 탁자가 필요하시다면, 그냥 옮기세요." 뷔르스트너 양은 이렇게 말하고는 잠시 후에 낮은 소리로 덧붙였다. "제가 너무 피곤해서, 필요 이상의 것을 허용하고 있는 거예요." 카는 탁자를 방 한가운데 놓고 그 뒤에 가서 앉았다. "사람들이 어떻게 배치되어 있었는지 잘 상상해야만 해요. 아주 재미있어요. 제가 반장입니다. 저기 트렁크에 감시원 두 사람이 앉아 있습니다. 사진 근처에는 젊은이 세 명이 서 있어요. 부수적으로 말씀드리는데 창문 걸쇠에는 흰색 블라우스가 걸려 있습니다. 그리고 이제 시작합니다. 참, 저를 빠뜨렸네요. 가장 중요한 인물인데. 그러니까 저는 여기 탁자 앞에 서 있습니다. 반장은 아주 편안히 앉아 있습니다. 다리를 꼬고 팔은 여기 팔걸이에 늘어뜨린 게 무례하기 짝이 없습니다. 자 이제 정말 시작합니다. 반장이 마치 저를 잠에서 깨워야만 한다는 듯 소리칩니다. 심지어 고함을 지릅니다. 아가씨를 이해시키려면, 유감이지만 고함을 지를 수밖에 없습니다. 그가 고함쳐 부른 것은 그저 제 이름뿐이었지만요." 웃으면서 귀를 기울이고 있던 뷔르스트너 양은 카가 고함치는 것을 막으려고 손가락을 입술에 갖다 댔다. 하지만 이미 늦었다. 카는 역할에 푹 빠져서 천천히 외쳤다. "요제프 카!" 그가 겁을 주려고 했던 것만큼 큰 소리는 아니었지만, 갑자기 큰소리를 치고 나자, 그 외침은 점점 더 크게 방 안에 울려 퍼지는 것 같았다.

그때 강하고 짧게 그리고 규칙적으로 옆방 문을 몇 차례 두드리는 소리가 들렸다. 뷔르스트너 양은 얼굴이 하얗게 질렸고 손을 가슴에 댔다. 카는 유난히 깜짝 놀랐다. 아침의 사건과 그의 공연을 보고 있는 아가씨에 대해 생각하는 것 외에 잠깐 그 어떤 것도 할 수 없었기 때문이었다. 정신을 차리자마자 그는 뷔르스트너 양 곁으로 달려가 그녀의 손을 잡았다. "겁내지 마세요." 그가 속삭였다. "제가 모든 것을 다 바로 잡을 겁니다. 그런데 누굴까요? 이 옆은 거실이라 아무도 안 자는데요." "아녜요." 뷔르스트너 양이 카의 귀에 대고 속삭였다. "어제부터 여기서 그루바흐 부인의 조카가 자고 있었어요. 대위예요. 지금 빈방이 없어서요. 저도 잊고 있었네요. 그렇게 고함을 질러야 했어요? 이 일로 마음이 안 좋네요." "그러실 필요 없어요." 카가 말하고는 그녀가 이제 쿠션에 기대앉자 그녀 이마에 입을 맞추었다. "가요, 가요." 그녀가 말하면서 성급히 일어섰다, "가세요, 가세요. 뭐 하시게요. 그 사람이 문에서 듣고 있어요. 다 듣고 있단 말이에요. 저를 괴롭히지 마세요!" "안 갑니다." 카가 말했다. "진정되시기 전에는요. 방 저쪽 구석으로 갑시다. 그곳이라면 그가 엿듣지 못할 겁니다." 그녀는 그가 이끄는 대로 따라갔다. 그가 말했다. "아가씨한테 불편한 일일 수는 있지만 절대 위험하지는 않다는 걸 생각 못 하시는군요. 이 일을 처리할 사람은 그루바흐 부인입니다. 특히 부인의 조카가 대위이니까요. 아시다시피 부인은 저를 높이 평가하는데다가 제가 말하는 모든 것을 믿습니다. 게다가 부인은 저한테 의존하고 있습니다. 저한테 큰돈을 빌렸기 때문이죠. 우리가 같이 있는 이유에 관해 설명하라고 아가씨가 어떤 제안을 하시던, 그게 조금이라도 유용하다면 저는 수락하겠습니다. 그리고 그루바흐 부인이 여러 사람 앞에서 이 해명을 믿게 할 뿐만 아니라, 곧이곧대로 믿게 하겠다고 보장하겠습니다. 이 일에 있어서 어떤 식으로든 저를 보호하실 필요 없습니다. 제가 아가씨를 불쑥 찾아왔다고 퍼뜨리고 싶으시다면, 그루바흐 부인에게 그렇게 말하세요. 그 말을 믿으실 겁니다. 하지만 저에 대한 신뢰는 버리지 않을 겁니다. 그만큼 제게 의존하고 계시거든요." 뷔르스트너 양은 묵묵히 약간 기운이 빠진 상태로 자기 앞 방바닥을 내려다보고 있었다. "제가 아가씨한테 불쑥 찾아왔다는 말을 그루바흐 부인이 못 믿을 이유가 없지요." 카가 덧붙였다. 그는 눈앞에 있는 그녀의 머리카락을 쳐다보았다. 가르마를 타서 목 위에 느슨하게 풀었다가 꼭 잡아맨 붉은 머리카락을. 그는 그녀가 자신에게로 눈길을 돌릴 것으로 생각했지만, 그녀는 자세를 바꾸지 않은 채로 말했다. "죄송해요. 저는 갑자기 문을 두드리는 소리에 깜짝 놀란 것이지, 대위님이 집에 있을 수 있다던가 하는 나중의 일들 때문에 그렇게 놀란 건 아니에요. 카 씨가 고함을 지른 뒤에 아주 조용했고, 그때 노크 소리가 났어요. 그래서 그렇게 놀랐던 거예요. 내가 문 옆 가까이에 앉아 있었거든요. 거의 바로 옆에서 문 두드리는 소리가 났어요. 제안은 감사합니다. 하지만 받아들이지는 않겠어요. 저는 제 방에서 일어난 모든 일에 대해 책임을 질 수 있어요. 더 정확히 말하면 모든 사람에 대해서요. 하지만 카 씨의 제안에는 제게 모욕적인 것이 들어 있다는 사실을 모르시다니 이상하군요. 제안은 물론 좋은 의도에서 하신 것이겠죠. 그건 인정해요.

그런데 이제 가세요. 혼자 있게 해 주세요. 조금 전보다 더 절실히 혼자 있고 싶네요. 몇 분만 허락해 달라 하셨는데 벌써 반시간이 지나 그 이상이 되었어요." 카는 그녀의 손을 그런 다음 손목을 잡았다. "저한테 화나신 것은 아니죠?" 그가 말했다. 그녀는 그의 손을 뿌리치면서 대답했다. "아니, 아네요. 저는 절대로 그 누구한테도 화를 내지 않아요." 그는 다시 그녀의 손목을 잡으려 했다. 그녀는 이제 그렇게 하도록 내버려두고는 그 상태로 그를 문간으로 데려갔다. 그는 정말 나갈 생각이었다. 하지만 문 앞에 서자 마치 여기 문이 있을 거라고는 예상치도 못한 듯 망설였다. 뷔르스트너 양은 이 기회를 이용해 손을 빼고는 문을 열어 현관으로 잽싸게 빠져나가 그곳에서 카에게 낮은 소리로 말했다. "자 이제 나오세요. 보세요."—그녀는 문 아래로 불빛이 새어 나오는 대위의 문을 가리켰다—"대위가 불을 켜서, 우리를 엿듣는 재미를 보고 있어요." "갑니다." 카는 이렇게 말하고 달려 나가서 그녀를 잡고는 입술에, 그다음에는 온 얼굴에 키스했다. 마치 목마른 짐승이 마침내 발견한 샘물을 혀로 핥듯이. 마지막에는 목의 후두가 있는 부분에 키스했다. 그는 오랫동안 그곳에 입술을 대고 있었다. 대위의 방에서 소리가 들리자 그는 고개를 들었다. "이제 갈게요." 그가 말했다. 뷔르스트너 양을 세례명으로 불러 주고 싶었지만, 이름을 몰랐다. 그녀는 지친 듯 고개를 끄덕이고, 반쯤 몸을 돌린 채 그가 손에 키스하게 내버려두었다. 마치 그렇게 할 것이라고는 생각 못 했다는 듯이. 그리고는 머리를 숙인 채 자기 방으로 들어갔다. 조금 후 카는 침대에 누웠다. 아주 빨리 잠이 들었

다. 잠이 들기 전에 잠시 자신의 행동에 대해 생각해보았다. 그것
에 만족했다. 더 만족스럽지 못한 것이 이상했다. 대위 때문에 뷔
르스트너 양이 정말 걱정되었다.

첫 심리

카는 다음 일요일에 자신의 사건에 관해 간단한 심문이 있을 거라는 내용을 전화로 통보받았다. 그들은 이러한 심문이 이제 규칙적으로, 매 주마다는 아니지만, 자주 이어질 것이라는 사실을 환기시켰다. 다음과 같은 말도 했다. 한편으로는 소송을 빨리 마무리 짓는 것이 일반적인 관심사이나, 또 한편으로는 심문은 모든 관점에서 철저해야만 하고, 여기에 관련된 수고 때문에 절대 지나치게 오래 끌지 말아야 한다. 그래서 그들은 간단한 심문을 연속적으로 진행하는 방편을 선택했다. 일요일을 심문 날짜로 정한 것은 카의 직장 업무를 방해하지 않기 위함이다. 카가 이것에 동의할 것이라고 전제하지만, 만일 다른 날짜를 원하면 그들은 가능한 한 그의 요청을 들어줄 것이다. 예를 들면 밤에도 심문할 수는 있으나, 밤에는 카의 정신이 맑지 않을 것이다. 어쨌든 카가 이의를 제기하지 않는다면 그들은 정한 대로 일요일마다 할 것이다. 카가 반드시 출석해야 하는 것은 자명한 일이어서, 이것을 주지시킬 필요는 없다고 생각한다. 이렇게 말하고 그들은 출석해야 할 집 주소를 카에게 알려주었다. 카가 한 번도 가본 적이 없는 외진 교외의 어떤 거리에 있는 집이었다.

카는 이러한 통보를 받고, 아무 대꾸도 않고 수화기를 내려놓았다. 일요일에 가기로 곧바로 결심했다. 분명 피할 수 없는 일이었다. 재판이 시작되었고 이에 맞서야 했다. 이번 첫 심문이 또한 마지막이길 바랐다. 그는 여전히 생각에 잠겨 전화기 앞에 서 있었다. 그때 뒤에서 부지점장 목소리가 들려던 전화를 걸려던 참인데 카가 막고 있던 것이다. "나쁜 소식인가요?" 부지점장이 무심코 물었다. 뭔가 알려는 게 아니라 카를 전화기에서 비키게 하려는 의도에서였다. "아뇨, 아닙니다." 카는 대답하고 옆으로 물러났지만 멀리 가지는 않았다. 부지점장은 수화기를 들고 전화가 연결되기를 기다리는 동안 수화기 너머로 말했다. "카 씨, 하나 물어봅시다. 일요일 아침에 내 요트에서 파티를 여는데 참석해 주시겠어요? 모임이 커질 것 같아요. 분명 그중에 아는 사람이 있을 겁니다. 특히 하스터러 검사가 올 거예요. 오시겠소? 오세요!" 카는 부지점장의 말에 귀를 기울이려 노력했다. 이건 중요한 일이었다. 그는 부지점장과 잘 지낸 적이 없었는데, 이 사람이 초대를 한다는 것은 그의 편에서 화해를 시도하는 것이며 카가 이 은행에서 얼마나 중요한 인물이 되었는지, 카의 호의가, 아니면 적어도 카의 중립적 태도가 은행의 제2인자에게 가치 있게 여겨진

다는 사실을 보여주는 것이었다. 이 초대는 비록 부지점장이 전화 연결을 기다리며 수화기 너머로 한 말이기는 하지만 부지점장이 한 풀 꺾은 것이었다. 하지만 카는 이렇게 말함으로써 한 번 더 그의 체면이 깎이게 했다. "감사합니다. 하지만 유감스럽게도 일요일에는 시간이 없습니다. 이미 선약이 있어서요." "유감이군요." 부지점장이 이렇게 말하고는 막 연결된 전화에 주의를 돌렸다. 부지점장의 통화는 짧지 않았지만, 카는 멍하니 내내 전화기 옆에 서 있었다. 부지점장이 전화를 끊자, 그제서야 깜짝 놀라 쓸 데없이 옆에 서 있던 것에 대해 그저 약간 사과하기 위해 다음과 같이 말을 했다. "조금 전에 제게 어디론가 와 달라는 전화가 걸려 왔었는데, 몇 시에 오라고는 말하지 않았습니다." "그럼 다시 물어보세요." 부지점장이 말했다. "그렇게 중요하지 않습니다." 카가 말했다. 이렇게 말한 탓에 그의 허술한 변명이 더욱더 망가졌다. 그들이 자리를 뜰 때 부지점장은 몇 가지 다른 일에 대해서 말했다. 카는 대답을 하려고 애썼지만, 그저 일요일 아침 9시에 그곳에 가는 것이 제일 좋겠다는 생각뿐이었다. 평일에는 그 시간에 모든 법정이 일을 시작하기 때문이었다.

일요일은 날이 흐렸다. 카는 몹시 지쳤다. 술집 단골 식탁에서 신나게 노느라 밤늦게까지 있었기 때문이었고, 하마터면 늦잠을 잘 뻔했다. 곰곰이 생각할 시간도 없이, 일주일 내내 벼르던 다양한 계획을 구성할 시간도 없이 서둘러 옷을 입고 아침도 거른 채, 그들이 알려준 교외를 향해 달렸다. 주변을 살펴볼 시간이 별로 없었는데 이상하게도 자신의 사건에 관련된 세 명의 은행 직원인 라벤슈타이너, 쿨리히와 카미너를 만나게 되었다. 처음 두 사람은 전차를 타고 카의 길을 가로질러 갔고, 카미너는 커피숍 테라스에 앉아 있다가 카가 막 지나갈 때 호기심에 차서 발코니 난간 너머로 몸을 기울였다. 아마도 모두가 카를 지켜보며, 자신들의 상사가 뛰어가는 모습을 보고 이상하게 생각했을 것이다. 카가 택시를 타지 않는 것은 어떤 고집 때문이었다. 그는 모든 사람이, 지금 이 일에 최소한이라도 도움을 주려는 타인이 혐오스러웠다. 또한, 그 누구에게도 도움을 요청할 생각이 없었고, 그렇게 함으로써 단지 모든 사람과 거리를 둘 생각이었다. 결국, 그는 지나치게 정확히 심문위원회에 출두해서 자신을 잘 보이게 할 마음역시 털끝만큼도 없었다. 그런데도 지금, 시간이 정해지지 않았음에도 불구하고, 가능하면 9시 정각에 도착하려고 달리고 있었다.

그 건물을 자신이 구체적으로는 상상하지 못한 어떤 특징으로 인해서, 혹은 건물 입구에서의 어떤 특별한 움직임으로 인해서, 멀리서도 알아볼 수 있다고 그는 생각했다. 하지만 율리우스 거리—추측 건대 건물이 위치했고, 카가 그 초입에 오랫동안 서 있던 거리—에는 양편으로 거의 똑같은 형태의 건물들이, 즉 회색 고층의 빈민 임대 아파트가 늘어서 있었다. 지금, 일요일 아침 창문 대부분에는 사람들이 있었다. 셔츠 바람의 남자들이 그곳에 기대어 담배를 피우거나, 창턱에 올려놓은 어린아이를 조심스럽고 정답게 붙잡고 있었다. 그렇지 않은 창문에는 침구류가 높게 쌓여 있었고, 그 위로 머리가 헝클어진 한 여인의 얼굴이 보였다.

사람들은 좁은 길 위쪽에서 서로 건너다보며 불러 댔다. 바로 카의 머리 위에서 그렇게 부르는 소리로 인해 큰 웃음이 터졌다. 긴 거리에는 도로보다 낮은 곳, 몇 개의 계단을 내려가면 들어갈 수 있는, 다양한 생필품을 파는 작은 상점들이 일정 간격으로 늘어서 있었다. 그곳에는 여인들이 들락거리거나 계단에 서서 수다를 떨고 있었다. 창문을 향해 물건을 사라고 외치는 과일 장사는 카와 마찬가지로 부주의한 탓에 하마터면 카를 손수레로 밀어 넘어뜨릴 뻔했다. 바로 그때 조금 넉넉하게 사는 지역에서 낡아빠진 축음기가 끔찍한 소리로 울리기 시작했다.

카는 골목 안쪽으로 계속 걸어 들어갔다. 천천히, 마치 이제는 시간이 있는 것처럼, 혹은 어느 창문에서 예심판사가 그를 바라보며 자신이 도착한 것을 알고 있기라도 하듯 그렇게. 9시가 조금 넘었다. 그 집은 멀리 떨어져 있었고, 이상하다 할 정도로 규모가 컸다. 특히 출입구는 높고 넓었다. 각종 상품 창고에 소속된 화물 차량이 드나드는 곳이 분명했다. 지금 문이 닫혀 있는 창고들은 커다란 마당을 에워싸고 있었고, 창고에는 회사 이름이 붙어 있었다. 그중 몇몇 회사는 은행업무 관계로 알고 있는 이름이었다. 평소의 습관과는 달리 이 모든 외적인 것을 그는 꼼꼼히 살펴보면서, 잠시 마당 입구에 서 있기까지 했다. 가까운 곳에 있는 궤짝 위에는 맨발의 남자가 앉아서 신문을 읽고 있었다. 남자아이 두 명이 손수레 위에서 수레를 흔들어 대며 놀고 있었다. 펌프 우물 앞에서는 잠옷 윗도리를 입은 연약한 어린 소녀가 양철통에 물을 받으며 카를 바라보았다. 마당 한쪽 구석에는 두 개의 창문 사이에 줄이 매어져 있었고, 거기에는 벌써 빨래가 널려 있었다. 한 남자가 아래에 서서 몇 마디 외쳐 가며 일을 지시하고 있었다.

카는 심리실로 가려고 계단 쪽으로 몸을 돌리다가 다시 멈췄다. 마당에는 이 계단 외에도 출입구로 통하는 계단이 세 개나 더 있고, 게다가 마당 끝에는 또 다른 마당으로 가는 작은 연결 통로가 있었기 때문이었다. 그들이 방의 위치를 더 정확히 알려주지 않아 화가 났다. 이것은 그들이 자신을 특별히 소홀하거나 무관심하게 대한다는 뜻이었다. 이 일에 대해 아주 큰 소리로 똑 부러지게 확인할 작정이었다. 마침내 첫 번째 계단을 올라가면서, 감시원 빌렘이 죄는 법원을 끌어당긴다고 했던 기억이 머릿속을 맴돌았다. 그 말에 따른다면 카가 우연히 택한 이 계단에 심리실이 있어야만 했다.

올라가는 도중 많은 아이 때문에 방해를 받았다. 아이들은 계단에서 놀고 있다가 그가 그들 사이를 비집고 가면 화가 나 쳐다보았다. "다음에 여기 또 오게 되면, 아이들한테 호감을 얻기 위해 사탕을 갖고 오거나 때려 줄 막대기를 가져와야겠군." 그는 중얼거렸다. 이 층에 도착하기 바로 직전에는 아이들의 구슬 놀이가 끝날 때까지 잠시 기다리기까지 했고, 그사이 어른 부랑자처럼 얼굴을 찡그린 어린 두 소년이 그의 바짓가랑이를 잡고 있었다. 그가 뿌리치려 했더라면 분명 애들 마음을 상하게 했을 것이다. 그는 애들이 소리를 지를까 무서웠다.

이 층에서 실질적인 방 찾기가 시작되었다. 심문위원회를 단순히 물어볼 수 없었기에 란츠라는 목수 이름을 꾸며냈다. 그루

바흐 부인 조카인 대위의 이름이 란츠였기 때문에 그런 생각이
들었다. 그리고 이제 집집이 돌면서, 이곳에 란츠 목수가 사느냐
고 물으며 방 안을 들여다볼 기회를 얻으려 했다. 하지만 대부분
방은 별다른 일을 하지 않아도 쉽게 볼 수 있었다. 거의 모든 문이
열려 있었고 아이들이 들락거렸기 때문이었다. 일반적으로 창문
이 하나 있는 작은 방으로, 그 안에서 음식도 했다. 대부분 여인은
한쪽 팔에는 젖먹이를 안고 자유로운 다른 손으로는 화덕 위에서
음식을 했다. 앞치마만 입은 것처럼 뵈는 앳된 소녀들이 아주 부
지런히 이리저리 뛰어다녔다. 모든 방의 침대에는 환자나 여전히
자는 사람, 혹은 옷을 입은 채 늘어져 있는 사람들이 있었다. 카는
문이 닫혀 있는 집들은 노크하고 이곳에 란츠가 사는지 물어보
았다. 대개는 여자가 문을 열어 질문을 듣고는 방 안 침대에서 몸
을 일으키는 누군가에게로 몸을 돌렸다. "이분이 여기 목수 란츠
가 사냐고 물어요." "목수 란츠요?" 그가 침대에서 물었다. 심리
위원회는 분명 이곳은 아니었고, 따라서 자신의 과제가 끝났음에
도 카는 "네."라고 대답했다. 많은 사람이 카에게는 목수 란츠를
찾는 일이 매우 중요하다고 믿고는 한참을 생각하다가 란츠라는
이름이 아닌 다른 목수를 혹은 란츠라는 이름과는 아주 유사하지
도 않은 다른 이름을 댔다. 이웃에게 물어보기도 했고, 그들 생각
에 그곳에 유사한 이름의 남자가 세 들어 살고 있거나 자신들보
다 더 나은 정보를 줄 수 있을 것 같은 사람이 있는 멀리 떨어진
집 문 앞까지 동행해 주기도 했다. 결국, 카가 이제는 나서서 물어
볼 필요도 없었고, 이런 식으로 층마다 돌아다녔다. 카는 처음에

꽤 실용적이라 여겼던 자신의 계획을 후회했다. 6층에 가기 전, 찾는 걸 포기할 생각에 자신을 계속 위층까지 데려다 주려던 친절한 젊은 노동자와 헤어지고 아래로 내려갔다. 하지만 그다음에는 이 시도가 아무짝에도 쓸모없었다는 생각에 또 화가 났다. 그래서 되돌아 올라가 6층 첫째 방을 노크했다. 이 방에서 제일 먼저 눈에 들어온 것은 커다란 벽시계였다. 시계는 이미 10시를 가리키고 있었다. "목수 란츠가 여기 사나요?" 그가 물었다. "저기예요." 양동이에 아이 옷을 빨고 있는 검고 빛나는 눈을 가진 젊은 여인이 말하고는 젖은 손으로 열려 있는 옆방 문을 가리켰다.

카는 무슨 집회에 들어서는 기분이었다. 서로 밀고 밀리는 각양각색의 사람들 무리—새로 들어서는 사람에게 관심 두는 사람은 하나도 없었다—가 창문이 두 개 있는 중간 크기의 방을 가득 메우고 있었다. 지붕 바로 아래에는 방을 빙 둘러 발코니가 있고, 그곳도 이미 만원으로, 머리와 등이 천정에 닿아 구부정하니 서 있을 수밖에 없었다. 숨이 막힐 듯 답답한 공기에 카는 다시 밖으로 나와 어쩌면 자신의 말을 잘 못 알아들었을지도 모르는 젊은 여인에게 물었다. "저는 목수, 란츠라는 사람을 찾고 있었는데요?" "그래요." 그녀가 대답했다, "들어가세요." 그녀가 급히 다가와 문고리를 잡고 다음처럼 말하지 않았더라면, 카는 그녀의 말을 따르지 않았을 것이다. "들어가신 뒤에는 문을 닫아야만 해요. 더는 아무도 들어갈 수 없어요." "당연히 그래야지요." 카는 이렇게 말했다, "하지만 벌써 꽉 찼는데요." 그래도 그는 다시 방으로 들어갔다.

문 바로 옆에서 얘기하고 있는 두 남자—한 사람은 두 손을 쫙 펼치고 돈을 세는 시늉을 했고 다른 사람은 그의 눈을 매섭게 보고 있었다—사이로 손 하나가 나오더니 카를 잡았다. 붉은 뺨의 작은 소년이었다. "오세요, 이리로 오세요." 소년이 말했다. 카는 소년이 끄는 대로 따라갔다. 북적대는 군중들 사이로 양편을 가르듯 좁다란 길이 나 있었다. 카가 좌우 양편 첫 줄에서 자신을 향하는 얼굴은 하나도 못 봤고, 그저 자기편 사람들에게 말하며 몸짓하는 사람들의 등만 보았다는 것도 이를 입증했다. 사람들은 대개 길고 축 늘어진 낡은 검은색 예복을 입고 있었다. 바로 이 옷이 카를 어리둥절하게 만들었다. 이 옷이 아니었다면 그는 이 모든 것을 지역 정치 모임이라 여겼을 것이다.

카가 이끌려 들어간 홀의 다른 끝에는 역시 사람으로 가득 찬 아주 낮은 연단이 있었다. 이 위에 가로로 작은 책상이 놓여 있었고, 책상 뒤 연단 가장자리 근처에는 작고 뚱뚱하고 숨을 거칠게 몰아쉬는 남자가 앉아 있었다. 그는 자기 뒤에 서 있는 사람—이 사람은 팔꿈치는 의자 등받이에 대고, 다리는 꼬고 있었다—과 큰 소리로 웃으며 이야기하는 중이었다. 그는 누군가를 흉내 내듯 가끔 팔을 허공에 휘저었다. 카를 안내한 소년은 보고를 하려고 애를 썼다. 벌써 두 번이나 까치발로 서서 뭔가 말을 전하려고 했지만, 위쪽에 있는 남자는 알아차리지 못했다. 위쪽 연단에 있는 사람 중 하나가 소년에 대해 주의를 환기하자, 그제야 남자는 몸을 돌려 연단 아래로 고개를 숙여 소년이 나직이 전하는 말에 귀를 기울였다. 그런 뒤 남자는 시계를 꺼내고는 카를 힐끗 보왔다. "당신은 한 시간 오 분 전에 출두해야만 했습니다." 그가 말했다. 카는 뭐라고 대답하려 했지만, 대꾸할 시간이 없었다. 왜냐하면, 그 남자가 말을 하자마자 오른쪽 홀 절반에서 웅성대는 소리가 들렸기 때문이었다. "당신은 한 시간 오 분 전에 출두해야만 했습니다." 이제 그 남자는 더 큰 목소리로 반복했고, 또 재빨리 방 아래쪽을 내려다보았다. 웅성거리는 소리가 곧바로 더 커졌고, 그 남자가 이제는 아무 말도 하지 않자, 투덜대는 소리는 점차 잦아들었다. 이제 홀 안에는 카가 들어섰을 때보다 훨씬 더 조용해졌다. 위층 발코니에 있는 사람들만이 수군대는 것을 멈추지 않았다. 혼탁한 공기와 먼지 때문에 어두컴컴하기는 해도, 그들이 아래쪽 사람들보다 옷차림이 더 나쁘다는 걸 알아볼 수 있었다. 상당수의 사람은 방석을 갖고 와, 머리가 눌려 다치지 않도록 머리와 천장 사이에 방석을 끼워 놓았다.

카는 말하기보다는 관찰하기로 했다. 그런 까닭에 너무 늦게 왔다는 주장에 대해 변명을 하지 않고 간단히 대답했다. "늦었는지는 모르겠지만, 저는 지금 여기 있습니다." 다시 홀 절반인 오른쪽에서 박수갈채가 터져 나왔다. '쉽게 환심을 살 수 있는 사람들이군.' 그는 이렇게 생각했지만, 홀 왼쪽 절반이 잠자코 있는 것이 못내 거슬렸다. 그들은 카의 뒤쪽에 자리 잡고 있었고, 거기서 드문드문 가볍게 손뼉 소리가 났다. 그는 모든 사람의 호응을 한꺼번에, 아니면 그게 가능하지 않으면, 적어도 일시적으로나마 다른 쪽의 호응이라도 얻으려면 무슨 말을 해야 할지 곰곰 생각했다.

"그렇군요." 그 남자가 말했다. "하지만 나는 지금 당신을 심리할 의무가 더 이상은 없습니다."—다시 웅성거리는 소리, 이번에는 잘못 이해해서, 왜냐하면 그가 조용히 하라고 사람들에게 손짓하면서 계속 말했기 때문이었다.—"그렇지만, 오늘은 예외적으로 심리할 생각입니다만 또 이렇게 늦으면 안 됩니다. 이제 앞으로 나오시오." 누군가가 연단에서 뛰어 내려서 카가 올라설 자리가 생겼다. 그는 책상에 바짝 붙어 섰다. 등 뒤에서 밀어 대는 사람들이 너무 많아서, 그가 예심판사의 책상과 어쩌면 판사까지 연단에서 밀어 떨어뜨리지 않으려면, 이 사람들을 버텨내지 않으면 안 되었다.

그렇지만 예심판사는 이런 것은 개의치 않고, 아주 편안하게 의자에 앉아 자기 뒤에 있는 사람에게 최종의 말을 한마디를 하고 난 뒤 작은 메모장, 책상 위에 있는 유일한 물건을 집어 들었다. 그건 학생 공책처럼 생겼고, 낡았으며, 너무 뒤적거려서 형태가 완전히 흐트러져 있었다. "그러니까." 예심판사는 공책을 뒤적이며 확고한 목소리로 카에게 말했다. "당신은 목수인가요?" "아닙니다." 카가 말했다, "큰 은행의 수석 지배인입니다." 이 대답에 아래쪽 오른쪽에 있는 사람들이 큰 웃음을 터뜨렸다. 너무나 즐겁게 웃어서 카도 덩달아 웃을 수밖에 없었다. 사람들은 심한 기침이 날 때처럼 무릎에 두 손을 대고 몸을 흔들어 댔다. 심지어 위층에서도 몇몇 사람이 웃었다. 잔뜩 화가 난 예심판사는 아래층 사람들에게는 힘을 못 쓰는지 위층 사람들에게 화풀이하려고, 벌떡 일어나서 위층 사람들을 위협했다. 지금까지 별로 눈에 띄지 않던 그의 눈썹이 눈 위에서 텁수룩하고 검고 격렬하게 움찔거렸다.

그러나 홀의 왼쪽 절반은 여전히 조용했다. 그곳에 있는 사람들은 일렬로 서서 연단 쪽으로 얼굴을 향한 채 그 위에서 주고받는 말이나 다른 쪽 편들의 소음도 조용히 듣고만 있었다. 그들은 자기편 줄의 몇 사람이 가끔 다른 편과 함께 행동하는 것도 내버려두었다. 왼쪽 사람들은 게다가 숫자도 더 적어, 근본적으로 오른쪽 사람들처럼 중요하지는 않은 것 같았다. 하지만 이들의 고요한 태도가 훨씬 더 중요한 사람들인 것처럼 보이게 했다. 카는 이제 말을 시작하면서, 자신이 그들을 대변하여 말하고 있다는 확신이 들었다.

"판사님께서는 제가 목수냐고 물으셨는데—질문하신 게 아니라 제게 단도직입적으로 말씀하신 거지만—그 질문은 제게 행해지고 있는 재판의 모든 특성을 드러내고 있습니다. 판사님은 이것이 재판이 아니라고 이의를 제기하실 수 있습니다. 지당하십니다. 왜냐하면, 이것이 재판이라고 제가 인정할 때만 재판이 되기 때문입니다. 하지만 저는 지금 이 순간 어느 정도는 동정에서, 이 재판을 인정합니다. 이 재판을 존중하려면 그에 대한 동정 외에는 어떤 것도 내세울 수가 없습니다. 이 재판이 미흡하다는 말씀이 아닙니다. 하지만 판사님의 자아 인식을 돕고자 이런 표현을 사용하는 겁니다."

카는 말을 멈추고 홀을 내려다보았다. 그가 한 말은 예리했고, 의도했던 것보다 더 예리했지만, 그런데도 옳았다. 여기저기에서 박수가 나올 법했지만 모두 잠자코 있었다. 사람들은 분명 다음에 벌어질 일을 초조히 기다리고 있었다. 어쩌면 이 침묵 속에 모든 것을 끝장낼 감정의 폭발이 준비되고 있을지도 몰랐다. 이때 방해가 생겼다. 홀 끝 쪽문이 열린 것이다. 일을 마쳤는지 젊은 세탁부가 홀에 들어섰는데, 그녀가 아주 조심했음에도 불구하고 몇몇 시선을 끌었다. 예심판사만이 카를 기쁘게 했다. 카의 말에 곧바로 타격을 입은 듯 보였기 때문이었다. 그는 지금까지 선 채로 듣고 있었다. 왜냐하면, 위층 좌석에 있는 사람들 때문에 서 있다가 카의 말을 듣고 놀랐기 때문이었다. 이제 카의 말이 중단된 틈을 타 예심판사는 사람들이 눈치 채지 못하게 하려는 것처럼 천천히 앉았다. 표정을 진정시키려는 듯 다시 메모장을 들여다보았다.

"그건 도움이 안 됩니다." 카가 말을 이었다. "판사님, 그 메모장도 제 말이 옳다고 증명해 줄 겁니다." 낯선 사람들 모임에서 자신의 차분한 말소리만이 들리는 것에 만족해서 카는 겁도 없이 예심판사의 손에서 메모장을 획 잡아채어 마치 책 만지는 게 겁이라도 나는 듯, 손가락 끝으로 중간 페이지를 들었다. 그 때문에 빽빽하게 쓴 지저분하고 가장자리가 누렇게 뜬 종잇장들은 양옆으로 늘어졌다. "이것이 예심판사님의 소송기록들이군요." 카는 이렇게 말하고 공책을 책상 위로 떨어뜨렸다. "예심판사님, 원하신다면 계속 읽어보십시오. 죄를 기록한 이런 책은 한 권도 두렵지 않습니다. 비록 이 책은 제가 가까이할 수 없기는 하지만 말입니다. 왜냐하면, 제가 이 책을 두 손가락 끝으로 잡을 수는 있습니다만, 손에 넣을 수는 없을 것이기 때문입니다." 공책이 책상에 떨어지자 판사는 그것의 형태를 약간 바로 잡고서는 읽으려고 다시 집어 들었다. 이 행동은 그저 심한 굴욕의 표시라 할 수 있었고, 혹은 적어도 그렇게 이해될 수밖에 없었다.

첫째 줄 사람들이 아주 긴장된 표정으로 카를 쳐다보고 있어서, 그는 잠시 그들을 내려다보았다. 모두 나이 든 사람들로 더러는 수염이 하얬다. 어쩌면 이들이 모여 있는 사람들 전체에게 영향을 줄 수 있는 결정적인 인물들인지도 몰랐다. 이 모임 전체는 카가 말하기 시작한 이후 계속 반응이 없었고, 예심판사가 겸손함을 보였는데도 그 태도를 바꾸지 않았다.

"저한테 일어난 일은," 카는 조금 전보다 조금 낮은 소리로 말을 이으면서 계속 맨 앞줄 사람들의 표정을 살폈는데, 이는 그의 말에 조금 산만한 인상을 주었다. "저한테 일어난 일은 물론 단순히 개별적인 사례에 불과하고, 그것 자체로는 아주 중요하지는 않은데, 왜냐하면 제가 그것을 심각하게 받아들이지 않기 때문입니다. 하지만 이 일은 많은 사람에게 행해지고 있는 전형입니다. 이러한 사람들을 옹호하기 위해 저는 여기 서 있는 겁니다. 저 자신을 위해서가 아닙니다."

그는 저도 모르게 목소리를 높였다. 어디선가 누가 손을 쳐들고 박수를 치면서 외쳤다. "잘한다! 맞아요. 옳소! 정말 잘한다!" 앞줄 여기저기에서 사람들이 수염을 만지작거렸지만, 이 외침에 돌아보는 사람은 없었다. 카도 이 소리에 의미를 두지는 않았지만 힘이 났다. 모두가 박수를 치는 것은 이제는 전혀 필요하지 않다고 생각했다. 모든 사람이 이 문제에 대해 생각해보기 시작하고, 가끔 한 사람이라도 설득할 수 있다면 그것으로 충분했다.

이런 생각에서 카가 말했다. "저는 연설로 성공할 마음이 없습니다. 그런 것은 제 능력 밖입니다. 판사님께서 훨씬 더 말씀을 잘하실 것이고, 그건 판사님의 직업에 속하는 일이지요. 제가 원하는 것은 공공연한 폐해에 대해 공공연하게 논의하는 것입니다. 들어보십시오. 저는 한 열흘 전에 체포되었습니다. 체포라는 사실 자체에 대해서는 괘념치 않습니다. 하지만 그것은 지금 여기서 할 말이 아닙니다. 저는 아침에 침대에 누워 있다가 기습당했습니다. 어쩌면 사람들은 저처럼 아무 죄 없는 어떤 페인트 공을 체포하라는 명령—이것은 예심판사님께서 하신 말씀으로 볼 때 불가능한 일이 아닙니다—을 받았을 겁니다. 하지만 그들은 저를 체포했습니다. 제 옆방은 거친 감시원 두 명이 차지해 버렸습니다. 설령 제가 위험한 강도였다 해도 이보다 더한 조처를 할 수는 없었을 겁니다. 이 감시원들은 게다가 타락한 불량배였습니다. 제 귀가 아프도록 쓸데없는 소리를 지껄였고, 저한테 뇌물을 받으려 했고, 속임수를 써서 제 내복과 옷을 얻어내려 했으며, 제 눈앞에서 제 아침을 다 먹어 치우고는 아침을 사다 주겠다며 돈을 요구했습니다. 이뿐만이 아닙니다. 저는 또 다른 방에 있는 반장에게 인도되었습니다. 그 방은 제가 아주 존중하는 숙녀의 방이었는데, 이 방은 제 잘못은 하나도 없는데 저 때문에 반장과 감시원들이 그곳에 있으므로 인해 어떤 의미에서는 더럽혀지는 것을 목격해야만 했습니다. 가만히 있는 게 쉽지 않았습니다. 하지만 그럴 수밖에 없었습니다. 저는 반장에게 정말 침착하게 물었습니다―그가 여기 있다면, 분명히 이 사실을 증명해 줄 겁니다―왜 제가 체포되었냐고 말입니다. 그 반장은 답답하기 그지없는 교만의 화신으로, 아까 언급했던 그 숙녀의 의자에 앉아 있는 모습이 지금도 눈앞에 선합니다. 그런데 이 반장이 뭐라고 대답했을까요? 신사 여러분, 그는 사실 아무 대답도 안 했습니다. 어쩌면 정말 아무것도 모르는지도 모릅니다. 그는 저를 체포했고 그것으로 만족했습니다. 게다가 또 다른 것도 했습니다. 그 숙녀의 방에 제가 다니는 은행의 말단 직원 세 사람을 데려온 겁니다. 이 사람들은 그 숙녀의 사진과 물건을 만지작거리고 어질러 놓는 데 정신이 팔렸습니다. 이 직원들을 참석시킨 것에는 당연히 다른 목적이 있었습니다. 그들은 집주인 아주머니와 그녀의 하녀처럼, 제가 체포된 사실을 퍼뜨려서 저의 사회적 체면을 손상하고, 특히 은행에서의 제 위치를 흔들어 놓아야만 했을 겁니다. 하지만 이 의도 중 그 어떤 것도 조금도 이뤄지지 않았습니다. 저의 집주인 아주머니는 아주 단순한 분인데― 여기서 존경의 의미로 그분의 이름을 대는데 그루바흐 부인이라고 합니다―그루바흐 부인조차 그런 체포는 충분한 감독을 받지 못하는 소년들이 골목에서 저지르는 습격 정도밖에 안 된다는, 아주 사려 깊은 판단을 할 수 있었습니다. 거듭 말씀드리지만, 이 모든 것은 제게 그저 불편함을 불러일으켰을 뿐이고 잠시 화가 나게 하였습니다. 하지만 혹시 또 더 나쁜 결과가 일어나지나 않을지 모르겠습니다."

카가 여기서 말을 멈추고 삼자코 있는 예심판사 쪽을 쳐다보

앞을 때, 판사가 막 군중 속에 있는 누군가에게 눈짓으로 신호를 주고 있다는 느낌이 들었다. 카는 미소를 지으며 말했다. "방금 여기 제 옆에서 판사님께서 여러분 중 누군가에게 은밀한 신호를 보내셨습니다. 그러니까 여러분 중에는 여기 위쪽에서 보내는 지시를 받는 분들이 계십니다. 이 신호가 이제 야유하라는 건지 혹은 박수를 치라는 건지는 모르겠습니다만, 저는 이것을 미리 발설함으로써, 신호의 의미가 뭔지 아는 것은 의도적으로 완전히 단념합니다. 저한테는 정말 상관없는 일입니다. 판사님께 공개적으로 전권을 위임하는 바입니다. 판사님께서 저 아래에 돈을 주고 고용한 사람들에게 은밀한 신호 대신에 '지금 야유해'라고 말씀하시던지, '지금 박수 쳐'라고 말씀하시면서 큰 소리로 명령하시라고 말입니다."

당황해서인지 아니면 지루해서인지 예심판사는 의자에서 이리저리 몸을 비틀었다. 아까 그와 얘기를 나눴던, 뒤에 서 있는 남자가 다시 그에게로 몸을 숙였다. 그에게 그냥 용기를 북돋워 주거나 특별한 조언을 하는 것 같았다. 아래쪽에서는 사람들이 낮은 소리지만 활기차게 얘기를 하고 있었다. 전에는 서로 아주 대립하는 의견을 가진 것처럼 보였던 양편은 서로 뒤섞였고, 몇몇 사람들은 손가락으로 카를 가리켰지만, 다른 사람들은 예심판사를 가리키고 있었다. 방 안의 뿌옇고 혼탁한 공기는 정말 견디기 힘들게 하였고, 멀리 서 있는 사람들이 제대로 보이지 않게 할 정도였다. 특히 위층에 있는 사람들에게는 악취와 열기로 혼탁해진 공기가 방해되었을 것이다. 그들은 예심판사를 두려워하듯 곁눈질하면서 좀 더 자세히 알기 위해 집회 참석자들에게 낮은 소리로 물을 수밖에 없었다. 대답하는 사람도 손으로 입을 가린 채 낮은 소리로 응답했다.

"곧 끝납니다." 카는 이렇게 말하고는 종이 없었기 때문에 주먹으로 책상을 쳤다. 예심판사와 조언을 해주던 남자는 서로 머리를 맞대고 있다가 이 소리에 놀라 순간 멀어졌다. "이 사건 전체는 저하고 아무 관계가 없습니다. 따라서 저는 이 일들을 냉정히 판단하고 있습니다. 소위 이 법원이 여러분한테 중요하게 생각된다는 것을 전제로 할 때, 여러분은 제 말씀을 경청하심으로써 큰 이득을 보실 수 있습니다. 제가 말하는 것에 대하여 여러분 쌍방의 논의는 나중으로 미뤄 주시길 제안하는 바입니다. 저는 시간이 없어서 곧 가야 하기 때문입니다."

곧바로 조용해졌고, 카는 벌써 이 정도로 이 모임을 지배하고 있었다. 사람들은 처음처럼 그렇게 시끌벅적 소리치지도 않았고, 이제는 박수를 치지도 않았다. 그러나 그들은 이미 설득된 듯 보였고 혹은 거의 설득되어 가는 중인 것 같았다.

"의심의 여지가 없습니다." 카는 아주 작은 소리로 말했는데, 모인 사람들 모두가 긴장해서 듣고 있어 기분이 좋았기 때문이었다. 이러한 침묵 속에서 윙윙 소리가 났고, 이것은 열광적인 박수 소리보다 훨씬 자극적이었다. "이 법원의 모든 언행의 배후에, 그러니까 제 사례에서, 체포와 오늘의 심리 뒤에는 거대한 조직이 있다는 것은 의심의 여지가 없습니다. 부패한 감시원과 어리석은 반장, 기껏해야 겸손한 예심판사들을 고용할 뿐만 아니라, 높고 더 높은 판사들과 절대적으로 필요한 수많은 수행원 즉 하인, 서기, 경관, 다른 보조원, 어쩌면 사형집행인까지 부양하는 조직이 있다는 겁니다. 저는 감히 이런 말씀을 드립니다. 그럼 이 거대한 조직의 의미는 무엇일까요, 신사 여러분? 무고한 사람들을 체포하고, 대개는 제 사례처럼 이 사람들에 대해 어리석고 성과 없는 재판을 하는 것이 그 의미입니다. 사건 전체가 이렇게 의미 없는 상황에서 공무원의 극악한 부패를 어떻게 막을 수 있겠습니까? 그것은 불가능합니다. 최고의 판사라도 그걸 막을 수는 없을 겁니다. 그 때문에 감시원들은 체포된 사람한테서 입고 있는 옷을 훔치려 하고, 그 때문에 반장들은 낯선 집에 침입하고, 그 때문에 죄 없는 사람은 심리를 받는 대신 오히려 모여 있는 사람들 앞에서 체면을 구겨야만 하는 겁니다. 감시원들이 저한테 체포된 사람들의 소유물을 갖다 두는 보관소에 대해 말해 주었습니다. 저는 이 보관 장소를 한 번 보았으면 합니다. 그곳에서는 체포된 사람들이 애써 일해서 얻은 재산이 도벽이 있는 보관소 직원에게 도둑맞지 않았다면 썩고 있을 겁니다."

홀 끝에서 들려 온 날카로운 비명 때문에 말을 멈췄다. 그쪽을 쳐다보려고 눈 위에 손을 대, 손 그늘을 만들었다. 흐릿한 햇살이 혼탁한 공기를 희게 만들어 눈이 부셨기 때문이었다. 그것은 세탁부였다. 그녀가 방 안에 들어설 때부터 그녀가 크나큰 방해가 될 것으로 생각했었다. 지금 이 소란이 그녀 잘못인지 아닌지 알 수 없었다. 그저 한 남자가 그녀를 문가 구석으로 끌고 가 끌어안고 있는 것만 보였다. 하지만 소리를 지른 것은 그녀가 아니라 그 남자였다. 그는 입을 크게 벌리고 천장을 쳐다보고 있었다. 두 사람 주위에 몇몇 사람들이 빙 둘러섰고, 그 근처 위층에 있는 사람들은 카가 이 모임에 끌어들인 진지함이 이런 식으로 깨진 것에 열광하는 듯 보였다. 카는 처음의 느낌으로는 곧장 그곳으로 달려가고 싶었으며, 또 모두가 그곳에 질서를 잡고 싶어 하고 적어도 두 사람을 홀에서 내쫓고 싶어 한다고 생각했지만, 카 앞에 있는 첫 번째 줄은 꼼짝도 않고 있었다. 아무도 움직이지 않았고, 아무도 카에게 길을 내주지 않았다. 반대로 사람들은 그를 방해했다. 늙은 남자들은 팔을 앞으로 내밀었고, 누군가의 손—카는 뒤돌아볼 틈이 없었다—이 뒤에서 카의 뒷목의 옷깃을 잡았다. 카는 사실 이제는 두 사람을 생각하지 않았는데, 왜냐하면 마치 자신의 자유가 구속되고, 마치 사람들이 진짜 자신을 체포하고 있다는 생각이 지금 들었기 때문이다. 그는 거침없이 거침없이 연단 아래로 뛰어내렸다. 이제 밀려드는 군중들과 눈과 눈을 마주하고 섰다. 그는 이 사람들을 제대로 판단하지 못했던 걸까? 자신의 연설을 너무 과대평가했었나? 그가 연설하는 동안 사람들은 거짓 태도를 꾸미고 있었고, 그가 이제 결론에 도달했기 때문에 꾸며낸 태도에 진력이 난 것일까? 그를 에워싸고 있는 이 얼굴들이란! 작고 검은 눈들은 이곳저곳 재빨리 훑어보고 있으며, 뺨은 술 취한 사람의 뺨처럼 축 늘어져 있으며, 긴 수염들은 빳빳하고 듬성듬성 나 있어, 그들이 이 수염들을 잡아당기면, 수염들을 잡아당기는 게 아니라, 마치 수염으로 맹수의 발톱 모양을 만들어내는 것 같았다. 그런데 수염 아래 이것은 카가 실제로 발견한 것이다—다양한 크기와 색깔의 배지가 웃옷 깃 부분에서 빛나고 있었다. 눈에 보이는 모든 사람이 이 배지를 달고 있었다. 좌우로 갈라진 것처럼 보인 두 패가 한 패거리였다. 그리고 카가 갑자기 돌아섰을 때, 무릎에 손을 얹은 채 태평스레 아래를 내려다보고 있는 예심판사의 깃에서도 똑같은 배지가 보였다. "그렇군!" 카는 외치며 양팔을 높이 들어 올렸고, 불현듯 깨달았다. "인제 보니 당신들 모두 공무원이군. 그래 당신들이 내가 공박했던 그 부패한 패거리야, 당신들은 여기 청중이자 염탐꾼으로서 몰려와서 겉보기에만 양편으로 갈라져 있던 거야. 한편은 나를 시험하려고 박수갈채를 보내며, 당신들은 죄 없는 사람을 어떻게 유혹해야 하는지 배우려 했던 거야! 그래 당신들은 여기 쓸데없이 있었던 게 아니라는 생각이 드는군. 어떤 사람이 당신들한테 무죄 변론을 기대하고 있다고 당신들끼리 쑥덕거렸거나 아니면—날 내버려둬, 그렇지 않으면 때릴 거야." 카는 자신에게 유난히 가까이 다가와 밀어 대며 부들부들 떨고 있는 노인에게 소리쳤다—"그렇지만 당신들은 정말 뭔가 배웠잖아. 그러니 그걸로 당신들 영업이 잘되기를." 카는 책상 가장자리에 놓여 있던 모자를 잽싸게 집어 들고, 연단 아래 침묵하고 있는 사람들 사이로, 어쨌든 너무 놀라 말문이 막힌 사람들을 비집고 출구 쪽으로 밀고 나갔다. 그렇지만 예심판사가 카보다 조금 빨랐던 것 같았다. 그가 문가에서 카를 기다리고 있었기 때문이었다. "잠깐." 그가 말했다. 카는 멈춰 섰다. 하지만 판사가 아니라, 이미 손잡이를 잡고 있던 문을 쳐다보았다. "이 점만 주지시키려 하오." 예심판사가 말했다, "당신은 오늘—당신은 아직 인식하지 못하고 있는 것 같은데—체포된 자에게 어떤 경우에라도 심리가 주는 이득을 스스로 박탈했소." 카는 문을 보며 웃었다. "거지같은 녀석들." 그가 외쳤다, "모든 심리는 너희나 해라." 그런 다음 그는 문을 열고 급히 계단을 내려갔다. 그의 등 뒤에서는 다시 활기를 찾은 회합의 시끌벅적한 소리가 높아졌고, 그들은 십중팔구 이 돌발 사건들을 연구자의 방식으로 논평하기 시작하는 것 같았다.

빈 법정에서
그 대학생
법원사무국

다음 한 주일 동안 카는 매일매일 새 출두 통지를 기다렸다. 심리를 포기한다는 자신의 말이 있는 그대로 그들에게 받아들여졌을 것이라고는 믿을 수 없었다. 기다리던 통지가 토요일 저녁까지 정말로 도착하지 않자, 암묵적으로 같은 집에 같은 시간에 재소환된 것으로 받아들였다. 그래서 일요일에 다시 그곳으로 갔다. 이번에는 곧장 계단을 올라 복도를 지나갔다. 그를 기억하는 몇 사람이 자기 집 문에서 그에게 인사를 했지만, 그는 이번에는 아무에게도 묻지 않고 곧장 그 문으로 갔다. 문을 두드리자 바로 열렸다. 전에 봤던 여인이 문에 서 있었지만 쳐다보지도 않고 옆방으로 들어가려 했다. "오늘은 재판이 없는데요." 그녀가 말했다. "왜 재판이 없는데요?" 그는 이렇게 물었고 믿으려 하지 않았다. 그녀는 옆 방문을 열어 그에게 확인시켰다. 방은 정말 비어 있었고, 비어 있으니 지난 일요일보다 훨씬 더 형편없어 보였다. 지난번 그대로 연단에 놓여 있는 책상 위에는 책이 몇 권 놓여 있었다. "책을 좀 봐도 될까요?" 카는 특별한 호기심이 있어서가 아니라, 그저 정말 아무 보람도 없이 이곳에 온 게 싫어서 물어본 것이었다. "안 돼요." 그녀가 다시 문을 닫으며 말했다. "그건 금지예요. 그 책들은 예심판사님 거예요." "아 그렇군요." 카는 고개를 끄덕이며 말했다. "법전이군요. 사람들이 무죄일 뿐만 아니라 무지한 채로 유죄판결을 받는 것도 이런 법원 제도에 속하는군요." "그럴 거예요." 그녀는 카의 말을 제대로 이해하지 못하고 그렇게 말했다. "자, 그럼 다시 돌아가야겠군요." 카가 말했다. "판사님께 뭔가 전할 말씀이라도 있으신가요?" 그녀가 물었다. "판사님을 아세요?" "그럼요." 그녀가 말했다. "제 남편이 법원 정리(廷吏)예요." 카는 그제야 전에 빨래 통 하나만 있던 방이 지금은 제대로 갖춰진 거실로 꾸며진 것을 알아차렸다. 여인은 카가 놀라는 것을 알아채고는 말했다. "네, 우리는 이 방을 무료로 얻어 쓰고 있어요. 하지만 재판이 있는 날에는 방을 비워야 해요. 제 남편의 일자리에는 단점이 좀 있어요." "방 때문에 이렇게 놀라는 게 아닙니다." 카가 그녀를 불쾌한 눈으로 바라보며 말했다. "당신이 결혼했다는 사실에 놀라고 있습니다." "혹시 지난번 집회 때의 사건을 비꼬는 건가요? 그 일로 제가 당신 연설을 방해했죠." 여인이 물었다. "물론이죠." 카가 말했다. "지금은 다 지난 일이고, 거의 잊고 있었습니다. 하지만 지난번 그 일은 정말 나를 화나게 했어요. 그런데 당신은 스스로 유부녀라고 말씀하시네요." "당신 연설이 중단된 게 당신한테 불리하지는 않았어요. 사람들은 나중에 당신 연설을 아주 비호의적으로 평가했어요." "그럴 수도 있겠죠." 카가 화제를 돌리며 말했다. "그런데 그 말로 당신이 용서받지는 않습니다." "저를 알고 있는 모든 사람한테는 용서를 받았는데요." 여인이 말했다. "그때 저를 안았던 남자는 이미 오래전부터 저를 쫓아다녔어요. 전반적으로 저는 유혹적이지 않다고 생각해요. 하지만 그 남자에게는 그런 가 봐요. 이것을 막을 수가 없어요. 남편은 진즉부터 그것을 감수하고 있어요. 자기 일자리를 유지하려면 그걸 참을 수밖에 없어요. 왜냐하면, 그 남자는 대학생이고 앞으로 상당한 권력을 갖게 될 테니까요. 그 남자는 항상 저를 쫓아다녀요. 당신이 오기 바로 직전까지 여기 있다가 갔어요." "다른 모든 것과 딱 맞는군요." 카가 말했다. "저는 그런 일로 놀라지 않습니다." "당신은 아마 여기서 몇 가지를 개선할 생각인거죠?" 여인이 천천히 시험하듯 물었다. 마치 자기 자신과 카에게 뭔가 위험한 말이라도 하는 것처럼. "당신 연설에서 벌써 그걸 짐작했어요. 개인적으로 당신 연설이 맘에 들었어요. 물론 일부분만만요. 앞부분은 놓쳤고, 끝 부분 동안에는 그 대학생과 함께 바닥에 누워 있었거든요." "여기는 정말 역겨워요." 그녀가 잠시 쉬었다가 말하면서 카의 손을 잡았다. "당신이 개선할 수 있다고 생각하세요?" 카는 미소를 짓고 그녀의 부드러운 손안에서 자신의 손을 약간 비틀었다. "원래," 그는 말했다. "당신이 말한 것처럼 이곳을 개선하는 것, 그건 제 업무가 아닙니다. 만일 당신이 예를 들면 예심판사에게 그런 말을 한다면, 당신은 웃음거리가 되거나 징계를 받을 겁니다. 사실 나도 자유의지로는 절대 이런 일에 끼어들지 않았을 것이고, 이 법원 제도를 개선할 필요성 때문에 절대 내 잠이 방해받지도 않았을 거예요. 하지만 내가 명목상 체포되었다는 사실 때문에—왜냐하면 나는 체포되었기 때문입니다—이곳에 어쩔 수 없이 개입하고 있습니다. 즉 나를 위해서입니다. 하지만 이 일로 내가 당신에게도 어떻게든 도움이 될 수 있다면, 당연히 기꺼이 그렇게 하겠습니다. 뭐 그저 이웃을 사랑하는 마음에서 그럴 뿐 아니라, 당신도 나를 도와줄 수 있기 때문입니다." "제가 어떻게 도울 수 있을지." 여인이 물었다. "예를 들면 지금 저기 책상 위에 있는 책을 보여주시는 것으로요." "정말 그렇군요." 여인은 이렇게 외치면서 그를 재빨리 끌고 갔다. 낡고 낮은 책들이었다. 두꺼운 겉장 하나는 한가운데가 거의 갈라져, 갈라진 표지가 실 몇 가닥으로 간신히 붙어 있었다. "여긴 모든 게 다 더럽군." 카가 고개를 저으며 말했다. 여인은 카가 책을 집기 전에 곁에 있는 먼지만이라도 털어 내려고 앞치마로 닦았다. 카는 맨 위에 있는 책을 펼쳤다. 그러자 점잖지 못한 그림이 보였다. 남자와 여자가 벌거벗은 채 소파 위에 앉아 있는 그림이었다. 화가의 상스러운 의도를 분명히 알 수 있었다. 하지만 솜씨가 너무 서툴러서 결국 한 남자와 한 여자만 눈에 들어올 뿐, 그림에서 이들은 육체적으로 과하게 두드러져 보였고, 지나치게 똑바로 앉아 있으며, 잘못된 투시도법 때문에 힘겹게 서로를 바라보고 있었다. 카는 더는 책장을 넘기지 않았고, 두 번째 책은 속표지만 펴 보았다. 《그레테가 남편 힌스에게 당해야 했던 고통》이라는 제목의 소설책이었다. "이것들이 여기서 사람들이 연구하는 법률 책이군요." 카가 말했다. "이런 사람들한테 내가 재판을 받아야만 하다니." "당신을 도와드릴게요." 여인이 말했다. "시작해 볼까요?" "자신을 위험에 빠뜨리지 않고 정말 그걸 할 수 있겠어요? 조금 전에 당신 남편이 상관에게 꼼짝 못 한다고 말했잖아요." "그래도 당신을 도와드릴 거예요." 여인이 말했다. "오세요, 우리는 이것에 관해 얘기 해봐야만 해요. 제 위험에 대해서 더는 말씀하지 마세요. 저는 무서워하고 싶은 곳에서만 위험을 무서워해요. 오세요." 여인은 연단을 가리키며 함께 계단에 앉자고 했다. "눈이 검고 예쁘네요." 함께 앉은 뒤 여인이 카의 얼굴을 올려다보며 말했다. "사람들이 제 눈도 예쁘다고 하는데, 당신 눈이 훨씬 예쁘네요. 그건 그렇고 당신이 처음 이곳에 들어섰을 때, 당신은 금방 내 마음에 들었어요. 나중에 내가 여기 재판실에 들어온 이유도 당신 때문이었어요. 평소에 난 절대 들어오지 않아요. 말하자면 저한테는 그게 금지되어 있어요." '그러니까 이게 다 그렇게 된 거군.' 카는 생각했다, '이 여자는 나한테 자신을 팔려고 내놓은 거야. 여기 사방에 있는 모든 사람처럼 썩어빠졌어. 법원 직원들한테는 싫증이 난 게야. 뭐 그럴 만도 하지. 그래서 마음에 드는 낯선 사람 아무한테나 눈이 어쩌니 아첨을 하며 호감을 보이는 거야.' 카는 아무 말도 않고 자리에서 일어섰다. 마치 자기 생각을 큰 소리로 말하고, 그것으로 자신의 태도를 여인에게 해명하기라도 하는 듯이. "당신이 나를 도울 수 있을 것 같지는 않군요." 그가 말했다. "정말로 나한테 도움이 되려면, 고위 관리와의 관계가 필요합니다. 하지만 당신은 여기 몰려다니는 말단 직원들만 알고 있을 겁니다. 당신은 이 사람들을 아주 잘 알고 있으니 이들 틈에서는 많은 일을 잘해낼 겁니다. 그것은 의심하지 않습니다. 하지만 이들한테 해낼 수 있는 가장 큰 일도 소송의 최종 결과를 위해서는 전혀 의미가 없을 겁니다. 그리고 당신은 그 일로 몇몇 친구를 잃게 될지도 모릅니다. 나는 그건 원치 않아요. 지금까지 이 사람들한테 하던 식으로 계속 행동하세요. 당신한테는 그게 꼭 필요한 것 같다는 생각이 듭니다. 이런 말을 하니 유감입니다. 당신이 저한테 한 칭찬에 어떤 식으로든 보답하기 위해 말씀드리는데, 저도 당신이 마음에 들기 때문입니다. 특히 지금처럼 그렇게 슬프게 나를 쳐다보면 말입니다. 그렇게 나를 바라볼 이유가 없어요. 당신은 내가 싸워야만 하는 사람들에 속하지만, 그들 틈에서 아주 잘 지내시잖아요. 게다가 대학생을 사랑하고 있어요. 그를 사랑하지 않더라도, 적어도 남편보다는 그를 더 좋아하겠지요. 당신 말에서 쉽게 알아차릴 수 있었어요." "아녜요," 여인은 소리치며, 앉은 채로 카의 손을 잡았지만, 그는 손을 잡아 뺄 만큼 민첩하지 못했다. "지금 가면 안 돼요, 나에 대해 잘못 판단하신 채로 가면 안 돼요. 정말 지금 가실 거예요? 여기에 아주 잠깐만 더 있어 줄 호의도 없을 만큼, 그렇게 내가 정말 가치가 없나요?" "오해십니다." 카가 말하면서 앉았다. "여기 있기를 정말 바라신다면 기꺼이 있겠어요. 시간도 있어요. 오늘 심리가 있을 거라고 기대하고 여기에 왔습니다. 조금 전에 한 말은 그저 내 재판에서 나를 위해 아무것도 하지 말아 달라는 부탁이었어요. 그리고 이것 때문에 마음 상해하지 마세요. 내가 재판 결과에 전혀 개의치 않고, 유죄판결이 나더라도 그냥 웃어넘길 거로 생각하신다면 말입니다. 재판이 실제로 끝난다는 것을 전제로 하는 말이지만, 그렇게 될 거라고는 거의 믿고 있지 않습니다. 오히려 게으름이나 건망증 때문에, 어쩌면 한술 더 떠 공무원들의 두려움 때문에 이미 재판 진행이 중단되었거나, 아니면 다음번에는 중단될 것 같은 생각이 듭니다. 물론 뭔가 꽤 큰 뇌물을 바라면서 겉으로는 재판을 계속 끌 수도 있습니다. 전혀 쓸데없는 짓이지요. 그건 지금 말씀드릴 수 있습니다. 나는 아무도 매수하지 않으니까요. 당신이 예심판사나 중요한 소식을 퍼뜨리기 좋아하는 누군가에게 이렇게 전해 주면 정말 좋겠어요. 그 양반들은 충분히 가진 그어떤 재주를 부려도 나는 절대로 매수의 유혹에 넘어가지 않을 거라고요. 그건 정말 있을 수 없는 일입니다. 그 사람들한테 대놓고 이 말을 해도 됩니다. 게다가 어쩌면 그들은 이것을 벌써 알고 있는지도 몰라요. 그렇지 않다고 해도, 그들이 지금 이걸 아는 게 나한테는 별로 중요하지 않아요. 이걸 안다면 그 사람들한테는 일이 줄어드는 거겠죠. 물론 나한테도 불쾌한 일이 몇 가지 줄어들겠죠. 그렇지만 나는 이 불쾌한 일들을 기꺼이 감수할 겁니다. 그것들이 동시에 다른 사람에게는 타격이 될 수 있다는 것을 알기만 하면 말입니다. 그리고 그렇게 되도록 노력할 겁니다. 그런데 예심판사를 아십니까?" "물론이죠." 여인이 말했다. "내가 당신을 돕겠다고 했을 때 그 사람을 제일 먼저 생각했는걸요. 그 사람이 그저 하급 공무원에 불과하다는 것을 몰랐어요. 하지만 당신이 그렇게 말하니까, 맞는 말이겠죠. 그렇다 하더라도, 나는 그가 상부에 전달하는 보고서가 아무튼 어느 정도 영향이 있을 거로 생각해요. 그리고 그 사람은 보고서를 정말 많이 써요. 당신은 공무원들이 게으르다고 말씀하시는데, 모두가 다 그런 것은 아니에요. 특히 이 예심판사는요. 그는 정말 많이 써요. 예를 들면 지난 일요일에는 재판이 저녁까지 계속되었어요. 모두 다 돌아갔는데, 예심판사는 홀에 남아 있어서 나는 그에게 등불을 갖다 줘야만 했어요. 나는 작은 부엌용 등불밖에 없었는데, 그 사람은 그 정도에 만족했고 곧바로 쓰기 시작했어요. 그사이 마침 그 일요일에 휴가인, 내 남편도 와서 우리는 가구를 가져와서 다시 우리 방을 꾸몄어요. 그러고 나서 몇몇 이웃들이 들어와, 우리는 촛불 하나를 켜 놓고 얘기를 나눴어요. 한마디로 말해 우리는 예심판사는 잊어버리고 잠자리에 들었어요. 갑자기 밤에, 아마 이미 한밤중이었던 것 같은데, 나는 잠이 깨었어요. 침대 옆에 예심판사가 서 있는 거예요. 남편에게 불빛이 비치지 않게 손으로 등불을 가리고요. 그렇게 조심할 필요는 없었어요. 남편은 잠이 들면 불빛이 비쳐도 깨지 않거든요. 나는 놀라서 거의 소리를 지를 뻔했어요. 하지만 판사님은 아주 친절했고, 조심하라고 나한테 주의를 시키고는 지금까지 글을 썼는데, 이제 등불을 돌려줄 거고, 자는 내 모습을 절대 잊지 않을 거라고 속삭였어요. 이런 모든 말들은 예심판사가 정말로 보고서를 많이 쓴다는 것을 알려드리려고 그러는 거예요. 특히 당신에 대해서요. 분명 당신에 대한 심리가 지난 일요일 재판의 중요한 것 중의 하나였기 때문일 거예요. 그렇게 긴 보고서가 전혀 의미 없다고 할 수는 없잖아요. 게다가 당신은 이런 일에서, 판사가 나한테 관심을 두고 있다는 것, 그리고 내가 이제 초기 단계에서, 그는 분명 이제야 나한테 관심을 가진 게 틀림없는데, 그 사람한테 큰 영향을 끼칠 수 있다는 것을 아실 수 있을 거예요. 그가 나한테 관심이 많다는 것에 대해서는 지금 다른 증거도 갖고 있어요. 어제는 그가 크게 신임하고 있는 부하 직원인 대학생을 통해서 실크 스타킹을 선물로 보내왔어요. 내가 재판실을 청소했기 때문이라고는 하지만, 그건 핑계에 불과해요. 이 일은 내 의무이고 그 대가로 내 남편이 돈을 받고 있으니까요. 예쁜 스타킹이에요, 봐요."—그녀는 다리를 뻗어 치마를 무릎까지 걷어 올리고는 그녀 자신도 스타킹을 쳐다보았다—"예쁜 스타킹이지만 사실 너무 고와서 나한테는 어울리지 않아요."

　　여인은 갑자기 말을 멈추고는, 마치 그를 안심시키려는 듯, 손을 카의 손 위에 올려놓고 속삭였다. "쉬, 베르톨트가 우리를 보고 있어요!" 카는 천천히 시선을 올렸다. 재판실의 문에 젊은 남자가 서 있었다. 키는 작고 다리는 살짝 굽었고, 얼굴 전체를 온통 뒤덮은 짧고 듬성듬성 난 붉은 수염을 손가락으로 계속 꼬면서 품위 있는 척 애쓰고 있었다. 카는 호기심에서 그를 바라보았다. 그가 어떤 의미에서는 인간적으로 처음 만나는, 잘 모르는 법학을 전공하는 대학생이었다. 분명 언젠가는 고위 관직에 오를지도 모를 남자였다. 반면 대학생은 언뜻 보기에는 카를 전혀 신경쓰지 않는 것 같았다. 그는 수염에서 잠시 뗀 그 손가락으로만 여인에게 신호를 보내고 창가로 갔다. 여인은 카에게 몸을 구부리고 속삭였다. "저에게 화내지 마세요. 정말 부탁해요. 나를 나쁘게 생각하지도 말아 주세요. 이제 저 사람한테, 저 끔찍한 인간한테 가야 해요. 저 흰 다리 좀 보세요. 곧 돌아올게요. 그런 다음에 당신과 함께 갈게요. 당신이 저를 데려가시면, 당신이 원하는 곳으로 갈게요. 원하시는 대로 저를 마음대로 할 수 있어요. 가능하면 오래 여기를 벗어나 있으면 정말 행복할 거예요. 제일 좋은 건 영원히 이곳을 떠나는 거예요." 그녀는 카의 손을 한 번 더 쓰다듬고는 벌떡 일어나 창가로 달려갔다. 카는 자기도 모르게 허공으로 손을 뻗어 그녀의 손을 잡으려 했다. 여인은 정말 그를 유혹했다. 그는 온갖 생각을 다 해봤지만, 유혹에 굴복해서는 안 될 확실한 이유를 찾지 못했다. 여인이 법원을 위해 함정을 파 그를 잡아들이려는 속셈이라는 생각이 잠깐 들었지만, 이런 의혹을 쉽게 떨쳐 버렸다. 그녀가 어떤 식으로 그를 잡아들일 수 있단 말인가? 그는 적어도 법정이 자신에게 영향을 미치려 하는 한, 곧바로 온 법정을 무기력하게 만들 정도로 그렇게 자유롭지 않은가? 이렇게 조금이라도 자신을 믿을 수 없는 것인가? 저 여자가 도와주겠다는 제의는 진지하게 들렸고, 쓸모없는 것 같지는 않았다. 어쩌면 예심판사와 그 패거리한테서 저 여인을 빼내 자신이 취하는 것보다 그들에게 더 좋은 복수는 없을 것이다. 그러면 판사가 오랜 시간 카에 대해 힘들여 거짓 보고서를 쓴 뒤에, 어느 늦은 밤 여인의 침대가 비어 있는 것을 발견하는 상황이 일어날지도 모른다. 저 여인이 카의 것이 되었기 때문에 침대가 비는 것이다, 거칠고 무거운 재질로 된 어두운 옷을 입고, 창가에 있는 이 육감적이며 탄력 있고 따뜻한 몸을 가진 저 여인이 오직 카의 것이 되었기 때문에.

이런 식으로 여인을 의심하는 생각을 없애고 나자, 창가에서 나직나직 속삭이는 친근한 대화가 너무 긴 것같이 느껴졌다. 카는 손가락 마디로 연단을 두드리다가 다음에는 주먹으로도 두드려 댔다. 대학생은 잠깐 여인의 어깨너머로 카를 흘끔 쳐다보고는, 구애받지 않고 여인에게 더욱 몸을 밀착시키고 껴안기까지 했다. 여인은 대학생의 말을 귀 기울여 듣는 것처럼 고개를 푹 숙였다. 그녀가 몸을 굽히자 그는 말을 제대로 멈추지 않은 채, 그녀의 목에 큰 소리 나게 입을 맞추었다. 여인이 화를 내고 학생은 그녀에게 난폭하게 구는 것을 보자, 카는 일어나서 방 안을 오락가락했다. 그는 대학생을 곁눈질하면서 어떻게 하면 빨리 그를 쫓아 버릴 수 있을까 생각했다. 그래서 이따금 쿵쿵거리는 소리로 바뀐 카의 서성거리는 소리에 분명히 방해를 받은 대학생이 다음처럼 말을 꺼내자 기분 나쁘지 않았다. "초조하면 가도 되잖소. 진즉에 가도 괜찮았을 텐데요. 당신을 아쉬워할 사람은 아무도 없어요. 그래요, 당신은 가야만 했어요, 내가 이곳에 들어섰을 때 말이요. 그것도 가능한 재빨리요." 이 말 속에는 온갖 분노가 다 드러나는 것 같았다. 어쨌든 이 말 속에는 미움 받은 피고인을 향해 말하는 장차 법관이 될 사람의 건방진 태도가 들어 있었다. 카는 그에게 바짝 붙어 서서 미소를 지으며 말했다. "나는 초조해요. 그건 맞는 말이요. 하지만 이 초조함은 당신이 우리를 떠나면 아주 쉽게 없어질 거요. 당신이 공부하기 위해 여기 온 것이라면—당신이 대학생이라고 하던데—그러면 기꺼이 자리를 내주고 저 여자와 함께 나가 주겠어요. 아무튼, 당신은 판사가 되기 전에 공부를 많이 해야만 할 테니까요. 나는 당신네 사법제도를 아직 아주 정확하게는 모르지만, 당신이 이미 뻔뻔스럽게 잘도 내뱉은 거친 말만으로는 어림도 없을 거요.” “이 사람을 이렇게 멋대로 돌아다니게 놔두면 안 되는데.” 그는 카의 모욕적인 말에 대해 여인에게 해명이라도 하려는 듯 대학생이 말했다. “그건 실수야. 이걸 예심판사님께 말씀드렸었지. 적어도 심리를 안 하는 때에 이 사람을 자기 방에 잡아 두어야만 했는데. 예심판사님은 가끔 이해할 수가 없어.” “쓸데없는 소리.” 카는 이렇게 말하면서 여자를 잡으려 손을 뻗었다. “이리 와요.” “아, 아니, 안 돼, 당신은 이 여인을 가질 수 없어.” 대학생이 말했다. 그러면서 예상치 못한 힘으로 여인을 한쪽 팔에 안고, 문 쪽으로 달려가서 등을 구부리고 다정하게 여인을 바라보았다. 지금 이 행동에는 카에 대한 두려움이 엿보였다. 그런데도 그는 자유로운 손으로 여인의 팔을 쓰다듬고 꽉 쥐기도 하여, 카의 화를 더욱 북돋웠다. 카는 그의 옆으로 몇 걸음 뛰어갔다. 그를 붙잡을 각오가 되어 있었고, 필요하면 목을 조를 생각이었다. 그때 여인이 말했다. “그래 봤자 소용없어요. 예심판사가 나를 데려오게 시킨 거예요. 나는 당신이랑 같이 가서는 안 돼요, 이 꼬마 악마 같으니.” 그녀는 이렇게 말하면서 손으로 대학생의 얼굴을 어루만지며 말했다. “이 꼬마 악마가 나를 놓아주지 않아요.” “그리고 당신도 놓여나고 싶지 않은 거지.” 카가 외치면서 대학생의 어깨에 손을 올려놓았고, 대학생은 카의 손을 물려고 했다. "안 돼요." 여인이 소리치면서 양손으로 카를 저지시켰다. "안 돼요, 그것만은 안 돼요, 무슨 생각이세요! 그건 나를 망하게 하는 거예요. 이 남자를 그냥 내버려두세요, 제발요, 이 사람을 내버려두세요. 이 사람은 그저 예심판사의 명령을 따를 뿐이고, 나를 그에게 데려가는 거예요." "그럼 이 남자는 가도 좋아요. 당신을 다시는 보고 싶지 않소." 실망해서 화가 난 카는 이렇게 말하고는 대학생의 등을 때렸기 때문에 대학생은 순간 비틀거렸지만, 넘어지지 않자 기뻐서 여인을 들고 더 높이 뛰면서 갔다. 카는 천천히 그들을 따라가면서, 이것이 그가 이 사람들에게서 당한 의심할 여지없는 첫 번째 패배라는 것을 알아차렸다. 물론 이 때문에 겁을 먹을 이유는 없었다. 단지 자신이 싸움을 걸었기 때문에 패배 당한 것이었다. 만약 집에 있으면서 평소처럼 생활하게 된다면, 그는 이 사람 중 그 누구보다 훨씬 뛰어났을 것이며, 누구라도 한 발로 걷어차 자신의 길에서 치워 버릴 수 있었을 것이다. 그리고 카는 정말 웃기는 장면들을 상상해 보았다. 예를 들면 이 하찮은 대학생, 이 교만한 녀석, 이 다리 굽은 털보가 엘자의 침대 앞에 무릎을 꿇고 가슴에 두 손을 포개어 교차시키고는 연민을 구걸한다든가 하는, 있을 법한 장면들을 말이다. 카는 이런 상상이 얼마나 마음에 들던지 기회만 생기만 언젠가 이 대학생을 엘자에게 데려가기로 했다.

호기심에 카는 문으로 급히 가, 여인이 어디로 끌려가는지 보려 했다. 대학생이 한쪽 팔로 그녀를 안고는 길도 못 건널 것 같았다. 하지만 길이 생각보다 정말 짧았다는 것을 알게 되었다. 집

바로 건너편에 있는 좁은 나무 계단이 아마 다락방으로 이어지는 듯했다. 계단은 휘어져 있어서 끝이 보이지 않았다. 대학생은 이 계단 위까지 여인을 데리고 뛰느라 진이 빠져서, 이제 걸음은 느려졌고 낑낑대고 있었다. 여인은 아래쪽에 있는 카에게 손을 흔들었고, 어깨를 으쓱하며 자신은 이 유괴에 아무 죄도 없다는 것을 보여주려고 했으나, 이런 동작에 크게 유감스러워 하는 기색은 없었다. 카는 마치 모르는 사람을 보듯 여인을 무표정하게 쳐다보았다. 자신이 실망했다는 것도 또 실망을 쉽게 극복할 수 있다는 것도 드러내고 싶지 않았다.

두 사람은 이미 사라졌지만 카는 여전히 문가에 서 있었다. 여인이 자신을 속였을 뿐만 아니라 예심판사에게 불려간다고 거짓말을 했다는 생각을 안 할 수가 없었다. 예심판사가 다락방에 앉아 기다릴 리가 없었다. 아무리 쳐다보고 있어도 나무 계단은 아무것도 알려주지 않았다. 그때 카는 입구 옆에 작은 종이쪽지를 발견하고, 그쪽으로 가 어린애가 쓴 듯한 서툰 글씨를 읽었다. "법원사무국으로 올라가는 계단." 그러니까 이 임대 가옥 다락방에 법원사무국이 있다는 말인가? 그것은 큰 존경을 불러일으킬 만한 시설이 아니었다. 극빈자에 속하는 세입자들이 그들의 쓸모없는 잡동사니를 던져두는 바로 그곳에 법원이 사무실들을 마련했다니, 재정이 얼마나 궁핍하면 그랬을까 상상하는 것만으로도 피고인의 입장에서는 위안이 되었다. 물론 돈은 충분하지만, 법원을 세울 목적에 사용되기 전에 공무원들이 착복했을 가능성도 배제할 수는 없다. 지금까지 카가 겪은 바에 따르면 그럴 확률이 매우 높다. 법원의 그런 타락은 피고인에게 품위가 떨어지는 것으로 생각되지만, 근본적으로 보면 법원이 가난하다는 것보다 훨씬 더 안심되는 일이었다. 이제 카는 처음 심리 때 피고인을 다락방으로 소환하는 것을 꺼려, 바로 카 자신의 집에서 자신을 괴롭히기로 한 것이 이해가 되었다. 카는 은행 안에 대기실까지 딸린 커다란 사무실이 있으며 큰 창문을 통해 생동감 넘치는 도시를 내려다볼 수 있었다. 반면, 판사는 다락방에 앉아 있었다. 그러니 카가 판사와 비교하면 얼마나 좋은 위치에 있는 것인가. 물론 그는 판사처럼 뇌물이나 횡령을 통해 들어오는 부수입도 없었고 고용인을 시켜 팔에 여인을 안아 사무실로 데려오게 할 수도 없었다. 하지만 카는 적어도 지금 삶에서는 그런 짓은 기꺼이 포기하고 싶었다.

카가 여전히 안내 쪽지 앞에 서 있을 때, 어떤 남자가 계단을 올라와서 열린 문으로 거실을 들여다보았다. 거실에서는 법정을 들여다볼 수도 있었다. 마침내 그 남자가 카에게 혹시 조금 전에 여기서 어떤 여자를 보지 않았느냐고 물었다. "당신은 정리(廷吏)죠, 그렇죠?" 카가 물었다. "네." 그 남자가 대답했다. "아 그렇군요. 당신은 피고인 카군요. 이제 저도 당신을 알아보겠어요, 반갑습니다." 그리고 그는 카가 전혀 기대하지 않던 악수를 청했다. "오늘은 공판이 공고되지 않았는데요." 카가 아무 말도 없자 그는 이렇게 말했다. "알고 있습니다." 카는 이렇게 말하고는 정리의 사복을 살펴보았다. 그 사복은 평범한 단추에 더하여, 두 개의 금색 단추가 달려 있었는데 이것이 공직에 대한 유일한 표시였다. 그 단추는 낡은 장교용 외투에서 떼어낸 것 같았다. "조금 전에 당신 부인과 얘기했었어요. 지금은 여기 없습니다. 대학생 이 예심판사한테 데려갔어요." "보셨죠." 정리가 말했다, "늘 내 아내를 빼앗아 간다니까요. 오늘은 일요일이니까 근무를 안 해 도 되는데, 그저 나를 여기서 사라지게 하려고 사람들은 쓸데없 는 전갈을 줘서 나를 보내 버립니다. 사실 멀리 보내지도 않습니 다. 그래서 나는 아주 서두르면 어쩌면 제때에 돌아올 수도 있겠 다는 희망을 품습니다. 그러니까 나는 있는 힘껏 달려 보내진 관 청에 가서는 문틈에 대고 저쪽 사람들이 알아듣지 못할 정도로 숨이 턱에 차서 전갈을 외치고 다시 달려 돌아오는 겁니다. 하지 만 그 대학생은 나보다 훨씬 신속하게 행동했습니다. 물론 그의 길이 더 가깝기도 했죠. 계단만 내려오면 됐으니까요. 내가 이렇 게 그들에게 매여 있지만 않았더라면 이미 오래전에 여기 이 벽 에다 그 대학생을 눌러 으깨어 버렸을 겁니다. 여기 안내 쪽지 옆 에다 대고 말입니다. 나는 항상 그런 꿈을 꿉니다. 여기 바닥 조 금 위쪽에 그가 사방에 피를 튀긴 채 양팔은 쭉 뻗고, 손가락은 쫙 펼치고, 구부러진 다리는 둥그렇게 틀어진 채 짓눌려 있는 겁 니다. 하지만 아직 이건 그냥 꿈이었을 뿐이죠." "다른 방법은 없 나요?" 카가 미소 지으며 물었다. "다른 건 모릅니다." 정리가 말 했다. "그런데 이제 더 짜증나게 되었군요. 그 대학생은 이제까지 는 그저 자기를 위해 내 아내를 데려갔었는데, 이제는 예심판사 를 위해서까지 데려가는군요. 물론 이미 오래전에 이럴 것이라고 예상은 했습니다." "이 일에서 당신 아내는 잘못이 없나요?" 카가 물었다. 그는 이렇게 물으면서 자신을 억제해야만 했다. 그 정도로 그도 이제 질투를 느꼈다. "물론 잘못이 있죠." 정리가 말했다, "게다가 아내 잘못이 제일 큽니다. 아내가 그 학생한테 엉겨 붙었어요. 그 사람에 관해서 말하자면, 그는 모든 여자를 다 쫓아다닙니다. 이 건물 안에서만도 벌써 다섯 집에나 몰래 기어들어 갔다 쫓겨났죠. 물론 내 아내가 건물 안에서 제일 미인이고, 하필 나는 그에게 대항할 권리가 없습니다." "사정이 그렇다면 도울 수가 없군요." 카가 말했다. "왜요?" 정리가 물었다. "그 대학생, 그 비겁한 녀석이 내 아내한테 손을 대려고 한다면, 두들겨 패야만 할 겁니다. 절대 다시는 감히 그런 짓을 못하도록 말이죠. 하지만 나는 그래서는 안 되고, 다른 사람들은 나를 도와주지 않아요. 모두 그의 권력을 무서워하고 있거든요. 그저 당신 같은 남자가 그걸 할 수 있을 겁니다." "왜 내가요?" 카가 놀라서 물었다. "당신은 기소당했잖아요." 정리가 말했다. "그렇죠." 카가 말했다. "하지만 그래서 내가 더 겁을 먹어야만 하는 거잖소. 그가 소송 결과에는 영향을 끼치지 못한다고 하더라도, 그래도 어쩌면 예비심문에는 영향을 줄 수 있을 테니까요." "네, 물론입니다." 정리가 말했다. 카의 생각이 자기 생각처럼 옳다는 듯이. "그렇지만 우리 법원에서는 일반적으로 가망 없는 재판은 하지 않습니다." "나는 당신 생각과 달라요." 카가 말했다, "하지만 적절한 때에 대학생을 손봐주는 게 나한테 방해되지는 않겠죠." "정말 감사드립니다." 정리가 약간 격식을 갖추어 말했지만, 그의 가장 큰 소망이 충족될 것이라 믿는 것 같지는 않았다. 카는 말을 이었다. "당신들 관리 중

다른 사람들이, 아니 어쩌면 전부 다 같은 취급을 받게 될 겁니다."
"그럼요, 그럼요." 정리는 지당한 얘기를 다루는 듯이 대답했다. 그런 뒤 그는 신뢰 어린 눈길로 카를 바라보았다. 지금까지 아주 친절하기는 했지만 그런 태도를 보이지는 않았다. 그는 말을 덧붙였다. "사람들은 항상 막 반란을 일으킬 태세죠." 그러나 이 대화가 그에게는 약간 불편하게 되어 버린 듯했다. 다음과 같이 말하면서 대화를 중단했기 때문이었다. "이제 사무실에 들어가 봐야 해요. 같이 가시겠어요?" "거기서 볼 일이 없어요." 카가 말했다. "사무실들을 둘러 보셔도 돼요. 아무도 당신을 신경 쓰지 않을 거예요." "구경할 만해요?" 카는 주저하며 물었지만 따라가고 싶은 마음이 굴뚝같았다. "글쎄요." 정리가 말했다, "당신이 관심을 가질 거로 생각했어요." "좋아요." 카가 마침내 말했다. "같이 가요." 그러고는 정리보다 더 빨리 계단을 올라갔다.

방에 들어가다 하마터면 넘어질 뻔했다. 문 뒤에 계단이 하나 더 있었기 때문이었다. "방문객한테는 썩 신경을 쓰지 않는군요." 카가 말했다. "전혀 신경을 쓰지 않죠." 정리가 말했다, "여기 대기실 좀 보세요." 그것은 긴 복도로, 여기에 있는 아무렇게나 만들어진 문들은 다락 층에 있는 각 부서 사무실 입구였다. 빛이 직접 들어오는 곳이 없는데도 아주 캄캄하지는 않았다. 상당수 사무실의 복도 쪽은 다른 곳과 같은 나무판자 벽이 아니라, 천장까지 닿는 나무 창살로 되었기 때문에, 그 사이로 빛이 조금 들어오고, 몇몇 관리들이 보였는데, 그들은 책상에서 글을 쓰거나 혹은 격자 바로 옆에 서서 틈새로 복도에 있는 사람들을 살펴보기

도 했다. 아마 일요일이라 그런지 복도에는 사람이 적었다. 이 사
람들은 아주 겸손한 인상을 주었다. 복도 양편에 놓인 두 개의 긴
나무 벤치에 거의 일정한 간격을 두고 떨어져 앉아 있었다. 대다
수는 표정이나 태도, 수염 모양과 확정할 수는 없는 많은 소소한
개별적인 것들로 볼 때 높은 계층에 속하는 사람들인데도 불구하
고, 모두 옷차림은 허술했다. 옷걸이가 없었기 때문에 그들은 모
자를 의자 아래에 놓았다. 아마 누군가가 그렇게 한 것을 다 따
라 한 듯했다. 문 바로 옆에 앉아 있는 사람들이 카와 정리를 보
자 인사를 하려고 자리에서 일어났다. 이 모습을 다른 자리에 있
는 사람들이 보았기 때문에, 그들도 인사를 해야만 한다고 생각
한 듯해서, 두 사람이 지나가는 동안 모든 사람이 다 일어섰다. 그
들은 완전히 몸을 세우지는 않았다. 등을 구부리고 무릎을 꺾어
마치 거리의 거지들처럼 서 있었다. 카는 약간 뒤처져 오는 정리
를 기다렸다가 말했다. "이 사람들은 정말 겸손하네요." "네." 정
리가 대답했다. "여기 보이는 사람들 모두 다 피고인입니다, 피
고인들이지요." "정말요?" 카가 말했다. "그렇다면 내 동료들이
군요." 그리고 그는 옆 사람에게, 키가 크고 말랐으며 이미 머리
가 백발이 된 남자에게 몸을 돌렸다. "여기서 무엇을 기다리십니
까?" 카는 정중하게 물었다. 하지만 예상치 않게 말을 걸어온 탓
에 남자는 당황했다. 보아하니 세상 물정에 밝은 사람, 다른 곳에
서라면 분명 잘 처신할 줄 알고, 수많은 사람에게 행했던 우위를
쉽게 포기하지 않았을 그런 남자였기 때문에 그렇게 당황하는 모
습이 더 난처해 보였다. 그러나 이곳에서 그는 그렇게 간단한 질

문에도 대답할 수 없었고, 마치 그들이 그를 도와줄 의무라도 있듯이, 그리고 이러한 도움을 받을 수 없다면 아무도 그에게 대답을 요구할 수 없다는 듯이, 다른 사람들을 쳐다보았다. 그때 정리가 다가가서 그를 진정시키고 격려하기 위해 다음과 같이 말했다. "여기 이분은 그저 당신이 무엇을 기다리고 있는지 묻는 겁니다. 그냥 대답하세요." 그에게는 익숙한 정리의 목소리가 더 효과가 있었다. "저는 기다리고 있습니다──" 그는 이렇게 시작했다가 멈추어 버렸다. 보아하니 질문에 아주 정확히 대답하기 위해 이렇게 시작했던 것 같은데, 지금 계속하지 못하고 있다. 기다리고 있던 사람 중 몇이 가까이 다가와서 세 사람 주변에 둘러섰다. 정리가 그들에게 말했다. "비켜요, 비키세요, 복도를 막지 말아요." 사람들은 약간 뒤로 물러섰지만, 원래 앉았던 자리로 돌아가지는 않았다. 그사이 질문을 받은 사람은 생각을 가다듬고 살짝 미소까지 지으며 대답했다. "한 달 전에 제 사건에 대한 증거 제출 신청을 했는데 그 결과를 기다리고 있습니다." "수고를 많이 하시는 것 같군요." 카가 말했다. "그렇습니다." 그 남자가 말했다. "결국 제 사건이니까요." "모두가 당신처럼 생각하지는 않습니다." 카가 말했다. "예를 들면 저도 기소당했습니다만 정말 평온히 있고 싶어서, 증거 제출 신청도 하지 않았고, 그 밖에 그 어떤 비슷한 일도 하지 않았습니다. 그런 게 꼭 필요하다고 생각하십니까?" "저도 정확히 모릅니다." 그 남자는 또다시 정말 불안해하며 말했다. 그는 카가 자신과 농담을 하고 있다고 생각하는 것 같았다. 그래서 또 실수를 저지를까 봐 겁이 나 그냥 조금 전의 대답을 그대로 되풀이하고 싶은 듯했다. 그러나 카의 초조한 눈길 앞에서 그는 이렇게 말했다. "저에 관해 말하자면, 저는 증거신청을 제출했습니다." "제가 기소당했다는 사실을 믿지 않으시는 것 같군요." 카가 물었다. "아, 천만에요, 확실히 믿습니다." 남자가 말했다. 그러고는 약간 옆으로 비켜섰다. 하지만 그 대답 속에 믿음보다 두려움만 있었다. "저를 믿지 못하시죠?" 카가 묻고는, 자기도 모르게 남자의 겸손한 성향에 고무되어서 믿으라고 강요하려는 듯 그의 팔을 잡았다. 그를 아프게 하려는 의도는 아니었기 때문에 살짝 잡았을 뿐이었다. 그러나 남자는 마치 카가 두 손가락이 아니라 달군 집게로 잡기라도 한 것처럼 비명을 질렀다. 이 어처구니없는 비명에 카는 남자가 완전히 지겨워졌다. 카가 기소당했다는 사실을 믿지 않는다면, 그게 더 낫다. 어쩌면 남자는 카를 판사로 알고 있는지도 모른다. 그래서 이제 카는 작별하려고 그를 정말로 꽉 잡고 의자로 도로 밀치고 계속 갔다. "피고인들은 대부분 아주 예민해요." 정리가 말했다. 두 사람 뒤에서 이제 기다리고 있는 거의 모든 사람이 그 남자 주변에 모여들었다. 그 남자는 지금 비명을 멈추었지만, 그들은 소동에 대해 캐물으려고 그 남자에게 고함을 치고 있었다. 이제 카를 향해서 경비원 한 명이 다가왔다. 칼을 차고 있어서 그가 뭐 하는 사람인지 알아볼 수 있었다. 칼집은 색깔로 봐서 알루미늄으로 만든 것 같았다. 카는 그게 놀라워서 만져 보려고 손을 뻗기까지 했다. 비명 때문에 온 경비원은 갑작스러운 소동에 관해 물어보았다. 정리는 몇 마디 말로 그를 안심시키려 했지만, 경비원은 자신이 직접 봐야만 한다며 경례를 하고 아주 빠르지만, 보폭이 매우 짧은 걸음으로 계속 갔는데, 아마 통풍 때문에 신중하게 걸음을 내딛는 것 같았다.

카는 경비원과 복도에 있는 사람들에게 오래 관심을 두지 않았다. 특히 복도 중간쯤에서 문이 없는 입구를 통해 오른쪽으로 접어들 수 있다는 것을 알았기 때문이었다. 그는 이것이 맞는 길인지 정리에게 물었다. 정리는 고개를 끄덕였고 카는 이제 오른쪽으로 들어갔다. 카는 항상 정리보다 한두 걸음 앞서 걸어야만 하는 게 불편했다. 적어도 이 장소에서는 그가 체포되어 연행되는 것처럼 보일 수도 있었다. 그래서 그는 여러 번 정리를 기다리곤 했지만, 정리는 곧 다시 뒤처졌다. 결국, 카는 불편함을 끝내려고 정리에게 말했다. "자 여기가 어떻게 생겼는지 다 봤으니 이제 가겠어요." "아직 다 보신 게 아닌데요." 정리가 정말 악의 없이 말했다. "다 보고 싶지 않아요." 정말 피곤한 카가 말했다. "가겠어요. 어디로 나가죠?" "벌써 길을 잃은 건 아니시죠." 정리가 놀라서 물었다. "여기서 모퉁이까지 간 다음에 오른쪽 복도를 내려가 곧장 가시면 문이에요." "같이 가요." 카가 말했다. "길을 알려주세요, 길을 잘못 들지도 몰라요, 여기에는 길이 너무 많아요." "길은 하나예요." 정리가 이제는 나무라듯 말했다. "당신이랑 다시 돌아갈 수는 없어요. 나는 보고도 해야 하는데 벌써 당신 때문에 시간을 많이 허비했어요." "같이 가요." 카는 마치 드디어 정리가 거짓말을 하는 것을 알아차리기라도 했다는 듯, 이번에는 더 날카롭게 말했다. "그렇게 언성 높이지 마세요." 정리가 속삭였다. "여기는 사방에 사무실이 있단 말입니다. 혼자 가고 싶지 않으시면 저랑 조금만 같이 가시죠. 아니면 보고를 마칠 때까지 기다리세요. 그러면 기꺼이 함께 되돌아가 드리지요." "아뇨, 아뇨." 카가 말했다, "난 기다리지 않을 거요. 그러니 당신은 지금 나와 같이 가야만 합니다." 카는 아직 자신이 있는 장소를 둘러보지 않았는데, 이제 사방에 있는 많은 나무문 중 하나가 열리자 그쪽을 쳐다보았다. 카가 고함을 친 탓에 밖으로 나온 아가씨가 다가와서 물었다. "이분은 무슨 일이시죠?" 아가씨 뒤쪽 멀리 어스름한 곳에서 또 한 남자가 다가오는 것이 보였다. 카는 정리를 쳐다봤다. 그는 아무도 카에게 신경 쓰지 않을 것이라고 했는데, 이제 두 사람이나 왔다. 별일 아닌데 공무원들이 그에게 관심을 둔 것이다. 여기 왜 왔는지 해명을 요구할지도 모를 일이다. 납득이 가고 인정받을 수 있는 유일한 해명은 그가 피고인이며 다음 심리 날짜를 알고자 한다는 것이었다. 그러나 바로 이런 해명만큼은 하고 싶지 않았다. 특히 이것은 사실도 아니었기 때문이었다. 그저 호기심에서 여기 왔으니 말이다. 아니면 이 법원은 내부건 외부건 모두 혐오스럽다고, 이렇게 마음 내키는 대로 단정적으로 말하는 것은 해명이라고 할 수 없었다. 그런데 이런 추측이 옳은 것 같았다. 그는 계속 파고들고 싶지 않았다. 이제까지 본 것만으로도 충분히 행동 범위가 좁아졌다. 바로 지금의 심신 상태에서는 어떤 문 뒤에서건 나타날 법한 고위 관리와 대면할 수가 없었다. 그는 나가고 싶었다. 그것도 정리와 함께 나가거나, 정 안 되면 혼자서라도.

그러나 그가 아무 말 않고 서 있는 모습이 사람들의 관심을 끈

것 같았다. 아가씨와 정리는 정말 카에게 금방이라도 뭔가 커다
란 변화가 일어날 것처럼 그를 쳐다보았다. 그들은 이런 변화를
지켜보는 것을 놓치지 않으려는 듯했다. 그리고 문간에는 카가
조금 전 멀리서 보았던 그 남자가 서 있었다. 그는 낮은 문의 위
쪽 문틀을 꽉 붙잡고, 초조한 구경꾼처럼 발끝에 기대어 몸을 가
볍게 앞뒤로 흔들고 있었다. 어딘가 약간 불편해서 카가 그렇게
처신하고 있다는 것을 제일 먼저 알아차린 것은 아가씨였다. 그
녀는 그에게 의자를 가져다주고는 물었다. "앉지 않으시겠어요?"
카는 곧바로 앉아서 조금 더 편한 자세를 취하려고 팔꿈치를 팔
걸이에 얹었다. "좀 어지러우시죠, 그렇죠?" 아가씨가 카에게 물
었다. 이제 눈앞 가까이에 그녀의 얼굴이 보였다. 그 얼굴은 대부
분 여인이 가장 아름다운 청춘 시절 바로 그때 보여주는 그런 쌀
쌀맞은 인상이었다. "걱정하지 마세요." 그녀가 말했다, "그것은
여기서는 특별한 게 아니에요. 처음 여기에 오면, 거의 모두가 그
렇게 정신을 잃어요. 여기 처음 오시는 거죠? 뭐 그렇다면 그건
특별한 게 아니에요. 햇빛이 여기 다락 구조물을 달구고, 뜨거운
목재가 공기를 아주 탁하고 무겁게 만들어요. 그래서 이곳은 사
무실 자리로는 썩 적합하지 않아요. 물론 커다란 장점이 있기는
해요. 하지만 공기에 대해 말하자면, 소송당사자들이 많이 오는
날은 물론 거의 매일 그렇지만, 숨을 쉬기 힘들어요. 여기에 또 말
리려고 걸어 놓은 빨래가 꽉 찼다고 생각해보면—세 든 사람들한
테 그걸 완전히 금지할 수가 없어요—속이 약간 메스꺼워져도 놀
랄 일이 아니지요. 그렇지만 결국 이런 공기에 익숙해져요. 두 번

째나 혹은 세 번째 오시게 되면 여기서 답답함을 거의 느끼지 못하게 될 거예요. 이제 좀 괜찮으세요?" 카는 대답하지 않았다. 이 갑작스러운 허약함 때문에 자신을 여기 있는 사람들의 처분에 맡겨야 한다는 사실이 너무 불쾌했다. 게다가 이제 자신이 몸이 불편해진 이유를 알았기 때문에 몸이 나아지기는커녕 더 나빠졌다. 아가씨는 그것을 곧 알아차리고, 카가 기운을 차리도록, 벽에 기대어 놓은 갈고리 장대를 들어 작은 채광창을 밀어 신선한 공기가 들어오게 했다. 채광창은 카의 머리 바로 위쪽에 나 있었고, 바깥으로 통했다. 하지만 그을음이 너무 많이 떨어져 아가씨는 채광창을 곧바로 닫았고, 손수건으로 카의 손에 묻은 그을음을 닦아주어야만 했다. 카가 너무 지쳐 있어서 스스로 그렇게 할 수 없었기 때문이었다. 카는 밖으로 나갈 만큼 기운을 차릴 때까지 여기 그냥 조용히 앉아 있고 싶었다. 사람들이 자신에게 신경 쓰지 않으면 않을수록 더 빨리 기운을 차릴 수 있을 것만 같았다. 그러나 그런 상황에 아가씨가 이렇게 말하기까지 했다. "여기 계시면 안 돼요. 여기서 우리는 통행을 방해하고 있어요"—카는 대체 여기 어떤 통행을 방해하고 있다는 건지 눈길로 질문했다.—"원하시면 병실로 모셔다 드릴게요." "저 좀 도와주세요." 그녀는 문간에 있는 남자에게 말했다. 그는 곧 다가왔다. 하지만 카는 병실로 가고 싶지 않았다. 바로 그것, 더 멀리 이끌려 가는 것은 피하고 싶었다. 멀리 가면 갈수록 상황이 더 나빠질 게 분명했다. 그래서 그는 "이제 갈 수 있어요."라고 말하고는, 편하게 앉아 있던 탓에 부들부들 떨면서 일어섰다. 그러나 그런 뒤 몸을 지탱할 수가 없었다. "안 되겠네요." 카는 고개를 저으면서 말하고 한숨을 쉬며 다시 주저앉았다. 그는 정리가 생각났다. 모든 일에도 불구하고 정리라면 쉽게 그를 밖으로 데리고 나갈 수 있을 것이다. 하지만 그는 벌써 오래전에 사라진 것 같았다. 카는 자기 앞에 서 있는 아가씨와 남자 사이로 살펴보았지만, 정리를 찾을 수 없었다.

"내 생각에 말입니다." 고상하게 옷을 차려입은 그 남자가 말했다—특히 양쪽 끝을 길고 뾰족하게 재단한 회색 조끼 때문에 눈에 띄었다—"이 양반이 몸이 불편한 것은 여기 분위기 때문인 것 같으니, 우선 병실로 데려가는 것보다 그냥 사무실 밖으로 데려가는 것이 가장 좋을 것 같고, 이분도 그게 좋다고 생각할 것 같습니다." "바로 그렇습니다." 카는 이렇게 외치고는, 아주 기뻐서 거의 그 남자의 말에 끼어들었다, "정말 금방 나아질 겁니다. 저는 그렇게 허약하지 않습니다. 그저 겨드랑이를 좀 부축해 주면 좋겠습니다. 크게 수고를 끼치지 않을 겁니다. 길이 멀지도 않습니다. 저를 그저 문간까지만 데려다 주십시오. 그러면 계단에 조금 앉아 있다가 곧 나아질 겁니다. 사실 이렇게 갑작스러운 증세를 겪은 적이 없습니다. 저도 놀랐습니다. 저는 그래도 관리직이라서 사무실 공기에 익숙합니다. 하지만 여기는 너무 심한 것 같군요. 당신들 자신도 그렇게 말씀하시잖아요. 친절을 베푸셔서 저를 조금 데려다 주십시오. 혼자 서 있으면 어지럽고 속이 울렁거릴 겁니다." 그리고 그는 두 사람이 자기 겨드랑이를 쉽게 받치게 하려고 어깨를 들어 올렸다.

하지만 남자는 그 요구를 따르지 않고 손을 느긋하게 바지 주머니에 넣은 채 큰소리로 웃었다. "보셨죠." 그가 아가씨에게 말했다. "내가 제대로 맞췄어요. 이 양반은 여기에서만 몸이 불편한 거지, 어디에서나 그런 건 아니에요." 아가씨도 미소를 지었지만, 그가 카를 너무 놀리는 것 같아, 그의 팔을 손가락 끝으로 살짝 쳤다. "대체 무슨 생각을 하는 거예요." 남자는 여전히 웃으면서 말했다. "난 정말로 이분을 밖으로 데리고 나갈 거예요." "그럼 좋아요." 아가씨는 예쁜 머리를 잠깐 수그리면서 말했다. "웃는 것에 너무 신경 쓰지 마세요." 아가씨가 카에게 말했다. 카는 다시 우울해져 멍하니 앞만 바라보고 있어서 어떤 해명도 필요 없어 보였다. "이분은 ─ 소개해도 괜찮죠?"(그는 손짓으로 괜찮다는 표시를 했다) "이분은 그러니까 안내 담당이세요. 기다리고 있는 사람들에게 원하는 모든 정보를 알려주세요. 그리고 우리 법원은 주민들한테 잘 알려지지 않아서 문의 사항이 많아요. 이분은 어떤 질문에도 답을 하실 수 있어요. 생각이 있으시면 이분에게 그걸 시험해 보실 수도 있어요. 그런데 이분의 장점은 이것뿐만이 아니에요. 두 번째 장점은 우아한 의상이죠. 우리 즉 공무원들은 안내 담당은 항상, 좀 더 정확히 말하면 소송 당사자를 제일 먼저 만나는 사람으로서 기품 있는 첫인상을 주기 위해 옷도 잘 입어야 한다고 결정한 적이 있어요. 지금 저를 보시면 아시겠지만, 우리 다른 직원들은 유감스럽게도 정말 형편없는 구닥다리 옷을 입고 있어요. 옷에 돈을 쓴다는 게 별 의미 없기도 해요. 우리는 거의 계속 사무실에 있고, 잠도 여기서 자니까요. 하지만 말씀드렸듯이 안내 담당은 멋진 옷이 필요하다고 생각해요. 그런데 이런 점에서 볼 때 당국이 좀 이상하기는 하지만, 당국으로부터는 옷을 받지 못해요. 그래서 우리는 돈을 모아서—물론 소송인들도 찬조했어요—이분한테 이 멋진 옷이랑 다른 것을 사 드렸어요. 좋은 인상을 줄 모든 게 다 준비되어 있는데, 이분이 웃는 바람에 다시 망쳐 버리고 있어요." "그래요." 그 남자가 비웃으며 말했다. "그런데 아가씨, 왜 이분에게 우리 속사정을 다 설명하는지 알 수가 없네요. 아니 더 정확히는 억지로 듣게 하는지 말이요. 본인은 그런 이야기 전혀 알고 싶어 하지도 않잖소. 좀 봐요, 이분 보아하니 자기 문제에 정신이 빠져서 앉아 있는 것 같잖아요." 카는 반박할 마음도 없었다. 아가씨는 좋은 의도였던 것 같았다. 아마도 카의 마음을 풀어 주려고 했거나 혹은 정신 차릴 기회를 줄 생각이었던 것 같다. 하지만 방법이 잘못되었다. "저는 이분에게 당신이 왜 웃는지 설명해 줘야만 했어요." 아가씨가 말했다. "정말 모욕적이었어요." "내가 결국 밖으로 데려가 준다면, 이분은 더 지독한 모욕도 용서해 줄 것 같은데요." 카는 아무 말도 안 했고 심지어 쳐다보지도 않았다. 두 사람이 마치 어떤 사례에 대해 토론하듯 자신에 대해 말하는 것을 참고 있었다. 그로서는 그게 더 좋았다. 하지만 그는 갑자기 한쪽 팔에는 안내 담당의 손을, 다른 쪽 팔에는 아가씨의 손을 느꼈다. "자 일어서세요, 이 허약하신 분." 안내 담당이 말했다. "두 분께 정말 감사드립니다." 카는 놀라면서 기쁘게 말하고 천천히 몸을 일으켜, 부축이 제일 필요한 곳에 두 사람의 손을 직접 끌어다 댔다. "어쩌면," 복도 가까이 가면서 아가씨가 카의 귀에 낮은 소리로 말했다, "제가 안내 담당자를 좋게 보이도록 특별히 애쓰는 것처럼 보일 거예요. 하지만 그렇게 생각해도 괜찮아요. 나는 진실을 말하겠어요. 그는 매정한 사람이 아니에요. 아픈 소송 당사자를 밖으로 데려다 주는 게 그 사람 의무가 아닌 데도 보시다시피 그렇게 하고 있잖아요. 아마 우리 중에서 매정한 사람은 아무도 없을 거예요. 어쩌면 우리는 모두 기꺼이 도와주려고 해요. 하지만 법원 직원이라서 우리는 매정하고 아무도 도와줄 의사가 없는 것 같은 인상을 주기 쉽죠. 저도 바로 그것 때문에 손해를 보고 있어요." "여기 잠깐 앉지 않으시겠어요." 안내 담당이 물었다. 그들은 이미 복도에 들어섰고 카가 조금 전에 말을 걸었던 피고인 앞에 서 있었다. 카는 그 사람을 마주치자 거의 창피한 기분이 들기까지 했다. 조금 전에는 그렇게 꼿꼿이 그 남자 앞에 서 있었는데 지금은 두 사람한테 부축을 받아야만 하고, 모자는 안내 담당자가 손가락을 쫙 펴서 균형을 잡아 주고 있으며, 헝클어진 머리카락은 땀범벅이 된 이마에 늘어져 있었다. 하지만 그 피고인은 이런 것을 하나도 눈치 채지 못하고 있는 것 같았다. 그는 자신을 못 본 척하는 안내 담당자 앞에 겸손하게 서서 이곳에 와 있는 이유를 대려고 애쓸 뿐이었다. "알고 있습니다." 그가 말했다. "오늘도 제 신청에 대해 답을 못 받을 거라는 걸. 그렇지만 저는 오고야 말았습니다. 제 생각에 여기서 기다려도 될 것 같았습니다, 일요일이잖아요, 저는 시간도 있고, 여기서 방해가 되지도 않습니다." "그렇게 변명하실 필요 없어요." 안내 담당자가 말했다. "그런 신중함은 정말 칭찬할 만합니다. 당신이 쓸데없이 여기서 자리를 차지하고 있기는 합니다. 그렇지만 나한테 부담되지 않는 한, 당신이 사건 진행을 철저하게 추적하는 걸 절대 방해하지 않을 겁니다. 자신들의 의무를 형편없이 소홀히 하는 사람들을 보면, 당신 같은 분한테는 참아 줘야 한다는 걸 배우게 되죠. 앉으세요." "그는 피고인과 얘기하는 데 통달해 있어요." 아가씨가 속삭였다. 카가 고개를 끄덕였지만, 곧 안내 담당자가 "여기 앉지 않겠어요?"라고 또 물어보자 깜짝 놀랐다. "아뇨." 카는 말했다. "쉬고 싶지 않습니다." 그는 할 수 있는 한 최고로 단호하게 말했다. 하지만 사실 앉았더라면 훨씬 좋았을 것이다. 그는 마치 뱃멀미를 하는 것 같았다. 거친 파도에 휩쓸린 배를 타고 있는 것 같았다. 물이 나무 벽으로 쏟아지고, 몰려드는 파도에서 울려 나오는 듯한 쐐쐐 하는 소리가 복도 안쪽에서 울려 나오는 것 같았으며, 복도가 가로로 흔들리고, 대기 중인 피고들이 이쪽으로 기울었다가 저쪽으로 올라갔다 하는 것 같았다. 자신을 데려가고 있는 아가씨와 남자의 태연함이 그에겐 더욱더 이해가 되지 않았다. 카는 그들의 처분에 내맡겨져 있어, 그들이 잡고 있는 손을 놓으면 널빤지처럼 쓰러질 게 분명했다. 그들은 작은 눈으로 이곳저곳을 날카로운 눈길로 쳐다보았다. 카는 그들의 규칙적인 발걸음을 느꼈지만, 함께 보조를 맞추지는 않았다. 왜냐하면, 걸음마다 그는 거의 떠받쳐져 가고 있었기 때문이었다. 드디어 그들이 자신에게 말을 하고 있다는 것을 알아차렸지만 이해할 수가 없었다. 그저 소음만 들렸다. 소음이 모든 것을 채우고 있었고, 그 소음 속에서 마치 사이렌에서 나는 것처럼 변함없이 높은 소리가 지속해서 들리는 깃 같았나. "더 크게요." 그는 고개를 숙인 채 속삭였다. 창피했다. 비록 알아들을 수 없었지만, 충분히 큰 소리라는 것을 알고 있었기 때문이었다. 그때 드디어 앞에 있던 벽이 갈라지기라도 한 듯 신선한 공기가 들이닥쳤고 그는 옆에서 말하는 소리를 들었다. "이 사람은 우선 나가고 싶어 해요. 그런 다음에야 여기가 출구라고 누차 말을 해줄 수 있어요. 그런데 이 사람은 움직이질 않네요." 카는 자신이 이미 아가씨가 열어 놓은 출구 앞에 있다는 것을 알았다. 모든 기운이 갑자기 다시 살아난 기분이었다. 자유를 미리 조금 맛보기 위해 그는 곧바로 계단 하나를 내려가서, 그곳에서 바래다준 사람들과 작별 인사를 했다. 그들은 카 쪽으로 몸을 숙이고 있었다. "정말 고맙습니다." 그가 다시 말하면서 몇 번이나 두 사람과 악수를 하다가, 사무실 공기에 익숙한 두 사람한테는 계단에서 불어오는 신선한 공기를 견뎌 내기 힘들 것 같은 생각이 들자 그제야 손을 놓았다. 그들은 거의 대답을 할 수가 없었고, 카가 문을 재빨리 닫지 않았더라면 아가씨는 아마 쓰러졌을 것이다. 문을 닫고 나서 카는 조금 더 서서, 주머니 손거울을 보며 머리를 정돈하고 계단 참에 놓여 있는 모자를 집어 들었다. 안내 담당자가 모자를 던진 것 같았다. 그런 다음 카는 계단을 뛰어 내려갔다. 아주 생기 있게 그리고 아주 길게 점프했기 때문에, 이런 급격한 변화에 대해 거의 겁이 날 정도였다. 평소의 아주 탄탄한 그의 건강상태는 이러한 의외의 일을 일으킨 적이 없었다. 이전의 소송을 그렇게 쉽게 견뎌 냈기 때문에 그의 육체가 혁명을 일으켜 그에게 새로운 소송을 준비시키려는 것일까? 다음번에는 의사에게 가야겠다는 생각을 완전히 떨쳐 버리지 못했다. 하지만 어쨌든—이 문제에 있어 그는 스스로 조언할 수 있었다—앞으로 다가올 모든 일요일 오전은 오늘보다 낫게 보내려고 했다.

매질하는 사람

며칠 뒤 어느 날 저녁 카가 사무실과 중앙 계단 사이의 복도를 지나가고 있을 때―그날 그는 거의 마지막으로 집에 갔고, 발송부에 오직 사환 두 명이 남아 백열등 불빛이 미치는 좁은 곳에서 일하고 있었다―방문 뒤에서, 한 번도 들여다본 적은 없지만, 그저 잡동사니를 넣어 두는 곳이라고 늘 추측했던 곳에서 신음이 들렸다. 놀라 멈춰 서서 잘못 들은 것은 아닌지 다시 한 번 확인하려고 귀를 기울였다―잠깐은 조용했지만, 그러다가 다시 신음이 들렸다. ―처음에는, 어쩌면 증인이 필요할지도 몰라서, 사환 중의 한 사람을 데려오려고 했으나, 그다음에 걷잡을 수 없는 호기심에 사로잡혀 문을 열어젖혔다. 추측한 대로 그곳은 잡동사니를 넣어 두는 곳이었다. 문지방 뒤에는 못 쓰는 오래된 인쇄물, 진흙으로 구운 빈 잉크병들이 사방에 흩어져 있었다. 그런데 방에는 남자 셋이 서 있었는데 천장이 낮아 구부정하니 있었다. 선반에 고정해 놓은 촛불 하나가 그들을 비췄다. "여기서 뭐 하는 거요?" 카가 흥분해서 성급하게 물었으나, 큰 소리는 아니었다. 한 남자가 다른 두 사람을 지배하는 것처럼 보여 우선 눈길을 끌었고, 그 남자는 검은색 가죽옷 같은 것을 입었는데, 목은 깊게 가슴까지 파이고 양팔 전체는 맨살이 드러났다. 그는 대답하지 않았다. 그러나 다른 두 남자가 소리쳤다. "선생! 우리는 매를 맞아야만 해요. 당신이 예심판사한테 우리에 대해 불평했기 때문이에요." 그리고 이제야 카는 두 사람이 감시원 프란츠와 빌렘이고, 세 번째 남자는 이 두 사람을 때리기 위해 손에 회초리를 들고 있는 것을 알아차렸다. "그렇지만," 카가 말하면서 그들을 쏘아보았다. "나는 불평하지 않았어요. 그저 내 집에서 일어난 일을 말했을 뿐이오. 그리고 당신들의 행동에 비난의 여지가 없는 것도 아니잖소." 프란츠가 빌렘 뒤쪽에 붙어 서서 세 번째 남자로부터 자신을 보호하려 애쓰고 있는 동안 빌렘이 말했다. "선생, 우리가 얼마나 형편없는 돈을 받고 있는지 아신다면 우리에 대해 좀 더 괜찮게 평가하시게 될 거요. 나는 한 가족을 먹여 살려야만 하고, 여기 이 프란츠는 결혼하길 원해요. 가능한 한 돈을 모으려고 애를 쓰지만, 그냥 일만 해서는 어림도 없어요. 제일 힘든 일을 해도 말이요. 당신의 좋은 속옷이 나를 유혹했어요. 물론 그런 행동은 감시원에게 금지된 일이죠. 정당하지 않아요. 하지만 속옷을 감시원이 차지하는 것은 관례예요. 늘 그랬어요. 정말이에요. 물론 이해가 되는 일이기도 해요. 체포될 정도로 재수 옴 붙은 사람한테 그런 물건이 대체 무슨 소용이 있겠어요. 그런데 그런 사람이 공개적으로 이 일을 화제로 삼으면, 당연히 관련자는 벌을 받게 되는 거죠." "당신이 지금 한 말을 하나도 이해할 수가 없네요. 나는 절대로 당신들의 처벌을 요구하지 않았어요. 나한테는 원칙이 중요했어요." "프란츠," 빌렘이 다른 감시원에게 몸을 돌리며 말했다. "이 양반이 우리를 처벌하라 하지는 않았을 거라고 자네한테 말했었네. 이제 들었지. 우리가 처벌받아야만 한다는 걸이 양반은 알지도 못했다는 거 말이야." "그런 말에 마음이 흔들리면 안 돼요!" 세 번째 남자가 카에게 말했다. "처벌은 정당하고 불가피해요." "그 사람 말 듣지 마세요." 빌렘이 말하고는 회초리에 맞은 손을 얼른 입으로 가져가느라 말을 중단했다. "우리가 처벌받는 것은 당신이 우리를 고발했기 때문이오. 그렇지 않았더라면, 우리가 한 일을 사람들이 알았다 쳐도 우리한테 아무 일도 일어나지 않았을 거요. 이러면서 정의를 말할 수 있소? 우리 두 사람, 특히, 나는 오랫동안 감시원으로서 쓸 만한 사람이라는 걸 증명해 왔소—당신 자신도 관청의 관점에서 볼 때 우리가 감시를 아주 잘했다는 것을 인정해야만 해요—우리는 진급할 가망이 있었고, 아마 분명히 곧 태형 담당 관리가 되었을 거요. 이 사람처럼 말이오. 이 사람은 운이 좋아서 아무한테도 고소당하지 않았어요. 그런 고발은 정말 그저 아주 가끔 있기 때문이죠. 그리고 선생, 지금 우리는 모든 것을 잃었어요. 우리 출셋길은 끝났고, 우리는 감시하는 것보다 훨씬 더 아래 일을 할 수밖에 없어요. 게다가 지금 이 끔찍하게 아픈 매질을 당하고 있어요." "그 회초리가 그렇게 아픈가요?" 카는 묻고는 매질하는 사람이 그의 앞에서 흔들던 회초리를 시험해 보았다. "우리는 옷을 완전히 다 벗어야만 해요." 빌렘이 말했다. "아 그래요." 카가 말하고는 매질하는 사람을 유심히 쳐다보았다. 그는 선원처럼 피부가 갈색으로 그을렸고 거칠고 생기 있는 얼굴을 하고 있었다. "이 두 사람이 매를 맞지 않을 가망은 없나요?" 카가 그에게 물었다. "없소." 매질하는 사람은 이렇게 말하고는 웃으면서 고개를 저었다. "옷 벗어." 그가 감시원들에게 명령했다. 그러고는 카에게 말했다. "이 두 사람이 하는 말을 다 믿으면 안 돼요. 매질이 두려워서 벌써 약간 정신이 나갔어요. 예를 들면 여기 이 사람,"―그는 빌렘을 가리켰다―"앞으로 될 법한 자기 경력에 대해 말했던 이 사람은 정말 가소로워요. 좀 봐요, 얼마나 뚱뚱한지―처음의 회초리질들은 살집 때문에 아무 효과도 없을 거요.―뭣 때문에 이렇게 뚱뚱해졌는지 아쇼? 이 사람은 체포된 사람들의 아침을 먹어 치우는 습관이 있어요. 당신 아침도 먹지 않았던가요? 저런 내가 말해 버렸네. 그런데 배가 저런 사람은 절대로 매질하는 관리가 될 수 없어요. 절대 그럴 수가 없어요." "배 나온 매질 관리도 있어요." 막 허리띠를 풀고 있는 빌렘이 말했다. "없어!" 매질하는 사람이 말하고는, 빌렘의 목덜미 위쪽 허공에 회초리를 휘둘렀다. 그 바람에 빌렘은 놀라 몸을 움찔했다. "남의 말에 귀 기울이지 말고 옷이나 벗어." "이 사람들을 풀어 주면 대가를 잘 쳐주겠소." 카가 말했다. 매질하는 사람을 다시 쳐다보지도 않고―그런 일은 양쪽 모두 눈을 내리깔고 처리하는 것이 상책이다―지갑을 꺼냈다. "그러고 난 뒤에 나도 고발할 거죠." 매질하는 사람이 말했다, "그러면 나도 매질을 당하겠죠. 아니, 안 돼요!" "잘 생각해 보세요." 카가 말했다. "내가 이 두 사람이 처벌받기를 원했더라면 지금 돈을 써서 이들을 빼내려고 하지 않았을 거요. 단지 문을 닫고 이제는 아무것도 보지 않고, 듣지 않고 그냥 집으로 갈 거요. 하지만 그렇게 하지 않고, 오히려 진심으로 이들을 풀어 줄 마음을 먹고 있소. 이 사람들이 처벌당하리라고, 아니면 적어도 처벌당할 수 있다는 것을 알았더라면 이들의 이름을 대지 않았을 거요. 난 이 사람들한테 죄가 있는 게 아니라 조직에 죄가 있다고, 상급 관리들에게 죄가 있다고 생각해요." "맞아요." 감시원들은 이렇게 외치자마자, 곧바로 이미 벌거벗은 등에 매질을 당했다. "만일 여기 당신의 회초리 아래 상급 판사가 있었다면," 카는 또다시 올라가는 매를 아래로 내리누르며 말했다. "나는 아마 매질을 방해하지 않았을 거요. 반대로 나는 당신에게 돈을 주어 그 선행을 북돋웠을 거요." "당신 말이 그럴듯하게 들리기는 하는데요." 매질하는 사람이 말했다, "하지만 나는 매수당하지 않을 거요. 나는 매질을 하라고 고용되었으니, 이들에게 매질할 거요." 카가 개입해서 좋은 결과가 나올 거라 기대하며 지금까지 상당히 소극적이었던 프란츠가 이제 바지만 입은 채로 문간으로 와 무릎을 꿇으며 카의 팔에 매달려 속삭였다. "우리 두 사람을 다 보호할 수 없다면, 적어도 나라도 좀 풀어 주도록 해봐요. 빌렘은 나보다 나이가 많아요. 어떤 면으로 봐도 나보다 덜 예민해요. 그리고 벌써 몇 년 전에 가벼운 태형 처벌을 받은 적도 있어요. 하지만 아직 나는 그렇게 체면을 잃은 적이 없어요. 내가 한 짓은 빌렘 때문에 그랬던 거예요. 좋은 일에서나 나쁜 일에서나 그는 내 스승이거든요. 아래층 은행 앞에서 불쌍한 내 약혼녀가 결과를 기다리고 있어요. 난 비참할 정도로 너무 창피해요." 그는 카의 상의로 눈물범벅이 된 얼굴을 닦았다. "더는 못 기다리겠어." 매질하는 사람이 말하면서 양손으로 회초리를 잡고 프란츠를 때렸다. 그러는 동안 빌렘은 구석에 웅크리고 앉아 감히 고개를 돌리지 못한 채 몰래 쳐다보았다. 그때 프란츠가 내는 비명이 끊임없이 한결같이 울려 나왔다. 인간에게서 나오는 것이 아니라 고문당하는 기계에서 나오는 소리 같았다. 온 복도가 비명으로 울렸고, 건물 안에 있는 사람들 모두가 들었을 것이다. "소리 지르지 마세요." 카가 외쳤다. 그는 자신을 억제할 수가 없어서, 사환들이 올지도 모르는 방향을 긴장해서 쳐다보면서 프란츠를 밀었다. 세게 밀지는 않았지만, 꽤 힘이 들어가 정신이 나간 프란츠가 넘어져 경련을 일으키며 두 손으로 바닥을 더듬을 정도였다. 그러나 프란츠는 매질을 피할 수는 없었다. 바닥에 쓰러졌어도 회초리가 날아들었다. 그가 회초리 아래에서 뒹굴고 있는 동안에도 회초리 끝은 규칙적으로 위아래로 진동했다. 저 멀리서 벌써 사환 한 명이 나타났고 몇 발짝 뒤에는 다른 사환이 따라오고 있었다. 카는 빨리 문을 닫고 가까이에 있는 뜰로 향하는 창문 쪽으로 가서 창문을 열었다. 비명은 완전히 그쳤다. 사환들이 이쪽으로 더 가까이 오지 못하게 하려고 카가 외쳤다. "나요." "안녕하세요, 카 선생님." 저쪽에서 소리가 되돌아 왔다. "무슨 일 있어요?" "아뇨, 아뇨." 카가 대답했다, "마당에 있는 개가 짖는 소리예요." 그래도 사환들이 움직이지 않자, 카는 덧붙였다. "하던 일 계속하세요." 그들과 대화하지 않으려고 창밖으로 몸을 숙였다. 잠시 뒤 다시 복도를 쳐다보니 그들은 이미 사라졌다. 하지만 카는 이제 창가에 서 있었다. 창고에 들어갈 엄두도 나지 않았고, 그렇다고 집에 가고 싶지도 않았다. 그가 내려다보고 있던 곳은 사각형의 작은 정원으로, 사무실이 그 주변을 에워싸고 있었다. 벌써 창문들은 모두 컴컴했고, 제일 꼭대기에 있는 창문들만이 달빛을 반사하고 있었다. 카는 정신을 집중해서 손수레 몇 대가 뒤엉켜 있는 마당 한구석 어두컴컴한 곳을 바라보려고 애를 썼다. 매질을 막지 못해 마음이 괴로웠지만 그렇게 하지 못한 것이 그의 잘못은 아니었다. 프란츠가 비명을 지르지 않았더라면—분명 굉장히 아팠겠지만, 결정적인 순간에는 참아야만 했다—그가 비명을 지르지 않았더라면, 적어도 그럴 가능성이 꽤 컸는데, 카가 매질하는 사람을 설득할 방법을 또 찾아냈을지도 몰랐다. 최하급 관리들이 모두 사회의 쓰레기들이라면, 가장 비인간적인 직업을 가진 바로 이 매질하는 사람이 예외일 수는 없지 않겠는가. 게다가 지폐를 쳐다볼 때 그의 눈이 빛났던 것을 카는 잘 알아챘다. 어쩌면 그는 그저 뇌물의 액수를 조금 더 올리려고 매질을 중요시했던 것 같았다. 카는 돈을 아끼지 않았을 것이고, 그는 정말 감시원들을 풀어 주고 싶었다. 법원의 부패와 맞서 싸우는 것을 이미 시작했다면, 이런 식으로 공격하는 것도 당연한 일이었다. 그러나 프란츠가 비명을 지르기 시작한 그 순간에, 물론 모든 것은 끝났다. 카는 사환들이나 어쩌면 가능한 모든 사람이 와서 헛간 안에 있는 사람들과 담판 짓고 있는 자신을 불시에 덮치도록 허락할 수는 없었다. 그 누구도 카에게 이런 희생을 요구할 수는 없을 것이다. 그가 그런 희생을 할 의도가 있었더라면, 스스로 옷을 벗고 매질하는 사람에게 감시원들 대신 자기를 때리라고 몸을 내미는 편이 어쩌면 더 간단했을 뻔했다. 그런데 분명 매질하는 사람이 대신 맞는 것을 허락할 리는 없었다. 그렇게 하면 그는 어떤 이득도 얻지 못할뿐더러 자신의 의무를 심각하게 위반하는 것이기 때문이다. 어쩌면 이중으로 위반하는 것일 게다. 왜냐하면, 카가 소송절차를 밟는 동안에는, 법원의 어떤 직원도 그를 건드리면 안 되기 때문이었다. 물론 이때는 특별한 규칙이 해당할 수도 있다. 어쨌거나 카는 문을 닫는 것밖에는 할 수가 없었다. 그렇지만 심지어 지금 문을 닫아도 카는 여전히 모든 위험에서 완전히 벗어난 것은 아니었다. 그가 끝내 프란츠를 밀쳐 버린 것은 유감스러운 일이었고, 그것에 대해서는 자신이 흥분했었다는 이유로 변명할 수밖에 없었다.

멀리서 사환들의 걸음 소리가 들렸다. 그들의 이목을 끌지 않기 위해서 그는 창문을 닫고 중앙 계단 쪽으로 갔다. 헛간 문간에 잠시 서서 귀를 기울였다. 아주 잠잠했다. 그 남자가 감시원들을 때려죽였을지도 모른다. 그들은 완전히 그의 수중에 있었다. 카는 손잡이로 손을 뻗었다가 다시 움츠렸다. 더는 누구도 도울 수가 없었고, 사환들이 곧 올 것 같았다. 하지만 이 일을 또 언급해서 정말로 죄가 있는 사람들, 그들 중 아무도 감히 모습을 드러내려 하지 않는 그 고위 공무원들을 자기 힘이 닿는 한 마땅한 처벌을 받게 하고야 말겠다고 다짐했다. 은행 외부에 있는 계단을 내려가면서 카는 지나가는 행인을 모두 유심히 살폈지만, 먼 곳에서도 누군가를 기다리고 있는 아가씨는 보이지 않았다. 약혼녀가 기다리고 있다는 프란츠의 말은 거짓말임이 증명되었다. 하지만 조금이라도 더 동정을 얻으려는 목적이었기에 용서할 만했다.

다음날에도 감시원들은 카의 머리에서 떠나지 않았다. 그는 일하는 동안에도 산만했고, 일을 처리하기 위해 전날보다 조금 더 오래 사무실에 남아 있어야만 했다. 집으로 가는 길에 다시 헛간을 지나칠 때, 습관처럼 헛간을 열었다. 예상했던 어둠 대신에 눈에 보이는 광경에 그는 어쩔 줄을 몰랐다. 모든 것은 그대로였다. 어제저녁 문을 열었을 때 발견했던 것과 똑같았다. 문지방 바로 뒤에는 인쇄물과 잉크병들, 회초리를 든 매질하는 사람, 아직은 옷을 제대로 입고 있는 감시원들, 선반 위의 초, 그리고 감시원들이 하소연하며 외쳤다. "선생!" 카는 곧바로 문을 닫고 문을 더 꼭 닫으려는 듯 양 주먹으로 문을 쳤다. 거의 울면서 그는 사환들에게로 뛰어왔다. 그들은 등사판 옆에서 조용히 일하고 있다가, 놀라서 일을 멈추었다. "자네들 헛간 좀 치우게." 카가 외쳤다, "오물에 빠지겠어." 그들은 다음날 하겠다고 했다. 카는 고개를 끄덕였다. 지금 이 늦은 저녁에 그 일을 하라고 강요할 수는 없었다, 사실은 그럴 생각이었지만. 그는 사환들을 잠시 곁에 잡아 두려고 잠깐 자리에 앉아 등사물 몇 장을 이리저리 던져 뒤죽박죽되게 했다. 그렇게 함으로써 자신이 등사물을 검사하고 있다는 인상을 심어 주었다고 생각했다. 그러고는 사환들이 감히 자신과

함께 퇴근할 엄두를 못 내리라는 것을 알아차렸기 때문에 지치고
멍한 상태로 집으로 갔다.

삼촌
레니

어느 오후—카는 우편물 마감 직전이라 아주 바빴다—서류를 들
고 들어오는 두 사환을 비집고 시골의 소(小)지주인 카의 삼촌 카
를[1]이 방 안으로 들이닥쳤다. 이미 오래전에 삼촌이 올 거로 생각
하여, 삼촌을 봤을 때는 덜 놀랐다. 이미 약 한 달 전부터 카는 삼
촌이 꼭 오리라는 것을 알고 있었다. 그때 벌써 그는 삼촌을 지금
처럼 눈앞에 보고 있는 듯했다. 약간 구부정한 모습에 왼손에는
찌그러진 파나마모자를 들고, 오른손은 멀리서부터 카를 향해 내
밀면서, 엄청나게 서둘러 발에 거치적거리는 것은 다 밀어 넘어
뜨리며 책상 너머로 악수를 청했다. 삼촌은 항상 급했는데, 수도

---

[1] 요제프 카의 삼촌 이름, 여기서는 카를(Karl)이라고 하지만 뒤에서는 알베르트
     (Albert)로 바뀐다.

에서는 늘 하루만 머물면서 마음먹은 일은 다 처리해야만 하고, 게다가 우연히 생기는 대화, 사업, 유흥 그 어떤 것도 놓쳐서는 안 된다는 불행한 생각에 쫓기고 있기 때문이었다. 삼촌이 전에 카의 후견인이었기 때문에, 카는 그에게 특별히 마음의 빚이 있어서, 그가 올 때마다 가능하면 모든 것을 도와줘야만 했고 특히 자기 집에서 묵게 해야만 했다. 카는 삼촌을 '시골에서 온 유령'이라고 부르곤 했다.

인사를 마치자마자—삼촌은 카가 권한 안락의자에 앉을 시간도 없었다—삼촌은 단둘이서 잠시 얘기를 하자고 했다. "꼭 해야만 해." 힘겹게 침을 삼키며 삼촌이 말했다. "내 마음이 진정되려면 꼭 그래야만 해." 카는 아무도 들이지 말라는 지시를 하며 곧바로 사환들을 방 밖으로 내보냈다. "내가 무슨 소리를 들었는지 아니, 요제프?" 둘만 있게 되자 삼촌은 이렇게 외치고는 책상 위에 앉더니 여러 가지 서류를 살펴보지도 않고 엉덩이 아래로 밀어 넣어 좀 더 편하게 앉았다. 카는 말을 하지 않았다. 무슨 일이 일어날지 알고 있었다. 하지만 고된 일로 긴장이 풀려서 처음에는 편안한 무기력에 빠졌다가 창문을 통해 건너편 길을 쳐다보았다. 그가 앉은 자리에서는 이 창문을 통해 작은 삼각형 모양의 단면만 보였다. 그것은 두 쇼윈도 사이에 있는 빈 벽이었다. "창밖만 보면 어떡하니." 삼촌이 양팔을 쳐들며 소리쳤다. "젠장 요제프 대답을 좀 해라. 그게 사실이냐, 그게 사실일 수 있는 거냐?" "삼촌." 카가 멍한 상태에서 벗어나면서 말하였다. "무슨 말인지 전혀 모르겠어요." "요제프." 심촌이 경고하며 말했다. "내가 아는 한 년 항상 진실만 말했다. 네가 조금 전에 한 말을 나쁜 징조로 이해해야겠지." "무슨 말인지 어렴풋이 예상은 하겠어요." 카가 고분고분 말했다, "아마 제 소송에 대해 들으신 것 같네요." "그렇다." 삼촌이 천천히 고개를 끄덕이며 대답했다. "네 소송에 대해 들었어." "누구한테요?" 카가 물었다. "에르나가 편지했다." 삼촌이 말했다, "그 애는 너랑 왕래가 없지. 유감이지만 너는 그 애한테 별로 신경을 쓰고 있지 않아. 그래도 그 애는 알고 있더라. 오늘 편지를 받고 곧장 여기로 온 거야. 다른 이유는 없어. 하지만 이 일은 충분한 이유가 될 것 같구나. 너랑 상관있는 구절을 편지에서 읽어 주마." 삼촌은 지갑에서 편지를 꺼냈다. "여기군. 그 애가 이렇게 썼다. '오랫동안 요제프를 못 봤어요. 지난주에는 은행에 갔었는데, 요제프가 너무 바빠서 면회가 허용되지 않았어요. 거의 한 시간 넘게 기다렸지만, 집으로 돌아가야만 했어요. 피아노 수업이 있었거든요. 정말 이야기하고 싶었는데, 어쩌면 머지 않아 기회가 생기겠죠. 제 영명축일날에는 요제프가 초콜릿을 보내 주었어요. 참 상냥하고 친절했죠. 그때 편지로 알려드리는 것을 잊었어요. 물어보시니까 생각이 났어요. 아시겠지만 초콜릿은 기숙사에서는 순식간에 없어져요. 초콜릿을 선물 받았구나 하고 생각하는 순간 금방 없어져요. 그런데 요제프에 대해서 뭔가 말씀드릴 게 더 있어요. 말씀드린 대로 어떤 남자 분과 상의를 하고 있었기 때문에, 은행에서 요제프랑 면회할 수가 없었어요. 한참 동안 조용히 기다리다가 사환에게 이 상담이 한참 더 걸릴 것 같으냐고 물었어요. 사환 말이 그럴 것 같다고 했어요. 아마 지배인에게 걸린 소송에 관한 문제인 것 같다면서요. 저는 무슨 상담이냐, 혹시 그가 잘못한 게 있느냐고 물었죠. 하지만 그 사람이 말하길, 잘못은 없으며, 어떤 소송인데, 그것도 중대한 소송이고, 그이상은 모른다고 말했어요. 지배인은 아주 선량하고 올곧은 분이라서 기꺼이 도와드리고 싶은데 어떻게 해야 할지를 모르겠고, 그저 영향력 있는 분들이 돌봐 주었으면 하고 바랄 뿐이라고 했어요. 분명 그렇게 될 것이고 결국 결과도 좋겠지만, 지배인의 기분으로 추측 건대 당분간은 상황이 전혀 안 좋다고 했어요. 저는 당연히 이 말을 그리 심각하게 받아들이지 않았고, 다른 사람한테는 이 말을 하지 말라고 하면서 우직한 사환을 진정시키려 했어요. 모든 게 다 허튼소리라 생각했어요. 그런데도 아버지가 다음에 방문할 때 이 문제를 조사해 보시는 것이 좋을 것 같아요. 정확히 파악하시고, 정말 필요한 경우 아버지의 영향력 있는 많은 지인을 통해 개입하시는 게 아버지한테는 쉬운 일이잖아요. 하지만 필요가 없다면, 물론 그럴 확률이 높지만, 적어도 딸에게 곧 아버지를 포옹할 기회를 줄 수는 있겠죠. 그 일은 딸을 기쁘게 해줄거예요.' 착한 아이야." 삼촌이 읽기를 마치자 눈에 맺힌 눈물을 닦아내면서 말했다. 카는 고개를 끄덕였다. 그는 최근 여러 가지 방해로 인해 에르나를 완전히 잊고 있었고, 그 애의 생일까지도 잊고 있었다. 초콜릿 이야기는 삼촌과 숙모한테서 자신을 감싸주려는 의도로 지어낸 것이 분명했다. 정말 마음이 쩡했다. 그는 이제부터 그 애에게 정기적으로 연극표를 보내 줄 생각이었다. 그것으로는 충분한 보상이 되지 않을 게 분명했지만 그래도 기숙사를 찾아가서 열일곱 살짜리 김나지움 학생과 이야기를 나누는 것은 지금은 적절하지 않다고 생각되었다. "자 이제 할 말이 있니?" 삼촌이 물었다. 그는 편지 때문에 모든 조급함과 흥분은 잊어버렸고 편지를 다시 한 번 읽고 있는 것 같았다. "네, 삼촌!" 카가 말했다, "사실이에요." "사실이라고?" 삼촌이 외쳤다. "뭐가 사실이야? 그게 어떻게 사실일 수가 있느냐? 무슨 소송이야? 형사소송은 아니겠지?" "형사소송이에요." 카가 대답했다. "그런데 너는 여기 가만히 앉아서 형사소송에 시달리고 있단 말이냐?" 삼촌이 소리쳤다. 삼촌의 목소리는 점점 커졌다. "가만히 있으면 있을수록 결과는 좋아져요." 카가 지쳐서 말했다. "걱정하지 마세요." "그것으로는 안심이 안 된다." 삼촌이 외쳤다, "요제프, 요제프야, 너 자신을 좀 생각해봐라, 네 친척, 우리의 훌륭한 이름을 말이다. 넌 지금까지 우리의 명예였어, 네가 우리의 치욕이 되어서는 안 된다. 네 태도는……." 그는 고개를 갸우뚱한 채로 카를 쳐다보았다, "내 마음에 안 들어. 무죄인 피고인은 그런 식으로 행동하지 않아. 여전히 기운이 넘치지. 대체 무슨 일인지 빨리 말해라. 내가 너를 도울 수 있게. 당연히 은행과 관련된 일이겠지?" "아뇨." 카가 일어서며 대답했다, "너무 크게 말씀하지 마세요, 삼촌, 사환이 분명 문간에서 엿듣고 있을 거예요. 그건 불쾌해요. 우리차라리 밖으로 나가요. 그럼 물어보시는 것에 대해 할 수 있는 대로 다 대답해 드릴게요. 가족에게 해명해야 한다는 건 아주 잘 알고 있어요." "그렇지." 삼촌은 말했다, "정말 그래. 좀 서둘러라, 요제프, 서둘러." "몇 가지 지시를 더 해야 해요." 카는 말하고 전화로 자기 대리인을 불렀다. 그는 금방 들어왔다. 삼촌은 여전히 흥분한 상태로 카가 그를 불렀다고 손으로 가리켰다. 의심할 여지도 없는 일인데도 말이다. 책상 앞에 서 있던 카는 냉정하지만, 주의 깊게 듣고 있는 젊은 남자에게 낮은 목소리로 여러 가지 서류를 보여주며 오늘 자신이 없는 사이에 처리해야 할 일에 관해 설명했다. 삼촌이 처음에는 눈을 휘둥그레 뜨고 초조하게 입술을 깨물며 옆에 서 있었기에 카에게 방해가 됐다. 물론 아무것도 듣고 있지 않았지만, 그 모습만으로도 이미 충분히 방해되었다. 그러더니 방을 이리저리 돌아다니다가 창문가 이곳저곳이나 그림 앞에 서서 계속 "정말 이해가 안 되네,"라던가 "이 일이 어떻게 될 건지 이제 말 좀 해봐라?"를 외쳐 댔다. 젊은이는 아무것도 모르는 척 조용히 카의 지시를 끝까지 경청하고, 몇 가지는 메모를 하고 카와 삼촌에게 정중하게 인사를 한 뒤에 방을 나갔다. 그러나 삼촌은 이때 막 젊은이에게 등을 돌려 창밖을 보다가 손을 뻗쳐 커튼을 움켜잡고 있었다. 문이 막 닫히자마자 삼촌이 외쳤다. "드디어 꼭두각시가 갔구나. 이제 우리도 갈 수 있겠다!" 로비에는 직원과 사환 몇몇이 여기저기 서 있었고 부지점장도 막 가로질러 가고 있었지만, 안타깝게도 여기서 삼촌이 소송에 대해 물어보는 것을 막을 도리가 없었다. "그러니까 요제프." 삼촌은 둘러 서 있는 사람들이 허리를 굽혀 인사하자 가볍게 손을 들어 답례하면서 말을 시작했다. "이제 솔직히 말해 봐라, 무슨 소송이냐." 카는 내용 없는 말 몇 마디를 하고 약간 웃으며 계단에 와서야 사람들 앞에서는 대놓고 얘기하고 싶지 않았다고 삼촌에게 설명했다. "맞아." 삼촌이 말했다, "하지만 이제는 말해 봐라." 삼촌은 고개를 숙이고 시가를 짧고 성급하게 뻑뻑 빨아 대며 귀를 기울였다. "우선, 삼촌." 카가 말했다, "이것은 일반 법원에서 진행되는 소송이 아니에요." "그거 안 좋은데." 삼촌이 말했다. "왜요?" 카가 말하면서 삼촌을 쳐다보았다. "내 생각에는 그거 안 좋아." 삼촌이 반복했다. 그들은 거리로 이어지는 외부 계단에 서 있었다. 수위가 듣고 있는 것 같아서 카는 삼촌을 아래로 이끌었다. 분주하게 차량이 오가는 거리로 그들은 들어섰다. 카의 팔짱을 낀 삼촌은 소송에 대해 더 이상은 끈덕지게 물어보지 않았다. 심지어 그들은 얼마 동안 아무 말도 않고 계속 걸어가기만 했다. "그런데 어떻게 그 일이 일어난 거냐?" 드디어 삼촌이 물었다. 갑자기 걸음을 멈추는 바람에 삼촌 뒤에서 오던 사람들이 놀라서 비켜 가야만 했다. "그런 일은 갑자기 일어나지 않아. 오래 전부터 뚜렷해지지. 그 징조가 분명 있었을 거야. 왜 나한테 편지하지 않았니. 내가 너를 위해서 뭐든 다 할 거라는 걸 알잖니. 나는 여전히 어떤 의미에서는 네 후견인이고 오늘까지 그게 자랑스러웠다. 물론 지금도 너를 도울 것이고, 단지 소송이 이미 진행 중이라면 그건 아주 어려워. 어쨌든 네가 이제 짧은 휴가를 내고 우리가 있는 시골로 오는 것이 제일 좋을 것 같다. 넌 조금 야위기도 했어. 이제 보니 그렇구나. 시골에서는 튼튼해질 거고, 그게 좋을 거야, 앞으로 분명 힘든 일이 있을 테니. 게다가 시골에 와 있으면 어떤 의미에서는 법원에서 벗어나게도 되는 거잖아. 여기서는 그들이 반드시, 또 자동적으로 네게 사용할 수 있는 가능한 권력 수단을 다 갖고 있어. 하지만 시골에서는 우선 기관에 전권을 위임해야만 하거나 편지, 전보, 전화를 통해서나 네게 영향을 끼치려 애쓸 수밖에 없지. 그러면 당연히 영향력은 적어질 것이고, 네가 자유로워지지는 않겠지만 안도의 숨을 쉬게는 해줄 거야." "그들은 제가 떠나는 것을 금할 수도 있어요." 삼촌의 말에 약간 혹한 카가 말했다. "그들이 그럴 거라는 생각은 안 든다." 삼촌이 신중하게 대답했다. "네가 여행을 떠난다고 해서 그들의 권력이 그렇게 크게 손상되는 것은 아니야." "제 생각에는" 카가 말하면서 삼촌이 멈춰 서있지 못하게 하려고 그의 팔을 잡았다. "삼촌은 이 모든 일을 저보다 덜 중요하게 여기실 것 같았는데 지금 삼촌 자신이 아주 심각하게 받아들이시네요." "요제프." 삼촌은 이렇게 외치면서 멈춰 서 있으려고 카를 뿌리치려 했지만 카는 놔주지 않았다. "넌 완전히 변했어, 너는 항상 아주 올바른 이해 능력을 갖고 있었어. 그런데 바로 지금 그게 없어진 거냐? 이번 소송에 질 생각이냐? 그게 무슨 의미인지 알기나 하냐? 그건 네가 간단히 지워져 버린다는 뜻이야. 그리고 친척 모두가 한꺼번에 휩쓸려 버리거나 적어도 치욕의 밑바닥까지 떨어진다는 거야, 요제프, 정신 바짝 차려. 네가 무심하니 내가 정신을 못 차리겠구나. 너를 보면 '그런 재판을 한다는 것은 이미 진 것이나 매한가지다.'라는 속담이 맞는 것 같다." "삼촌." 카가 말했다. "흥분하는 건 정말 무의미해요. 삼촌한테도 그렇고 저한테도 그럴 거예요. 흥분해서는 재판을 이기지 못해요. 삼촌의 실제 경험이 저를 놀라게는 하지만, 그래도 항상 그리고 지금도 그걸 아주 존경해요. 그러니 제 경험도 조금 중요하게 생각해 주세요. 소송 때문에 가족도 해를 입을 것이라 말씀하셨는데 저로서는 전혀 이해할 수가 없고, 그것은 그저 부차적인 일이예요. 그러니 모든 일에서 삼촌의 말씀을 따를게요. 단지 삼촌이 의도하시는 대로 시골에 머무는 것은 이득이 없는 것 같아요. 왜냐하면 그것은 도주이고 제가 죄를 인정하는 거니까요. 게다가 제가 사실 여기서 더 압박을 받기는 하지만 스스로도 이 일을 더 잘 처리할 수 있어요." "맞아." 이제 드디어 서로 의견이 좁혀졌다는 듯한 목소리로 삼촌이 대답했다. "나는 그저 제안을 했을 뿐이야. 네가 여기 머물면 네 무관심 때문에 사건이 위태로워질 것 같고, 내가 너를 대신해서 네 일을 해주는 것이 더 좋을 것 같아서 그랬다. 하지만 네가 온 힘을 다해 스스로 그 일을 처리하겠다면, 당연히 그게 훨씬 낫지." "그럼 그 점에서는 우리 의견이 일치했네요." 카가 말했다, "그런데 제가 우선 무엇을 해야 할지 제안하실 것 있으세요?" "나는 당연히 그 일에 대해 생각을 좀 해야겠다." 삼촌이 말했다. "내가 이제 벌써 거의 이십년 동안 시골에 죽 살아서 이런 쪽에서는 예민한 감각을 잃어버렸다는 걸 알아둬라. 이 일에 더 정통할지도 모르는 사람들과 맺었던 여러 중요한 관계들도 느슨해졌어. 난 시골에서 좀 적적하게 살고 있지. 너도 잘 알고 있잖아. 그것도 사실 이런 상황이 되니까 직접 느끼겠구나. 네 소송 사건은 한편으로는 예상도 못했다. 내가 이상하게도 에르나의 편지를 읽고 뭔가 그런 종류의 일을 예상했고, 오늘 네 얼굴을 보고 거의 확실히 알기는 했지만 말이다. 하지만 그건 상관없어. 제일 중요한 것은 이제 시간을 잃지 않는 거야." 이렇게 말을 하며 까치발을 하고서 손짓해 택시를 불러, 운전사에게 주소를 일러주면서 카를 차 안으로 잡아당겼다. "지금 홀트 변호사에게 가는 거다." 삼촌이 말했다. "그 사람은 내 학교 친구야. 너도 분명히 그 이름을 알고 있겠지? 모른다고? 이상하네. 그 친구는 변호사이자 가난한 사람들을 위한 법률고문으로 명성을 얻고 있어. 나는 그 친구를 특히 인간적으로 많이 신뢰해." "삼촌이 하시는 일에 다 동의해요." 카는 이렇게 말했다. 그럼에도 불구하고 삼촌이 서두르고 긴박하게 일을 처리하는 방식에 심기가 불편해졌다. 피고인으로서 빈민 변호사에게 가는 것은 썩 기분 좋은 일은 아니었다. "저는요," 카가 말했다. "이런 일에도 변호사를 댈 수 있는지 몰랐어요." "당연히 그래야지." 삼촌이 말했다. "당연한 거야. 왜 아니겠니? 사건에 대해 자세히 알게끔 지금까지 일어난 일을 다 말해 봐." 카는 곧바로 이야기를 시작했다. 하나도 숨기지 않았다. 완벽한 솔직함은 재판이 커다란 치욕이라는 삼촌의 생각에 대항할 수 있는 유일한 반항이었다. 뷔르스트너 양 이름은 딱 한 번 언뜻 비쳤다. 그것이 솔직함을 감소시키지는 않았다. 뷔르스트너 양은 재판과 아무 관계도 없기 때문이었다. 이야기를 하면서 카는 창밖을 보며 자신들이 법원사무국이 있는 교외로 다가가고 있는 것을 알았다. 그는 삼촌에게 이 사실을 알렸지만, 삼촌은 이런 일치를 별로 특이하게 여기지 않았다. 택시가 어느 어두운 집 앞에서 멈췄다. 삼촌은 일 층 첫 번째 문에서 벨을 울렸다. 두 사람이 기다리는 동안, 삼촌은 큰 이가 드러날 정도로 미소를 지으며 속삭였다. "여덟 시야. 소송 의뢰인이 방문하기에는 일상적인 시간이 아니지. 하지만 홀트는 내 태도를 나쁘게 받아들이지 않을 거야." 문에 나 있는, 밖을 내다보는 창문으로 커다란 두 개의 검은 눈이 보이더니 잠시 두 손님을 쳐다보고는 사라졌다. 그러나 문을 열어 주지는 않았다. 삼촌과 카는 두 눈을 보았다고 서로 확인했다. "새 하녀야. 낯선 사람을 무서워하는군." 삼촌이 말하고는 다시 문을 두드렸다. 다시 두 눈이 나타났다. 거의 슬퍼 보인다고 할 수 있었다. 그러나 그것은 불빛이 흐리고, 어쩌면 머리 위에서 시끄럽게 지지직거리며 타고 있는, 갓이 없는 가스등 불꽃이 불러일으킨 착각일 수도 있었다. "문 열어요." 삼촌이 주먹으로 문을 치며 소리쳤다, "변호사님의 친구입니다." "변호사님은 아프세요." 두 사람 등 뒤에서 누군가가 속삭였다. 작은 복도의 다른 쪽 끝에 있는 문에 실내용 가운 차림의 어떤 남자가 서서 아주 작은 목소리로 이 말을 했다. 오래 기다려서 이미 화가 난 삼촌은 휙 돌아서서 외쳤다. "아파요? 그가 아프다고 하셨나요?" 그러더니 이 남자가 질병이기라도 한 듯 거의 위협적으로 그 남자를 향해 갔다. "문은 이미 열렸어요." 그 남자는 말하면서 변호사 집 문을 가리키고, 실내용 가운을 여미고 사라졌다. 정말 문은 열려 있었다. 흰색의 긴 앞치마를 입은 젊은 여자—검고 약간 튀어나온 눈을 카는 다시 알아보았다—가 손에 촛불을 들고 현관에 서 있었다. "다음번에는 조금 빨리 여시오." 아가씨가 무릎을 살짝 굽혀 인사할 때 삼촌은 인사 대신 이렇게 말했다. "들어가자, 요제프." 삼촌이 천천히 여자 앞을 지나고 있는 카에게 말했다. "변호사님은 편찮으세요." 아가씨가 말했다.

삼촌이 머뭇거리지도 않고 급히 문 쪽으로 갔기 때문이었다. 문을 다시 잠그기 위해 아가씨는 벌써 몸을 돌렸지만, 카는 놀라서 아가씨를 한 번 더 쳐다보았다. 그녀의 얼굴은 인형처럼 동그랬다. 창백한 뺨뿐만 아니라 턱까지도 동그랗고 관자놀이와 이마 가장자리도 동그랬다. "요제프." 삼촌이 다시 외치고는 아가씨에게 물었다. "심장병이오?" "그런 것 같아요." 그녀가 말했고, 초를 들고 앞장서 가서 방문을 열 짬을 얻었다. 촛불이 아직 미치지 않은 방 한구석에 있는 침대에서 수염이 길게 자란 사람이 얼굴을 쳐들었다. "레니, 누가 왔니?" 변호사가 물었다. 그는 촛불에 눈이 부셔서 손님들을 알아보지 못했다. "알베르트네, 자네 옛날 친구." 삼촌이 말했다. "아, 알베르트." 변호사는 이렇게 말하고는 이 방문객에게는 스스럼없이 행동해도 된다는 듯이 베개 위에 다시 누웠다. "정말 안 좋은 건가?" 삼촌이 물으면서 침대 가장자리에 앉았다. "난 그렇게 생각하지는 않아. 자네가 앓는 심장병이 일으킨 발작이고 지난번처럼 일시적인 것일 게야." "그럴지도," 변호사가 낮은 소리로 말했다. "하지만 그 어느 때보다 심해. 숨쉬기가 힘들고 잠을 통 못 자고 매일 기력이 떨어져." "그렇군." 삼촌이 말하고는 그 큰 손으로 파나마모자를 무릎에 꾹 눌렀다. "나쁜 소식이군. 그런데 간호는 제대로 받고 있는 건가? 여기는 정말 암울하고, 정말 침침하군 그래. 내가 지난번 여기 온 게 벌써 꽤 오래 전이야. 그때는 훨씬 쾌적한 것 같았는데. 저 어린 아가씨도 썩 쾌활해 보이지는 않는군. 아니면 그런 척하는 건가." 아가씨는 여전히 초를 들고 문간에 서 있었다. 그녀의 애매한 눈길로 보건데 그녀는 삼촌보다는 카를 쳐다보고 있는 것 같았다. 삼촌이 지금 그녀에 대해 말을 하고 있는데도 말이다. 카는 아가씨 가까이로 안락의자를 밀어 놓고 거기에 기대어 있었다. "나처럼 아프면 말일세," 변호사가 말했다. "안정이 필요해. 나한테는 암울하지 않아." 잠시 쉬고 나서 그는 덧붙였다. "그리고 레니가 나를 잘 보살펴 줘. 참한 애야." 하지만 이런 말은 삼촌을 설득할 수 없었다. 그는 돌봐 주는 아가씨에게 편견을 갖고 있는 게 완연했다. 비록 환자의 말에 반대하지는 않았지만, 그녀가 탁자에 초를 놓고 환자에게 몸을 굽히고, 베개를 바로 잡아 주고, 귓속말을 할 때, 엄격한 눈길로 그녀를 좇았다. 삼촌은 환자에 대한 생각은 거의 잊어버리고 자리에서 일어나, 환자를 돌보는 아가씨 뒤를 이리 저리 따라다녔다. 삼촌이 뒤쪽에서 그녀의 치마를 움켜잡아 침대에서 멀리 끌어낸다고 해도 카는 놀라지 않았을 것이다. 카는 이 모든 일을 조용히 지켜보고 있었다. 게다가 그에게는 변호사의 병이 전혀 반갑지 않은 것은 아니었는데, 자신의 일에 쏟아붓는 삼촌의 이 열정에 맞설 수가 없어서였다. 그런데 아무것도 안 해도, 삼촌의 열정에 영향을 줄 이 전환을 카는 기꺼이 받아들였다. 그때 삼촌이 말을 했다. 아마 그저 아가씨에게 모욕을 주기 위한 심산이었을 게다. "아가씨, 잠깐 우리만 있게 해주겠소. 내 친구랑 사적인 일을 상담해야 하오." 아직 환자 위로 몸을 수그린 채, 벽 쪽의 시트를 막 펴고 있던 그녀는 머리만 돌리고는 아주 조용히 말했다. 화가 나서 말을 더듬다가는 다시 유창하게 쏟아 붓는 삼촌의 말투와는 눈에 띄게 대조적이었다. "보시다시피 변호사님은 아주 편찮으세요. 어떤 사적인 일도 상담하실 수 없어요."
어쩌면 그녀가 그저 게을러서 삼촌의 말을 반복하는 것인지는 몰라도, 제 삼자 입장에서는 조롱하는 것으로 이해할 수도 있었다.
당연히 삼촌은 뭐에 찔린 사람처럼 버럭 화를 냈다. "빌어먹을."
삼촌은 흥분해서 처음에는 그르렁거리며 상당히 알아듣기 힘들게 말을 했다. 카는 이와 같은 것을 기대하기는 했지만 깜짝 놀라서, 두 손으로 삼촌의 입을 막으려는 확실한 의도를 갖고 삼촌에게로 달려갔다. 다행히 아가씨의 등 뒤에서 환자가 몸을 일으켰다. 삼촌은 역겨운 것을 삼키기라도 한 듯, 쓴 표정을 짓더니 조용히 말했다. "물론 우리는 아직 이성을 잃지는 않았소. 내가 요구하는 것이 불가능한 것이라면, 그걸 요구하지도 않을 거요. 이제가 주시오." 시중드는 아가씨는 몸을 펴고 침대 가장자리에 섰다. 삼촌에게 완전히 얼굴을 돌린 채, 카가 보기에는 한 손으로는 변호사의 손을 쓰다듬고 있는 것 같았다. "레니 앞에서는 다 말해도 돼." 환자는 확실히 간절하게 애원하는 투로 말했다. "내 일이 아닐세." 삼촌이 말했다, "내 비밀이 아니란 말이네." 그러고는 어떤 토의에도 더 이상 관심을 기울이지 않을 것이지만 잠시 생각할 시간을 주겠다는 듯, 몸을 돌렸다. "그럼 누구 일인가?" 변호사가 나오지 않는 목소리로 묻고는 다시 자리에 누웠다. "내 조카 일이야." 삼촌이 말했다. "여기 데려왔네." 그런 다음 삼촌은 소개를 했다. "은행 지배인 요제프 카네." "오." 환자가 훨씬 생생하게 말을 하고는 카에게 손을 내밀었다, "미안해요. 전혀 알아보질 못했어요." 그러더니 그는 돌보는 아가씨에게 말했다. "레니, 나가 있어." 레니는 더 이상 거부하지 않았다. 그는 마치 오랫동안 이별이라도 하듯 그녀에게 손을 건넸다. "그러니까 자네는," 화가 풀린 삼촌이 다가가자, 그는 말했다. "나를 병문안 온 게 아니라 일 때문에 왔구먼." 병문안을 왔다는 생각이 지금까지 변호사를 마비시켰던 것 같았다. 그는 이제 아주 힘차 보였고, 상당히 힘이 들 텐데 계속 한쪽 팔꿈치로 몸을 지탱한 채, 자꾸 수염 한가운데서 한 가닥을 잡아 당겼다. "자네 훨씬 건강해 보이는군." 삼촌이 말했다. "저 마녀가 밖으로 나간 뒤부터 말이네." 삼촌은 말을 끊더니 속삭였다. "저 여자가 분명 엿듣고 있을 거야." 그러고는 재빨리 문 쪽으로 뛰어갔다. 하지만 문 뒤에는 아무도 없었다. 삼촌은 되돌아 왔지만 실망하지는 않았다. 왜냐하면 그녀가 엿듣고 있지 않은 점이 더 음흉하게 생각됐기 때문이었다. 삼촌은 씁쓸해 했다. "자네는 그녀를 오해하고 있어." 변호사가 말했다. 더 이상 간병인 편을 들어주지는 않았다. 그렇게 함으로써 아마 그녀에게 변호가 더 이상 필요하지 않다는 것을 보여주려는 것 같았다. 그러나 훨씬 동정 어린 목소리로 말을 이었다. "자네 조카에 관해서 말인데, 이 막중한 과제를 풀 수 있게 내가 기운이 충분하다면 좋을 텐데. 내 힘이 충분하지 못할까 봐 아주 걱정되네. 어쨌든 내가 할 수 있는 일은 다 하겠네. 만일 내가 충분하지 못하면, 다른 사람을 끌어들일 수 있을 거야. 솔직히 나에게 이 사건은 아주 흥미로워서 이 일에 어떤 식으로든 참여하는 것을 포기할 수 없을 정도네. 내 심장이 버텨내지 못한다면, 적어도 그게 완전히 포기할 기회가 되겠지." 카는 이 말을 한마디도 이해하지 못하고 있다는 생각이 들었다. 그는 이에 대한 설명을 들으려고 삼촌을 쳐다보았다. 하지만 삼촌은 손에 초를 든 채 침대 옆 탁자 위에 앉아 있었다. 벌써 탁자에서 약병 하나가 양탄자 위로 굴러 떨어졌다. 변호사는 말하는 것마다 고개를 끄덕이면서 모든 것에 동의했고, 가끔 똑같이 동의하라고 요구하면서 카를 쳐다보았다. 혹시 삼촌이 이미 변호사에게 사건에 대해 설명했나? 하지만 그건 불가능했다. 조금 전까지 있었던 모든 일이 그 반대라는 것을 말해 주었다. 그래서 그는 말했다. "저는 이해가 안 됩니다." "그래요. 아마 내가 당신을 오해했나 보죠?" 변호사도 카처럼 놀라고 당황하며 이렇게 물었다. "어쩌면 내가 너무 성급했나 보군요. 그럼 무엇에 관해 나랑 얘기하려고 했던 거죠? 난 당신 소송에 관한 문제라고 생각했는데요." "당연하지." 삼촌이 말하고는 카에게 물었다. "대체 무슨 생각이냐?" "맞습니다. 하지만 도대체 저와 제 소송에 대한 것을 어떻게 알고 계신 겁니까?" 카가 물었다. "아 그렇군요." 변호사가 미소를 지으며 말했다. "난 변호사요. 법원 사람들하고 왕래가 있죠. 사람들이 여러 가지 소송에 대해 말을 하는데, 눈에 띄는 사건, 특히 그게 친구의 조카에 관한 것이라면 기억하게 되죠. 그건 이상한 일이 아닙니다." "대체 무슨 생각이냐?" 삼촌은 다시 카에게 물었다. "너 정말 불안하구나." "이 법원 사람들과 왕래가 있으세요?" 카가 물었다. "그래요." 변호사가 말했다. "어린애 같은 질문을 하는구나." 삼촌이 말했다. "내 분야 사람들과 왕래하지 않는다면 누구랑 하겠소?" 변호사가 덧붙였다. 정말 반박할 수는 없는 말이어서 카는 아예 내납을 못했다. "그런데 당신은 사법부 건물에서 근무하시는 거죠, 다락방에 있는 법원에서는 아니시죠."라고 카는 물어보려고 했지만, 정말 그렇게 물어볼 수는 없었다. "그런데 이걸 고려하셔야 합니다." 변호사는 당연한 일을 쓸데없이, 그저 지나가듯 설명한다는 듯한 말투로 덧붙였다. "이걸 고려하셔야 합니다. 내가 그런 왕래를 통해 내 의뢰인들을 위해 큰 이득을 얻어낸다는 걸 말입니다. 여러 가지 관점에서요. 어쨌든 이런 일에 대해서는 입도 뻥긋해서는 안 됩니다. 물론 나는 지금 병 때문에 약간 방해를 받고 있기는 해요. 그럼에도 불구하고 법원에 근무하는 좋은 친구들이 방문을 해주어서 꽤 많은 걸 알고 있지요. 어쩌면 최고의 건강을 유지하면서 종일 법원에서 시간을 보내는 사람들보다 내가 더 많이 알고 있을지도 몰라요. 그래서 예를 들면 지금도 좋은 방문객을 맞고 있지요." 그러면서 어두운 방구석을 가리켰다. "어디요?" 카는 처음에는 놀라서 거의 무례하게 물어보고, 불안하게 여기저기 둘러봤다. 작은 초에서 나오는 빛은 맞은편 벽까지 훤히 비추지는 못했다. 그리고 정말로 그곳 구석에서 뭔가 움직이기 시작했다. 이제 삼촌은 초를 높이 쳐들었고, 그 불빛 속에서 그곳 작은 탁자 앞에 중년의 남자가 앉아 있는 것이 보였다. 그는 아마 거의 숨도 쉬지 않았던 것 같다. 그러니 그렇게 오래 눈에 띄지 않았을 것이다. 이제 그는 힘들게 일어섰다. 눈길을 받아 기분이 썩 좋지 않은 게 분명했다. 두 손을 짧은 날개처럼 움직였다. 마치 그런 손짓을 통해 모든 소개와 인사를 거부하려는 듯 했고, 자신이 그곳에 있음으로 해서 다른 사람을 절대 방해하지 않으려는 듯, 성급히 어둠 속으로 다시 들어가게 해주고 자신의 존재를 잊어 달라는 듯 행동했다. 하지만 더 이상 그것은 허용되지 않았다. "사실 자네들은 우리를 놀라게 했네." 변호사는 설명하듯 말하면서, 그 남자에게 격려하듯이 가까이 오라고 손짓을 했다. 남자는 천천히 주저하듯 주변을 살며 보면서 약간 기품 있게 행동했다. "사무처장님은—아 _그렇지_, 미안합니다, 소개를 안 했군요—여기는 제 친구 알베르트 카이고, 이쪽은 알베르트의 조카인 은행 지배인 요제프 카, 그리고 이쪽은 사무처장님—사무처장님이 친절하게도 나를 찾아와 주었다네. 이렇게 찾아와 주신 게 얼마나 고마운 일인지는, 사무처장님이 일에 묻혀 있다는 것을 아는 사람, 그런 내막을 아는 사람만이 평가할 수 있지. 지금 사무처장님이 일이 바쁜데도 와주셨고, 내 체력이 허락하는 한, 우리는 편안하게 이야기를 나누고 있었다네. 우리는 레니한테 다른 방문객을 들이지 말라는 말은 하지 않았어. 올 사람이 없었거든. 우리끼리만 있어야 한다고 생각하기는 했었네. 하지만 자네가 주먹으로 문을 두드렸지, 알베르트. 사무처장님은 의자와 탁자를 들고 구석으로 자리를 옮기셨네. 하지만 이제 가능하다면, 다시 말해서 그럴 마음이 있다면, 공동의 문제에 대해 함께 이야기를 해야만 할 것 같고, 모두 함께 자리하는 것이 아주 좋을 것 같네. 사무처장님." 변호사는 고개를 숙이고 비굴한 미소를 지으면서 말하고는 침대 가까이에 있는 안락의자를 가리켰다. "유감이지만 몇 분 정도밖에는 시간이 없습니다." 사무처장은 상냥하게 말하며 안락의자에 푹 퍼져 앉더니 시계를 쳐다보았다. "일이 저를 부릅니다. 어쨌든 친구의 친구를 알게 될 기회를 놓칠 수는 없죠." 그는 삼촌에게 가볍게 고개를 수그렸다. 삼촌은 이 새로운 사귐에 굉장히 만족한 듯 보였지만 그의 천성 때문에 존경의 감정을 표현하지 못하고는 사무처장의 말에 당혹스러운 웃음으로, 그렇지만 큰 웃음소리로 대꾸했다. 볼썽사나운 모습이었다! 카는 조용히 모든 것을 관찰할 수 있었다. 아무도 그에게 관심을 갖지 않았기 때문이었다. 사무처장은 습관인 듯, 일단 끼어들자 대화의 주도권을 잡았다. 변호사는 손을 귀에 대고 주의 깊게 들었다. 처음에 그가 보였던 허약함은 그저 새로운 방문객을 쫓아 버리기 위해서였던 것 같았다. 초를 들고 있는 삼촌은—그는 초를 허벅지 위에 올려놓고 균형을 잡았다. 변호사는 걱정이 되어 자꾸 삼촌을 쳐다보았다—곧 당혹스러움에서 벗어나서 사무처장이 말하는 방식과, 그가 말하면서 물결치듯 부드럽게 움직이는 손놀림에 넋을 잃고 있을 뿐이었다. 침대 다리에 기대어 있던 카는 사무처장한테 아예 의도적으로 무시당하는 것 같았고, 그저 나이든 신사들의 청중 역할만 하고 있었다. 게다가 무슨 얘기를 하는지 거의 종잡을 수가 없었다. 카는 때로는 시중드는 여인을 생각하다가, 때로는 그녀가 삼촌에게 받은 부당한 처사에 대해 생각하기도 했고, 때로는 사무처장을 이미 어디선가 보지 않았던가, 어쩌면 첫 심리 때 모인 사람들 중에서 본 것은 아닌가 하는 생각도 했다. 그가 틀렸을지도 모르겠지만, 사무처장은 모임에 참가했던 사람들 중에서 첫 번째 줄에 있던 사람들, 수염이 듬성듬성 난 노인들과 특히 잘 어울릴 것 같았다.

그때 곁방에서 자기 그릇이 깨지는 듯한 소음이 나서 모두 귀를 쫑긋했다. "무슨 일인지 살펴보겠습니다." 카는 이렇게 말하고 마치 다른 사람들에게 자신을 만류할 기회를 주려는 듯이 천천히 밖으로 나갔다. 그가 곁방에 들어서서 어둠에 막 익숙해지려는 참이었는데, 바로 그때 문을 잡고 있던 그의 손 위에 카의 손보다 훨씬 작은 손이 얹히더니, 문이 조용히 닫혔다. 이곳에서 기다리고 있던 사람은 시중드는 여인이었다. "아무 일도 아니에요." 그녀가 속삭였다. "당신은 불러내려고 접시를 벽에 던진 것 뿐에요." 카는 당황해서 말했다. "나도 당신 생각을 하고 있었어요." "더 잘됐네요." 간병인 여인이 말했다. "오세요." 몇 걸음 더 가자 그들은 뿌연 유리로 된 문 앞에 섰다. 여인이 카 앞에서 그 문을 열었다. "들어가세요." 그녀가 말했다. 그 방은 변호사의 사무실이 분명했다. 지금 커다란 세 개의 창문 바로 아래 바닥에 그저 작은 사각형 부분만을 아주 밝게 비치고 있는 달빛 속에서 본 것에 따르면, 그 방에는 무겁고 오래된 가구가 놓여 있었다. "이쪽으로요." 간병인은 이렇게 말하면서 조각된 나무 등받이가 달린 거무스레한 함을 가리켰다. 앉아서 카는 방 안을 둘러보았다. 천장이 높고 넓은 방이있다. 영세민 변호사의 고객은 분명 여기에 포기한 상태로 와 있었을 것이다. 카는 방문객이 어마어마하게 큰 책상 앞으로 종종걸음으로 가는 것을 보고 있는 듯 했다. 그러나 곧 잊어버리고 단지 간병인만 쳐다보았다. 그녀는 아주 가까이 앉아서 그를 팔걸이 쪽으로 밀다시피 했다. "저는요," 그녀가 말했다. "제가 부르지 않아도 당신이 혼자 올 줄 알았어요. 근데 이상했어요. 처음에 방에 들어서자마자 저를 쳐다보더니, 그 다음에는 저

를 기다리게 했어요." "그건 그렇고 저를 레니라고 부르세요." 그
녀는 이 대화의 한순간도 헛되이 보내지 않으려는 듯 급하게 두
서없이 말했다. "그러죠." 카가 말했다. "그런데 이상하다는 것 말
예요, 레니, 그건 설명하기 쉬워요. 우선 난 나이든 분들의 수다를
경청해야만 했고, 아무 이유 없이 나올 수가 없었어요. 둘째 나는
뻔뻔스럽지 못해요. 수줍어한다고 해야겠지요. 그리고 레니 당신
은 쉽게 얻을 수 있는 것처럼 보이지 않았어요." "맞아요." 레니
가 팔을 팔걸이에 올려놓고 카를 바라보면서 말했다. "하지만 제
가 당신 마음에 안 들었고 지금도 그럴 거예요." "썩 마음에 들었
다고 할 수는 없습니다." 카는 회피하듯 말했다. "아!" 그녀는 웃
으면서 말했다. 카의 말과 이 짧은 외침을 통해 그녀가 약간 우세
에 놓이게 되었다. 그래서 카는 잠시 입을 다물었다. 카는 방 안
의 이미 어둠에 익숙했기 때문에, 방 안의 여러 세부적인 것도 구
분할 수 있었다. 특히 문 오른쪽에 걸려 있는 커다란 그림이 눈에
띄어서, 그는 좀 더 잘 보려고 몸을 구부렸다. 법관복을 입은 남
자가 그려져 있었다. 그림 속의 남자는 높은 왕좌와 같은 곳에 앉
아 있었는데, 의자의 금빛 도금이 그림에서 아주 두드러졌다. 이
상한 것은 이 법관이 조용하고 품위 있게 의자에 앉아 있지 않고,
왼쪽 팔로 등받이와 팔걸이를 꽉 누르고, 오른쪽 팔은 자유롭게
그냥 둔 채 손으로만 팔걸이를 잡고 있는 것이었다. 마치 다음 순
간 격한, 어쩌면 흥분한 태도로 벌떡 일어나 뭔가 결정을 말하거
나 아니면 판결을 선고하려는 것 같았다. 피고는 아마 왕좌의 계
단 발치에 있는 것으로 생각되었다. 노란색 양탄자로 덮인 계단

맨 윗부분만 그림에서 볼 수 있었다. "어쩌면 내 담당 판사일지도 모르겠네요." 카는 말하면서 손가락으로 그림을 가리켰다. "저 사람 알아요." 레니도 그림을 보면서 말했다. "가끔 이곳에 와요. 젊었을 때를 그린 거예요. 하지만 그림하고는 비슷하지도 않아요. 정말 키가 작거든요. 그렇지만 키를 크게 그리게 했죠. 여기 있는 모든 사람들처럼 엄청나게 허영심이 많거든요. 저도 허영심이 많아요. 그래서 제가 당신 마음에 전혀 들지 않는다는 게 굉장히 섭섭해요." 마지막 말에 카는 레니를 껴안아 자기 쪽으로 끌어당기는 것으로 대답했다. 그녀는 조용히 그의 어깨에 머리를 기댔다. 그 밖의 말에 대해서는 이렇게 물었다. "그 사람은 지위가 뭐죠?" "예심판사예요." 그녀는 이렇게 말하고는 자신을 감싸 안은 카의 손을 잡아 그의 손가락을 만지작거렸다. "또 다른 예심판사로군." 카가 실망해서 말했다. "높은 판사들은 숨어 있는 거야. 하지만 저 사람은 왕좌에 앉아 있군." "그냥 조작한 거예요." 레니가 카의 손 위로 얼굴을 숙이며 말했다. "실제로는 낡은 말안장을 포개 올려놓은 부엌 의자에 앉은 거예요. 그런데 계속 당신 소송에 대해서만 생각하고 있나요?" 그녀가 천천히 말을 덧붙였다. "아뇨, 절대 그렇지 않아요." 카가 말했다. "그 일에 대해서는 어쩌면 너무 적다 싶을 정도로 생각하고 있어요." "당신 실수는 그게 아니에요." 레니가 말했다, "당신은 고집이 너무 세요. 저는 그렇게 들었어요." "누가 그럽디까?" 카가 물었다. 자신의 가슴에 닿은 그녀의 몸을 느꼈고, 바싹 말아 올린 숱이 많은 검은 머리를 내려다보았다. "그걸 말하면 너무 많은 것을 누설하는 게 될 거예요." 레니가 대답했다. "이름은 묻지 마세요. 하지만 실수는 그만 하세요. 더 이상 고집을 부리지 마세요. 이런 법원에 반항할 수는 없어요, 자백을 해야만 해요. 다음 기회에는 자백을 하세요. 그러고 나면 살그머니 빠져나갈 방법이 생길 거예요, 그러고 나면요. 그것조차도 다른 사람의 도움 없이는 불가능해요. 이 도움 때문이라면 걱정하실 필요 없어요. 제가 당신에게 해드릴 테니까요." "이 법원이랑 여기서 꼭 필요한 사기극에 대해 많이 알고 있군요." 카는 이렇게 말하면서 그녀를 들어 올려 무릎에 앉혔다. 그녀가 너무 세게 카에게 몸을 밀어 댔기 때문이었다. "이렇게 하니 좋군요." 그녀는 말하며, 치마를 펴고 블라우스를 바로 잡으면서 그의 무릎 위에서 매무새를 갖췄다. 그러더니 두 손으로 그의 목을 껴안고 매달려 몸을 뒤로 젖히며 오랫동안 그를 바라보았다. "내가 자백을 하지 않으면, 나를 도와줄 수 없다는 겁니까?" 카가 떠보듯 물었다. '내가 나를 도와줄 여자를 구하고 있나?' 카는 거의 깜짝 놀라며 처음에는 뷔르스트너 양을 생각했고, 그다음에는 법원 정리의 아내를 그리고 마지막에 이 자그마한 간병인을 생각했다. '이 마지막 여인은 나한테 알 수 없는 욕구를 갖고 있는 것 같아. 내 무릎이 그녀에게는 제대로 된 단 하나의 자리라도 되는 듯 앉아 있네.' 카는 이렇게 생각했다. "네, 도와드리지 않을 거예요." 레니가 대답하면서 천천히 고개를 흔들었다. "그러시면 저는 도와드릴 수가 없어요. 하지만 당신은 내 도움을 전혀 원하지 않아요. 당신은 아무것도 중요하게 생각하지 않아요. 당신은 고집스럽고, 설득 당하지 않아요." 잠시 후 그녀가 물었다. "애인 있으세

요?" 카는 대답했다. "아뇨." 그녀가 말했다. "무슨 말이에요. 있잖
아요." "네, 사실 있어요." 카가 대답했다. "없다고 했지만 그녀 사
진까지도 갖고 다녀요." 레니가 청하자 그는 엘자의 사진을 보여
주었다. 카의 무릎 위에서 몸을 웅크린 채 그녀는 사진을 꼼꼼히
살펴보았다. 스냅사진으로, 엘자가 술집에서 자주 추는 빙빙 도
는 춤을 추고 난 뒤에 찍은 것이다. 아직 회전했을 때 생긴 주름이
치마에 잡힌 채로 그녀 몸을 휘감으며 날리고 있었고, 손은 엉덩
이에 올려놓은 채, 목을 꼿꼿이 세우고 옆을 보며 웃고 있었다. 누
가 그녀를 웃게 만들었는지 사진으로는 알 길이 없었다. "코르셋
으로 꽉 졸라맸군요." 레니가 말하면서, 자신이 눈에 그렇게 생각
되는 부분을 가리켰다. "이 여자는 내 맘에 안 드네요. 서투르고
기칠어요. 당신한테 부드럽고 친절할지도 모르겠네요. 사진으로
알 수 있어요. 이렇게 크고 억센 여자들은 가끔가다 부드럽고 친
절하게 굴 줄만 알죠. 혹시 이 여자가 당신을 위해 자신을 희생할
수 있을까요?" "아뇨." 카가 말했다. "그녀는 부드럽고 친절하지
도 않고, 나를 위해 희생할 수도 없을 거예요. 나도 지금까지 그녀
에게 이런저런 요구를 한 적이 없어요. 그리고 지금까지 당신처
럼 그렇게 자세히 사진을 본 적도 없어요." "당신한테 그녀는 전
혀 소중하지 않네요." 레니가 말했다. "그러니까 그녀는 당신 애
인이 아네요." "애인 맞아요." 카가 말했다. "내 말을 취소하지 않
겠어요." "그러면 지금은 당신 애인일 수도 있겠네요." 레니가 말
했다. "하지만 당신이 그녀를 잃거나 다른 누군가로, 예를 들면
저로, 대치한다고 해도, 그녀를 그렇게 그리워하시는 않겠네요."

"물론이죠." 카가 미소를 지으며 말했다. "그렇게 생각할 수도 있을 거예요. 하지만 그녀는 당신이랑 비교할 때 큰 장점이 있어요. 내 소송건에 대해서 아무것도 모르고 있죠. 설령 그것에 대해 뭔가 안다고 해도, 그것에 대해 생각하지 않을 겁니다. 나더러 고분고분하라고 설득하려 들지 않을 거예요." "그건 장점이 아녜요." 레니가 말했다. "그녀가 그밖에 다른 장점이 없다면, 난 용기를 잃지 않을 거예요. 그 여자는 어떤 신체적 결함이 있나요?" "신체적 결함이요?" 카가 물었다. "네." 레니가 말했다. "예를 들면 나는 그런 작은 결함이 있어요. 보세요." 그녀는 오른손 중지와 약지를 벌렸다. 그 사이에는 짧은 손가락의 거의 맨 위쪽 마디까지 얇은 피부로 연결되어 있었다. 카는 어둠 속에서 그녀가 뭘 보여주려고 하는지 금방 알아차리지 못해서, 그녀는 그의 손을 잡아 끌어 만져 보게 했다. "자연의 장난이군요." 카는 이렇게 말하고 손 전체를 살펴보고는 덧붙였다. "손톱이 참 예쁘네요!" 카가 놀라면서 계속 그녀의 두 손가락을 벌렸다 붙였다 하다가는 끝내 살짝 입을 맞추고 놓아주는 모습을 레니는 일종의 자부심을 갖고 쳐다보았다. "오!" 그녀는 곧바로 외쳤다. "저한테 입 맞췄어요!" 그녀는 입을 벌린 채 재빨리 무릎으로 기어 그의 품으로 올라왔다. 카는 거의 당황해서 그녀를 올려다보았다. 이제 그녀는 아주 가까이 있어서, 그녀한테서 후추와 같은 강한 냄새가 났다. 그녀는 카의 머리를 끌어당겨 그의 머리 위로 몸을 굽혀 그의 목을 깨물고 입을 맞추었다. 목덜미의 머리카락까지 깨물었다. "당신은 애인을 저로 바꾸신 거예요." 그녀는 때때로 이렇게 외쳤다. "아셨죠. 이제 저로 바꾸셨어요!" 그때 무릎이 미끄러져, 그녀는 짧게 외치면서 양탄자 위로 거의 떨어지다시피 했다. 카는 그녀를 잡아 주려고 껴안았지만, 그녀에게로 끌려 내려가고 말았다. "이제 당신은 내 거예요." 그녀가 말했다.

"여기 집 열쇠 받아요, 오고 싶을 때 오세요." 이것이 그녀가 마지막 한 말이었고, 문을 나서는 그의 등에 그녀는 마구 키스를 퍼부었다. 문밖으로 나오니 가랑비가 내리고 있었다. 창가에 아직 서 있는 레니를 볼 수 있을까 해서 거리 한가운데로 가려고 했다. 그러나 집 앞에서 기다리고 있던 차에서 삼촌이 튀어나왔다. 그는 멍한 상태였기 때문에 차가 있다는 것을 전혀 알아차리지 못했다. 삼촌은 카의 팔을 움켜잡더니 대문으로 밀쳤다. 마치 카를 대문에 못 박아 버리려는 것 같았다. "이 녀석아." 삼촌이 외쳤다. "어떻게 그럴 수가 있냐! 넌 잘 되어 가고 있는 네 사건을 끔찍하게 망쳐 버렸어. 그 작고 더러운 계집애랑 숨다니. 그 애는 변호사 애인이 분명하던데. 그런데 몇 시간이나 없어지다니. 변명 한마디도 않고, 아무것도 숨기지도 않는구나. 아니, 아주 대놓고 그러는구나. 그 여자한테 달려가서 그 여자 옆에 있다니. 그 사이 우리는 함께 앉아 있었다. 너를 위해 애를 쓰는 삼촌이랑, 네 편으로 끌어 들여야만 하는 변호사랑 특히 사무처장님, 법원 측의 현재 단계에서 딱 네 문제를 주도할 수 있는 그 중요한 분 말이다. 우리는 너를 어떻게 도우면 좋을지 의논하려고 했다. 난 변호사를 조심해서 다뤄야 했고, 이 변호사는 다시 사무처장을 그렇게 해야만 했다. 너는 적어도 어떤 이유에서라도 나를 지원해야만 했어. 그러기는커녕 없어지다니. 결국 그 일은 숨길 수가 없게 됐다. 그분들은 정중하고 세련된 사람들이라 그 일에 대해서는 아무 말도 안 했다. 나를 보호해 준 거지. 하지만 결국 그들도 더 이상은 참을 수 없었다. 사건에 대해 말할 수가 없으니 입을 다물어 버렸어. 우리는 몇 분 동안이나 말을 않고 거기 앉아서 혹시 네가 돌아올까 귀를 기울이고 있었지. 다 쓸데없는 일이었어. 드디어 원래 있으려고 했던 것보다 훨씬 오래 머물렀던 사무처장이 일어나서 작별 인사를 했는데, 나를 도울 수 없어 유감인 기색이 완연했다. 그러고는 상상할 수도 없는 호의로 조금 더 문간에서 기다리다가 가 버렸다. 물론 그가 가 버려서 나는 기뻤다. 이미 숨이 막힐 지경이었기 때문이다. 아픈 변호사에게는 모든 게 더 심각한 영향을 주어, 내가 작별 인사를 할 때 이 선량한 남자는 거의 말을 못했다. 아마 너는 그가 완전히 무너지는 데 일조했을 거다. 네가 도움을 받아야 할 남자의 죽음을 재촉한 거지. 그리고 너는 네 삼촌인 나를 여기 빗속에 몇 시간이나 기다리게 했단 말이다, 확인해 봐라, 쫄딱 젖었다."

변호사
제조업자
화가

어느 겨울 오전—밖에는 음울한 날씨에 눈이 내리고 있었다—카는 이른 시간인데도 이미 피곤에 절어 사무실에 앉아 있었다. 적어도 아래 직원들로부터 자신을 지키기 위해, 중요한 일을 하고 있으니 아무도 들여보내지 말라고 사환에게 일러두었다. 그러나 일을 하는 대신 의자에 앉은 채 몸을 돌려, 천천히 책상 위의 몇 가지 물건들을 밀어냈다. 그러고는 저도 모르게 책상 위에 팔을 쭉 뻗고 고개를 숙인 채 꼼짝 않고 앉아 있었다.

소송에 대한 생각이 떠나지 않았다. 변론서를 작성해서 법원에 제출하는 것이 좋지 않을까 가끔 생각도 해봤다. 거기에 짧은 이력을 쓸 생각이었다. 그리고 조금이라도 중요한 사건을 위해서는, 어떤 이유에서 자신이 그런 행동을 했는지, 현재의 판단으로 볼 때 이러한 행동방식이 기각될지 인가될지 그리고 그것에 대해 자신이 어떤 이유를 댈 수 있는지 설명할 생각이었다. 평범하고 보통은 완벽하지 않는 변호사의 단순한 변론서에 비해 이런 변론서가 장점이 있다는 것은 의심할 여지가 없었다. 변호사가 무슨 조치를 취하는지 카는 전혀 알지 못했다. 어쨌든 변호사는 많은 것을 하지는 않았다. 벌써 한 달 내내 그는 카를 부르지 않았고, 이전의 그 어떤 대화에서도 그가 카를 위해 많은 것을 해낼 것이라는 인상을 받지 못했다. 특히 변호사는 카에게 거의 아무것도 캐묻지 않았다. 이런 일에서는 많은 것을 물어봐야만 하는 데도 말이다. 질문이 제일 중요한 것이었다. 여기에 필요한 모든 질문은 카 자신이 제기할 수 있을 것 같은 기분이 들었다. 그런데 변호사는 질문을 하는 대신에 자신이 얘기를 하거나, 카를 앞에 두고 입을 다물고 앉아있거나, 귀가 안 좋은지 책상 너머로 약간 몸을 기울인 채, 수염 가닥을 잡아당기면서 양탄자나 내려다보고 있었다. 아마 카가 레니와 함께 누워있던 바로 그곳인 것 같았다. 가끔 변호사는 애들에게 하듯 카에게 알맹이 없는 훈계를 했다. 아무 짝에도 쓸모없고 지루한 이야기에 대해 카는 정산할 때 한 푼도 지불하지 않을 생각이었다. 변호사는 카의 자존심을 충분히 상하게 만들었다는 생각이 들면, 다시 용기를 약간 북돋아주기 시작하고는 했다. 그러고는 자신이 이와 유사한 많은 재판에서, 실제로 이 사건처럼 그렇게 힘들지는 않았지만, 외견상으로 거의 가망이 없는 재판에서 완전히 혹은 부분적으로 승소했다는 이야기를 늘어놓았다. 그는 책상 서랍 중 하나를 두드리며 다음과 같이 말했다. 여기 서랍 속에 이런 재판목록을 갖고 있지만, 직무상 기밀사항이라 유감이지만 서류를 보여줄 수는 없다. 그렇지만 이모든 재판을 통해 얻은 큰 경험이 이제 당연히 카에게 유용할 것이다. 자신은 당연히 곧바로 일에 착수했으며, 첫 번째 진정서는 벌써 거의 완성했다. 이 청원서는 아주 중요하다. 왜냐면 변론이 주는 첫 번째 인상이 종종 소송의 전체 방향을 규정하기 때문이다. 유감스럽지만 때로 첫 번째 진정서가 법정에서 전혀 읽히지 않는 경우도 있다는 사실을 카는 유념해야만 할 것이다. 사람들은 진정서를 그냥 서류더미에 쌓아놓고, 당장은 피고인의 심리와 관찰이 모든 서류보다 더 중요하다는 점을 주지시킨다. 청원자가 성급하게 굴면, 판결 전에 모든 자료, 당연히 모든 서류와 관련한 자료가 모이기 전까지 판결을 내리지 않으며, 이러한 첫 번째 진정서 역시 심사되어야 한다고 덧붙인다. 그러나 유감스럽게도 대부분 이렇게 하지 않으며, 첫 진정서는 일반적으로 제자리에 놓여 있지 않으며 완전히 분실되기도 하며, 거의 읽지도 않는다. 이모든 사실은 유감스러우나, 전혀 부당한 것은 아니다. 재판이 공개되지 않는다는 것을 카는 명심해야할 것이며, 법원이 필요하다고 생각하는 경우는 공개재판이 될 수도 있다. 그러나 법에는 공개적으로 하라고 명시되어 있지는 않다. 그 때문에 법원의 서류, 특히 기소장은 피고와 그의 변호인은 볼 수가 없으며, 따라서 첫 번째 진정서를 쓸 때 어디에 방향을 맞춰야할지 보통은 모르거나 적어도 제대로 알지는 못한다. 때문에 첫 진정서가 사건에 관해 의미가 있는 뭔가를 담고 있는 것은 정말이지 그저 우연일 뿐이다. 진짜 적절하고 증거를 끌어낼 수 있는 청원서는 나중에서야,

피고인 심리가 진행되는 동안 개별적인 기소사항과 그 이유가 분명하게 드러나거나 혹은 추측가능 할 때야 비로소 작성할 수 있다. 이런 상태에서의 변호는 당연히 불리하고 어려운 상황에 있다. 그러나 이것도 의도된 것이다. 사실 변호란 법적으로는 허용되지 않고, 그저 용인될 뿐인데, 해당 법조문을 해석해서 용인을 찾아내느냐 마느냐에 대해서도 논란이 있다. 따라서 엄밀히 말하자면 법원이 인정한 변호사란 아예 없으며, 이 법원에 변호사로 등장하는 사람들 모두는 근본적으로 무면허 변호사일 뿐이다. 이는 당연히 변호사 계층 전체의 품위를 심각하게 손상시킨다. 카가 다음에 법원사무국에 간다면, 이것을 한 번 확인해보기 위해 변호사 사무실을 자세히 둘러 봐도 좋을 것이다. 그러면 그곳에 모여 있는 사람들 때문에 아마 깜짝 놀랄 것이다. 그들이 배정받은 좁고 천장이 낮은 방만으로도 법원이 이 사람들을 얼마나 경멸하는지 알 수 있다. 이 방에는 천정에 있는 작은 채광창 하나만을 통해서 빛이 들어온다. 그런데 이 창은 얼마나 높이 달려 있는지 밖을 내다보려면 우선 등을 밟고 올라설 동료를 찾아야만 한다. 게다가 창 바로 앞 굴뚝에서 나오는 연기가 코로 들어오고 얼굴은 검게 그을린다. 이 방의 상황에 대한 예를 또 들자면, 이 방 방바닥에 일 년도 넘게 구멍이 나 있는데 사람이 빠질 만큼은 아니지만, 다리 한쪽은 충분히 빠질 정도로 큰 구멍이다. 변호사들의 사무실은 3층인데 만일 누군가 이 구멍에 빠지기라도 하면, 그의 다리는 2층 천장에 걸려 있게 된다. 그곳은 바로 복도로 소송당사자들이 기다리는 곳이다. 변호사들 사이에서 이런 상황을 치욕적이라고 말하는데, 이건 지나친 말이 아니다. 행정관청에 불평을 해봤지만 전혀 효과가 없다. 그러나 변호사가 자기 돈으로 방에 있는 어떤 것이라도 바꾸는 것은 엄격하게 금지되어 있다. 변호사를 이런 식으로 대우하는 것에도 이유는 있다. 가능하면 변호를 없애고, 모든 것을 피고인 스스로 처리하게 만들려는 것이다. 근본적으로 나쁜 생각은 아니지만, 그렇게 해서 이 법원에서는 피고인에게 변호사가 필요 없다는 결론이 나오는 것보다 더 잘못 된 일은 없을 것이다. 반대로, 이 법원만큼 변호사가 그렇게 절실히 필요한 법원은 없다. 일반적으로 재판과정은 대중뿐만 아니라 피고인에게도 비밀이다. 물론 이는 그런 정도에서는 있을 수 있는 일이지만, 아주 광범위한 부분까지도 그럴 가능성이 있다. 또한 피고인은 재판기록은 들여다볼 수도 없으며, 심문에서 그것의 기초가 되는 서류를 추론하는 것도 대단히 어려운 일이다. 당황해 있고, 마음을 어지럽히는 온갖 걱정을 안고 있는 피고인에게는 특히 그렇다. 바로 이때 변호인이 나서는 것이다. 보통 변호사는 심문 때 출석해서는 안 되며, 따라서 심문이 끝난 뒤 가능하면 조사실 문간에서 피고인에게 심문하여 캐물어야 하고, 가끔은 피고인이 말해주는 이미 기억이 아주 흐릿해진 보고에서 변호에 필요한 것을 찾아내야만 한다. 그러나 제일 중요한 것은 이것이 아니다. 물론 일반적으로 그렇듯이 유능한 사람은 여기서도 다른 사람보다 많은 것을 얻어낼 수 있기는 하지만, 이런 식으로 많은 것을 알아낼 수가 없기 때문이다. 그럼에도 불구하고 가장 중요한 것은 변호사의 개인적 인맥이다. 변호의 주요가치는 바로 이 인맥에 있다. 이제 카도 경험해 봐서 알겠지만, 법원의 가장 하급 조직은 완전하지 않다. 자신의 의무를 잊고 있으며 매수할 수 있는 관리가 있다. 이로 인해 법원의 엄격한 보안에 어느 정도 구멍이 뚫리게 된다. 바로 이때 다수의 변호인들이 파고드는 것이고, 이때 매수를 하고 정보를 깨내는 것이다. 이전에는 심지어 서류를 훔치기도 했었다. 이런 식으로 그 순간에는 피고인에게 놀라울 정도로 유용한 결말을 얻기도 한다는 사실을 부인할 수는 없다. 이 하찮은 변호사들은 이런 사실을 으스대고 다니며 새로운 고객을 끌어들지만, 이후의 소송 진행에는 아무 의미도 없거나 좋은 것은 못된다. 정말 가치 있는 것은 신뢰할 수 있는 인맥, 즉 고위 관리와의 인맥뿐이다. 물론 하급재판소의 지위가 높은 관리만을 말하는 것이다. 재판진행은 오직 그런 인맥을 통해서, 비록 처음에는 눈에 띄지 않지만 나중에 점점 더 분명하게 영향을 받는다. 이런 일은 당연히 소수의 변호사들만 할 수 있으며, 이 점에서 카는 아주 훌륭한 선택을 한 것이다. 아마 자기 자신 즉 훌트 박사와 같은 한두 명의 변호사들만이 이러한 관계를 맺을 수 있을 것이다. 이런 변호사들은 변호사 사무실에 있는 사람들은 신경도 쓰지 않고 그들과 아무 상관도 없다. 따라서 법원 관리들과는 훨씬 더 긴밀한 관계를 맺고 있다. 그래서 홀트 박사 자신이 직접 법원에 가서, 예심판사 대기실에서 우연히 그들이 나타나기를 기다려, 그들의 기분에 따라 그저 표면상의 성공을 얻거나 심지어 그런 것도 얻지 못하거나 하는 일은 굳이 할 필요가 없다. 그렇다. 카 자신이 보았듯, 관리들과 그중 정말 고위직들이 직접 와서, 확실하거나 혹은 적어도 쉽게 알 수 있는 정보를 기꺼이 알려주며, 재판의 다음 진행에 대해서 의논한다. 그들은 개별적인 경우에는 설득당해서 남의 의견을 기꺼이 받아들이기도 한다. 물론 후자의 경우 이들을 너무 믿어서는 안 된다. 변론에 유리한 새로운 의견을 아무리 확실히 말해주어도, 그들은 곧장 사무실로 가서 다음 날에는 전혀 반대되는 내용을 담은 판결을 내릴 수도 있다. 그 판결은 그들이 완전히 포기했다고 주장하는 첫 번째 의견보다 피고인에게는 훨씬 더 엄격한 것일 수도 있다. 당연히 그것을 막을 수는 없다. 둘이서 말한 것은 둘이서 말한 것일 뿐, 변호인이 그들의 호의를 얻으려고 애는 썼겠지만, 공적인 결론까지 얻어내지 못하기 때문이다. 다른 한편으로, 그들이 인간애라던가 우호적인 마음에서만 변호인, 당연히 전문적인 변호인과 친분을 맺는 것이 아니라는 것도 맞는 말이다. 오히려 그들은 어떤 점에서 변호사들에게 의지하고 있다. 여기서 처음에 비밀 재판을 결정했던 법원편제의 단점이 나타난다. 관리들은 대중과의 연계가 부족하다. 그들은 일상적, 보편적 재판에 대해서 준비가 되어 있다. 그런 재판은 거의 저절로 자신의 궤도를 굴러가며 그저 가끔 밀어주기만 하면 된다. 그러나 그들은 아주 간단한 사건에 대해서 특별히 어려운 사건에 처한 것처럼 가끔 당황해한다. 밤낮으로 끊임없이 법에 얽매어 있기 때문에, 인간관계에 대해 올바른 감각을 갖고 있지 않다. 그런 사건에서 이런 감각이 정말로 아쉬울 텐데도 말이다. 그 때문에 그들은 변호사에게 조언을 구하러 오며, 그들 뒤로 사환이 평소에 완전히 비밀에 부쳤던 서류를 들고 따라 온다. 그러면 평소에 올 것이라 기대할 수도 없는 그런 많은 이들이 저 창가에 앉아 절망하며 골목을 내다보고 있는 것을 볼 수 있다. 그러는 동안 변호사는 이들에게 좋은 조언을 해주기 위해 서류를 들여다본다. 어쨌든 바로 그런 상황에서, 이런 사람들이 자신들의 직업을 얼마나 지나치게 진지하게 생각하며, 그 특성상 자신들로서 처리할 수 없는 방해 때문에 얼마나 큰 절망에 빠져있는지 알 수 있다. 보통 그들의 지위도 쉽지 않다. 그들에게 부당한 행동을 해서는 안 되며 그들의 지위를 가볍게 보아서도 안 된다. 법원의 서열이나 지위상승은 끝이 없어서 전문가들조차 알 수가 없다. 상급심 법정에서의 소송절차는 일반적으로 하급관리에게 비밀이어서, 그들도 자신들이 다루는 사건들이 어떤 식으로 진행될지 완전히 감을 잡을 수가 없다. 재판사건이란 가끔 어디에서 왔는지도 모르는데 그들의 시야에 나타났다가, 어디로 가는지도 모르게 사라져버린다. 각각의 소송단계, 최종 판결과 판결 이유를 연구함으로써 얻어낼 수 있는 교훈을 이런 관리들은 알 수가 없다. 그들은 법으로 그들에게 제한되어 있는 재판 부분만 취급할 수 있으며, 그 이상의 것 즉 그들 일의 결과에 대해서는 규칙상 거의 재판 끝까지 피고인과 관계를 맺고 있는 변호인보다도 대개 아는 것이 적다. 이런 관점에서도 그들은 중요한 많은 것을 변호사로부터 알 수 있다. 이 모든 것을 염두에 둔다면, 관리들이 때로 모욕적인 방식으로—누구나 이런 경험을 한다—소송 당사자에게 표현하는 과민함에 카도 놀랄 것이다. 침착한 듯 보이지만 모든 관리들은 민감하다. 당연히 하찮은 변호사들은 특히 이런 일에 많이 시달린다. 예를 들면 다음과 같은 이야기가 있는데, 그것은 사실을 제대로 보여준다. 착하고 조용한 신사인 어떤 나이든 관리가 어려운 재판사건을 맡고 있었다. 그 사건은 특히 변호사의 진정서 때문에 꼬여 있어서 밤낮없이 끊임없이 그 사건을 연구했다―이런 관리들은 사실 그 누구보다도 부지런하다. 그는 스물네 시간 동안 큰 성과도 없이 일하고 난 뒤, 아침 무렵 출입문으로 가서 그곳에 숨어 있다가 문에 들어서려는 그 변호사를 계단 아래로 던져버렸다. 변호사들은 아래쪽 층계참에 모여 어떻게 해야 할지 의논했다. 그들은 한편으로는 원래 들여보내 달라고 요구할 권리가 없었기 때문에 법적으로 그 관리에 대해 아무것도 할 수가 없었고, 이미 말했듯이 관리들한테 분노를 사지 않도록 조심해야했다. 다른 한편으로 그들에게 있어 법원에서 보내지 않는 날은 무의미했기 때문에, 법원에 들어가는 것은 아주 중요했다. 결국 그들은 그 늙은 관리를 지치게 만들자고 의견을 모았다. 변호사가 한 사람씩 보내지면, 보내진 변호사는 계단을 올라가 가능한 모든 소극적인 저항을 하다가 아래로 내던져졌고, 그러면 동료들이 그를 잡아 주었다. 한 시간 가량 이런 일이 계속되었다. 이미 밤일로 탈진한 늙은 관리는 정말로 지쳐버려 자신의 사무실로 돌아갔다. 아래쪽에 있던 변호사들은 처음에는 전혀 믿지 않다가, 한 사람을 보내 정말 아무도 없는지 문 뒤에서 확인하게 했다. 그런 다음에야 비로소 그들은 안으로 들어갔고, 아마 감히 불평할 엄두도 내지 못했을 것이다. 왜냐하면 변호사들―심지어 제일 하찮은 변호사라도 적어도 부분적으로 상황을 관찰할 수는 있다—은 법원에서 뭔가 개선할 점을 제시하거나 관철시키는 것과는 완전 거리가 멀기 때문이다. 반면—이것은 정말 특별한데—거의 모든 피고인들은 아주 단순한 사람들이라 할지라도 재판에 발을 들여놓자마자 개선점을 제안할 생각을 하기 시작해서, 다른 곳에 쓰면 훨씬 좋을 시간과 힘을 가끔 낭비하곤 한다. 가장 적절한 행동은 현재의 상황에 순응하는 것일 게다. 세세한 것을 바꾸는 게 가능하다 쳐도—그러나 그런 생각은 어리석은 망상이다—그것은 잘해봤자 나중의 사건을 위해 뭔가 이뤄 놓은 것이라고는 할 수 있겠지만, 그것을 바꾼 당사자는 항상 복수심에 차 있는 관리들에게 특별히 눈총을 받게 되어 굉장한 손해를 입게 된다. 눈총을 받지 않는 것이 상책이다! 마음에 거슬리는 일이 있어도 느긋하게 굴어라! 이 거대한 법원 기구는 어떤 의미에서는 영원히 공중에 떠 있다는 것, 누군가가 자신의 자리에서 자발적으로 뭔가를 바꾼다면 발아래 바닥이 사라져버려 떨어져버린다는 것, 반면 거대한 기구 자체는 작은 방해 정도는 쉽게 다른 곳—모든 것이 연결되어 있기 때문에—에서 보완을 하며, 더 단단히 결속되고, 더 큰 주의력을 가지며, 더 엄격해지고 더 사악해질 가능성까지도 있다는 것, 하지만 설령 그렇게 되지는 않는다고 해도, 아무것도 변하지 않는다는 사실, 이 모든 것을 깨닫도록 애써야 한다. 그러니 변호사들을 방해하는 대신에 그들에게 일을 맡겨놓아라. 비난은 별 소용이 없다. 특히 그 이유를 완전히 납득시킬 수 없을 때는 더욱 그렇다. 그리고 카가 전에 사무처장을 대했던 태도 때문에, 일을 얼마나 그르쳤는지 꼭 말해야만 하겠다. 이 영향력 있는 남자는 카를 위해 뭔가 해줄 수 있는 사람들 명단에서 거의 지워졌다. 그저 지나가는 말로 재판에 대해 언급을 해도, 그는 아주 의도적으로 못들은 척한다. 많은 일에 있어서 관리들은 아이와 같다. 가끔 그들은 아무 해도 되지 않는 일로, 유감스럽게도 카의 행동은 이런 종류의 것이 아니지만, 화가 나서, 친한 친구들과도 말을 안 하고, 우연히 마주치면 고개를 돌려버리며, 사사건건 훼방한다. 그러다가는 갑자기 놀랍게도 무슨 특별한 이유도 없이, 상대가 모든 것이 가망 없어 보이기 때문에 던진 사소한 농담에 웃음을 터뜨리고 화해를 한다. 이런 사람들과 잘 지내기는 쉽기도 하고 어렵기도 하다. 그것을 위한 기본 원칙 같은 것은 없다. 법원에서 약간의 성공을 거두며 일할 수 있는 방법을 이해하기 위해서는 단지 평범한 삶이면 충분하다는 사실이 때로 놀랍다. 물론 누구나 겪는 우울한 시간도 온다. 최소한의 것도 달성하지 못했다는 생각이 들 때도 그렇고, 쫓아다니고, 애를 쓰고, 언뜻 보면 작은 성공을 거둔 것 같아 기뻐하기도 했지만 결국 모든 다른 재판은 진 반면, 처음부터 좋은 결과가 나기로 결정된 재판만이 아무 도움이 없어도 좋은 결말을 맺는 것처럼 생각될 때도 그렇다. 그런 뒤에 이제 만사가 불확실하게 생각되며, 그 특성상 잘 진행되고 있는 재판에 괜히 도움을 주어 잘못되게 하는 것은 아니냐는 질문에 감히 부정도 못하게 된다. 그것도 일종의 자기신뢰이기는 하지만, 이런 때 남는 유일한 것은 자기신뢰이다. 그런 발작들—그것은 당연히 발작 이외에 아무것도 아니다—은 변호사들이 특히 충분하고 만족스럽게 진행시켰던 재판을 갑자기 손에서 빼앗길 때 느끼게 된다. 그것이 변호사에게 일어날 수 있는 일 중에서 가장 화나는 일이다. 피고인은 변호사로 하여금 재판에서 손을 떼게 해서는 안 된다. 절대 일어나서는 안 될 일이다. 피고인이 특정 변호사를 택했으면, 무슨 일이 일어나던 그 변호사와 함께 해야 한다. 한 번 도움을 받았었는데 앞으로 혼자 어떻게 감당할 수 있겠는가? 그런 일은 있을 수 없다. 그러나 때로 변호사가 더 이상 동반해서 안 되는 방향으로 재판이 가는 경우가 생길 수 있다. 재판과 피고 그리고 모든 것이 변호사의 손을 떠나는 것이다. 그렇게 되면 법원 관리와 아주 좋은 관계를 맺었다고 해도 더 이상 도움이 안 된다. 그들은 아무것도 모르기 때문이다. 재판이 이제 새로운 단계에 접어들면, 이 단계에서는 어떤 도움도 받아서는 안 되며, 접근하기 어려운 법원들이 재판을 다루며, 변호사는 피고인에게 더 이상 손을 쓸 수 없다. 그러고 나서 어느 날 집으로 돌아오면, 온 정성을 다해 이 사건에 큰 희망을 걸게 만들었던 그 많은 진정서 모두가 책상 위에 놓여 있는 것을 보게 된다. 그것들은 새로운 재판단계에서 다시 사용될 수 없는 것이라서 되돌려 보내진 것이다. 쓸데없는 휴지조각이다. 그렇다고 아직 재판에 진 것은 아니다. 전혀 아니다. 적어도 이런 추측을 할 결정적인 이유는 없다. 그저 재판에 대해서 더 이상 모를 뿐이며, 또한 앞으로도 거기에 대해 아무것도 알 수 없을 뿐이다. 다행히 이런 경우 예외가 있다. 비록 카의 재판이 그런 경우라고 해도, 카의 재판은 아직 그 단계에 가려면 당장은 한참 멀었다. 이점에서 아직 변호사가 일을 하기에 충분한 기회가 있고,

이 기회를 있는 대로 다 활용할 것이라는 사실을 카는 믿어도 된다. 이미 말했듯이 진정서는 아직 건네지 않았지만, 서둘지 않아도 된다. 훨씬 중요한 것은 권위 있는 관리와 준비 상담을 하는 것인데, 그것은 이미 다 해두었다. 솔직히 인정하는데, 성과는 각각 차이가 있다. 당분간 세부적인 것은 말하지 않는 것이 좋을 것 같다. 그래봤자 카가 쓸데없이 그것에 영향을 받을 뿐이라서, 그러면 지나치게 기대를 갖고 기뻐하거나 과도하게 걱정할 뿐이기 때문이다. 그저 말해줄 수 있는 사실은, 몇몇 사람은 아주 좋게 말을 하며 기꺼이 응해주려는 모습을 보이기도 했고, 또 다른 사람들은 썩 좋지 않게 말하기도 했지만, 그렇다고 도와주는 것을 거절하지는 않았다는 것이다. 따라서 전체적으로 볼 때 결과는 아주 만족스럽지만, 그로부터 특별한 결론을 내려서는 안 된다. 왜냐하면 예비협의는 모두 비슷하게 시작해서, 더 진척된 된 뒤에야 이러한 예비협의의 가치가 드러나기 때문이다. 어쨌든 아직 재판에 진 것은 아니고, 모든 일에도 불구하고 사무처장을 회유할 수 있다면—이 목적을 위해 이미 여러 가지로 준비하고 있다—외과 의사가 말하듯 모든 것은 깔끔한 상처가 될 것이며, 이후의 일에 대해서 편안한 마음으로 희망을 걸 수 있을 것이다.

이런 말이나 이와 비슷한 얘기에서 변호사는 멈출 줄 몰랐다. 찾아갈 때마다 같은 얘기가 반복되었다. 늘 진척이 있다고 말하지만 어떤 종류의 진척인지 알려주지 않았다. 계속 첫 번째 진정서가 작성되고 있었지만 완성되지 못했다. 다음번에 방문하면 그렇게 된 것을 큰 장점으로 내세웠다. 미리 예측할 수 없었지만, 지난번은 그것을 건네기에 아주 안 좋은 때였기 때문이라고 했다. 가끔 카는 이런 말에 넌덜머리가 나서, 모든 어려움을 고려해도 너무 늦게 진척된다고 변호사에게 말대꾸했다. 그러면 변호사는 전혀 느리게 진척되는 것이 아니다, 아마 카가 제때에 변호사를 썼더라면 벌써 훨씬 더 진척되었을 것이라고 했다. 하지만 카는 유감스럽지만 때를 놓쳤고, 이렇게 능장을 부린 탓에 시간적 불이익뿐만 아니라 다른 불이익도 볼 것이라 했다.

이런 방문 때 고맙게 이를 중단시켜주는 유일한 것은 레니였다. 그녀는 항상 카가 있을 때 변호사에게 차를 가져다줄 줄 알았다. 그러면 그녀는 카 뒤에 서서, 겉으로는 변호사가 게걸스럽게 찻잔에 몸을 숙여 차를 따라 마시는 것을 보는 것 같았지만, 몰래 카에게 손을 잡게 했다. 완벽한 침묵이 흘렀다. 변호사는 차를 마시고, 카는 레니의 손을 잡고 있고, 레니는 가끔 대담하게 카의 머리카락을 부드럽게 쓰다듬기까지 했다. "아직 있었니?" 변호사는 차를 다 마시고 나서 물었다. "찻잔을 가져가려고요." 레니가 대답했다. 그리고 마지막으로 한 번 더 손을 잡았다. 변호사는 입을 닦고 다시 힘을 얻어 카에게 말을 하기 시작했다.

변호사는 위안을 주려는 걸까 절망을 주려는 걸까? 카는 그것은 몰랐지만, 곧 자신에 대한 변호가 잘 안 되고 있는 건 분명하다고 생각했다. 변호사는 어떻게든 자신이 중요한 사람인척 내세우려들고, 카의 재판을 큰 재판으로 생각하고 있다. 그러나 그가 이제껏 그런 재판은 한 번도 이끈 적이 없다는 사실이 빤히 들여다보이기는 해도, 그의 얘기가 모두 맞는 말일 수도 있다. 하지만 끊임없이 강조하던 관리들과의 개인적 연줄은 의심스러웠다. 그런 연줄이 오직 카에게만 이롭도록 쓰인단 말인가? 변호사가 절대 잊지 않고 언급했던 사실은, 하급관리 즉 재판의 방향전환에 따라 승진이 좌우되는 상당히 의존적인 지위에 있는 관리들만이 중요하다는 것이었다. 혹시 그들이 변호사를 이용해서 피고인에게는 당연히 늘 불리할 수밖에 없는 그런 방향으로 가게 만드는 것은 아닐까? 아마 모든 재판에서 그런 짓을 하지는 않을 것이다. 분명 그렇지는 않을 것이다. 재판과정 중 변호사가 업무상 이득을 보도록 그들이 허용해주는 그런 재판도 있을 것이다. 왜냐하면 변호사들의 명성을 손상시키지 않도록 지지해주는 게 자신들에게도 중요하기 때문이다. 정말로 그렇다면, 그들은 어떤 식으로 카의 재판에 개입할까? 변호사가 말했듯이 아주 어려운, 따라서 중요한 재판이고, 처음부터 법원에서 커다란 관심을 끌었던 그 재판에 말이다. 그들이 뭔가 할 것이라는 것은 의심의 여지가 없다. 그것의 징조는 재판이 벌써 몇 달 전부터 진행되고 있는데도 불구하고 첫 번째 진정서가 아직도 제출되지 않았다는 사실과, 변호사의 말에 따르면 모든 것이 시작 상태라는 사실에서 알 수 있다. 이런 것은 당연히 피고인의 정신을 마비시키거나 당황하게 만드는 데 아주 유용해서, 갑자기 그를 판결로 놀라게 하거나, 혹은 적어도 그에게 불리하게 결론이 난 심문이 상급 기관으로 이송되었다는 사실을 알려줌으로써 그를 깜짝 놀라게 한다.

카가 발 벗고 나서는 것이 절대적으로 필요했다. 모든 것이 아무 소신도 없이 머릿속을 스쳐지나가는 이 겨울 오전, 엄청나게 피곤한 상태에서도 이런 확신을 떨쳐버릴 수가 없었다. 이전에 법원에 대해 가졌던 경멸은 이제 중요하지 않았다. 만일 세상에 혼자 있다면, 재판 따위는 가볍게 무시할 수도 있었을 것이지만, 그때는 재판은 일어나지도 않았을 게 분명하다. 그런데 이제 삼촌은 그를 변호사에게 끌고 갔고, 가족의 관심까지 작용하고 있는 것이다. 카의 입장은 이제 더 이상 재판과정과 완전히 무관하지 않았다. 그는 부주의하게도 일종의 설명할 수 없는 내적 만족을 갖고 지인들 앞에서 재판에 대해 언급했다. 다른 사람들은 어떻게 알았는지 모르겠지만 그것에 대해 알고 있었으며, 뷔르스트너 양과의 관계는 재판에 따라 좌우될 것 같았다. 간단히 말해, 그는 재판을 받아들이거나 거부할 선택권이 더 이상 없었다. 그는 그 한가운데 서서 자신을 방어해야만 했다. 그가 지쳤다면, 그건 곤란한 일이었다.

물론 당장은 지나치게 걱정할 이유는 없었다. 그는 은행에서 비교적 짧은 시기에 열심히 일해 높은 지위에 올랐고, 이 지위에서 모든 사람에게 인정받은 것을 유지할 줄 알았다. 이제는 그런 것을 가능하게 했던 이러한 능력을 조금 재판에 사용해야만 했다. 그것이 분명 좋은 결과를 가져올 것이라는 데 의심의 여지가 없었다. 뭔가 성취해야만 한다면, 죄가 있을 것이라는 생각을 애초부터 아예 거부하는 것이 특히 필요했다. 죄가 없었다. 재판은 그가 이미 은행을 위해 자주 이득을 보며 체결했던 큰 사업과 다르지 않았다. 그런 사업의 내부에는 통례이듯 다양한 위험이 도사리고 있고, 이러한 위험을 물리쳐야한다. 이 목적을 위해서 물론 그 어떤 죄에 대해서도 생각해서는 안 되고, 가능하면 자신의 이득에 대한 생각에만 매달려야 한다. 이런 관점에서 보면 아주 빨리, 가장 좋은 것은 오늘 저녁에 변호사에게 소송대리 업무를 해지하는 것이 불가피하다. 변호사는 그렇게 하는 것은 듣도 보도 못한 일이며, 아마 굉장히 모욕적인 일일 것이라 했다. 하지만 카는 이 재판에서 자신의 노력이 자신의 변호사가 일으킬지도 모르는 장애 때문에 방해받는 것을 참을 수가 없었다. 이 변호사를 떨어버리고 나면, 진정서가 곧바로 전달될 것이며, 가능하면 이후 매일 그것을 고려해달라고 독촉해야만 한다. 이 목적을 위해서 물론 다른 사람처럼 카가 복도에 앉아 모자를 의자 위에 내려놓고 있는 것만으로는 충분치 않다. 자기 자신이나 아니면 여인들 혹은 다른 사환들을 매일 관리들에게 보내, 관리들이 복도의 창살을 통해 내다보는 대신 책상에 앉아 카의 진정서를 들여다보도록 강요해야만 한다. 이러한 노력을 그만 두어서는 안 된다. 모든 것을 계획하고 감시해야만 한다. 법원도 한 번쯤은 자신의 권리를 지킬 줄 아는 피고인과 부딪쳐봐야 한다.

카는 이 모든 것을 실행할 용기는 있었지만, 진정서를 작성하는 것은 대단히 힘들었다. 전에, 대략 일 주일 전까지만 해도 언젠가는 진정서를 직접 써야할 필요가 있을 것이라 생각하며 창피하기만 했는데, 이것을 쓰는 게 어려울 수도 있다는 생각은 전혀 하지 못했다. 어느 날 오전 일이 산더미같이 쌓여있었지만, 갑자기 모든 것을 옆으로 밀어놓고는, 그런 종류의 진정서에 들어갈 생각들을 시험 삼아 써서, 답답한 변호사에게 보낼 요량으로 메모지를 꺼냈는데, 바로 이 순간 사무실 문이 열리더니 부지점장이 함박웃음을 웃으며 들어섰던 생각이 났다. 그것은 당시 카에게는 상당히 곤욕스러웠다. 물론 부지점장은 진정서를 비웃은 게 아니었다. 그는 그것에 대해서는 아무것도 몰랐다. 그저 막 들었던 증권거래소에 관한 농담에 대해 웃었던 것이다. 그 농담을 이해시키려면 그림이 필요했다. 그래서 부지점장은 카의 책상 위로 몸을 숙여 카의 손에서 연필을 빼앗더니 진정서를 쓰려던 메모지에 그림을 그렸다.

오늘 카는 더 이상 수치심을 느끼지 않았다. 진정서는 작성되어야만 한다. 사무실에서 그것을 쓸 시간이 없다면, 그럴 가능성이 높은데, 그렇다면 밤에 집에서 써야만 한다. 밤에 쓰는 것으로 충분하지 않다면, 휴가를 얻어야만 한다. 끝맺지 못한 상태로 있어서는 안 된다. 그것은 사업에서뿐만 아니라 언제나 어디서나 가장 어리석은 짓이다. 물론 진정서는 거의 끝도 없는 작업을 의미한다. 많이 불안해 하면 안 된다. 그러면 진정서를 끝내는 것이 불가능하다고 쉽게 믿어버릴 수도 있다. 진정서를 끝내지 못하게 변호사를 방해했을 게으름이나 음흉함 때문이 아니라, 현재 진행되고 있는 소송이나, 그것이 앞으로 어떻게 발전할지도 모르는 상태에서 아주 사소한 행동이나 사건 속에 있는 삶 전체를 기억해내야 하고 서술하고, 여러 측면에서 점검해야만 하기 때문이었다. 게다가 그런 일은 얼마나 슬픈지. 그 일은 은퇴한 뒤에 어린애가 되어버린 사람이 몰두하기에 적합한 일로, 긴 날들을 보내는 데 도움이 될 법한 일이다. 하지만 카가 온 생각을 자신의 일에 사

용해야 하는 지금, 승진하는 중이며, 그의 존재가 부지점장에게
는 벌써 일종의 위협이 되어 매시간이 아주 빠르게 흐르고 있는
지금, 젊은이로서 짧은 저녁과 밤을 즐기고 싶은 지금, 그는 이 진
정서를 작성하기 시작해야만 하는 것이다. 그는 다시 원망스러운
생각에 빠져버렸다. 거의 자기도 모르게, 그저 이 일을 끝내기 위
해서, 그는 대기실로 연결된 전기 벨 단추를 더듬더듬 찾았다. 벨
을 누르면서 시계를 보았다. 11시였다. 두 시간, 길고도 귀중한 시
간을 헛되이 보냈고, 당연히 그 이전보다 더 기운이 빠졌다. 어쨌
든 시간을 잃어버린 것은 아니었다. 가치 있을 수도 있는 결정을
했기 때문이었다. 사환이 여러 우편물과 함께 오랫동안 대기실에
서 기다리고 있던 두 명의 신사의 명함을 가져왔다. 아주 중요한
은행 고객으로, 사실 절대 기다리게 해서는 안 되는 사람들이었
다. 대체 그들은 왜 이렇게 부적당한 시간에 왔을까. 그 신사들은
부지런한 카가 어째서 가장 중요한 업무시간을 사적인 일에 쓰고
있냐며, 닫힌 문 뒤에서 묻는 것 같았다. 이전의 일에 지쳤고, 또
앞으로 올 일을 지쳐 기다리며 카는 첫 방문객을 맞기 위해 일어
섰다.

　방문객은 키가 작고 쾌활한 사람으로, 카가 잘 아는 제조업
자였다. 그는 카에게 중요한 일을 방해해서 미안하다고 했고, 카
는 카대로 오래 기다리게 해서 미안하다고 했다. 하지만 카가 기
계적으로 거의 억지로 하는 듯 죄송하다고 했기 때문에, 제조업
자가 완전히 사무적인 일에 빠져있지 않았더라면 알아차릴 뻔했
다. 제조업자는 그런 것을 알아차리는 대신, 급히 이 주머니 저 주

머니에서 청구서와 일람표를 꺼내어 카 앞에 늘어놓으며 이러저러한 금액을 설명하고, 대충 훑어보기만 했는데도 눈에 띈 사소한 계산 실수를 고치고, 약 일 년 전 카와 함께 체결한 유사한 일을 상기시키면서 이번에 큰 피해를 감수하면서 사업을 위해 다른 은행과 거래를 한다는 말도 꺼내더니, 마지막에는 카의 의견을 듣기 위해 입을 다물었다. 카도 처음에는 제조업자의 말을 귀담아 들었고, 중요한 사업에 대한 생각에 그도 몰두했다. 하지만 유감스럽게도 계속되지 못했다. 그는 곧 얘기는 듣지 않고, 제조업자의 성실한 설명에 잠시 고개를 끄덕여주기는 했다. 그러나 결국 그마저도 그만 두고, 서류에 고개를 숙이고 있는 그의 대머리를 쳐다보며, 이 제조업자가 자신의 모든 말이 쓸데없다는 것을 언제나 알아차릴까 속으로 묻기만 하고 있었다. 제조업자가 이제 말을 마치자, 카는 처음에는 정말로 자신이 남의 말을 들을 수 없는 상황이라는 것을 고백할 적절한 때라고 생각했다. 그러나 유감스럽게도, 분명 어떤 대답도 각오하고 있는 제조업자의 긴장된 시선을 보자 사업에 관한 이야기를 계속해야만 한다는 것을 깨달았다. 카는 마치 명령이라도 받은 듯 고개를 숙이고 서류 위로 연필을 이리저리 움직이다가 가끔 멈추고는 숫자 하나를 응시했다. 제조업자는 혹시 카가 이의를 제기하려는 걸까 생각했다. 아마 숫자가 제대로 확정되지 않았거나, 아마 그것들이 결정적인 것이 아니라고 추측했다. 어쨌든 제조업자는 서류를 손으로 덮더니 카에게 바짝 다가오면서 사업에 대한 전반적인 설명을 다시 시작했다. "어렵군요." 카는 이렇게 말하고, 입술을 꽉 오므린 채 유일하게 설명할 수 있는 서류가 가려져 있기 때문에 미끄러지듯 의자 팔걸이에 몸을 기댔다. 지점장실 문이 열리더니 그곳에 흐릿하게 마치 베일 뒤에 있는 것처럼 부지점장이 나타났을 때도 그는 그저 힘없이 올려다보았을 뿐이다. 카는 그것에 대해서 더 이상 생각하지 않고, 그저 결과를 지켜보았다. 그 결과는 그로서는 아주 만족스러운 일이었다. 왜냐하면 제조업자가 의자에서 벌떡 일어나 부지점장에게로 서둘러 갔기 때문이었다. 그러나 카는 그가 열 배는 더 서둘렀으면 했다. 부지점장이 곧 나갈까 걱정스러웠기 때문이었다. 쓸데없는 걱정이었다. 제조업자와 부지점장이 만나 서로 악수를 나누고 함께 카의 책상 앞으로 다가왔다. 제조업자는 지배인이 사업에 큰 관심을 보이지 않았다고 불평하면서 카를 가리켰다. 카는 부지점장의 시선을 받으며 다시 서류에 고개를 숙였다. 두 사람이 카의 책상에 기대어, 제조업자가 부지점장을 제 편으로 만들려고 하고 있을 때, 카는 두 남자의 키가 엄청나게 크다고 생각하면서, 이들이 자기 머리 위에서 자신에 대해 흥정하고 있는 것 같은 느낌이 들었다. 그는 천천히 조심스레 앞쪽을 바라보면서 자기 위쪽에서 무슨 일이 일어나고 있는지 알아보려고 했다. 그는 보지도 않고 책상에서 서류 한 장을 집어 들더니 그것을 손바닥에 올려놓고 몸을 일으키면서 신사들을 향해 천천히 들어올렸다. 이러면서 뭔가 특정한 것을 생각한 것이 아니라, 그저 언젠가 그를 완전히 자유롭게 만들 대단한 진정서를 끝마치고 나면 그렇게 행동할 것 같은 마음에 그렇게 한 것이었다. 온 정신을 집중해 대화를 하던 부지점장은 서류를 그저 흘깃 볼 뿐 대충 읽지도 않았다. 지배인에게 중요하다고 그에게도 중요한 것은 아니었다. 그는 카의 손에서 서류를 가져가더니 말했다. "고맙습니다. 벌써 다 알고 있습니다." 그러면서 서류를 다시 책상에 올려놓았다. 카는 옆에 서서 씁쓸하게 그를 바라보았다. 부지점장은 이것을 전혀 눈치 채지 못하고 있는 것 같았다. 아니면 눈치를 채서 기분이 좋아졌는지 자주 웃음을 터뜨리고는, 재치 있는 대꾸로 제조업자를 확실히 당혹스럽게 만들기도 했다가, 변명을 해서는 그의 마음을 다시 풀어주기도 했다. 그러더니 마침내 용건을 끝내자며 건너편에 있는 자기 사무실에 가자고 권했다. "아주 중요한 사업입니다." 부지점장이 제조업자에게 말했다. "저는 이 일을 완전히 파악했습니다. 그리고 지배인님도"—이 말도 사실은 제조업자에게만 했다—"분명 우리가 이 일을 떠맡는 걸 좋아할 겁니다. 이 일은 조용히 생각해야만 하니까요. 하지만 지배인님은 오늘 업무에 시달리는 것처럼 보입니다. 게다가 대기실에서도 벌써 몇 시간 째 사람들이 지배인님을 기다리고 있습니다." 그 순간 카는 부지점장에게서 몸을 돌려 제조업자에게 친절하지만 경직된 미소를 보낼 만큼 아직은 태연했다. 그 외에는 아무것도 할 수 없었다. 그는 몸을 약간 숙인 채 판매대 뒤의 점원처럼 양손으로 책상을 짚어 몸을 지지한 채, 두 사람이 이야기를 계속하면서 책상에서 서류를 집어 들고 방에서 사라지는 것을 바라보았다. 제조업자는 문간에서 다시 한 번 몸을 돌리더니, 아직 가는 것은 아니고, 당연히 상담의 성공 여부를 지배인님께 알려줄 것이며, 얘기해야 할 다른 작은 일 하나가 더 있다고 했다.

드디어 카는 혼자 있게 되었다. 그 어떤 상담도 할 마음이 없었다. 그저 어렴풋이, 밖에 있는 사람들이 아직도 제조업자와 상담중이며 그 때문에 사환조차도 자신에게 올 수 없다고 믿고 있으니 얼마나 좋은가 하는 생각이 들었다. 창가로 가서 난간에 앉아 한 손으로 고리를 꽉 쥐고 광장을 내다보았다. 여전히 눈이 내리고 있었고, 아직 날은 조금도 개지 않았다.

그는 무엇 때문에 걱정하는지도 모르는 채 그렇게 오래 앉아 있었다. 그저 가끔 약간 놀란 듯 어깨 너머 대기실 문 쪽을 바라볼 뿐이었다. 그쪽에서 뭔가 소음이 들려온 것 같은 착각이 들었기 때문이었다. 하지만 아무도 오지 않자 훨씬 진정이 되었고, 세면대로 가서 찬 물로 얼굴을 씻은 뒤 한결 머리가 맑아져 창가의 자리로 돌아왔다. 자신을 변호하겠다는 결심은 원래보다 훨씬 더 중대하게 느껴졌다. 변호사에게 변호를 위임했던 동안에는, 근본적으로 자신을 소송에 관여시키지 않았고, 그것을 멀리서 지켜보기만 했고, 직접 재판에 연결될 수는 없었다. 하지만 원하면 자신의 사건이 어떻게 되었는지 점검할 수 있었고 또 원하기만 하면 관심을 다른 곳으로 돌려도 되었다. 그러나 이제 이와는 달리 카가 직접 자신을 변호하게 되면, 적어도 변호를 할 때만은 완전히 재판에 자신을 내맡겨야만 한다. 재판의 결과는 이후 완벽하고 최종적인 석방을 의미하지만, 여기에 도달하기 위해서 우선 전보다 훨씬 더 큰 위험을 감수해야만 한다. 그렇지 않을 것이라 생각하고 싶었지만, 오늘 부지점장과 제조업자와의 만남이 그것에 대한 확신을 충분히 증명했다고 할 수 있다. 자신을 직접 변론하겠다는 결심에 완전히 사로잡힌 채 어떻게 그곳에 앉아 있었던가? 그 일은 나중에 어떻게 진행될 것인가? 앞으로 어떤 날이 펼쳐질 것인가? 모든 것을 다 통과해 좋은 결말에 도달하는 길을 찾을 수 있을까? 고통스러운 변호—다른 모든 것은 의미가 없다—고통스러운 변호라는 것은 가능하면 다른 모든 것과 관계를 끊어야 한다는 그런 필연성을 의미하는 것은 아닐까? 카가 그것을 잘 극복할 수 있을까? 은행에 있으면서 어떻게 그것을 실행할 수 있을까? 진정서만 문제가 되는 것이 아니었다. 진정서를 쓰는 것이라면 휴가만 얻어도 충분할 것이다. 물론 휴가를 달라고 하는 것도 지금으로써는 큰 모험을 하는 것이라 할 수 있다. 중요한 것은 재판 전체이다. 그것이 얼마나 걸릴지 예측할 수가 없다. 카의 인생 행로로 웬 방해물이 갑자기 던져졌단 말인가!

그런데 지금 카는 이 은행을 위해 일을 해야만 하는가?—그는 책상 위를 바라봤다.—이제 고객에게 면담을 허용하고 그들과 상담을 해야만 하는가? 자신의 재판이 계속 진행되는 동안, 저 위쪽 다락방에서 법원관리들이 이 재판의 서류를 들여다보며 앉아 있는 동안, 은행 일을 처리해야만 하나? 그것은 마치 법원으로부터 인정받은 고문, 재판과 연결되어 따라다니는 일종의 고문 같지 않은가? 은행에서 업무 평가를 할 때 카의 특별한 상황을 고려해 줄까? 아무도, 절대 그렇게 해주지 않을 것이다. 그의 재판에 대해 누가 얼마나 알고 있는지 아직 아주 명확하지는 않지만, 사람들이 전혀 모르는 것은 아니다. 하지만 부지점장에게까지 이 소문이 들어가지는 않은 것 같다. 만일 그가 소문을 들었다면, 동료애도 동정심도 없이 벌써 카를 공격하기 위해 그것을 사용하는 것이 아주 분명하였을 것이다. 그러면 지점장은? 물론 그는 카에게 호의를 갖고 있다. 만일 그가 재판에 관해 듣는다면, 아마도 할 수 있는 한 카를 위해 많은 편의를 봐주려 하겠지만, 분명 실행하지는 못할 것이다. 왜냐하면 이제까지 카가 유지해왔던 균형이 깨지기 시작해서, 지점장은 점점 더 부지점장의 영향을 받고 있기 때문이었다. 게다가 부지점장은 지점장이 병에 시달리고 있는 상황을 자신의 힘을 키우는 데 이용하고 있다. 그러니 카가 뭘 기대해야만 한단 말인가? 이런 생각을 해봤자 저항력만 약해질 뿐이지만, 착각하지 않고 모든 것을 현재 가능한 만큼 명확하게 보는 것이 필요했다.

특별한 이유 없이, 그저 당장은 아직 책상으로 돌아가지 않으려고 그는 창문을 열었다. 창문이 잘 안 열려서, 두 손으로 문고리를 돌려야만 했다. 창문 전체로 연기 섞인 안개가 밀려들어와 약간 타는 냄새가 온 방을 채웠다. 눈도 몇 송이 날아 들어왔다. "불쾌한 가을이에요." 카의 등 뒤에서 제조업자가 말했다. 그는 부지점장의 방에서 나와 살그머니 방으로 들어왔다. 카는 고개를 끄덕이고 신경질적으로 제조업자의 서류가방을 쳐다보았다. 이 사람은 이제 카에게 부지점장과의 상담에 대해 말해주려고 저 가방에서 서류를 꺼낼 것이다. 그렇지만 제조업자는 카의 눈길을 따라가더니, 가방은 열지 않은 채 가방을 두드리며 말했다. "어떻게 됐는지 듣고 싶으시죠. 절반 정도는 잘 됐습니다. 이 가방 안에 사업계약서가 들어있는 거나 마찬가지입니다. 매력적인 사람이군요. 부지점장님 말입니다. 하지만 꽤 위험한 인물이더군요." 그는 웃고, 카와 악수하면서 카도 웃게 만들려고 했다. 하지만 카는 제조업자가 서류를 보여주려 하지 않는 것이 다시 의심스럽게 여겨졌고, 제조업자의 말은 우습지 않았다. 제조업자가 말했다. "지배인님, 날씨 때문에 힘드시군요. 오늘 아주 우울해보이십니다." "그렇습니다." 카는 대답하면서 손으로 관자놀이를 짚었다. "두통에, 가족 걱정에." "당연하죠." 제조업자가 말했는데, 그는 성격이 급한 사람으로 남의 말을 귀담아 들을 줄 몰랐다. "모두 자신만의 고민이 있는 법입니다." 카는 저도 모르게 문을 향해 한 걸음 내딛었다. 마치 제조업자를 배웅하려는 듯했다. 그러나 제조업자는 이렇게 말했다. "지배인님, 잠시 드릴 말씀이 또 있습니다. 오늘 같은 날 이 일로 마음을 무겁게 해드릴까 아주 걱정됩니다. 하지만 저는 전에 이미 두 번이나 지배인님을 방문했지만 매번 그 말을 하는 것을 잊었습니다. 또 미루면 아마 그 목적을 잃어버릴 겁니다." 카가 대답할 겨를도 없이 제조업자가 다가오더니 손가락 가운데 마디로 카의 가슴을 가볍게 치면서 나직이 말했다. "재판 중이시죠, 안 그래요?" 카는 뒤로 물러서며 곧바로 받아쳤다. "부지점장이 말해주던가요." "아, 아닙니다. 부지점장님이 어떻게 그걸 알겠습니까?" 제조업자가 말했다. "그럼 선생님은요?" 카는 훨씬 침착해져서 물었다. "저는 여기저기서 재판에 대해 듣고 있습니다." 제조업자가 말했다. "바로 이게 지배인님께 말씀드리려던 것입니다." "대체 얼마나 많은 사람들이 법원과 연관된 건지!" 카는 고개 숙인 채 말하고는 제조업자를 책상으로 데리고 갔다. 그들은 다시 전처럼 앉았다. 제조업자가 말했다. "죄송하지만 말씀드릴 것이 많지는 않습니다. 하지만 이런 일에서는 아주 사소한 것이라도 소홀히 해서는 안 됩니다. 게다가 지배인님을 돕고 싶은 마음은 간절하지만, 제가 도울 수 있는 일은 정말 별 것 없습니다. 우리는 지금까지 좋은 사업 파트너였죠, 안 그렇습니까? 자, 그럼." 카는 오늘 상담에서 자신이 한 행동을 사과하려 했다. 그러나 제조업자는 말을 끊는 것을 참지 못하고, 바쁘다는 것을 보여주려고 서류가방을 겨드랑이에 바짝 올려 꼈다. 그러고는 말을 계속했다. "티토렐리라는 사람을 통해 지배인님의 재판에 대해 들었습니다. 그 사람은 화가인데 티토렐리는 예명이고, 본명은 모릅니다. 벌써 몇 년 전부터 가끔 우리 사무실에 작은 그림을 가져옵니다. 거의 거지와 다름없어, 늘 그림 값으로 일종의 적선을 해주죠. 어쨌든 그림은 예쁩니다. 황야 풍경이나 그런 것을 그린 겁니다. 이 거래는 아주 매끄럽게 이뤄집니다. 우리 둘 다 이미 그것에 익숙해있기 때문이죠. 언젠가는 너무 자주 찾아와서 그를 비난했습니다. 그러고는 우리는 이야기를 했습니다. 그 사람이 어떻게 그림만으로 생계를 유지하는지 궁금했습니다. 놀랍게도 그의 주 수입원은 초상화라는 것을 알았죠. 그는 법원 일을 한다고 했습니다. 어떤 법원인지 물어봤습니다. 그랬더니 그 재판에 대해 얘기해준 겁니다. 이 이야기를 듣고 얼마나 놀랐는지 상상이 되실 겁니다. 그 이후로 저는 그가 올 때마다 재판에 관한 새로운 소식을 듣고, 점차 그런 문제에 대한 통찰을 얻게 되었습니다. 물론 티토렐리는 말이 많아서 가끔은 그의 말을 막아야만 합니다. 그가 거짓말을 하기 때문입니다. 그뿐만 아니라 특히 저처럼 사업을 하는 사람은 자기 걱정만으로도 거의 지쳐 쓰러질 것 같아, 남의 일에는 관심을 둘 수 없기 때문이기도 합니다. 그런 데 이건 그냥 지나가는 말입니다. 어쩌면—저는 그렇게 생각했습니다—티토렐리가 지배인님께 조금 도움이 될 수도 있을 것 같습니다. 그는 판사들을 많이 알고 있어요. 물론 본인은 큰 영향력은 없지만, 어떻게 하면 여러 영향력 있는 사람들에게 접근할 수 있을지 지배인님께 조언을 줄 수 있을 겁니다. 이런 조언 자체는 결정적이지 않다고 해도, 지배인님이 그걸 알고 계시는 것은 아주 중요할 것 같습니다. 지배인님은 변호사나 진배없잖습니까. 저는 항상 이렇게 말하고는 합니다. 카 지배인님은 거의 변호사나 진배없어, 라고요. 아, 저는 지배인님 재판에 대해서 걱정을 안 합니다. 근데 티토렐리에게 한 번 가보시겠어요? 제가 권했다고 하면 그 사람은 분명 할 수 있는 모든 일을 다 할 겁니다. 지배인님은 정말 가 봐야한다고 생각해요. 물론 오늘 당장 갈 필요는 없습니다. 언젠가, 짬이 나시면요. 하지만—이것도 말씀드리겠는데—제가 이런 조언을 드렸다고 해서 정말로 티토렐리에게 가서야할 의무는 눈곱만큼도 없습니다. 네, 만일 티토렐리가 없어도 된다고 생각하시면, 그를 제쳐두시는 게 더 좋을 겁니다. 벌써 아주 꼼꼼한 계획을 세우셨을 텐데, 티톨텔리가 그것을 방해할 수도 있으니까요. 네, 그러시다면 물론 절대 가지 마세요. 그런 작자에게 조언을 받는 데는 분명 자제가 필요하니까요. 자 마음대로 하십시오. 여기 소개장, 여기 주소입니다."

환멸을 느끼며 카는 소개장을 받아 주머니에 넣었다. 소개장이 그에게 가져다 줄 수 있는 이득은, 제조업자가 자신의 재판에 대해 알고 있고 화가가 소문을 더 퍼뜨리고 다니기 때문에 생기는 손해에 비하면 훨씬 적다. 벌써 문 쪽으로 가고 있는 제조업자에게 마지못해 간신히 몇 마디 감사의 말을 했다. "가 보겠습니다." 문가에 제조업자와 작별인사를 하면서 이렇게 말했다. "아니면 제가 지금 아주 바쁘니 그 사람에게 한 번 사무실로 와 달라고 편지를 쓰겠습니다." "잘 알고 있습니다." 제조업자가 말했다. "선생님이 최선의 방책을 찾으시라는 것을 말입니다. 물론 저는 이렇게 생각했습니다. 여기서 재판에 대해 상의하려고 티토렐리 같은 사람을 은행으로 불러들이는 일은 피하실 거라고요. 또 그런 사람에게 편지를 보내는 게 늘 이득이 있는 것은 아니죠. 하지만 모든 것을 면밀히 검토하셨을 테니 무엇을 해도 좋은지는 알고 계시겠죠." 카는 고개를 끄덕이고, 대기실을 지나서까지 제조업자를 바래다주었다. 겉으로는 침착했지만 카는 자신에 대해 아주 놀랐다. 티토렐리에게 편지를 쓰겠다는 말은, 그저 자신이 소개장을 소중히 여길 줄 알며, 티토렐리와 만날지도 곧 생각해보겠다는 것을 보여주기 위해 했을 뿐이었다. 만일 카가 티토렐리의 도움이 가치 있다고 생각했더라면, 그는 정말로 주저 않고 편지를 썼을 것이다. 그러나 그 결과 발생할 위험에 대해서는 제조업자가 말을 해주고 나서야 알아차렸다. 자신의 판단력이 벌써 정말로 그렇게 믿을 수 없을 정도가 되어버렸단 말인가? 의심 가는 인물에게 노골적으로 편지를 써 은행에 초대해서, 부지점장과 그저 문 하나를 사이에 두고, 재판 때문에 그 인물에게 조언을 간청할 정도라면, 다른 위험들을 무시하거나 그 위험들 속으로 뛰어드는 것도 불가능하지 않을뿐더러, 거의 확실하다고 할 수 있지 않겠는가? 카에게 경고해주기 위해 누가 항상 옆에 붙어 있는 것은 아니다. 그런데 힘을 다 긁어모아 행동해야하는 바로 지금, 자신의 경계심에 대해 스스로 생각해도 이상한 이런 의심이 생겨버렸다. 직장에서 일할 때 느끼는 곤란함이 이제 재판에서도 시작되는 것인가? 어쨌든, 대체 어떻게 티토렐리에게 편지를 써 은행으로 불러들일 생각을 했는지 이제 이해할 수가 없었다.

사환이 곁으로 다가 와 여기 대기실 의자에 앉아 있는 세 명의 신사에 대해 주의를 환기시킬 때도 그는 여전히 그런 생각에 고개를 젓고 있었다. 그 신사들은 이미 오랫동안 카를 만나기 위해 기다리고 있었다. 이제 사환이 카와 이야기를 하자, 그들은 자리에서 일어났다. 각자 다른 사람보다 먼저 카에게 다가올 적당한 기회를 잡으려 했다. 은행 측이 여기 대기실에서 시간을 허비하도록 방치했기 때문에 그들도 더 이상 체면을 차릴 생각이 없었다. "지배인님." 벌써 그들 중 한 명이 말을 걸었다. 그러나 카는 사환에게 외투를 가져오라 하여, 그의 도움을 받으며 외투를 입으며 세 명에게 말했다. "여러분 죄송합니다. 지금은 유감이지만 여러분을 만날 시간이 없습니다. 정말 죄송합니다. 급히 업무상 외출을 해야 해서 곧 나가야 합니다. 보셨다시피 너무 오래 지체됐습니다. 내일이나 언제 다시 와주시겠습니까? 아니면 용건에 대해 전화로 하면 안 될까요? 혹시 무슨 일인지 지금 짧게 말씀해 주시겠어요? 그러면 서면으로 상세히 답변해 드리겠습니다. 물론 다음에 와 주시면 제일 좋겠습니다." 완전히 쓸데없이 기다린 사람들은 카의 이런 제안에 어안이 벙벙해서 묵묵히 서로 쳐다보았다. "합의된 거죠?" 이제 모자까지 가져온 사환에게로 몸을 돌리면서 카는 이렇게 물었다. 열린 카의 방문으로 밖에 눈이 세차게 내리는 게 보였다. 그래서 카는 외투의 깃을 올리고 목 아래까지 단추를 채웠다.

그때 막 부지점장이 옆방에서 나와, 외투를 입은 카가 사람들과 얘기하는 것을 미소를 띠고 보더니 물었다. "지배인님, 지금 나가시나요?" "네." 카는 고개를 바짝 들고 말했다. "업무 상 외출을 해야만 해서요." 그러나 부지점장은 벌써 고객들 쪽으로 몸을 돌리고 있었다. "그러면 이분들은요?" 그가 물었다. "이미 오래 기다리신 것 같은데요." "우리는 이미 합의를 봤습니다." 카가 말했다. 하지만 고객들은 더 이상 참지 않고 카를 에워싸고는 자신들의 용건이 중요하지 않다면, 지금 그것도 충분히 개별 면담을 할 필요가 없다면, 몇 시간씩 기다리지 않았을 것이라 했다. 부지점장은 잠시 그들의 말에 귀를 기울였고, 손에 모자를 들고 여기저기 먼지를 털고 있는 카를 보더니 말했다. "여러분 아주 간단한 해결책이 있습니다. 저라도 괜찮으시다면 지배인님 대신 제가 기꺼이 상담을 맡겠습니다. 여러분의 용건은 당연히 곧바로 의논되어야만 합니다. 우리도 여러분처럼 사업가이고, 사업가들의 시간을 제대로 소중히 여길 줄 압니다. 이리 들어오시겠습니까?" 그는 자기 사무실의 대기실로 가는 문을 열었다.

카가 지금 어쩔 수 없이 포기해야만 하는 모든 것을 부지점장은 얼마나 능숙하게 제 것으로 만들어 버리는가! 꼭 필요한 것보다 더 많은 것을 카는 포기하고 있는 건 아닐까? 불확실하고, 스스로도 인정할 수밖에 없듯, 아주 미미한 희망을 품고 모르는 화가에게로 가는 동안, 이곳에서 자신의 명성은 회복할 수 없을 정도로 해를 입고 있다. 외투를 다시 벗고, 옆방에서 아직도 더 기다려야 하는 두 명의 고객만이라도 다시 자신의 고객으로 만드는 게 훨씬 낫지 않을까? 어쩌면 그렇게 하려고 했을지도 모른다. 지금 부지점장이 마치 자기 방이라도 되는 듯 카의 방 책장에서 뭔가 찾는 것을 보지 않았더라면 말이다. 카가 화가 나서 문으로 다가가자 부지점장이 외쳤다. "아, 아직 안 나가셨군요." 그는 카 쪽으로 얼굴을 돌렸다. 그 얼굴에 난 수많은 깊은 주름은 나이를 보여주는 것이 아니라 그의 힘을 증명해주는 것 같았다. 그는 곧 다시 서류를 찾기 시작했다. "계약서를 찾고 있습니다." 그가 말했다. "회사 대리인이 지배인님한테 있다고 하네요. 찾는 것 좀 도와주시겠어요?" 카는 한 걸음 떼었다. 그러자 부지점장이 말했다. "고맙습니다. 벌써 찾았어요." 그러고는 계약서뿐만 아니라 다른 많은 것들도 들어있는 큰 서류 뭉치를 들고 방으로 돌아갔다.

카는 혼자 생각했다. '지금은 저 사람한테 맞서지 못하지만, 내 어려움이 해결되고 나면 저 사람이 제일 먼저 맛을 볼 거다, 그것도 가능한 한 쓴 맛을.' 이런 생각을 하니 마음이 약간 누그러졌다. 카는 아까부터 자신을 위해 복도로 나가는 문을 열어놓은 채 기다리고 있는 사환에게 지점장에게는 적당한 때에 자신이 업무상 외출을 했다고 보고하라 시켰다. 그러고는 잠시 동안 온전히 자신의 일에 몰두 할 수 있어 기뻐하다시피 하며 은행을 떠났다.

그는 곧장 차를 타고 화가가 사는 교외로 갔다. 그곳은 법원사무국이 있는 교외와는 정반대 쪽으로 훨씬 더 가난한 동네였다. 집들은 더 칙칙하고, 골목은 쓰레기로 덮여 있고, 그 쓰레기는 녹기 시작하는 눈 위에서 천천히 사방으로 흩어지고 있었다. 화가가 사는 집의 커다란 현관문은 한쪽만 열려있었다. 다른 문 아래쪽 담에는 갈라진 틈이 있어, 카가 다가가자 막 그곳에서 김이 나고 역겹고 누런 액체가 흘러나오고 있었다. 쥐 한 마리가 이 액체를 피해 하수도로 도망갔다. 계단 아래쪽에는 어린아이가 흙에 엎드려 울고 있었다. 그러나 입구의 다른 편에 있는 함석공장에서 나는 큰 소음 때문에 아이 울음소리는 거의 들리지 않았다. 공장문은 열려있었고, 조수 세 명이 반원으로 빙 둘러서서 어떤 부품을 망치로 두들기고 있었다. 벽에 걸려 있는 하얀색의 커다란 함석판이 창백한 빛을 냈고, 그 빛은 두 조수 사이를 파고들어 얼굴과 작업용 앞치마를 밝게 비췄다. 카는 이 모든 것을 그저 흘깃 바라봤다. 가능하면 빨리 여기서 일을 끝내고 싶었다. 그저 몇 마디 말로 화가를 탐색해보고 곧바로 다시 은행으로 돌아갈 생각이었다. 설령 여기서 최소한이라도 성공을 한다면, 은행에서 오늘 마쳐야 할 작업에도 좋은 영향을 줄 것이다. 4층에서 올라와서는 걸음을 늦춰야만 했다. 숨이 턱에 찼다. 계단도 층도 너무 높았다. 화가는 맨 꼭대기 층 다락방에 산다고 했다. 공기도 아주 답답했다. 층계참도 없었다. 좁은 계단은 양쪽 모두 높은 벽으로 막

혔었었고, 벽 여기 저기 거의 꼭대기에 작은 창문들이 있을 뿐이었다. 카가 잠시 멈춰있는 그때 소녀 몇 명이 집에서 뛰어나와 웃으며 계단을 급히 올라갔다. 카는 천천히 그들 뒤를 쫓아가다가, 소녀 하나가 넘어지는 바람에 뒤에 처진 소녀를 따라 잡았다. 그는 소녀에게 물었다. "여기에 화가 티토렐리가 사니?" 많아야 열세 살 정도 되어 보이는, 등이 약간 굽은 그 소녀는 대답 대신 팔꿈치로 카를 툭 치면서 곁눈으로 그를 바라보았다. 어리고 불구라고 해서 소녀가 이른 시기에 도덕적으로 타락하는 것을 막지는 못했다. 소녀는 미소조차 짓지 않은 채, 대담하고 꾀는 듯한 시선으로 카를 쳐다보았다. 카는 그런 버릇없는 행동을 모른 척하며 물었다. "화가 티토렐리를 아니?" 소녀는 고개를 끄덕이고는 물었다. "그 사람한테 볼 일이 있으세요?" 카는 티토렐리에 관해 빨리 뭐라도 알아두는 것이 좋을 것 같았다. "나를 그려달라고 할 생각이야." 그가 말했다. "초상화를 그리시게요?" 소녀는 이렇게 묻더니, 마치 그가 굉장히 놀라운 것이나 부적당한 것을 말하기라도 한 듯, 입을 쩍 벌리고 손으로 카를 살짝 치고, 그렇지 않아도 아주 짧은 치마를 두 손으로 치켜 올리더니 빨리 뛰어 다른 소녀들을 쫓아갔다. 이들이 내는 고함소리는 벌써 아득히 위쪽으로 사라졌다. 하지만 다음 층계가 꺾이는 곳에서 카는 소녀들 모두와 다시 마주쳤다. 분명 곱사등이 소녀에게 카의 의도를 듣고 기다리고 있던 것 같다. 그들은 카가 쉽게 자신들 사이를 지나가도록 계단 양편에 서서 벽에 몸을 바짝 붙이고, 손으로 앞치마의 주름을 폈다. 그들의 얼굴이나 이렇게 촘촘히 사람울타리를 만들고

서 있는 모습이나 모두 천진난만함과 타락함이 뒤섞여 있었다. 이제 깔깔대고 웃으며 카의 뒤를 한 줄로 따라오는 소녀들 맨 앞에서 곱사등이 소녀가 안내 역할을 하고 있었다. 카가 곧바로 제대로 된 길을 찾은 것은 그 아이 덕이라 할 수 있다. 카는 곧장 앞으로 계속 올라가려고 했지만, 그 아이가 티토렐리에게 가려면 계단이 갈라지는 곳으로 가야한다고 알려주었다. 화가에게로 가는 계단은 유난히 좁고 길었고, 구부러지지도 않아서 그 긴 계단을 한눈에 볼 수 있었고, 위쪽 티토렐리의 문 바로 앞에서 끝이 났다. 비스듬히 문 위쪽에 나 있는 작은 지붕채광창 덕분에 다른 계단과는 달리 그 문은 비교적 밝게 빛을 받고 있었다. 몰타르 칠이 되어 있지 않은 각목으로 만들어진 문 위에는 빨간색으로 티토렐리라는 이름이 굵게 붓으로 쓰여 있었다. 아마 시끄러운 발소리 때문에 위쪽에서 문이 약간 열리고 잠옷만 입은 것 같은 남자가 문틈으로 보였을 때, 카는 뒤따른 무리들과 막 계단 중간쯤에 있었다. "이런!" 남자는 무리가 올라오는 것을 보고 모습을 감추면서 이렇게 외쳤다. 곱사등이 소녀는 기뻐서 손뼉을 쳤고, 나머지 소녀들은 카를 빨리 앞쪽으로 보내려고 뒤에서 밀었다.

그들이 아직 다 올라가기도 전에, 화가는 문을 활짝 열고 깊이 허리를 숙여 인사하며 카에게 들어오라고 했다. 그러나 소녀들은 들어오지 못하게 했다. 그가 그들 중 단 한 명도 들어오지 못하게 하려 하자, 그들은 애걸하기도 하고, 허락도 없이 그의 뜻을 어기고 밀치고 들어오려고 애를 썼다. 화가가 못 들어오게 뻗은 팔 아래로 곱사등이 소녀만이 비집고 들어왔다. 하지만 화가는 소녀

뒤를 쫓아가 옷을 잡아 빙 돌린 뒤에 문 앞 다른 소녀들이 있는 곳에 데려다 주었다. 그런데 소녀들은 화가가 자리를 뜨는 동안 문턱을 넘어오려 하지는 않았다. 카는 이 모든 일을 어떻게 판단해야 좋을지 몰랐다. 모든 일이 정다운 합의 속에서 이뤄지는 것처럼 보였기 때문이었다. 문간에 있는 소녀들은 연이어 목을 길게 뽑고 화가에게 온갖 장난스러운 말을 외쳐댔다. 카는 전혀 알아들을 수가 없었다. 그러나 곱사등이 소녀가 화가의 손 안에서 거의 나는 듯 움직이고 있는 동안 화가도 웃었다. 그런 다음 그는 문을 닫고, 다시 한 번 카에게 허리 굽혀 인사를 하면서 악수를 건네고 자신을 소개하면서 말했다. "화가 티토렐리입니다." 카는 그 뒤에서 소녀들이 속삭이고 있는 문을 가리키면서 말했다. "이 집에 아주 인기가 많으신 모양입니다." "아, 저 말괄량이들이요!" 화가는 말하면서 목 부분의 잠옷 단추를 잠그려했지만 잠기시 않았다. 게다가 그는 맨 발이었고, 통이 넓은 누런색 바지를 입고 있었다. 바지는 띠로 고정시켰는데, 길게 늘어진 띠의 끝자락이 이리저리 흔들렸다. "저 말괄량이들은 정말 성가셔요." 그는 막 떨어진 잠옷 맨 위쪽 단추를 뜯어내고, 의자를 가져와 카에게 앉으라고 권하면서 말을 이었다. "오늘은 안 왔습니다만, 저 애들 중 한 애를 그렸는데 그 다음부터 모두 저를 따라다닙니다. 제가 이 방에 있을 때는 들어오라고 허락을 해야만 애들이 들어오는데, 제가 나가도 적어도 한 명은 여기에 들어와 있습니다. 내 방 열쇠를 만들어서 서로 빌려주고 있는 겁니다. 그게 얼마나 귀찮은지 상상도 못하실 거예요. 예를 들면 초상화를 그려드려야 할 숙녀

분과 함께 집으로 와서 제 열쇠로 문을 열면, 저 곱사등이 소녀가 작은 탁자에서 앉아 붓으로 입술을 빨갛게 그리고 있고, 그 애가 돌봐야 하는 동생들은 사방으로 돌아다니며 방 구석구석을 더럽히고 있는 꼴을 보게 됩니다. 혹은 바로 어제 그랬던 것처럼, 저녁 늦게 집에 와서—그 점을 감안하셔서 제 상태랑 방 안이 어지러운 것을 용서해주시기 바랍니다—그러니까 어제 늦게 집에 들어와서 잠자리에 들려고 했는데, 뭔가 제 다리를 꼬집는 겁니다. 침대 아래를 들여다보고 그런 아이 하나를 또 끄집어냈습니다. 아이들이 왜 이렇게 저한테 몰려드는지 모르겠습니다. 제가 애들을 꼬드기는 게 아니라는 것을 선생님도 보셨을 겁니다. 이런 것 때문에 당연히 제 일도 방해받고 있습니다. 이 화실이 무료가 아니라면 진즉에 이사를 갔을 겁니다." 바로 이때 문 뒤에서 부드럽고 겁먹은 작은 목소리가 들렸다. "티토렐리, 우리 들어가도 돼요?" "안 돼." 화가가 대답했다. "저만도 안 돼요?" 작은 목소리로 다시 물었다. "그것도 안 돼." 화가는 이렇게 대답하고 문으로 가서 잠가버렸다.

카는 그사이 방 안을 둘러보았다. 카라면 절대 이 초라한 작은 방을 화실이라고 부를 생각조차 하지 않았을 것이다. 길이와 폭으로 크게 두 걸음 이상 걷기 힘들었다. 방바닥, 벽, 천장 모두 나무로 되었고, 들보는 갈라져 있었다. 카 맞은편 벽에 침대가 있고, 그 위에는 얼룩덜룩한 이부자리가 쌓여 있었다. 방 가운데 이젤 위에는 셔츠로 덮인 그림이 놓여 있었고, 셔츠의 소매는 바닥까지 늘어져 있었다. 카 뒤에는 창문이 있었다. 안개가 껴서 창문 너머로는 눈으로 덮인 옆집 지붕 외에 더 멀리는 보이지 않았다.

자물쇠에서 열쇠 돌리는 소리는 카가 곧장 돌아가기로 했었다는 사실을 기억나게 했다. 그래서 그는 주머니에서 제조업자의 소개장을 꺼내 화가에게 건네며 말했다. "선생님의 지인인 이분을 통해서 선생님을 알게 되었고, 그분의 충고로 여기 오게 되었습니다." 화가는 소개장을 대충 읽고는 침대로 던졌다. 제조업자가 티토렐리에 대해 가장 확실한 것, 즉 자신의 자선을 구걸하는 지인이라고 말하지 않았더라면, 지금 이 순간 티토렐리가 제조업자를 모르거나 아니면 기억하지 못하는 것이라고 생각할 수 있었다. 게다가 이제 화가는 이렇게 묻기까지 했다. "그림을 사시려는 건가요? 아니면 초상화를 맡기시려는 건가요?" 카는 놀라서 화가를 쳐다보았다. 대체 소개장에 뭐라고 쓰여 있는 것일까? 카는 당연히, 제조업자가 카는 이곳에서 오직 자신의 재판에 대해 문의하려 한다고 소개장에 썼을 것이라 생각했다. 그는 정말 지나치게 서둘렀고, 깊이 생각해 보지도 않고 이곳에 오지 않았던가! 그러나 이제 어떻게든 화가에게 대답을 해야만 해서, 이젤을 쳐다보며 말했다. "그림을 그리는 중이셨군요?" "그렇습니다." 화가가 대답하면서 이젤에 걸려있던 셔츠를 걷어내어 침대에 있는 소개장 위로 던졌다. "초상화입니다. 좋은 작업이죠. 하지만 아직 완전히 끝내지 못했습니다." 이런 우연은 카에게 이로웠다. 공식적으로 법원에 대해 이야기할 가능성이 주어졌다. 그것은 분명 어떤 판사의 초상이었기 때문이었다. 특히 변호사의 서재에 있던 그림과 눈에 띄게 비슷했다. 하지만 그림 속의 사람은 전혀 다른 판사로, 검은 수염이 뺨 위쪽까지 더부룩하게 난 뚱뚱한 남자였다. 그리고 변호사의 방에 걸려 있는 그림은 유화였는데, 여기 있는 그림은 파스텔 색조로 흐릿하고 불분명하게 시작되어 있었다. 그 밖의 모든 것은 비슷했다. 이 그림에서도 판사는 왕좌와 같은 의자에 앉아 팔걸이를 꽉 잡고 위협하며 일어서려는 듯했기 때문이었다. "판사로군요." 카는 막 이렇게 말하려고 하다가, 우선 말을 멈추고 세세한 것을 보려는 듯 그림 가까이 다가갔다. 왕좌처럼 생긴 의자의 등받이 한가운데에 있는 커다란 형상을 이해할 수가 없어 화가에게 물었다. "아직 작업을 더 해야만 합니다." 화가는 이렇게 대답하고는 작은 탁자에서 파스텔을 집어서 형상의 가장자리를 약간 다듬었다. 하지만 그렇게 해도 더 명확히 알아 볼 수가 없었다. "정의의 여신입니다." 결국 화가가 말했다. "이제 알겠습니다." 카가 말했다, "이것이 눈을 가리고 있는 띠고 이게 저울이군요. 하지만 발꿈치에는 날개가 있고, 달리고 있는 중이지 않습니까?" "그렇습니다." 화가가 말했다, "주문에 따라서 그렇게 그려야만 합니다. 사실 정의의 여신과 승리의 여신을 결합한 것입니다." "좋은 결합은 아닌데요." 카가 미소 지으며 말했다, "정의의 여신은 가만히 있어야만 합니다. 안 그러면 저울이 흔들려서 공정한 판결을 내리기 힘들거든요." "저는 주문한 사람의 뜻에 따를 뿐이죠." 화가가 말했다. "물론 그렇죠." 카가 말했다. 그는 자신의 말 때문에 다른 사람의 마음을 상하게 할 생각이 없었다. "저 형상은 의자에 저렇게 서 있는 모습을 그대로 그린 거군요." "아닙니다." 화가가 말했다. "나는 저 형상도 왕좌처럼 생긴 의자도 본 적이 없습니다. 모두 다 생각해낸 겁니다. 무엇을 그려야 할지 지시는 받았습니다." "어떻게요?" 카는 화가를 완전히 이해하지 못한 듯이 일부러 물었다, "이 그림은 재판관 석에 앉아 있는 판사군요." "그렇습니다." 화가가 말했다. "하지만 지위가 높은 판사는 아닙니다. 그는 한 번도 이런 의자에 앉아 본 적이 없습니다." "그런데도 저렇게 위엄 있는 자세로 그리게 하나요? 마치 법원장처럼 앉아 있군요." "네, 그분들은 자만심이 세죠." 화가가 말했다. "그렇지만 그분들은 이렇게 그리게 해도 된다는 상부의 허락을 받고 있어요. 자신을 어떻게 그리게 해도 되는지 각자에게 정확히 규정이 되어 있습니다. 유감스럽게도 이 그림에서는 옷이나 의자의 세세한 부분은 판단할 수가 없습니다. 파스텔은 이런 그림에는 적합하지 않습니다." "그렇군요." 카가 말했다, "그런 그림을 파스텔로 그리다니 이상하군요." "판사가 원한 겁니다." 화가가 말했다, "이 그림은 어떤 여자 분에게 줄 겁니다." 그림을 쳐다보니 작업을 할 의욕이 생겼는지 화가는 옷소매를 걷고 파스텔 몇 개를 집어 들었다. 카는 움직이는 파스텔 끝 아래에서 곧 판사의 머리 주변에 붉은 그림자가 그려지는 것을 보았다. 그 그림자는 빛이 퍼지는 듯이 가장자리로 가면서 흐려졌다. 차츰 그림자의 이런 유희가 마치 장식이나 훈장처럼 머리를 에워쌌다. 하지만 정의의 여신의 자태는 눈에 띄지 않는 조색 부분까지 밝게 남아 있었고, 환하게 빛나는 속에서 자태가 유난히 두드러져 보였다. 그래서 그 모습은 정의의 여신으로 보이지 않았고, 그렇다고 승리의 여신처럼 보이지도 않았다. 오히려 완전히 사냥의 여신처럼 보였다. 화가의 작업은 생각했던 것보다 훨씬 카의 마음을 끌었다. 그러나 결국 그는 이곳에 이렇게 오래 있었지만 근본적으로 자신의 일은 아무것도 처리하지 못했다는 사실에 자신을 책망했다. "이 판사는 이름이 뭔가요?" 갑자기 카가 물었다. "말씀드려서는 안 됩니다." 화가가 말했다. 그는 그림에 몸을 숙이고 처음에는 그렇게 사려 깊게 맞이했던 손님을 노골적으로 성의 없이 대하고 있었다. 카는 그것을 변덕이라 생각했고, 그 때문에 시간을 잃어버린 것에 대해 화가 났다. "당신은 법원 중개자시죠?" 카가 물었다. 화가는 곧바로 파스텔을 옆에 놓고는 몸을 일으켜 손을 비비더니 웃으며 카를 쳐다보았다. "자 사실을 털어놓으시죠." 그가 말했다. "소개장에 적혀있듯이 당신은 법원에 대해 뭔가 알고 싶으신 거죠. 제 환심을 사기 위해 처음에 그림에 대해 말했던 거고요. 그건 나쁘게 생각하지 않습니다. 그런 방식이 저한테 적절하지 못하다는 것을 아실 리 없죠. 뭐 괜찮습니다!" 카가 뭔가 변명을 하려고 하자 완강하게 거부하면서 말했다. 그러면서 다음과 같이 말했다. "어쨌든 당신 말씀은 옳습니다. 나는 법원 중개자입니다." 카가 이 사실에 만족해할 시간을 주려는 듯 그는 잠시 뜸을 들였다. 그때 다시 문 뒤에서 소녀들 소리가 들렸다. 열쇠구멍 주변에 몰려 있는 것 같았다. 어쩌면 벌어진 틈으로 방 안을 들여다 볼 수도 있을 것이다. 카는 어떻게든 사과하려고 했던 생각을 고쳐먹었다. 화가를 주제에서 벗어나게 할 생각이 없었기 때문이었다. 어쩌면 화가가 너무 불손해져서 이런 식으로 자신을 근접할 수 없는 사람으로 만드는 것도 원치 않았기 때문이기도 했다. 그래서 카는 물었다. "공식적으로 인정된 직책인가요?" "아닙니다." 화가는 이 질문 때문에 말이 막힌 듯 짧게 말했다. 그러나 카는 그가 말문이 막히게 두고 싶지 않아 이렇게 말했다. "그렇군요. 가끔은 그런 인정되지 않은 직책이 인정된 직책보다 영향력이 더 크기도 합니다." "제가 바로 그런 경우입니다." 화가는 이렇게 대답하고는 이마에 주름을 지으며 고개를 끄덕였다. "저는 어제 제조업자와 선생님의 경우에 대해 이야기를 했었는데, 그가 당신을 도와주지 않겠냐고 물어서 이렇게 대답했습니다. '그분이 한번 나한테 오셔도 됩니다'라고요. 그런데 이렇게 빨리 뵙게 되니 반갑군요. 사건 때문에 걱정이 많으신 것 같은데, 나는 그게 전혀 이상하지 않습니다. 그런데 우선 상의를 벗으시면 어떨까요?" 카는 이곳에 잠깐만 있으려고 했지만, 화가의 이런 권유가 정말 반가웠다. 방 안의 공기가 점점 답답해져서, 분명 불을 때고 있지 않은 모퉁이의 작은 쇠 난로를 벌써 몇 번이나 이상한 듯 쳐다보았다. 겨울 외투를 벗고 웃옷 단추까지도 풀고 있는 사이, 화가가 사과하듯 말했다. "저는 따뜻해야만 해서요. 여긴 참 쾌적해요, 안 그런가요? 그런 점에서 이 방은 위치가 정말 좋습니다." 여기에 대해 카는 아무 말도 하지 않았다. 불쾌한 기분은 사실 온기 때문이 아니었다. 거의 숨이 막힐 듯한 이 답답한 공기 때문이었다. 꽤 오랫동안 방을 환기시키지 않은 것 같았다. 이 불쾌함은 화가가 자신은 이젤 앞에 있는 하나밖에 없는 의자에 앉으면서, 카에게는 침대에 앉으라고 권하자 더욱 심해졌다. 게다가 카가 그냥 침대 가장자리에 앉는 이유를 오해한 듯 카에게 편안히 앉으라고 권하고는, 카가 머뭇거리자 직접 와서 카를 침대 깊이 베개와 쿠션이 있는 곳으로 밀었다. 그러고는 다시 자기 자리로 가서는 드디어 첫 번째 질문을 던졌다. 이 질문은 카로 하여금 다른 모든 것을 잊게 만들었다. "당신은 무죄죠?" 그가 물었다. "네." 카가 말했다. 이런 질문에 대한 대답은 심지어 카를 기쁘게 만들기까지 했다. 특히 사적인 인물에게 대답한 것이라 더욱 그랬다. 대답에 대한 책임을 지지 않아도 되기 때문이었다. 아직 이렇게 대놓고 물어본 사람은 아무도 없었다. 이 기쁨을 만끽하기 위해 카는 덧붙였다. "완전 무죄입니다." "그렇군요." 화가는 이렇게 말하고는 고개를 숙였다. 뭔가 생각하는 듯 했다. 갑자기 고개를 들더니 말했다. "죄가 없다면 이 사건은 아주 간단합니다." 카의 눈초리가 흐려졌다. 자칭 법원의 중개자라는 이 사람은 무지한 아이처럼 말을 하고 있었다. "나의 무죄가 이 사건을 간단하게 만들지는 않습니다." 카가 말했다. 모든 것에도 불구하고 그는 미소를 짓지 않을 수가 없었고, 천천히 고개를 저었다. "많은 미묘한 것들이 문제입니다. 법원은 그런 것을 찾느라 혈안이 되어 있죠. 결국 법원은 원래 아무것도 없던 곳에서 큰 죄를 끌어내는 겁니다." "네, 네 그렇습니다." 화가는 마치 카가 쓸데없이 자신의 생각을 방해했다는 듯이 대답했다. "어쨌든 죄가 없으신 거죠?" "그럼요." 카가 말했다. "그게 중요합니다." 화가가 말했다. 그는 반대 이유를 댄다고 해서 영향을 받을 사람이 아니었다. 단호한 태도를 보이기는 하지만, 확신에서 그렇게 말하는지 아니면 그저 무관심에서 그렇게 말하는지 분명치는 않았다. 카는 우선 그것을 확인하고 싶어서 이렇게 말했다. "물론 저보다 법원에 대해 훨씬 잘 아시겠죠. 저는 아주 여러 사람에게 듣기는 했지만, 들은 것 이상은 모릅니다. 하지만 모두 같은 말을 하더군요. 즉 경솔하게 기소가 되는 법은 없으며, 법원이 일단 기소했다면 법원은 피고인의 죄를 거의 확신한 것이고, 이런 확신을 버리게 하는 것은 정말 어렵다고요." "어렵다고요?" 화가는 물으며 한 손을 번쩍 쳐들었다. "절대 법원으로 하여금 확신을 버리게 할 수 없습니다. 만일 제가 이 방에서 캔버스에 판사들을 전부 나란히 그려 넣고, 당신이 이 캔버스 앞에서 스스로를 변호한다면, 아마 실제 법정에서 자신을 변호하는 것보다 훨씬 성과가 클 겁니다." "그렇군요." 카는 혼잣말을 하고는, 자신이 그저 화가를 캐보기만 할 생각이었다는 사실을 잊었다.

또 다시 어떤 소녀가 문 뒤에서 물어보기 시작했다. "티토렐리, 그 사람 금방 안 가겠죠?" "조용히 해." 화가가 문을 향해 소리쳤다. "이분과 상담 중인 것 안 보이니?" 그러나 소녀는 이 대답에 만족하지 못하고 물었다. "그 사람 그릴 거죠?" 화가가 대답을 하지 않자 소녀가 말했다. "그 남자 그리지 말아요. 정말 못생겼어요." 알아들을 수 없지만 여기에 동의하는 고함소리가 뒤섞여 나왔다. 화가는 문 쪽으로 펄쩍 뛰어가더니 문을 빼꼼히 열었다. 그 틈으로 사정하듯 깍지껴 앞으로 뻗은 소녀들의 손이 보였다. 화가가 말했다. "조용하지 않으면 모두 계단 아래로 던져버릴 테다. 여기 계단에 앉아서 조용히 하고 있어." 소녀들이 곧바로 말을 듣지 않았는지 화가가 명령을 했다. "계단에 앉아!" 그리고 나자 조용해졌다.

"죄송합니다." 카에게 다시 돌아오면서 화가가 말했다. 카는 문 쪽은 쳐다보지도 않았다. 그는 화가가 자신을 지켜줄 것인지, 어떻게 지켜줄 것인지 완전히 화가에게 맡기고 있었다. 화가가 몸을 숙여 밖에 들리지 않게 다음과 같이 귀에 속삭일 때도 카는 꼼짝 않고 있었다. "이 여자애들도 법원에 소속되어 있습니다." "어떻게요?" 카는 물으며 고개를 옆으로 빼고는 화가를 쳐다보았다. 그러나 화가는 다시 자리에 앉아 농담 반 설명 반 이렇게 말했다. "전부 다 법원에 속해 있어요." "그건 아직 몰랐네요." 카가 짧게 말했다. 화가의 모호한 설명이 소녀들에 대한 암시에 들어 있는 모든 불안한 요소를 없애버렸다. 그럼에도 불구하고 카는 잠시 문 쪽을 바라보았다. 문 뒤쪽에 있는 소녀들은 지금은 조용히 계단에 앉아 있었다. 소녀 중 한 명만이 각목 틈 새 사이로 지푸라기를 밀어 넣어 천천히 위 아래로 움직이고 있었다.

"법원에 대해 전문지식이 없으신 것 같군요." 화가가 말했다. 그는 다리를 쩍 벌리고 앉아 발끝으로 바닥을 찰싹찰싹 쳤다. "죄가 없으시니까 그런 지식도 필요 없으시겠죠. 저 혼자 당신을 구해보겠습니다." "어떻게 하시려고요?" 카가 물었다. "조금 전에 말씀하시지 않았습니까. 입증근거를 제시하려 해도 법원은 정말 접근하기 어렵다고요." "법원에 제시해야할 입증근거를 대는 일에 있어서만 접근하기 어려울 뿐입니다." 화가는 이렇게 말하고는, 마치 카가 미묘한 차이를 전혀 알아차리지 못한다는 듯, 집게손가락을 쳐들었다. "이 점에 있어서 공적인 법원 뒤에서, 그러니까 상담실이나 복도 아니면 예를 들면 여기 화실에서 하는 것은 완전히 다릅니다." 카에게는 지금 화가가 하는 말이 더 이상 황당무계하게 들리지 않았다. 오히려 다른 사람에게 들었던 것과도 많이 일치했다. 그렇다, 게다가 아주 희망적이기까지 했다. 변호사가 말했던 것처럼 실제로 판사들이 사적인 연줄을 통해 그렇게 쉽게 조정될 수 있다면, 화가의 허영심 많은 판사들과의 인맥은 특히 중요하며, 확실히 절대 얕잡아 볼 수 없었다. 그렇다면 화가는 카가 점차 자신의 주위에 모으고 있는 조력자 범주에 딱 들어맞았다. 전에는 사람들이 은행에서 카의 조직화시키는 능력을 칭찬했었다. 그러나 완전히 혼자 버텨야할 입장이 된 지금 그 능력을 최대한으로 시험해볼 좋은 기회가 생긴 것이다. 화가는 자신의 설명이 카에게 준 영향을 살펴보더니, 약간 불안해하며 말했다. "제가 거의 법률가처럼 말한다는 생각이 안 드세요? 법원에 계신 분들과 계속 교제하다보니 영향을 받았습니다. 물론 거기서 얻은 것이 많습니다만, 예술가적 감흥은 많이 잃어버렸습니다." "판사들하고는 맨 처음 어떻게 연결되었습니까?" 카가 물었다. 노골적으로 화가에게 일을 맡기기 전에 우선 그의 신뢰를 얻을 생각이었다. "아주 간단했습니다." 화가가 말했다. "이 연줄은 물려받은 겁니다. 제 아버님이 법원 화가였습니다. 그건 대를 이어 물려받는 자리입니다. 그 일에 새로운 사람은 소용이 없어요. 다양한 등급의 관리를 그리기 위해서는 아주 다양하고 복잡한, 무엇보다도 은밀한 규칙이 정해져 있는데, 그건 특정 가족만이 알고 있습니다. 예를 들면 거기 서랍 안에 저희 아버지가 그린 스케

치들이 있는데, 저는 그건 절대 남에게 보여주지 않습니다. 그것에 정통해 있는 사람만이 판사들을 그릴 수 있습니다. 혹시, 제가 그것들을 잃어버린다고 해도, 저만이 머릿속에 담고 있는 규칙들이 여전히 많이 있기 때문에 아무도 제 자리에 이의를 제기할 수 없을 겁니다. 모든 판사들은 옛날의 위대한 판사들이 그려진 것처럼 자신들도 그렇게 그려지길 바라는데, 저만 그걸 할 수 있습니다." "부럽군요." 카가 은행에서의 자신의 지위를 생각하며 말했다. "그러니까 당신의 지위는 요지부동이군요?" "그렇습니다, 요지부동이죠." 화가가 말하면서 의기양양하게 어깨를 으쓱했다. "그래서 제가 이따금 재판 중인 불쌍한 사람들을 감히 도와줄 생각을 할 수 있는 겁니다." "그런데 어떻게 그걸 하십니까?" 마치 자신은 화가가 조금 전에 말한 불쌍한 사람이 아닌 듯, 카가 물었다. 대화의 주제를 유지하면서 화가는 말했다. "예를 들면 당신의 경우, 당신은 완전히 죄가 없기 때문에 다음과 같은 것을 할 예정입니다." 자신의 무죄를 반복적으로 말하자 카는 불쾌해졌다. 이렇게 말함으로써 화가는 재판이 유리하게 시작되는 것을 전제로 도와주겠다는 것 같았다. 그런 도움은 당연히 의미가 없었다. 이런 의구심이 들었지만 카는 참으면서 화가의 말을 중단시키지 않았다. 그는 화가의 도움을 거절할 마음이 없었다. 그렇게 하지 않기로 결정했다. 또한 이런 도움이 변호사의 도움보다 더 의심스럽지는 않은 것 같았다. 게다가 화가의 도움에 훨씬 마음이 끌리기까지 했다. 그가 더 정직하고 명백하게 도움을 제공했기 때문이었다.

화가는 의자를 침대로 더 가까이 끌고 와서는 소리를 죽여 말했다. "먼저 여쭤보는 걸 잊었습니다. 어떤 식의 구제를 원하십니까? 세 가지 가능성이 있습니다. 즉 진정한 무죄판결, 표면상의 무죄판결, 그리고 지연 시키는 것이 있습니다. 당연히 진짜 무죄판결이 가장 좋습니다만, 이런 식의 해결에는 제가 조금도 영향을 줄 수가 없습니다. 제 생각에 진정한 무죄판결을 내리도록 영향을 줄 수 있는 사람은 아무도 없습니다. 이때는 아마 피고인의 무죄만이 그런 결정을 내리게 할 겁니다. 당신은 죄가 없기 때문에, 그저 당신이 무죄라는 사실에 기대는 것이 실제로 가능할 겁니다. 그러면 당신은 저나 다른 도움이 필요 없습니다."

이런 일목요연한 설명에 카는 처음에는 당황했지만, 곧 화가와 똑같이 낮은 소리로 말했다. "말씀에 모순이 있는 것 같습니다." "어째서요?" 화가가 참을성 있게 묻고는 미소를 지으며 뒤로 기댔다. 이 미소는 마치 카가 화가의 말에서가 아니라 소송절차자체 안에서 모순을 찾고 있다는 기분이 들게 했다. 그러나 카는 물러서지 않고 계속 말했다. "먼저는 법원이 입증근거를 제시하려 해도 정말 접근하기 어렵다고 말씀하시더니, 나중에는 그것을 공개재판에 한정시켰고, 이제는 죄가 없는 사람은 재판에서 누구의 도움도 받을 필요가 없다고까지 말씀하시고 있습니다. 여기에 벌써 모순이 있습니다. 게다가 아까는 판사에게 영향을 줄 수 있다 하더니, 이제는 당신이 말하는 그 진짜 무죄판결은 개인적인 영향을 통해 얻어내는 것은 가능하지 않다고 하십니다. 여기에 두 번째 모순이 있습니다." "그런 모순들은 설명하기 쉽습니다."

화가가 말했다. "여기에는 서로 다른 두 가지가 얘기되고 있는 겁니다. 하나는 법에 적혀있는 것이고 다른 하나는 제가 개인적으로 경험한 것입니다. 두 가지를 혼동하시면 안 됩니다. 물론 읽어보지 않았지만, 법률에는 한편으로는 당연히 죄가 없는 사람은 무죄판결을 받는다고 적혀 있습니다. 그러나 다른 한편으로 판사들이 영향을 받을 수 있다고 적혀있지는 않습니다. 하지만 저는 딱 반대되는 것을 경험했습니다. 무죄판결을 받은 사람을 본 적은 없지만, 영향을 받는 것은 많이 봤습니다. 물론 제가 알고 있는 재판들 중에 죄가 없는 사람이 하나도 없어서 그랬을 수는 있습니다. 하지만 그게 가능하겠어요? 그렇게 많은 경우 중에서 한 명도 죄가 없다는 게 말이나 됩니까? 저는 벌써 어릴 때부터 아버지가 집에서 재판에 대해 이야기해주실 때 귀 기울여 들었습니다. 아버지 화실에 오는 판사들도 재판에 대해 이야기했습니다. 우리 부류 사람들은 그 밖의 어떤 다른 것도 얘기하지 않습니다. 직접 법원에 갈 기회가 생기자마자 저는 늘 이 기회를 철저히 이용했어요. 수많은 재판을 중요한 단계에서 경청했고, 볼 수 있는 데까지 따라다녔습니다. 그리고 고백하건대, 저는 진정한 무죄판결이 나는 것을 단 한 건도 보지 못했습니다." "그러니까 단 한 건도 없었다는 거군요." 마치 자신과 자신의 희망에 대고 하듯 카가 말했다. "그건 제가 법원에 대해 벌써부터 갖고 있던 생각을 확인시켜주는 군요. 이런 면에서만 봐도 법원은 무용지물입니다. 사형집행인 한 사람이 법원 전체를 대신할 수도 있을 겁니다." "그렇게 일반화시키면 안 됩니다." 화가가 불만족스럽게 말했다. "제 경험을 말했을 뿐입니다."그것만으로도 충분합니다." 카가 말했다. "혹시 이전에 무죄판결이 났다고 들은 적은 있습니까?""물론 그런 무죄판결이 내려진 적이 있었다고는 하더군요." 화가가 대답했다. "확인하기가 무척 어려울 뿐입니다. 법원의 최종판결은 공개되지 않습니다. 그것은 판사들조차도 볼 수 없습니다. 그래서 옛날 재판의 경우에 대해서는 전설만 내려오고 있습니다. 이러한 전설은 물론 많은 경우 진정한 무죄판결이 내려졌다고 전합니다. 믿을 수는 있지만 증명할 수는 없습니다. 그렇다고 완전히 무시할 필요는 없습니다. 그 전설들은 아주 멋지기도 해서, 저도 전설을 소재로 그림 몇 장을 그리기도 했습니다.""전설만으로는 제 생각을 바꾸지는 못합니다." 카가 말했다. "법정에서 이런 전설을 근거로 내세울 수는 없겠지요?" 화가가 웃었다. "네. 그러지는 못합니다." 그가 말했다. "그럼 거기에 대해 말하는 건 쓸모없는 짓이군요." 카가 말했다. 그는 화가의 의견이 황당무계하고, 다른 사람들의 이야기와 맞지 않는다고 생각했지만, 우선은 그것을 모두 받아들일 생각이었다. 지금은 화가가 말한 것이 정말인지 알아보거나, 반증할 시간이 없었다. 결정적인 방식은 아니라고 해도 어떤 식으로든 화가가 자신을 도와주게끔 부추길 수 있다면, 그것으로 이미 가장 좋은 성과를 얻는 것이다. 그래서 카는 말했다. "그러면 진정한 무죄판결은 단념합시다. 그런데 다른 두 가지 가능성에 대해서도 말씀하셨죠.""표면상의 무죄판결, 그리고 지연시키는 거요. 이 두 가지만 처리할 수 있지요." 화가가 말했다. "그것에 대해 말씀 나누기 전에 상의를 벗지 않으시겠어요. 더우신 것 같군요." "네." 카가 말했다. 그는 그때까지 화가의 설명만 생각하고 있었다. 그런데 지금 더위를 기억하자마자 이마에 땀이 솟았다. "견디기 힘들 정도예요." 화가는 카의 불편함을 잘 이해한다는 듯 고개를 끄덕였다. "창문을 열 수 없나요?" 카가 물었다. "안 됩니다." 화가가 말했다. "그냥 고정된 유리판이라 열 수 없습니다." 카는 화가나 자기 자신이 갑자기 창문으로 가서 그것을 열어젖히기를 이제껏 고대하고 있었다는 것을 깨달았다. 안개까지도 입을 크게 벌리고 들이마실 준비가 되어 있었다. 여기는 공기의 흐름이 완전히 차단되었다는 생각에 어지러웠다. 카는 옆에 있는 깃털 이불을 손으로 살짝 치면서 기운 없는 목소리로 말했다. "그런 창문은 불편하고 건강에 나쁘죠." "아, 그렇지 않아요." 화가가 자신의 창문을 변호하기 위해 말했다. "열 수 없기 때문에 그게 그냥 단순한 얇은 유리인데도 이중 창문보다도 여기 온기가 더 잘 유지되는 겁니다. 환기를 시키려면 문 한쪽이나 양쪽을 다 열면 됩니다. 물론 그럴 필요는 없습니다. 각목 틈새로 사방에서 바람이 들어오니까요." 카는 이런 설명에 약간 위안을 받고 두 번째 문을 찾기 위해 주변을 둘러보았다. 화가가 눈치 채고는 말했다. "두 번째 문은 당신 뒤에 있습니다. 침대로 막아놓았어요." 이제야 카는 벽에 있는 작은 문을 보았다. "여기는 화실이라고 하기에는 모든 게 너무 작죠." 화가는 카의 비난을 막으려는 듯 선수를 쳤다. "할 수 있는 한 가구를 잘 배치해야만 했습니다. 물론 침대를 문 앞에 두는 건 자리를 아주 잘못 잡은 거죠. 예를 들어 제가 지금 그리고 있는 이 판사는 언제나 침대 옆에 있는 문으로 들어오기 때문에 이 문 열쇠를 주었습니다. 제가 집에 없을 경우 화실에서 기다릴 수 있게 말입니다. 그런데 그는 이제 보통 아침 일찍, 아직 제가 자고 있을 때 옵니다. 침대 옆문이 열리면 당연히 저는 깊은 잠이 들었다가도 후딱 깨고 맙니다. 이른 아침 그 판사가 내 침대 위를 넘어올 때, 제가 그를 맞으며 퍼붓는 욕설을 들으신다면 아마 그 판사에 대한 존경심이 사라질 겁니다. 물론 열쇠를 빼앗을 수도 있지만, 그렇게 하면 상태가 더 나빠질 뿐입니다. 여기 있는 모든 문은 아주 약간만 힘을 줘도 경첩에서 빠져버리거든요." 이런 말을 하는 내내 카는 웃옷을 벗을까 생각하고 있었다. 그러나 결국 벗지 않으면 이곳에 오래 있을 수 없다고 여겨 옷을 벗어 무릎에 놓았다. 이야기가 끝나면 곧바로 다시 입을 생각이었다. 상의를 벗자마자 소녀 한 명이 소리쳤다. "그가 상의를 벗었어." 소녀들이 이 광경을 보려고 틈새로 몰려드는 소리가 들렸다. "제가 당신을 그릴 것이고, 그 때문에 당신이 옷을 벗었다고 생각하는 모양입니다." 화가가 말했다. "그래요." 카는 별로 재미있어 하지 않으며 말했다. 지금 셔츠바람으로 앉아 있어도 전보다 더 나아지지 않은 것 같았기 때문이었다. 거의 퉁명스럽게 카가 물었다. "두 가지 다른 가능성을 뭐라고 하셨죠?" 그는 이 표현을 벌써 잊어버렸다. "표면상의 무죄판결과 지연이요." 화가가 말했다, "어떤 것을 택할지는 당신의 선택에 달려 있습니다. 두 가지는 제 도움으로 성공 가능합니다. 물론 애 쓰지 않고는 안 되죠. 여기서 다른 점은 표면상의 무죄판결은 정신을 집중시켜 일시적으로 힘을 들이는 노력이 필요하고, 지연은 힘은 훨씬 적게 들이지만 지속적인 노력을 필요로 합니다. 먼저 표면상의 무죄판결에 대해 말씀드리죠. 만일 이 판결을 원하시면, 제가 당신의 무죄 증명서를 쓰겠습니다. 이 증명서의 문구는 저의 아버님한테 물려받은 것으로 전혀 허점이 없습니다. 이 증명서를 들고 제가 아는 판사들을 한 바퀴 돌 겁니다. 그래서 지금 그리고 있는 판사가 오늘 저녁 초상화 때문에 여기 오면 그 사람에게 증명서를 제시하는 것부터 시작할 겁니다. 그에게 증명서를 제시하면서 당신이 무죄라는 사실을 설명할 것이고, 당신의 무죄를 보증할 겁니다. 그건 표면상의 보증이 아니라 실질적이고 구속력 있는 보증입니다." 화가의 눈길에는 카가 그와 같은 보증의 부담을 자신에게 강요하려 든다는 비난이 담겨있었다. "그래 주신다니 고맙습니다." 카가 말했다, "그런데 그 판사가 당신을 믿겠지만, 그럼에도 불구하고 나한테 정말로 무죄판결을 내리지는 않겠지요?" "벌써 말했지만," 화가가 말했다. "어쨌든 누구나 저를 믿을 거라 확신할 수는 없습니다. 예를 들면 당신을 직접 데려오라고 할 판사도 꽤 있을 겁니다. 그러면 같이 한번 같이 가셔야만 할 겁니다. 물론 그런 경우 사건은 이미 절반은 이긴 겁니다. 특히 그 이전에 담당 판사 앞에서 어떻게 행동해야만 하는지 제가 당신에게 미리 알려줄 거니까요. 처음부터 저를 거절하는 판사들—이런 일도 일어납니다—한테서는 일이 쉽지 않습니다. 물론 여러 번 시도는 하겠지만, 이런 경우는 포기해만 합니다. 그렇지만 그래도 괜찮습니다. 왜냐하면 여기서 각각의 판사들이 판결에 결정적 영향을 주지는 않기 때문입니다. 이 증명서에 판사들의 서명을 충분히 받게 되면, 이 증명서를 갖고 당신의 재판을 다룰 판사한테 갈 겁니다. 가능하면 그의 서명도 받을 겁니다. 그러면 모든 것이 다른 때보다는 좀 더 빨리 진행되겠죠. 하지만 그렇게 되면 대개 더 이상 큰 어려움은 없습니다. 피고인으로서는 최고의 확신을 가질 때죠. 사람들은 이때 무죄판결을 받은 뒤보다 더 낙관적입니다. 이건 이상하지만 사실입니다. 이제 더 이상 특별히 노력할 필요가 없습니다. 판사가 증명서에 여러 다른 판사들의 보증을 갖고 있어서, 아무 걱정 없이 당신에게 무죄판결을 내릴 수 있을 것이고, 당연히 여러 수속절차를 밟은 뒤에 저나 다른 지인들을 기분 좋게 해 줄 수 있을 겁니다. 그리고 당신은 법정을 나와 자유가 되는 겁니다." "그러면 저는 자유라는 거죠." 카가 주저하면서 말했다. "그렇습니다." 화가가 말했다. "하지만 단지 표면상으로만 자유이거나, 더 정확히 표현하자면 일시적으로 자유인 겁니다. 사실 제가 아는 사람들은 말단 판사들인데, 그들은 최종적으로 무죄판결을 내릴 권한은 없습니다. 이런 권한은 당신이나 저, 우리 모두 아예 접근할 수 없는 최고 법원이 갖고 있습니다. 우리는 그곳이 어떻게 생겼는지 알지 못하고, 말이 나온 김에 하는데 알고 싶지도 않아요. 그러니까 우리가 알고 있는 판사들은 기소에서 해방시켜주는 큰 권한을 갖고 있지 않습니다. 하지만 그들은 고소에서 느슨하게 풀어주는 권한은 갖고 있습니다. 다시 말해 당신이 이런 식의 무죄판결을 받게 되면 고소에서 잠시 벗어나기는 하지만, 그 고소가 미결상태로 계속 당신 머리 위에 걸려 있을 것이고, 상급명령이 떨어지는 순간 곧바로 효력이 발생할 수 있다는 겁니다. 저는 법원과 아주 좋은 관계를 맺고 있기 때문에, 법원사무국의 규정에 진정한 무죄판결과 표면상의 무죄판결의 차이가 얼마나 외적으로 명확하게 적혀있는지 말씀드릴 수 있습니다. 진정한 무죄판결의 경우 소송기록은 철저히 정리되어 소송절차에서 완전히 사라집니다. 고소뿐만 아니라 재판은 물론 무죄판결까지도 없애버립니다. 전부 다 파기되는 겁니다. 표면상의 무죄판결의 경우는 다릅니다. 소송기록에 있어서는, 그것이 무죄증명, 무죄판결과 무죄판결의 근거를 대기 위해 더더욱 확장되는 것 외에, 그 이전의 것과 달라지는 것이 없습니다. 게다가 소송기록은 소송절차에 여전히 남아있고, 법원사무처 간의 끝없는 소통이 요구하듯 상급 법원으로 계속 전달되었다가 다시 하급법원으로 돌려보내지는데, 조금 순조롭게 이리저리 보내지기도 하고, 조금 지체되기도 합니다. 이러한 경로는 예측할 수가 없습니다. 겉으로 보면, 가끔 모든 것이 오래전에 잊어졌고, 소송기록은 분실되었으며 무죄판결이 완전한 무죄판결인 것처럼 보일 때도 있습니다. 하지만 절대 서류는 분실되지 않고, 법정에서 잊어버리는 법이 없습니다. 어느 날—아무도 이것을 고대하지 않았는데—어떤 판사가 서류를 좀 더 주의 깊게 손에 들고 있다가, 이 사건에서 공소가 아직 살아있다는 것을 깨닫고 즉각적인 체포를 지시합니다. 저는 여기서 표면상의 무죄판결과 새로운 체포 사이에 긴 시간이 흐를 수도 있다고 가정했습니다. 그럴 수가 있습니다. 그런 경우도 알고 있습니다. 그리고 또 다른 가능성도 있습니다. 무죄판결을 받은 사람이 법원에서 집으로 돌아왔는데, 그곳에 이미 그를 다시 체포할 사람들이 기다리고 있을 수도 있습니다. 그렇게 되면 당연히 자유로운 삶은 끝인 거죠." "그러면 재판이 다시 시작되는 겁니까?" 카가 믿기지 않는다는 듯 물었다. "물론이죠." 화가가 대답했다, "재판은 새로 시작됩니다. 하지만 이전처럼 표면상의 무죄판결을 얻어낼 가능성이 또 있습니다. 다시 온 힘을 기울여야만 하고 항복해서는 안 됩니다." 마지막 말은 카가 약간 진이 빠져 있는 듯 보였기 때문에 한 것 같았다. "그렇지만요." 카는 화가가 뭔가 폭로할까 미리 막으려는 듯 물었다. "두 번째 무죄판결을 받는 게 첫 번째보다 어렵지 않을까요?" 화가가 말했다. "그 점에서는 확실하게 말씀드릴 수가 없습니다. 아마 당신은 두 번째 체포 때문에 판결을 내릴 때 판사들이 피고에게 불리한 영향을 줄 것이라 생각하는 모양이죠? 그렇지 않습니다. 판사들은 무죄판결을 내릴 때 이런 체포를 벌써 예견하고 있었습니다. 이런 상황은 거의 영향을 끼치지 않아요. 하지만 그 밖의 수많은 이유 때문에 판사의 기분이나, 사건에 대한 그들의 법적 판단이 달라질 수 있습니다. 그래서 두 번째 무죄판결을 받기 위해서는 변경된 상황에 맞춰 노력해야하며, 일반적으로 첫 번째 무죄판결을 받기 위해 그 전에 했던 것만큼 열심히 해야 합니다." "그렇지만 이 두 번째 무죄판결도 또 다시 최종적인 것은 아니지 않습니까?" 카가 말하면서 거부하듯 고개를 저었다. "물론 아닙니다." 화가가 말했다, "두 번째 무죄판결에는 세 번째 체포가, 세 번째 무죄판결에는 네 번째 체포가 따르고, 계속 이런 식입니다. 표면상의 무죄판결이라는 개념에 이미 그런 것이 들어 있어요." 카는 아무 말도 안 했다. "보아하니 표면상의 무죄판결을 좋아하지 않는 것 같군요." 화가가 말했다. "어쩌면 지연이 당신한테는 더 나을 것도 같습니다. 지연에 대해서도 설명해 드릴까요?" 카가 고개를 끄덕였다. 화가가 안락의자에 푹 퍼져 기대자 잠옷이 활짝 벌어졌다. 화가는 벌어진 옷 속으로 손을 넣어 가슴과 옆구리를 쓰다듬었다. "지연이란 말입니다." 화가는 이렇게 말을 시작하고는 잠시 앞 쪽을 바라보았다. 완벽하게 적확한 설명을 찾는 것 같았다. "지연이란 재판이 최하위 재판단계에 계속 남아 있는 것을 말합니다. 이렇게 하기 위해서는 피고인과 협력자가, 특히 협력자가 법원과 사적인 관계를 계속 유지할 필요가 있습니다. 다시 말씀드리는데, 이것을 위해서는 표면상의 무죄판결을 얻어낼 때처럼 그렇게 힘을 소비할 필요는 없습니다만, 훨씬 더 주의를 기울여야만 합니다. 재판에서 눈을 떼면 안 되고, 규칙적인 간격으로, 거기다 특별한 경우에 담당 판사에게 가서 어떤 방법으로든 그와 친분을 유지하려고 노력해야만 합니다. 판사와 개인적 친분이 없다면 친분이 있는 판사를 통해 그에게 영향을 끼치도록 해야만 합니다. 그렇다고 직접 면담하는 것을 포기해서도 안 됩니다. 이런 점에서 그 어떤 것도 놓치지 않았다면, 충분한 확신을 갖고 재판이 첫 번째 단계를 넘지 않을 것이라 예상할 수 있습니다. 재판이 중지되는 것은 아닙니다만, 피고는 거의 유죄판결을 피하게 되어 석방된 것이나 마찬가지가 됩니다. 표면상의 자유에 비해서 지연의 장점은, 피고의 미래가 덜 불확실하며, 갑작스레 체포되어 놀라는 일이 없다는 겁니다. 그리고 자신의 상황이 아주 불리한 시점이라도, 표면상의 무죄판결과 관련된 그런 고통과 흥분을 감수해야하지 않을까 염려할 필요가 없습니다. 물론 지연도 피고에게는 어떤 단점이 있습니다. 과소평가할 수 없는 단점입니다. 피고가 절대 자유가 아니라는 사실을 말하는 것은 아닙니다. 표면상의 무죄판결에서도 사실 피고는 절대 자유가 아닙니다. 다른 단점이 있습니다. 적어도 표면상의 이유라도 제시되지 않은 한, 재판은 멈춰 있을 수가 없습니다. 따라서 재판에서는 외부로 보여줄 뭔가 생겨야만 합니다. 그래서 때로 여러 가지 지시가 내려지기도 하고, 피고인이 심문을 받기도 하며, 심리가 열리기도 합니다. 재판은 인위적으로 작은 원 안에 제한되어 있는데, 그 원 안에서 끊임없이 회전되어야만 합니다. 물론 그것은 피고한테 분명 불쾌감을 줄 테지만, 당신은 이런 불쾌한 일에 대해 또 너무 나쁘게 생각하시면 안 됩니다. 이 모든 것은 그저 표면적인 것일 뿐입니다. 예를 들어 심문은 아주 짧습니다. 만일 심문에 갈 시간이 없든가, 갈 마음이 없다면 안 가도 됩니다. 어떤 판사들하고는 심리명령에 관해 오랫동안 미리 함께 결정할 수도 있을 정도입니다. 이것은 근본적으로 그저 자신이 피고인이기 때문에 가끔 담당 판사에게 신고한다는 의미정도입니다." 마지막 말을 하고 있는 동안 카는 팔에 웃옷을 걸며 일어섰다. "그 사람이 일어서고 있어." 곧바로 바깥 문 앞에서 외쳤다. "벌써 가시려고요?" 화가도 일어서며 물었다. "분명 공기 때문에 쫓겨나듯 하시는군요. 정말 난처하군요. 드릴 말씀이 아직 많은데요. 간략하게 말씀드릴 걸 그랬습니다. 하지만 납득이 되셨으면 합니다." "아, 네."

카가 말했다. 그는 말을 귀담아 듣느라 긴장을 해서 머리가 아팠다. 카가 확인해주었음에도 불구하고 화가는 집으로 돌아가는 카에게 위안을 해주려는 듯 다시 한 번 요약해서 말했다. "두 가지 방식에는 공통적인 것이 있습니다. 둘 다 피고에 대한 유죄판결을 방해하는 거죠." "하지만 진정한 무죄판결도 방해하죠." 그것을 알게 된 것이 창피한 듯 카가 나직이 말했다. "문제의 핵심을 이해하셨군요." 화가가 재빨리 말했다. 카는 외투에 손을 댔지만, 심지어 입어야 할지 결심을 할 수 없었다. 모든 것을 한꺼번에 움켜지고 신선한 공기를 향해 뛰어나가는 것이 제일 좋았을 것이다. 소녀들이 카가 옷을 입는다고 앞질러 서로 말을 하고는 있지만, 그가 옷을 입도록 부추기지는 못했다. 화가는 어떻게든 카의 기분을 알아차리는 것이 중요했다. 그래서 그는 말했다. "내 제안에 대해 아직 결정을 못 내리신 것 같습니다. 이해합니다. 빨리 결정을 내리시지는 말라고 충고 드리고 싶습니다. 장점과 단점이 차이가 아주 미세하니까요. 모든 것을 정확히 평가해야만 합니다. 물론 시간을 너무 많이 소모해도 안 됩니다." "곧 다시 오겠습니다." 카가 말했다. 그는 갑자기 결심을 하고 상의를 입고, 외투는 어깨에 걸치고 문 쪽으로 서둘러 가는데, 이제 문 뒤에 있던 소녀들이 비명을 지르기 시작했다. "약속을 지키셔야 합니다." 화가가 말했다. 카의 뒤를 따라가지는 않았다. "그렇지 않으면 직접 물어보기 위해 내가 은행으로 갈 겁니다." "문을 열어주시죠." 카는 말하면서 손잡이를 당겼다. 반대편에서 힘을 주고 있는 것 같았는데 역시나, 밖에서 소녀들이 손잡이를 꽉 잡고 있었다. "소녀들한테 방해받으실 생각입니까?" 화가가 말했다. "차라리 이 출구를 이용하시지요." 화가는 이렇게 말하면서 침대 뒤쪽에 있는 문을 가리켰다. 카는 그의 말에 동의하고 침대 쪽으로 갔다. 하지만 화가는 그쪽 문을 여는 대신 침대 아래로 기어들어가더니 그곳에서 물었다. "잠깐만요. 그림 하나 보시지 않겠어요? 당신에게 팔수도 있는데요." 카는 예절에 어긋나고 싶지 않았다. 화가는 정말로 자기편을 들어주었고 계속 도와주겠다고 약속했다. 게다가 카가 잊어버린 탓에 도움에 대한 보수에 대해서 입도 뻥긋하지 않았다. 그 때문에 카는 화가를 거절할 수가 없었고 화실에서 나가려는 조바심에 온 몸을 떨고 있으면서도 그림을 보여주게 내버려두었다. 화가는 침대 아래에서 액자 없는 그림 한 뭉치를 꺼냈다. 그림들은 먼지에 덮여 있어서 화가가 제일 위에 있는 그림의 먼지를 불자, 한참 동안이나 숨도 못 쉬게 카의 눈앞에서 먼지가 떠돌았다. "황야 풍경입니다." 화가가 말하면서 그림을 카에게 건넸다. 서로 떨어져 어두운 풀밭 위에 서 있는 앙상한 나무 두 그루가 그려져 있었다. 배경은 다채로운 빛의 노을이었다. "멋지군요." 카가 말했다. "사죠." 카는 별 생각 없이 그렇게 말했다. 그는 화가가 이 말을 불쾌하게 여기는 대신 두 번째 그림을 바닥에서 쳐들자 기뻤다. "이건 그 그림과 짝입니다." 화가가 말했다. 짝으로 그렸을 수는 있겠지만, 첫 번째 그림과 조금의 차이도 없었다. 여기에는 나무들, 여기는 풀밭, 저기는 노을이었다. 하지만 카에게는 중요하지 않았다. "멋진 풍경이군요." 그는 말했다, "둘 다 사서 제 사무실에 걸어놓겠습니다." "작품 모티브가 마음에 드시는가 보군요." 화가가 말하면서 세 번째 그림을 꺼냈다. "마침 비슷한 그림이 여기 또 하나 있습니다." 그것은 비슷한 게 아니라, 오히려 완전히 똑 같은 옛날 황야 풍경이었다. 화가는 케케묵은 그림을 팔기 위해 이 기회를 아주 잘 이용하고 있었다. "이것도 사지요." 카가 말했다. "그림 세 개의 가격이 얼마인가요?" "거기에 대해서는 나중에 말씀 나누지요." 화가가 말했다. "지금은 바쁘시고 우리는 이제 서로 연락이 되니까요. 아무튼 그림이 마음에 드신다니 기쁩니다. 여기 침대 아래에 갖고 있는 그림을 모두 다 드리겠습니다. 순전히 황야 풍경을 그린 겁니다. 나는 이미 황야 풍경을 많이 그렸습니다. 많은 사람들은 이런 그림을 거부합니다. 그림이 너무 황량해서지요. 하지만 다른 사람들은, 당신도 여기에 속하는데, 이런 황량함을 좋아합니다." 그러나 카는 지금이 구걸 화가의 직업상의 경험을 들을 마음이 없었다. "그림을 모두 포장하십시오." 그는 화가의 말을 가로챘다. "내일 내 사환이와서 가져갈 겁니다." "그럴 필요 없습니다." 화가가 말했다. "지금 당신과 같이 갈 짐꾼을 주선할 수 있습니다." 그러고는 그는 드디어 침대 위로 몸을 굽혀 문을 열었다. "어려워 마시고 침대 위로 올라가십시오." 화가가 말했다. "여기 오는 사람들은 모두 다 그렇게 합니다." 이런 권유가 없었더라도 카는 아무것도 고려하지 않았을 것이다. 그는 벌써 한 발을 침대 이불 위에 올려놓기까지 했다. 그때 그는 열린 문으로 내다보고는 발을 다시 내렸다. "저게 뭐죠?" 그는 화가에게 물었다. "뭘 보고 놀라시는 겁니까?" 화가도 놀라며 물었다. "법원사무국입니다. 여기가 법원사무국이라는 걸 모르셨습니까? 거의 모든 다락에는 법원사무국이 있습니다. 왜 여기라고 없겠습니까? 내 화실도 법원사무국에 속합니다. 법원이 쓰도록 허가해 준겁니다." 카는 여기에 법원사무국이 있는 것에 그렇게 크게 놀란 것은 아니었다. 자신이 법원 일에 그렇게 아는 것이 없다는 사실에 놀란 것이다. 그는 피고의 태도의 기본규칙은 항상 준비가 되어 있을 것, 절대 놀라지 말 것, 만일 자신의 왼쪽에 판사가 서 있다면 절대 아무 생각 없이 오른쪽을 보지 말 것 등이라고 생각했었다. 그런데 바로 이런 기본규칙에 항상 어긋나게 행동하고 있는 것이다. 그의 앞에 긴 복도가 뻗어 있었고, 그곳에서 풍기는 공기와 비교하면 화실의 공기가 더 상쾌했다. 복도 양 옆으로는 긴 의자들이 놓여 있었다. 카를 담당하는 법원사무국의 대기실과 똑 같았다. 사무실의 실내설비를 위한 정확한 규정이 있는 것 같았다. 현재 이곳에는 소송당사자들의 왕래가 그리 많지는 않았다. 그곳에 어떤 남자가 반쯤 누운 상태로 앉아 있었다. 얼굴을 팔에 묻고 자는 것 같았다. 다른 남자는 복도 끝 어두컴컴한 곳에 서 있었다. 이제 카는 침대위로 올라갔고, 화가는 그림들을 들고 뒤를 따랐다. 그들은 곧 법원 정리 한 명과 마주쳤다. 카는 이제 금단추를 보고 모든 법원 정리를 알아보았다. 그들은 평상복 맨 아래쪽에 금단추를 달고 있었다. 화가가 정리에게 그림을 들고 카를 배웅하라고 지시했다. 카는 걷는다기보다는 비틀거렸다. 손수건을 입에 갖다 대었다. 정리와 카가 거의 출구 가까이 왔을 때 소녀들이 그들을 향해 몰려와서 카도 그들을 피할 수가 없었다. 그들은 화실의 두 번째 문이 열리는 것을 보고는 이쪽으로 들이닥치기 위해 길을 돌아온 것 같았다. "더 이상 배웅해드릴 수가 없군요." 소녀들에게 밀리며 화가가 웃으며 말했다. "안녕히 가십시오!" 카는 돌아다보지도 않았다. 골목에서 마주친 첫 번째 마차를 잡았다. 정리를 떼어버리는 일이 아주 중요했다. 보통 다른 사람의 눈에는 들어오지도 않겠지만, 정리의 금단추가 계속 카의 눈에 거슬렸다. 근무에 숙련된 정리는 마부석에 앉으려 했다. 카가 그를 끌어내렸다. 카가 은행에 도착했을 때는 이미 정오가 훨씬 지났다. 그는 그림들을 마차에 두고 내리고 싶었지만, 혹시 어떤 경우 화가에게 그 그림으로 자신을 상기시켜야할 필요가 있지 않을까 걱정되었다. 그래서 그림들을 사무실로 가져오게 해서 책상 맨 아래서랍에 넣고 잠가버렸다. 적어도 며칠간만이라도 부지점장의 눈을 피해 숨겨놓기 위해서였다.

상인 블로크
변호사 해임

드디어 카는 변호사에게 대리 임무를 맡기지 않기로 결정했다.
이렇게 행동하는 것이 옳을까 하는 의심이 없지는 않았지만, 꼭
그렇게 해야만 한다는 확신이 의심을 능가했다. 변호사에게 가려
던 날, 이런 결심은 그에게서 일할 기운을 뺏어 갔다. 그는 유난
히 느리게 일을 해 아주 오랫동안 사무실에 남아 있어야만 했고,
변호사의 집 문 앞에 섰을 때는 이미 10시가 넘었다. 벨을 울리기
전에 변호사에게 전화나 편지로 해임을 알리는 것이 더 낫지 않
을까 생각했다. 직접 만나 얘기하는 것은 분명 아주 곤욕스러울
것이다. 그러나 그는 결국 직접 만나는 것을 피하지 않았다. 다른
방식으로 할 경우 해약 고지는 암묵적으로 혹은 몇 마디 형식적
인 말로 받아들여질 것이고, 레니가 몇 가지 캐내지 않는 한, 변호
사가 어떻게 해약 고지를 받아들였는지 카는 알 수 없고, 하찮게

볼 수 없는 변호사의 의견에 따라 이 해약 고지가 카에게 어떤 결과를 가져올지 알 수 없는 노릇이었다. 그러나 변호사가 카와 마주 앉아서 해약 고지에 놀란다면, 카는 변호사의 얼굴과 태도 등에서 자신이 원하는 모든 것을, 카가 그를 말로 구슬려 많은 것을 얻어낼 수는 없다 하여도, 쉽게 알아차릴 수 있을 것이다. 심지어 변호사에게 변호를 맡기는 것이 좋을 것이라고 설득 당해서 해약 고지를 철회할 수도 있을 것이다.

늘 그렇듯, 변호사 집 문에서 벨을 한 번 눌러서는 소용이 없었다. '레니가 잽싸게 나올 법 한데.' 카는 생각했다. 하지만 다른 사람이 끼어들지 않는 것만도 다행이었다. 전에는 항상 잠옷 차림의 남자라던가 다른 누군가의 방해가 시작되는 게 보통이었다. 카는 두 번째로 벨을 누르면서 다른 쪽 문을 뒤돌아보았지만, 이번에는 그 문도 닫혀 있었다. 드디어 변호사 집의 문에 있는 밖을 내다보는 작은 창으로 두 눈이 나타났다. 그러나 레니의 눈은 아니었다. 누군가가 문을 열었지만 일단은 들어오지 못하게 막더니, "그 사람이에요."라고 변호사 집에 대고 소리치고 나서야 문을 완전히 열었다. 카는 문을 밀었다. 이미 자신의 등 뒤쪽 다른 집의 문에서 자물쇠에 꽂힌 열쇠를 급히 돌리는 소리가 들렸기 때문이었다. 그래서 문이 열리자마자 그는 곧바로 현관으로 뛰어들었고, 잠옷 차림의 레니가 방 사이에 나 있는 복도를 내달리는 것을 보았다. 문을 열어 준 사람이 외친 경고의 소리는 그녀에게 한 것이었다. 카는 잠시 그녀를 지켜보다가 문 열어 준 사람에게 눈길을 돌렸다. 수염이 잔뜩 난 작고 마른 남자였고, 손에는 초를 들고 있었다. "여기서 일하시나요?" 카가 물었다. "아닙니다." 그가 대답했다. "여기 사람이 아닙니다. 변호사는 제 대리인일 뿐입니다. 법률문제 때문에 여기 있는 겁니다." "웃옷도 안 입고요?" 카가 말하면서 갖춰 입지 않은 남자의 옷차림을 손으로 가리켰다. "아, 죄송합니다." 남자가 말하면서 자신의 상태를 마치 처음 보듯 초로 자기 몸을 비췄다. "레니가 당신 애인이죠?" 카가 짧게 물었다. 카는 다리를 약간 벌리고, 모자를 든 손으로 뒷짐을 지었다. 두툼한 외투를 입은 것만으로도 야위고 작은 이 남자보다 훨씬 우월한 것 같은 기분이었다. "원 세상에." 그 남자가 말하고 깜짝 놀라 아니라면서 한 손을 얼굴 앞으로 들어올렸다. "아닙니다, 아니에요. 대체 무슨 생각을 하시는 겁니까?" "당신은 믿을 만한 분으로 보이는군요." 카가 미소를 지으며 말했다. "어쨌든 들어갑시다." 카가 모자로 신호를 하고는 그를 자신보다 앞서 가게 했다. "근데 성함이 어떻게 되시죠?" 가면서 카가 물었다. "블로크입니다. 상인 블로크요." 작은 남자가 자신을 소개하면서 카를 향해 몸을 돌렸지만, 카는 그가 멈춰 서지 못하게 했다. "본명이십니까?" 카가 물었다. "물론입니다." 그가 대답했다. "그런데 왜 의심을 하시는 거죠?" "성함을 숨기실 이유가 있을 거라고 생각해서요." 카가 말했다. 그는 마치 낯선 곳에서 자신보다 낮은 사람들과 말하면서, 자신의 개인적인 이야기는 하지 않고 다른 사람들의 관심사에 대해 그저 무심하게 얘기하여, 그들 스스로 존중받았다는 생각이 들게 만들다가 또 자기 멋대로 추락시킬 때 대개 그렇듯이, 정말 편안하게 느꼈다. 변호사 서재의 문에서 멈춰 카는 문을 열고 고분고분 계속 가고 있는 상인에게 외쳤다. "그렇게 서둘지 마세요! 여기 좀 비춰 보시죠." 카는 레니가 여기에 숨어 있다고 생각해서, 상인에게 구석구석을 샅샅이 뒤져보게 했지만 방은 비어 있었다. 판사의 그림 앞에서 카는 상인의 바지 멜빵을 잡아 뒤로 끌어당겼다. "저 사람을 아십니까?" 카가 묻고는 집게손가락으로 위를 가리켰다. 상인은 초를 높이 들어 눈을 깜빡이며 위를 쳐다보더니 말했다. "판사로군요." "고위 판사인가요?" 카가 묻고는, 그림이 상인에게 주는 인상을 관찰하기 위해 그의 앞쪽 비스듬히 가서 섰다. 상인은 감탄하듯 위쪽을 보고 있었다. "고위 판사입니다." 그가 말했다. "통찰력이 없으시군요." 카가 말했다. "그는 하급 예심판사 중에서도 제일 말단입니다." "이제 기억납니다." 상인이 말하면서 초를 내렸다. "그런 말을 들은 적이 있습니다." "네, 당연하죠." 카가 외쳤다. "나는 정말 잊고 있었습니다. 물론 당신은 전에 들은 적이 있을 겁니다." "그런데 왜요, 왜요?" 그는 카의 양손에 밀려 문 쪽으로 계속 움직이며 물었다. 복도로 나오자 카가 말했다. "당신은 레니가 어디 숨어 있는지 아시죠?" "숨었다고요?" 상인이 말했다. "아닙니다. 아마 부엌에서 변호사께 드릴 스프를 끓이고 있을 겁니다." "왜 진작 말하지 않았나요?" 카가 물었다. "당신을 그곳으로 데려가려 했는데, 나를 다시 불렀잖습니까." 모순된 명령에 당황한 듯 상인이 대답했다. "당신은 자신이 아주 영리하다고 생각하는군요." 카가 말했다. "그럼 나를 데려다 주시죠." 카는 아직 한 번도 부엌에 와 본 적이 없었다. 부엌은 놀라울 정도로 크고 설비가 잘 갖추어 있었다. 화덕만 해도 보통 것보다 세 배는 컸다. 그 밖의 다른 것들은 자세히 볼 수가 없었다. 부엌에는 지금 입구에 걸려 있는 아주 작은 램프만 켜져 있었기 때문이었다. 화덕 앞에 레니가 늘 그렇듯 하얀 앞치마를 입고 서서 알코올 불 위에 올려놓은 냄비에 달걀을 깨 넣고 있었다. "안녕하세요, 요제프." 그녀가 곁눈으로 보면서 말했다. "안녕하세요." 카가 대답하고는 한 손으로 떨어져 있는 안락의자를 가리켰다. 상인에게 거기 앉으라는 것이었고, 그는 그렇게 했다. 카는 레니 뒤에 바싹 다가서서 그녀의 어깨 너머로 몸을 굽히고 물었다. "저 남자 누구지?" 레니는 한 손으로는 카를 감싸 안고 다른 손으로는 스프를 저으면서, 그를 자기 앞쪽으로 잡아당기고는 말했다. "불쌍한 사람이에요, 가련한 상인이지요, 블로크라고 해요. 좀 보세요." 두 사람은 뒤를 돌아보았다. 상인은 카가 가리킨 의자에 앉아서 이제는 필요 없게 된 초를 불어 끄고는 연기가 나지 않도록 손가락으로 심지를 눌렀다. "당신 셔츠 바람이었지." 카가 말하고 나서 손으로 그녀의 머리를 화덕 쪽으로 돌렸다. 레니는 아무 말도 안 했다. "저 남자 당신 애인이지?" 카가 물었다. 레니는 스프 냄비를 들려고 했지만, 카가 그녀의 두 손을 잡고는 말했다. "자, 대답해!" 그녀가 말했다. "서재로 오세요. 다 말해 줄게요." "아니." 카가 말했다. "여기서 말하면 좋겠는데." 그녀는 카에게 매달려 입을 맞추려고 했지만, 카는 그녀를 밀어내면서 말했다. "지금 나한테 키스하지 않았으면 좋겠어." "요제프." 레니가 말하면서 애걸하듯 그러면서도 솔직하게 그의 눈을 바라보았다. "블로크 씨를 질투하지는 말아요." 그러더니 그녀는 상인에게로 몸을 돌려 불렀다. "루디, 나 좀 도와줘, 나 좀 도와줘요. 보다시피 내가 의심받고 있잖아요. 초는 내버려두고." 블로크는 이 상황에 아무 관심도 없는 것처럼 보였지만, 실은 그녀가 의미하는 것을 완전히 다 파악하고 있었다. "저도 당신이 왜 질투를 하는지 모르겠네요." 그가 조금 무미건조하게 말을 했다. "사실 저도 모릅니다." 카가 말하고는 상인을 웃으면서 쳐다보았다. 레니는 크게 웃으며, 카가 방심한 순간을 이용해서 그의 팔에 매달려 속삭였다. "이제 그 사람을 그냥 내버려두세요. 어떤 사람인지 보셨잖아요. 변호사님의 중요한 고객이라서 조금 챙겨 준 거예요. 다른 이유는 없어요. 그런데 당신은요? 오늘 변호사님이랑 상담하시려고요? 오늘 아주 편찮으시지만 원하면 오셨다고 말씀드릴게요. 하지만 오늘밤 내내 내 곁에 있어야 해요, 꼭이에요. 꽤 오랫동안 여기 오지 않았잖아요. 변호사님도 당신에 대해 물었어요. 소송을 소홀히 하지 마세요! 그리고 나도 여러 가지 들은 이야기를 당신에게 해야만 해요. 좌우간 우선 외투부터 벗으세요!" 그녀는 카가 외투 벗는 것을 도와주고 그의 모자를 받아 들고는 그것들을 걸려고 현관으로 갔다가, 다시 돌아와서 스프를 살펴보았다. "당신이 왔다고 먼저 알릴까요, 아니면 스프를 먼저 갔다드릴까요?" "우선 내가 왔다고 알려드려." 카는 대답했다. 그는 화가 났다. 원래는 레니와 자신의 사건에 대해 특히 확실치 않은 변호사 해약 건에 관해 자세히 의논할 생각이었지만, 상인이 있는 바람에 그럴 마음이 사라졌다. 이 하찮은 상인이 어쩌면 결정적인 영향을 끼칠 수도 있지만, 그것보다 자신의 사건이 훨씬 더 중요해서 벌써 복도에 나가 있는 레니를 다시 불러들였다. "우선 스프부터 갖다 드려." 카가 말했다, "나랑 얘기하시려면 기운을 돋우셔야 하니까. 그게 필요하실 거야." "당신도 변호사님 고객이 군요." 상인이 앉아 있던 구석에서 확인하듯 나직이 말했다. 하지만 이 말은 좋게 받아들여지지 않았다. "그게 당신하고 무슨 상관이요?" 카는 이렇게 말했고, 레니도 말했다. "조용하세요." "그럼 난 먼저 스프를 갖다 줄게요." 레니가 카에게 말하고 그릇에 스프를 따랐다. "곧 잠이 드시지 않을까 걱정이에요. 식사 후에는 곧 잠이 드시니까요." "내가 할 이야기가 정신이 들게 할 거야." 카가 말했다. 그는 줄곧 자신이 변호사와 뭔가 중요한 얘기를 할 계획이라는 것을 암시하려 했고, 그게 뭔지 레니가 물어보게끔 하려 했다. 그녀가 물어보면 그때 조언을 구할 생각이었다. 하지만 레니는 정확히 그가 시킨 일만 할 뿐이었다. 그릇을 들고 카 옆을 지나가면서 그녀는 일부러 살짝 그를 건드리고는 속삭였다. "변호사님이 스프를 다 먹고 나면 곧바로 당신이 왔다고 말씀드릴게요. 그래야 가능한 한 빨리 당신이랑만 같이 있게 되니까요" "어서 가." 카가 말했다. "어서 가." "좀 더 다정하게 해보세요." 레니는 이렇게 말하면서, 그릇을 든 채 문간에서 다시 한 번 몸을 완전히 돌려 쳐다보았다.

카는 그녀의 뒷모습을 바라보았다. 이제 변호사를 해임하기로 완전히 결정했다. 그 일에 대해 레니와 미리 말할 수 없었던 게 더 잘된 일인 것 같기도 했다. 그녀는 전체를 충분히 조망하지 못했다. 따라서 분명 잘못된 조언을 해 주었을 것이며, 이번에는 실제로 카가 변호사를 해임하지 못하게 했을지도 모르고, 그러면 그는 계속 의심과 불안에 떨었을 것이다. 그렇지만 결국 카는 이 결정을 실행했을 것이다. 이 결정은 너무나 불가피했기 때문이었다. 빨리 해임할수록 손해가 적어질 것이다. 어쩌면 상인도 여기에 대해 뭔가 할 얘기가 있을지 몰랐다.

카는 몸을 돌렸고, 상인은 그것을 보자 곧바로 일어서려고 했다. "앉아 계세요." 카가 말하고는 의자를 상인 옆으로 잡아끌었다. "변호사에게 의뢰한 지 꽤 되셨나요?" 카가 물었다. "네." 상인이 대답했다. "아주 오래 됐습니다." "변호사가 당신 일을 맡은 지 몇 년이나 됐나요?" 카가 물었다. "무슨 뜻인지 모르겠네요." 상인이 대답했다. "저는 곡물 사업을 하고 있는데, 제가 이 사업을 넘겨받은 이후 사업상 법률문제에서 변호사가 계속 제 일을 맡고 있습니다. 그러니까 근 20년 전부터죠. 제 재판은, 당신은 아마 제 재판에 대해 물어보는 것 같은데, 그것도 처음부터 맡았으니 벌써 5년 이상 되었습니다." "그래요, 5년 이상 되었네요." 그가 덧붙이고 낡은 지갑을 꺼냈다, "여기에 다 적어 놨습니다. 원하시면 정확한 날짜를 말씀드리죠. 모든 것을 다 기억하기는 힘들어요. 제 재판은 아마 훨씬 더 오래 계속되고 있는 것 같네요. 아내가 죽고 바로 시작됐는데, 벌써 5년 반 이상 됐으니까요." 카는 그에게 좀 더 다가갔다. "그러니까 변호사가 일반적인 법률문제도 다룬다는 거죠?" 카가 물었다. 업무와 법률 지식의 이런 결합은 카를 정말 안심시킨 것처럼 보였다. "물론이죠." 이렇게 말하고 나서 상인이 카에게 속삭였다. "다른 문제들보다도 이런 법률문제에서 더 유능하다고 합니다." 그러나 곧 상인은 이렇게 말한 것을 후회하는 듯 보였다. 그는 카의 어깨에 한 손을 얹더니 말했다. "제발 제가 말했다고 하지 마십시오." 카는 진정시키려고 그의 허벅지를 두드리며 말했다. "네, 아무 말도 않겠습니다." "왜냐면 그분은 복수심이 강하거든요." 상인이 말했다. "이렇게 충실한 고객한테는 분명 아무 짓도 안 할 겁니다." 카가 말했다. "원, 천만에요." 상인이 말했다. "그분이 흥분하면 예외가 없어요. 게다가 사실 저는 그분한테 충실하지도 않아요." "왜요?" 카가 물었다. "말씀드려도 될까요?" 상인이 미심쩍은 듯 물어봤다. "그러셔도 됩니다." 카가 말했다. "그럼." 상인이 말했다. "일부만 말씀드리죠. 하지만 당신도 비밀을 말해야만 합니다. 그래야 우리가 변호사에 맞서 서로 한편이 되죠." "아주 조심성이 많으시군요." 카가 말했다. "아무튼 제 비밀을 말씀드리지요. 그걸 들으시면 완전히 안심이 되실 겁니다. 근데 당신은 변호사에게 뭐가 충실하지 않다는 겁니까?" "저는 말입니다." 상인이 주저하며, 마치 뭔가 수치스러운 것을 고백하기라도 하는 듯한 말투로 말했다. "저는 또 다른 변호사들이 있습니다." "그건 그렇게 나쁜 게 아닌데요." 카가 약간 실망한 듯 말했다. "웬걸요." 상인은 고백한 이후부터 숨을 몰아쉬었으나, 카의 말에 신뢰를 얻고서 이렇게 말했다. "그것은 허락되지 않습니다. 소위 변호사 한 명 이외에는 돌팔이 변호사도 두지 못하게끔 되어 있습니다. 그런데 바로 그걸 제가 한 겁니다. 저는 변호사 외에도 돌팔이 변호사가 다섯 명이 있습니다." "다섯 명이요!" 카가 외쳤다. 우선은 숫자에 놀랐다. "변호사

외에 다섯 명이요?" 상인이 고개를 끄덕였다. "지금 여섯 번째와 협상 중입니다." "근데 대체 왜 그렇게 많은 변호사가 필요한 겁니까?" 카가 물었다. "전부 다 필요합니다." 상인이 말했다. "설명해 주지 않겠습니까?" 카가 물었다. "그러죠." 상인이 대답했다. "우선 저는 소송에 지고 싶지 않습니다. 당연한 거죠. 따라서 제게 유익한 것은 하나도 놓치면 안 됩니다. 어떤 특정한 상황에서 도움 받으리라는 희망이 아주 적다고 해도 희망을 포기할 수 없습니다. 그 때문에 저는 갖고 있는 모든 것을 소송에 썼습니다. 그래서 예를 들면 사업에서 돈을 모두 다 뺐습니다. 전에는 제 사무실이 건물 한 층을 거의 다 차지했지만, 지금은 뒤채의 작은 방 하나만 쓰고 있습니다. 거기서 저는 수습사원이랑 함께 일하고 있습니다. 이렇게 몰락한 데는 돈을 뺀 탓도 있지만, 제가 일할 힘을 뺀 탓이죠. 소송을 위해 뭔가 하려고 하면 다른 것은 제대로 할 수가 없습니다." "그러면 당신은 법원에서도 직접 일을 보시는 거죠?" 카가 물었다. "바로 그것에 대해 꼭 알고 싶습니다." "거기에 대해서 별로 알려드릴 게 없습니다." 상인이 말했다. "처음에 저도 시도를 해봤습니다만, 곧 그만두었습니다. 그건 정말 진이 빠지는 일이고, 별로 성과도 없습니다. 거기서 직접 일을 하고 교섭하는 건 정말 못할 일이더군요. 그냥 거기 앉아 있고 기다리는 것만도 굉장히 힘이 들어요. 사무처의 그 답답한 공기를 당신도 아시잖아요." "제가 거기 있던 건 대체 어떻게 아십니까?" "당신이 지나갈 때 바로 대기실에 있었거든요." "정말 우연이네요!" 카는 이 말에 완전히 마음을 뺏겨, 이제껏 상인이 우스꽝스럽게 행동한 것도 잊은 채 소리쳤다. "그러니까 저를 보셨다고요! 제가 지나갈 때 대기실에 있었군요. 정말 그곳을 지나간 적이 있어요." "그렇게 큰 우연은 아닙니다." 상인이 말했다. "저는 그곳에 거의 매일 가 있으니까요." "저도 이제 좀 더 자주 그곳에 가야 할 것 같습니다." 카가 말했다. "단지 이제는 그때처럼 그렇게 대우를 못 받겠죠. 모두 자리에서 일어났어요. 사람들은 제가 판사인 줄 알았던 모양입니다." "아뇨." 상인이 대답했다. "우리는 그때 정리한테 인사한 겁니다. 당신이 피고인인 걸 우리는 모두 다 알고 있었어요. 그런 소식은 아주 빨리 퍼지죠." "그러니까 당신도 벌써 알고 있었단 말이죠." 카가 말했다. "그때는 아마 당신 보기에 제 행동이 건방졌겠군요. 사람들이 거기에 대해 뭐라 안 하던가요?" "아뇨." 상인이 말했다. "그 반대입니다. 하지만 이런 말 하는 것은 어리석은 짓이에요." "대체 뭐가 어리석다는 말입니까?" 카가 물었다. "그걸 왜 물으시죠?" 상인이 언짢아하며 물었다. "당신은 거기 있는 사람들을 아직 모르는 것 같고, 어쩌면 그 사람들을 제대로 파악할 줄도 모를 겁니다. 이런 재판에서는 이성으로는 감당할 수 없는 많은 일들이 항상 입에 오르내린다는 것을 생각하셔야 합니다. 사람들은 그냥 너무 지치고, 많은 것들에 정신이 팔려서, 그 보상으로 미신에 마음을 쏟게 됩니다. 나는 다른 사람들에 대해 이야기를 하고 있지만, 저라고 더 낫지는 않습니다. 그런 미신들 중에 예를 들면, 많은 사람들이 피고의 얼굴, 특히 입술 모양을 보고 재판 결과를 알아내려 하는 겁니다. 이 사람들 말이, 당신은 입술 모양으로 보건대 분명 곧 유죄판결을 받을 거라고 합니다. 다시 반복하지만, 이건 어리석은 미신입니다. 대개는 실제 사실이 이런 미신이 틀렸다는 것을 완전히 증명해 주죠. 하지만 그런 무리들 틈에 있다 보면 이런 생각에서 벗어나기가 힘듭니다. 이 미신이 얼마나 큰 영향을 줄 수 있는지 한 번 생각해보세요. 당신은 그곳에서 어떤 사람에게 말을 걸었죠, 안 그래요? 하지만 그는 아예 대답을 할 수 없었습니다. 물론 그곳에서는 당황스러워 할 이유가 많지만, 그 사람이 당황스러워 한 이유 중 하나는 당신의 입술을 쳐다봤기 때문입니다. 그가 나중에 말하기를, 당신의 입술에서 자신이 유죄판결을 받을 거라는 징조까지도 봤다고 생각했답니다." "제 입술이요?" 카가 묻더니 손거울을 꺼내서 자신의 입술을 쳐다보았다. "제 입술에 뭐 특별한 걸 볼 수가 없는데요. 그러면 당신은요?" "나도 못 봐요." 상인이 말했다. "전혀요." "그 사람들은 미신을 너무 믿는군요." 카가 소리쳤다. "그렇다고 말씀드리지 않았습니까?" 상인이 물었다. "그럼 그 사람들은 서로 자주 왕래하면서 의견을 주고받나요?" 카가 말했다. "저는 지금까지 완전히 거리를 두고 있습니다." "보통 그들은 서로 왕래하지 않습니다." 상인이 말했다. "왕래하는 건 가능하지 않을 겁니다. 사람이 정말 많거든요. 그리고 서로 공통 관심사도 없고요. 가끔 어떤 집단에서 공통 관심사에 대한 믿음이 생기기도 하지만, 그 믿음이 잘못됐다는 게 금방 드러나죠. 법원에 공동으로 대항해서 관철되는 것은 하나도 없습니다. 모든 사건은 개별적으로 조사됩니다. 정말 아주 신중한 법원이죠. 그러니까 법원에 공동으로 대항해서 아무것도 관철시킬 수가 없습니다. 단지 개개인이 가끔 비밀리에 뭔가 성공하기는 하는데, 성공하고 나서야 비로소 다른 사람들은 알게 됩니다. 어떻게 해서 그리 됐는지는 아무도 모릅니다. 아무튼 공통점은 하나도 없습니다. 사람들은 대기실 여기저기서 만나기는 하지만 이야기는 별로 하지 않습니다. 미신적인 생각은 이미 오래전부터 있었고, 그런 생각은 정말 저절로 증가하고 있습니다." "대기실에서 많은 사람들을 봤습니다." 카가 말했다. "그 사람들이 기다리는 것은 정말 아무 짝에도 쓸데없는 것처럼 보이던데요." "기다리는 것은 아무 짝에도 쓸데없는 게 아닙니다." 상인이 말했다. "자기 힘으로 혼자 해보겠다고 나서는 게 쓸데없는 거지요. 이미 말했듯이, 난 이 변호사 외에도 다섯 명의 변호사가 있습니다. 믿어야만 한다고 말들 하죠—저도 처음에는 믿었습니다—이제 이들에게 사건을 완전히 맡길 수 있겠구나 하고요. 하지만 그건 아주 잘못된 생각일 겁니다. 변호사 한 명만 있을 때보다, 이들한테 사건을 덜 맡기게 돼요. 무슨 말인지 이해가 잘 안 가시죠?" "네." 카가 말하면서, 너무 빨리 말하는 상인을 저지하려고, 진정시키듯 한 손을 그의 손에 올려놓았다. "부탁인데 좀 천천히 말씀해 주세요. 저한테 굉장히 중요한 일인데, 당신 말을 제대로 이해해 가며 따라잡을 수가 없어요." "상기시켜 줘서 고맙습니다." 상인이 말했다. "당신은 초짜예요, 신참이죠. 당신 재판은 반 년 됐죠, 안 그래요? 네, 거기에 대해 들었습니다. 얼마 안 된 재판이에요! 하지만 저는 이런 일들에 대해 이미 셀 수도 없이 곰곰 생각해봤고, 이런 일들이 저한테는 세상에서 제일 자명한 일입니다." "당신 재판이 이미 많이 진척돼서 기쁘시겠어요?" 카가 물었다. 그는 상인의 재판이 어떤 상태인지 노골적으로 물어볼 생각은 없었다. 그래서 명확한 대답을 듣지도 못했다. "네, 제 재판을 오 년이나 끌고 왔습니다." 상인은 이렇게 말하고 고개를 숙였다, "쉬운 일이 아니죠." 그러고는 잠시 말을 멈췄다. 카는 레니가 오지 않을까 귀를 기울였다. 그는 한편으로 그녀가 오지 않았으면 했다. 아직 물어볼 것이 많았고, 상인과 나누는 이 은밀한 대화에 레니랑 마주치고 싶지 않았다. 그러나 다른 한편으로 자신이 여기 있는데도 그녀가 이렇게 오래, 스프를 건네주는 데 걸리는 시간보다 훨씬 더 오래, 변호사 곁에 있다는 사실에 화가 났다. "저는 그때를 아직도 아주 정확하게 기억하고 있습니다." 상인이 다시 말을 시작했고, 카는 곧바로 귀를 기울였다. "제 재판이 지금 당신 재판만큼 진행됐을 때를 말입니다. 당시에는 이 변호사하고만 일했는데, 이 사람한테 썩 만족하지 못했습니다."'이제 모든 것을 알겠군.' 카는 이렇게 생각하면서, 고개를 힘차게 끄덕였다. 이렇게 함으로써 상인을 부추겨 알 필요가 있는 모든 것을 털어놓게 하려는 듯 했다. "제 재판은," 상인이 계속했다, "진척되질 않았어요. 심리가 여러 번 열렸고, 저는 매번 참석해서, 자료를 모으고, 제 장부를 몽땅 법원에 제시했죠. 나중에야 알았지만 전혀 필요 없는 짓이었죠. 저는 늘 변호사에게 달려갔고, 그 역시도 여러 진정서를 제출했습니다—"

"여러 진정서라고요?" 카가 물었다. "네, 물론입니다." 상인이 말했다. "그게 저한테 아주 중요한 겁니다." 카가 말했다. "제 경우그는 아직도 여전히 첫 번째 진정서를 붙잡고 있습니다. 아직 아무엇도 안 한 거죠. 지금 보니 파렴치하게 저를 무시하고 있었군요."

"진정서가 아직 완성되지 않은 데에는 여러 가지 합당한 이유가 있을 겁니다." 상인이 말했다. "어쨌든 나중에 제 진정서에서 그것들이 전혀 가치가 없었다는 게 밝혀졌어요. 어떤 법원 관리가 승인해 줘서 진정서 중의 하나를 직접 읽어봤거든요. 아주 박식하게 쓰이기는 했지만, 내용이 없었어요. 특히 제가 알지도 못하는 라틴어가 너무 많이 들어갔어요. 그러고는 몇 장이나 되는 법원에 대한 일반적인 탄원에, 이름을 들먹이지는 않았지만 내막을 아는 사람이라면 누군지 알 수밖에 없는 특정한 관리들 개개인에게 아부를 하고, 그 다음에는 변호사가 비굴한 방식으로 법원 앞에 자신을 비하하면서 자화자찬하고, 끝으로는 제 재판과 유사한 이전의 재판에 대한 조사가 적혀 있었습니다. 제가 이해할 수 있는 한에서 보면 이 조사는 아주 잘 되어 있었어요. 물론 이런 말로 변호사의 작업에 대해 평가를 하려고 하는 건 아닙니다. 게다가 제가 읽었던 진정서는 많은 것들 중 하나에 불과합니다. 하지만 어쨌든 간에 지금 말하려는 것은, 당시 제 재판이 진전되는 모습을 볼 수 없었다는 겁니다."

"어떤 진전을 보려 했었는데요?" 카가 물었다. "아주 이성적인 질문입니다." 상인이 웃으며 말했다. "이런 소송에서 진전은 거의 볼 수가 없습니다. 그렇지만 당시에는 그걸 몰랐습니다. 저는 상인이고, 당시에는 오늘보다 훨씬 더 상인다웠습니다. 저는 구체적인 진전을 원했습니다. 전체가 끝을 향해 가거나 적어도 본격적으로 발전하기를 바랐습니다. 하지만 그렇기는 고사하고 심리들만 있었습니다. 그것들은 대부분 똑같은 내용이었죠. 그래서 저는 이미 연도 기도를 하듯 대답을 줄줄이 외우고 있었습니다. 일주일에도 몇 번씩 법원 사환이 제 사무실로, 집으로 혹은 저를 만날 수 있는 곳이면 어디든 왔습니다. 당연히 방해를 받았죠. (요즘은 이 점에서는 적어도 훨씬 나아졌습니다. 전화로 부르는 게 훨씬 덜 방해가 됩니다.) 제 사업 친구들 사이에, 특히 친지들 사이에 제 재판에 관한 소문이 퍼지기 시작했습니다. 사방에서 피해가 발생했습니다. 하지만 가까운 시기에 공판이 열린다는 최소한의 기미도 보이지 않았습니다. 그래서 변호사에게로 가서 불평했습니다. 변호사는 설명은 길게 해주었지만, 제가 바라는 대로 뭔가 실행하는 것은 단호하게 거절했습니다. 공판 결정에는 아무도 영향을 줄 수 없다, 제가 요구하는 대로 진정서에 그것을 요구하는 것은 한마디로 뻔뻔스러운 일이며, 저와 변호사 자신을 망칠 거라 했죠. 저는 생각했습니다. 이 변호사가 원하는 것 혹은 할 수 있는 것은 다른 사람도 원하고 할 수 있을 것이라고 말이죠. 그래서 다른 변호사를 찾아보았습니다. 미리 말씀드리면, 아무도 공판 결정을 요구하거나 관철시키지 못했습니다. 그것은 정말 불가능합니다. 물론 의구심이 들기는 합니다만, 이 점에 대해서는 나중에 말씀드리겠습니다. 아무튼 이런 점에서 변호사가 저를 속이지 않았습니다. 어쨌든 또 다른 변호사에게 의뢰한 것은 후회하지 않습니다. 당신은 아마 훌트 박사한테서 벌써 돌팔이 변호사에 대해 많은 것을 들었을 겁니다. 변호사가 당신에게 그들에 대해 아주 경멸적으로 말했을 겁니다. 그들은 정말 그렇습니다. 물론 변호사가 그들에 대해 말하면서, 자신과 자신의 동료들과 그들을 비교할 때면, 늘 작은 실수를 합니다. 이 실수에 대해서도 당신이 정신을 집중하게 만들 생각입니다. 변호사는 항상 자기 집단에 있는 변호사들을 '대변호사'라고 부릅니다. 그것은 틀렸습니다. 물론 누구나 마음대로 스스로에게 '대'자를 붙일 수 있습니다. 하지만 이 경우는 법원 관례만이 결정할 수 있습니다. 법원 관례에 따르면 돌팔이 변호사 외에도 소변호사와 대변호사가 있습니다. 이 집에 있는 변호사와 그의 동료들은 소변호사에 불과합니다. 대변호사에 대해서는 듣기만 했고 한 번도 본 적이 없습니다만, 이들은 서열상 소변호사보다 위에 있습니다. 소변호사는 돌팔이 변호사를 깔보는데, 이들이 돌팔이 변호사 위에 있는 것과는 비교할 수 없는 정도로 높은 곳에 대변호사가 있습니다." "대변호사요?" 카가 물었다. "그 사람들이 누군데요? 어떻게 그 사람들에게 갑니까?" "그러니까 아직 그 사람들에 대해 한 번도 들어본 적이 없으신 거군요." 상인이 말했다. "그 사람들에 관해 알게 된 이후 얼마 동안 그들 꿈을 꾸지 않은 피고인이 없을 정도입니다. 그렇게 되지 않도록 하십시오. 누가 대변호사인지는 모릅니다. 그들한테 가는 건, 아마 누구도 할 수 없을 겁니다. 그들이 관여했다고 확실하게 말할 수 있는 경우를 한 건도 본 적이 없습니다. 그들이 많은 사람의 변호를 해주기는 했습니다만, 사람들이 자신의 의지로 그들의 변호를 받은 것은 아닙니다. 그 사람들은 자신들이 변호해 주고 싶은 사람만 변호해 줍니다. 그들이 맡은 사건은 아마 하급법원을 이미 거친 것일 겁니다. 아무튼 그들에 대해서는 생각하지 않는 게 좋습니다. 그렇지 않으면 다른 변호사들과의 면담이나, 그들의 조언이나 지원이 아주 역겹고 쓸모없이 생각됩니다. 저도 그것을 경험했습니다만, 차라리 모든 것을 집어치우고 집에서 침대에 누워 더 이상 아무것도 듣고 싶지 않을 정도입니다. 물론 그게 제일 멍청한 짓이죠. 침대에 누워서도 오랫동안 마음이 편하지 않을 테니까요."

"그러니까 당신은 그때 대변호사에 대해서는 생각해보지 않았습니까?" 카가 물었다. "그렇게 오래는 아닙니다." 상인은 말하고는 다시 미소를 지었다. "유감스럽게도 그들을 완전히 잊을 수 없지요. 특히 밤은 그런 생각을 하기에 딱 좋습니다. 하지만 당시에는 즉각적인 성공을 원했고, 그래서 돌팔이 변호사들에게 간 겁니다."

"두 분 여기 함께 앉아 있네요." 레니가 소리쳤다. 그녀는 그릇을 들고 다시 돌아와 문간에 서 있었다. 두 남자는 정말 꼭 붙어 앉아 있었다. 약간만 몸을 틀어도 머리를 부딪칠 정도였다. 상인은 키가 작은데다가 등도 굽어 있어서, 그가 하는 말을 잘 들으려면 카도 몸을 깊이 수그릴 수밖에 없었다. "잠깐만." 카가 레니를 말리며 소리치더니, 여전히 상인의 손에 올려놓은 채 있던 자신의 손을 불안하게 움찔거렸다. "이분이 내 재판 이야기를 듣고 싶어 하셔." 상인이 레니에게 말했다. "계속 얘기하세요, 얘기해 드려요." 레니가 말했다. 그녀는 상인에게 다정하게 말했지만, 약간 무례하기도 했다. 카는 그게 마음에 들지 않았다. 그가 지금 알아 차렸듯이, 이 남자는 확실히 가치가 있는 사람이며, 적어도 경험이 있으며, 경험을 잘 설명할 줄도 알았다. 레니는 이 사람을 제대로 판단하지 못하는 것 같았다. 레니는 상인이 내내 들고 있던 초를 받아 들고, 그의 손을 앞치마로 닦아주고, 초에서 그의 바지로 떨어진 촛농을 긁어내리려고 그의 옆에 쪼그려 앉았다. 카는 이를 언짢게 쳐다보았다. "돌팔이 변호사에 대해 얘기해 주시려고 했어요." 카가 말하고, 아무 말도 없이 레니의 손을 밀어 버렸다. "왜 그래요?" 레니가 묻더니 카를 가볍게 때리고 하던 일을 계속했다. "그렇죠, 돌팔이 변호사에 대해서죠." 상인이 말하고 나서, 생각하려는 듯 이마를 문질렀다. 카는 그를 도와줄 요량으로 말했다. "즉각적인 성공을 원해서 돌팔이 변호사에게 갔다고 했어요." "맞습니다." 상인은 이렇게 말했지만, 말을 잇지는 않았다. '레니가 있는 데서 그 얘기를 하고 싶지 않은 모양이군.' 카는 생각하면서, 이제 곧 이야기를 계속 듣기 위해서 초조함을 억누르고, 더 이상 보채지 않았다.

"내가 왔다는 말 했어?" 카가 레니에게 물었다. "물론이죠." 레니가 대답했다, "당신을 기다리고 계세요. 블로크는 그냥 두세요. 블로크하고는 나중에도 얘기할 수 있어요. 여기 머물 거예요." 카는 약간 주저했다. "여기서 머물 겁니까?" 카가 상인에게 물었다. 카는 상인한테서 직접 대답을 듣고 싶었다. 레니가 상인을 마치 없는 사람처럼 말하는 것이 싫었다. 카는 오늘 마음속에 레니에 대한 불만이 가득했다. 그런데 다시 레니가 답했다. "저 사람은 자주 여기서 자요." "여기서 잔다고?" 카가 외쳤다. 카는 자신이 변호사와 얘기하고 있는 동안에 상인이 그냥 자신을 기다리고, 그런 다음에 함께 나가서 모든 것을 철저하게 방해받지 않고 얘기할 수 있을 거라고 생각했다. "네." 레니가 말했다. "요제프, 누구나 당신처럼 원하는 시간에 변호사님하고 면담이 허용되는 건 아니에요. 당신은 변호사님이 편찮으신데도 밤 11시에 만나 주는 걸 하나도 이상하게 생각하지 않는 것 같네요. 친구들이 당신을 위해 하는 일을 너무 당연하게 받아들여요. 그래요 당신 친구나 적어도 나는 기꺼이 그렇게 하죠. 나는 감사 같은 것은 바라지도 않고 다른 것도 필요 없어요. 당신이 나를 사랑해 주기만 하면 되요." '너를 사랑하라고?' 카는 처음에는 이렇게 생각했다. 그러고 나서야 머릿속에 이런 생각이 스쳤다. '그래 뭐, 난 그녀를 사랑해.' 그렇지만 그는 다른 모든 것은 무시하면서 이렇게 말했다. "변호사는 내가 고객이기 때문에 나를 만나는 거야. 그를 만나기 위해 다른 도움이 필요하다면, 걸음걸음마다 애걸하고 고마워해야겠네." "저분 오늘 상태가 아주 안 좋아요, 안 그래요?" 레니가 상인에게 물었다. '이제 내가 자리에 없는 사람이 됐군.' 카는 이렇게 생각하면서 상인에게도 화가 났다. 상인이 레니의 무례함을 이어받아 다음과 같이 말했기 때문이었다. "변호사는 다른 이유로 저 사람을 만나는 거야. 그의 사건이 내 사건보다 흥미로운 거지. 게다가 저 사람 소송은 시작 단계에 있잖아. 그러니까 아직 많이 진척되지는 않았을 거야. 그래서 변호사가 아직 저 사람이랑 기꺼이 일을 하는 거지. 나중에 달라질 거야." "그래요, 그래." 레니가 말하고 나서, 웃으면서 상인을 쳐다보았다. "웬 수다는! 저사람 말," 이렇게 말하며 레니는 카 쪽으로 몸을 돌렸다, "절대 믿으면 안 돼요. 정말 친절하지만, 아주 수다스럽기도 해요. 아마 그래서 변호사님도 저 사람을 좋아하지 않을 거예요. 어쨌든 변호사님은 기분이 좋을 때만 저 사람을 만나요. 그걸 바꿔 보려고 무진 애를 썼지만 불가능해요. 생각 좀 해 보세요. 때로는 블로크가 왔다고 전했는데, 온 지 사흘째 되는 날에야 만나 주기도 했어요. 하지만 블로크를 불렀는데 마침 그때 자리에 없으면, 모든 게 허사가 되고 새로 면담 신청을 해야 돼요. 그래서 블로크를 여기서 자게 해 준 거예요. 한밤중에 블로크를 부르는 벨이 울릴 수도 있어요. 그래서 이제 블로크는 밤중에도 준비가 되어 있어요. 물론 블로크가 여기 있다는 걸 눈치 채면, 변호사님은 가끔 그와의 면담을 취소하기도 해요." 카는 질문하듯 상인을 바라보았다. 상인은 고개를 끄덕이고 조금 전 카와 얘기할 때처럼 솔직하게 말했다. 창피해서 당황한 듯 했다. "네, 나중에는 변호사에게 아주 매어 있게 되죠." "저 사람은 겉으로만 불평하는 거예요." 레니가 말했다. "여기서 자는 걸 좋아해요. 벌써 여러 번 고백했어요." 레니는 작은 문으로 가더니 밀쳐 열었다. "저 사람이 자는 방을 보시겠어요?" 레니가 물었다. 카는 그쪽으로 가서 문지방에서 천장이 낮고 창문이 없는 방을 들여다보았다. 방은 좁은 침대 하나로 꽉 찼다. 침대에 들어가려면 침대 기둥을 지나야 했다. 침대 머리맡은 벽이 움푹 들어가 있고, 거기에는 초, 잉크병, 펜, 재판 기록인 듯싶은 종이 한 묶음이 지나치게 깔끔하게 정돈되어 있었다. "하녀 방에서 주무시나요?" 카가 물으면서 상인에게로 몸을 돌렸다. "레니가 이 방을 쓰도록 해줬어요." 상인이 대답했다. "이 방은 아주 쓸모가 있어요." 카는 그를 한참 동안 쳐다보았다. 상인한테서 처음 받았던 인상이 맞았던 것 같았다. 상인은 경험이 많았다. 그러나 이 경험에 비싼 값을 치렀다. 갑자기 카는 상인의 시선을 더 이상 견딜 수가 없었다. "이 사람을 침대로 데려가지." 그는 레니에게 외쳤다. 하지만 그녀는 그를 전혀 이해하지 못한 것 같았다. 카는 변호사에게 가서 해약을 함으로써 변호사뿐만 아니라 레니와 상인에게서도 벗어나고 싶었다. 그러나 그가 채 문간으로 가기 전에 상인이 낮은 소리로 말을 걸었다. "지배인님." 카는 화난 얼굴로 돌아섰다. "약속을 잊으셨습니다." 상인이 말하면서 자리에 앉은 채 애걸하듯 카 쪽으로 몸을 내밀었다. "비밀을 말씀해 주신다고 하셨죠." "그렇군요." 카는 말하고는 자신을 주의 깊게 쳐다보고 있는 레니도 흘깃 쳐다보았다. "그럼 들어보세요. 물론 이제는 더 이상 비밀도 아닙니다. 나는 지금 해약하려고 변호사에게 갑니다." "저 사람이 변호사를 해임한대." 상인이 외치면서 의자에서 벌떡 일어나 팔을 치켜든 채로 부엌을 이리저리 뛰어다녔다. 그는 계속 외쳤다. "저 사람이 변호사를 해임한대." 레니는 카에게로 달려가려 했지만 상인이 그녀를 막았다. 그래서 그녀는 주먹으로 그를 때렸다. 여전히 주먹을 쥔 채로 그녀는 카의 뒤를 쫓아 달렸다. 그렇지만 그는 훨씬 앞서 가고 있었다. 레니가 따라 잡았을 때, 카는 벌써 변호사의 방에 발을 들여놓고 있었다. 그가 등 뒤로 거의 문을 닫았을 때, 레니가 문이 닫히지 않게 발로 버티면서 그의 팔을 잡아 밖으로 끌어내려 했다. 하지만 그가 그녀의 손목을 세게 누르는 통에, 그녀는 한숨을 쉬며 그를 놔줄 수밖에 없었다. 그녀는 곧장 방으로 들어갈 엄두는 내지 못했다. 그런데도 카는 열쇠로 문을 잠가 버렸다.

"벌써 꽤 오래 당신을 기다렸습니다." 변호사가 침대에서 말하고는, 촛불에 의지해 읽고 있던 서류를 협탁 위에 내려놓고, 카를 잘 보려고 안경을 썼다. 사과하는 대신에 카는 말했다. "곧 다시 갈 겁니다." 카가 사과의 말을 하지 않자 변호사는 그의 말에는 신경도 쓰지 않고 다음과 같이 말했다. "다음번에는 이 시간에 면담을 허락하지 않을 거요." "그것 제 의도와 딱 맞아 떨어지는군요." 카가 말했다. 변호사는 의아한 듯 카를 바라보았다. "앉으시죠." 변호사가 말했다. "원하시니 그러겠습니다." 카가 말하고는 의자를 협탁 옆으로 끌어당겨 앉았다. "문을 잠그신 것 같던데요." 변호사가 말했다. "네." 카가 대답했다. "레니 때문이었습니다." 카는 누구도 보호해 줄 마음이 없었다. 하지만 변호사가 물었다. "레니가 또 치근대나요?" "치근댄다고요?" 카가 물었다. "네." 변호사는 대답했다. 그러면서 웃다가 기침 발작이 일어났고, 기침이 가라앉자 다시 웃기 시작했다. "그녀가 치근대는 거 이미 알고 계시지요?" 그는 물으면서, 멍하니 협탁을 짚고 있는 카의 손을 두드렸다. 카는 이제 급히 그 손을 뺐다. "그걸 그렇게 심각하게 생각하지 않으시더군요." 카가 아무 말도 않자 변호사가 말했다. "더 좋습니다. 안 그러면 내가 당신한테 사과해야 할 테니까요. 그건 레니의 이상한 행동입니다. 오랫동안 묵인해 주고 있던 점인데, 만일 당신이 조금 전 문을 잠그지 않았더라면, 아마 거기에 대해 말도 꺼내지 않았을 겁니다. 이 이상한 행동에 대해 당신한테 최소한 이야기를 해줘야만 할까 싶지만, 그런데 그렇게 놀란 듯이 쳐다보시니 말을 하겠습니다. 이 이상한 행동은 레니가 대부분의 피고인을 멋지게 생각하기 때문입니다. 그녀는 모든 피고인에게 달라붙어, 모두를 사랑합니다. 아마 모두에게 사랑을 받고 있기도 한 것 같습니다. 내가 허락하면, 나를 즐겁게 해주려고 그런 일에 대해 얘기합니다. 당신은 이런 일 모두에 놀란 모양인데, 나는 그렇게 놀라지 않습니다. 여기에 대해 올바른 눈을 갖고 있다면, 가끔 피고인들이 정말 아름답게 보입니다. 하지만 그건 아주 이상하고 어느 정도는 과학적인·현상입니다. 물론 기소되었다고 해서 외모에 분명하고, 정확히 규정할 만한 어떤 변화가 생기는 것은 아닙니다. 기소된 것은 다른 재판 문제에서와는 달라서, 대부분의 사람들은 만일 재판 때문에 방해받지 않도록 신경 써 주는 좋은 변호사를 가졌다면, 평상시의 생활 방식을 유지하고, 앞으로도 유지할 겁니다. 그렇지만 많은 사람들 중에서 피고인들을 한 사람 한 사람 알아볼 수 있는 그런 경험을 한 사람들이 있습니다. 어떻게요? 라고 물어보실 겁니다. 내 대답이 당신을 만족시키지는 못할 겁니다. 어쨌든 피고인들은 가장 아름다운 사람들입니다. 죄가 그들을 아름답게 만드는 것은 아닙니다. 왜냐하면―적어도 변호사로서 나는 이렇게 말해야만 합니다―모든 사람이 다 죄가 있는 것은 아니니까요. 그리고 미래에 받을 벌이 그들을 지금 아름답게 만드는 것도 아닙니다. 모두가 다 벌을 받는 것도 아니니까요. 그러니까 그들에게 걸려 있는 소송이, 어떤 식으로든 그들에게 달라붙어 있는 그 소송이 그들을 아름답게 만드는 것일 겁니다. 물론 아름다운 사람들 중에서도 특히 아름다운 사람들이 있습니다. 하지만 모두 다 아름답습니다, 하다못해 저 가련한 인간 블로크까지 말입니다."

변호사가 말을 끝냈을 때, 카는 완전히 이해했다. 그는 변호사의 마지막 말까지 눈에 띄게 고개를 끄덕여 주었지만, 스스로는 이전에 갖고 있던 생각을 확인했다. 즉 변호사는 언제나 그리고 이번에도 사건과는 상관없는 일반적인 이야기를 함으로써 카를 현혹시키고, 카의 사건을 위한 실질적인 작업에 대해 제기해야 할 주요 질문을 못하게 만들었다. 변호사는 이번에 카가 다른 때보다도 더 크게 저항할 거라는 것을 잘 알고 있는 것 같았다. 왜냐하면 카 스스로가 말을 하도록 기회를 주고 있었기 때문이었다. 그러나 카가 아무 말도 않고 있자 변호사가 물었다. "오늘 특별한 의도가 있어 나한테 오신 거죠?" "네." 카가 대답했다. 그는 변호사를 좀 더 잘 보려고 손으로 초를 약간 가렸다. "오늘 부로 변호 의뢰를 해지한다고 말씀드리려 했습니다." "내가 제대로 이해한 건가요?" 변호사가 물으면서, 침대에서 몸을 절반 일으키더니 베개에 손을 집었다. "그렇다고 생각합니다." 카가 대답했다. 그는 불침번을 서고 있는 것처럼 직립 부동자세로 몸을 똑바로 세웠다. "그럼 우리 이 계획에 대해서도 이야기할 수 있겠군요." 잠시 뒤에 변호사가 말했다. "그건 계획이 아닙니다." 카가 말했다. "그럴 수도 있죠." 변호사가 말했다. "그렇지만 우리 지나치게 서두를 필요는 없습니다." 그는 '우리'라는 단어를 사용했다. 마치 카를 놓아줄 생각이 없으며, 자신이 카의 변호인이 아니라면 적어도 그의 조언자라도 되려는 것 같았다. "지나치게 서두르는 게 아닙니다." 카가 말했다. 그는 천천히 자리에서 일어나 의자 뒤로 물러났다. "충분히 생각해 봤습니다. 어쩌면 너무 오래 생각했는지도 모릅니다. 이 결정은 최종적인 것입니다." "그러면 한마디만 하죠." 변호사가 말하고는 깃털 이불을 밀어 치우고는 침대 가장자리에 앉았다. 흰 털이 난 그의 맨 다리가 추위에 떨렸다. 변호사는 카에게 안락의자에 있는 담요를 달라고 했다. 카는 담요를 건네주면서 말했다. "쓸데없이 추운데 앉아 계시는군요." "그럴 만큼 중요한 일이니까요." 변호사가 깃털 이불은 상체에 두르고 담요로는 다리를 감싸면서 말했다. "당신 삼촌은 내 친구고, 시간이 지나면서 당신도 마음에 들었습니다. 솔직히 고백하는 겁니다. 이렇게 말한다고 해서 하나도 부끄럽지 않습니다." 나이 든 남자의 이런 감상적인 말은 카에게는 아주 달갑지 않았다. 이런 말은 카가 정말 피하고 싶은 장황한 설명을 강요하는 것이었고, 게다가 마음을 산란하게 만들었기 때문이었다. 물론 그가 솔직히 고백한 것처럼, 이 말이 그의 결정을 절대로 물릴 수는 없었다. "친절에 감사드립니다." 카가 말했다. "제 사건을 기꺼이 맡아 주셔서, 있는 힘껏 애를 써 주시고 저한테 유리하도록 해주신 것 알고 있습니다. 하지만 최근에 그것만으로는 충분하지 않다는 생각이 들었습니다. 물론 저는 변호사님같이 그렇게 연배가 높으시고 경험이 많으신 분께 절대 제 생각을 납득시키려 들지는 않겠습니다. 혹시 저도 모르게 가끔 그렇게 했다면 용서해 주시기 바랍니다. 그렇지만 변호사님께서도 말씀하신 것처럼 제 재판은 아주 중요합니다. 그래서 지금까지 해온 것보다 훨씬 강력하게 재판에 개입하는 게 필요하다고 확신합니다." "이해합니다." 변호사가 말했다. "초조하시군요." "초조하지 않습니다." 카가 약간 화가 나서 말했고, 더 이상 변호사의 말에 신경 쓰지 않았다. "처음 삼촌이랑 같이 왔을 때, 제가 재판을 썩 중요하게 여기지 않는 것을 알아차리셨을 겁니다. 제게 어느 정도 억지로 생각나게 하지 않는 한, 저는 재판을 완전히 잊고 있었습니다. 하지만 제 삼촌께서 변호사님께 변호를 의뢰해야 한다고 고집을 피우셔서 삼촌 마음에 들려고 그렇게 했습니다. 그러니 재판이 지금까지보다 더 가볍게 느껴져야만 하지 않습니까. 재판 부담을 떨어버리려고 변호사에게 대행 임무를 맡겼으니 말입니다. 변호사님이 변호를 맡은 이후부터, 재판에 대해 그렇게 큰 걱정을 한 적이 없었습니다. 혼자였을 때는, 제 사건에 대해 아무 일도 하지 않았고, 그렇다는 것을 느끼지도 못했습니다. 반대로 변호사가 생긴 지금은 모든 일에 있어 뭔가 일어날 것을 대비했고, 끊임없이 항상 긴장한 채로 변호사님의 개입을 기다렸습니다. 하지만 그런 일은 생기지 않았죠. 물론 변호사님한테서 법원에 대한 여러 가지 정보를 얻기는 했습니다. 그렇지 않았더라면 아마 그 누구한테서도 들을 수 없었을 겁니다. 하지만 이제, 형식상으로 비밀입니다만, 재판이 점점 제 몸 가까이 밀려오고 있는데 그것만으로 충분하지 않습니다." 카는 의자를 밀어 버리고, 손을 상의 주머니에 넣은 채 똑바로 서 있었다. 변호사가 낮고 조용한 목소리로 말했다. "실전의 어떤 시점에서는 말입니다, 근본적으로 새로운 것은 일어나지 않습니다. 얼마나 많은 사람들이 유사한 재판 단계에 있고, 지금 당신처럼 내 앞에 서서 비슷한 말을 했는지 모릅니다." "그렇다면," 카가 말했다, "이 비슷한 상황에 있는 모든 사람들이 저처럼 옳은 거죠. 그게 저를 반박하지는 못합니다." "그런 말로 당신을 반박하려는 것은 아니었습니다." 변호사가 말했다, "나는 한 가지 더 말씀드리려 했습니다. 다른 사람들에게서보다 당신한테 더 많은 판단력을 기대했다고 말입니다. 특히 다른 사람들한테보다 당신한테 사법제도나 나의 일을 더 많이 알려줬기 때문이지요. 그런데 지금 보는 것처럼, 당신은 그 모든 것에도 불구하고 나를 전적으로 신뢰하지 않습니다. 내 일을 덜어 주지 않는군요." 변호사가 카 앞에서 얼마나 비굴하게 구는지! 지금 이 시점에 분명 가장 민감한 부분인 직업상의 체면은 아예 생각도 않고 있었다. 근데 그는 왜 이런 행동을 할까? 모양으로 보아서는 일거리가 많은 변호사이고, 게다가 부자이기까지 하고, 수입이 줄거나 고객을 잃는 것이 변호사 자신에게 별로 중요한 문제가 아닐 텐데 말이다. 그 외에도 그는 아프기도 하니 일을 줄이는 것도 생각해봐야 하지 않겠는가. 그런데도 그는 카를 잡고 놓지 않고 있다. 왜 그럴까? 삼촌에 대한 사적인 마음 때문일까, 아니면 정말로 카의 재판을 아주 특별하다고 생각해, 카를 위해서 혹은—이런 가능성도 절대 배제할 수는 없다—법원의 동료들을 위해 재판에서 두각을 나타내고 싶은 것일까? 카가 상대방이야 어떻게 생각하든 꼼꼼히 뜯어보았지만, 변호사에게서 아무 기미도 알아차릴 수가 없었다. 의도적으로 덤덤한 표정을 지음으로써 자신이 한 말의 효과를 기다리고 있는 게 분명했다. 그가 다음과 같이 말한 것으로 보아, 카의 침묵이 자신에게 분명 아주 유리하다고 해석하고 있었다. "내가 큰 사무실을 갖고 있지만, 보조원을 고용하지 않은 것을 알고 계실 겁니다. 전에는 상황이 달랐습니다. 젊은 법대생들이 나를 위해서 일했던 시절도 있었습니다만, 요즘은 혼자 일합니다. 그건 일부는 내가 당신 사건과 같은 법률문제에만 점점 더 범위를 좁히면서, 나의 실무가 변한 것과 관련이 있습니다. 또 다른 한편으로는 이런 법률문제를 다루면서 점점 더 깊은 인식을 얻게 되었기 때문입니다. 내 고객이나 내가 맡은 임무에 죄를 짓지 않으려면, 누구에게도 이 일을 맡겨서는 안 된다고 생각했습니다. 모든 일을 혼자 맡겠다는 결심은 당연히 다음과 같은 결과를 초래했습니다. 즉 나는 변호를 위해 거의 모든 수임 의뢰를 거부해야 했고, 깊이 감동되는 수임 의뢰에만 응할 수 있었습니다. 내가 던져 버린 쪼가리에 달려드는 가련한 인간은 아주 많습니다. 그것도 아주 가까운 곳에요. 게다가 나는 과로 때문에 병이 났습니다. 그럼에도 불구하고 내 결정을 후회하지 않습니다. 내가 실제 했던 것보다 더 많이 변호를 거절했어야 했을지도 모릅니다. 그러나 내가 맡은 재판에 완전히 몰두했던 것은 꼭 필요했던 일이라는 것이 밝혀졌고, 성공을 통해 보상받았습니다. 언젠가 어떤 글에서 일반적인 법률 사건에서의 변호와 이런 법률 사건에서의 변호의 차이를 아주 잘 표현해 놓은 것을 발견했습니다. 그곳에 이렇게 적혀 있었지요. 어떤 변호사는 고객을 가는 실에 매어 판결로 끌어가고, 어떤 변호사는 고객을 곧바로 어깨에 올려, 판결까지 짊어지고 간다, 그를 떨어뜨리지 않는 것은 물론 이후까지도 짊어지고 간다. 그렇습니다. 내가 이 큰 일을 한 번도 후회한 적이 없다고 말했지만, 그건 정말 그런 것은 아니었습니다. 당신 사건에서처럼 일이 오해를 받게 되면, 그러면, 그러면 거의 후회를 합니다." 카는 이 말로 설득 당하기는커녕 더 초조해졌다. 변호사의 억양에서 자신에게 무엇이 닥쳐올지 간파했기 때문이었다. 즉 만일 그가 양보하면 다시 위로가 시작될 것이고, 진정서가 진행되는 중이며 법원 관리들의 여론이 더 나아졌고, 또한 일을 가로 막는 큰 어려움이 있다는 이야기 등, 한마디로 싫증날 때까지 들어 알고 있는 모든 일을 다시 끄집어내어 카를 다시 불확실한 희망으로 속일 것이며, 불확실한 위협으로 괴롭힐 것이었다. 이런 일들이 더 일어나지 못하게 막아야 만했다. 그래서 카는 말했다. "변호를 계속 맡으시면 내 사건에서 어떤 일을 하실 생각이십니까?" 변호사는 이 모욕적인 질문을 감수하기까지 하면서 대답을 했다. "지금까지 당신을 위해 했던 일을 계속 해야죠." "그러실 줄 알았습니다." 카가 대답했다. "하지만 이제 더 이상 말할 필요가 없습니다." "한 가지 더 시도할 겁니다." 카가 일으킨 일이, 카가 아니라 자신의 잘못인 듯, 변호사가 말했다. "나는 이렇게 추측하고 있습니다. 당신이 나의 법적 도움에 대해 잘못된 판단을 하고 그 밖의 태도를 취하는 것은, 당신이 피고인인데도 불구하고 사람들이 당신을 너무 잘 대해 주거나, 좀 더 제대로 표현하자면, 소홀하게 아마 소홀하게 대우했기 때문인 것 같습니다. 소홀히 대우한 데는 이유가 있습니다. 때로는 자유로운 것보다 감금되어 있는 게 더 낫기도 합니다. 이제 다른 피고들이 어떤 대우를 받는지 당신에게 보여주고 싶습니다. 어쩌면 그걸 통해서 교훈을 얻으실지도 모릅니다. 이제 블로크를 부를 테니, 문을 열고 여기 협탁 옆에 앉아 계십시오." "그러죠." 카가 말하고는 변호사가 시키는 대로 했다. 그는 항상 배울 준비가 되어 있었다. 어쨌든 확실하게 해 두기 위해서 다시 한 번 물었다. "그렇지만 제가 의뢰를 해지한다는 것은 알고 계시는 거죠?" "네." 변호사가 대답했다. "하지만 오늘 다시 철회하실 수 있습니다." 그는 다시 침대에 누워 깃털 이불을 턱까지 끌어올리고 벽 쪽으로 돌아누웠다. 그런 뒤 벨을 울렸다.

벨소리가 나자마자 레니가 나타났다. 그녀는 재빨리 살펴보면서 무슨 일이 있었는지 알아내려 했다. 카가 침착하게 협탁 근처에 앉아 있는 것을 보자 안심하는 것 같았다. 그녀는 자신을 멍하니 쳐다보고 있는 카에게 미소를 지으며 고개를 끄덕였다. "블로크를 데려오너라." 변호사가 말했다. 그를 데려오는 대신에 그녀는 문 앞으로 가더니 외쳤다. "블로크! 변호사님께로!" 그러고는 잽싸게 카의 의자 뒤로 다가왔다. 변호사가 벽 쪽으로 돌아누운 채 아무것도 신경 쓰지 않는 듯 보였기 때문이었다. 이제 그녀는 의자 등받이 위로 몸을 숙이거나, 아주 부드럽고 조심스럽게 카의 머리카락 사이로 손을 넣거나 그의 얼굴을 만지작거리면서 귀찮게 굴기 시작했다. 결국 카는 그녀의 한 손을 움켜잡아, 그렇게 하지 못하게 했다. 그녀는 잠시 저항하더니 그에게 손을 잡힌 채로 있었다.

블로크는 부르자마자 왔지만, 문 앞에 서 있었다. 들어올지 말지 고민하고 있는 것 같았다. 그는 변호사에게로 들어오라는 명령이 반복될까 귀를 기울이고 있는 듯 눈썹을 치켜 올리고 고개를 숙였다. 카는 그에게 들어오라고 부추길 수도 있었다. 하지만 변호사뿐만 아니라, 여기 이 집의 모든 사람과의 관계를 완전히 끝낼 작정이라 꼼짝도 않고 있었다. 레니도 아무 말도 안 했다. 적어도 아무도 자신을 쫓아내지는 않을 것이라 눈치 챈 블로크는 발끝으로 들어왔다. 얼굴은 긴장했고, 뒷짐 지은 두 손은 꽉 맞잡고 있었다. 되돌아 갈지도 몰라 문은 열어 두었다. 그는 카를 아예 쳐다보지도 않았고, 붕긋이 솟은 깃털 이불만 계속 쳐다보았다. 이불 아래에 있는 변호사는 거의 벽에 몸을 붙이고 있었기 때문에 보이지도 않았다. 그때 목소리가 들렸다. "블로크 여기 있나?" 그가 물었다. 이 물음은 벌써 꽤 걸어 들어왔던 블로크의 가슴과 등을 제대로 때렸다. 그는 비틀거리더니 몸을 깊이 수그린채 서 있다가 대답했다. "분부해 주십시오." "뭘 바라는 건가?" 변호사가 물었다. "마땅치 않은 때에 왔어." "부르시지 않았나요?" 블로크가 물었다. 변호사에게보다는 자신에게 묻는 것 같았다. 그는 보호하려고 손을 앞으로 쳐들고 달아날 채비를 하고 있었다. "불렀지." 변호사가 말했다. "하지만 마땅치 않은 때에 왔어." 그러고는 잠시 뜸을 들이다가 말했다. "자네는 항상 마땅치 않은 때에 와." 변호사가 말을 시작한 뒤부터 블로크는 더 이상 침대 쪽을 보고 있지 않았다. 마치 말하는 사람의 눈길이 견뎌 내기에는 너무 눈이 부신 듯 방구석 어딘가를 뚫어지게 보면서 귀를 기울이기만 했다. 그러나 듣는 것도 쉽지 않았다. 변호사가 벽을 향해, 그것도 낮고 빨리 말했기 때문이었다. "그냥 갈까요?" 블로크가 물었다. "일단 왔으니," 변호사가 말했다, "있어!" 변호사가 블로크가 원하는 것을 들어주는 것이 아니라, 매로 위협을 하는 것 같았다. 왜냐하면 블로크는 이제 정말로 부들부들 떨기 시작했다. 변호사가 말했다. "어제 말이지, 세 번째 판사인 내 친구와 있었는데, 이야기가 점차 자네한테로 향하게 됐지. 그가 뭐라고 했는지 알고 싶나?" "네, 제발 말씀해 주세요." 블로크가 말했다. 변호사가 곧바로 대답하지 않았기 때문에 블로크는 다시 사정을 했고, 마치 무릎이라도 꿇을 듯 몸을 숙였다. 그때 카가 그에게 호통을 쳤다. "뭐 하는 거요?" 카가 외쳤다. 호통 치는 것을 레니가 막으려 했기 때문에 그는 레니의 다른 손도 움켜잡았다. 그가 레니를 잡고 놓지 않는 것은 사랑해서가 아니었다. 그래서 레니도 여러 번 한숨을 쉬며 손을 잡아 빼려고 했다. 카의 호통 때문에 블로크는 벌을 받았다. 변호사가 물었기 때문이었다. "자네 변호사가 누구지?" "변호사님이십니다." 블로크가 말했다. "그러면 나 이외에는?" 변호사가 물었다. "변호사님 외에는 아무도 없습니다." 블로크가 대답했다. "그러면 누구 말도 듣지 마." 변호사가 말했다. 블로크는 이 말을 완전히 존중했다. 그는 카를 사나운 눈초리로 보더니 그를 향해 격하게 머리를 흔들었다. 이 행동을 말로 옮긴다면 거친 욕설이었을 것이다. 카가 이런 인간과 자신의 문제에 대해 호의적으로 이야기하려고 했다니! "더 이상 방해하지 않겠소." 카가 의자에 기대앉으며 말했다. "무릎을 꿇건 네 발로 기던지, 하고 싶은 대로 하지. 난 상관 안 할 테니." 블로크는 자존심은 있었다. 적어도 카에 대해서만은. 왜냐하면 그가 주먹을 쥐고 저주하듯 카 쪽으로 가더니, 큰 소리로 외쳤기 때문이었다. 변호사가 옆에 있으니 그런 일을 감행할 수 있었다. "당신은 나한테 그따위로 말해서는 안 됩니다. 그건 허락되지 않아요. 왜 나를 모욕하는 거요? 그것도 여기 변호사님 앞에서 말이요. 우리 둘 다, 당신이나 나를 단지 자비심 때문에 참고 있는 여기서 말이요? 당신은 나보다 나을 것이 없는 인간이요. 왜냐하면 당신도 기소되었고, 또한 재판 중이기 때문이요. 그래도 당신이 신사라면, 그러면 나도 당신만큼은 신사요. 그게 아니라면 그보다 더 괜찮은 사람이요. 그러니 나는 그런 사람으로 대접받길 바라오, 바로 당신한테 말이요. 당신이 말한 대로, 내가 네 발로 기는 동안, 당신은 여기서 조용히 앉아 조용히 경청할 수 있기 때문에 대우를 받는 것처럼 행동한다면, 당신에게 옛날 법률 격언을 상기시켜 드리리다. '피의자한테는 가만히 있는 것보다 움직이는 것이 낫다. 가만히 있는 자는 늘 자기도 모르는 사이에, 저울 위에서 자신의 죄와 함께 저울질 당할 수 있다'고 하기 때문이오." 카는 아무 말도 하지 않았다. 그는 그저 눈도 깜빡 않고 이 정신 나간 사람을 쳐다볼 뿐이었다. 조금 전부터 자신의 눈앞에서 이 사람이 왜 이렇게 변했을까! 그를 이리저리 내동댕이치고, 누가 친구이고 누가 적인지 구분 못하게 만든 것은 재판이었을까? 변호사가 의도적으로 굴욕감을 주고, 이번에는 카의 앞에서 자신의 힘을 과시하며 그것을 통해 어쩌면 카도 굴종시키려는 목적밖에 없다는 것을 못 보는가? 블로크가 그것을 알아차릴 능력이 없다면, 혹은 변호사를 너무 두려워해서 어떤 인식도 그에게 도움이 되지 않는다면, 어떻게 이 변호사를 속이고 다른 변호사를 고용했다는 사실은 비밀에 부칠 정도로 그렇게 교활할 수 있으며 혹은 그렇게 대담할 수 있는 것인가? 그리고 자신의 비밀을 곧바로 발설할 수 있는 카를 어떻게 감히 공격할 수가 있을까? 그러나 블로크는 그 이상의 것을 감행했다. 그는 변호사의 침대로 가더니 이제 거기서 카를 비난하기 시작했다. "변호사님," 그가 말했다, "이 사람이 제게 어떤 식으로 말했는지 들으셨죠? 재판에 걸린 시간은 가치가 있는 건데, 이 사람이 제게, 이미 오 년째 재판 중인 남자에게 교훈을 주려고 합니다. 저를 욕하기까지 합니다. 아무것도 모르는 주제에 저를 욕합니다. 저의 보잘 것 없는 힘이 미치는 한 예의범절이나 의무, 법원의 관습이 무엇을 요구하는지 제대로 연구한 저한테 말입니다." "다른 사람 신경 쓰지 말고," 변호사가 말했다, "자네가 옳다고 생각하는 일이나 하게." "물론입니다." 블로크가 말했다. 마치 스스로에게 용기를 불어넣으려는 듯 말하고는, 슬쩍 곁눈질을 하며 침대 바로 옆에 무릎을 꿇었다. "저는 무릎을 꿇었습니다, 변호사님." 그가 말했다. 하지만 변호사는 말이 없었다. 블로크는 손으로 조심스럽게 깃털 이불을 쓰다듬었다. 이제 정적이 깔렸다. 그러는 중에 레니가 카에게서 손을 빼면서 말했다. "아파요. 놔요. 블로크에게 갈 거예요." 그녀는 가서 침대 가장자리에 앉았다. 블로크는 그녀가 와서 아주 좋아했고, 곧바로 강렬하지만 소리 없는 신호를 보내 자신을 위해 변호사에게 이야기를 잘해 달라고 부탁했다. 그는 분명 변호사한테 들을 얘기가 정말로 필요했고, 어쩌면 다른 변호사들을 통해 그 얘기를 이용하게 만들려는 심산인 것 같았다. 레니는 어떻게 해야 변호사의 마음을 얻을 수 있는지 정확하게 알고 있는 것 같았다. 그녀는 변호사의 손을 가리키면서 입을 맞출 때처럼 입술을 뾰족 내밀었다. 그러자 곧 블로크는 변호사의 손에 입을 맞췄고, 레니의 지시에 따라 다시 한 번 더 입을 맞췄다. 그러나 변호사는 여전히 아무 말도 하지 않았다. 그러나 레니가 변호사에게로 몸을 수그렸다. 몸을 그렇게 뺏자 그녀의 멋진 몸매가 드러났다. 그녀는 변호사의 얼굴 쪽으로 깊이 몸을 숙여 그의 길고 하얀 머리를 쓰다듬었다. 이것이 변호사로 하여금 어쩔 수 없이 대담하게 만들었다. "블로크에게 알려주는 것을 망설이고 있어." 변호사가 대답했다. 그가 약간 고개를 흔드는 것이 보였다. 누르고 있는 레니의 손을 더 즐기려고 그러는 것 같았다. 이렇게 엿듣고 있는 게 마치 계명을 어기기라도 하는 듯, 블로크는 고개를 숙인 채 귀를 기울였다. "왜 망설이는데요?" 레니가 물었다. 카는 연습한 대화를 듣고 있는 기분이었다. 이미 자주 반복되었던 대화였고, 앞으로도 자주 반복될 대화였다. 단지 블로크에게만 그 새로움이 사라질 수 없는 대화였다. "그 사람 오늘 태도가 어땠지?" 변호사는 대답 대신 이렇게 물었다. 레니는 대답하기 전에 블로크를 내려다보았고, 그가 자신에게로 손을 들어 올려 구걸하듯 마주 비비는 것을 잠시 쳐다보았다. 결국 그녀는 진지하게 고개를 끄덕이더니 변호사에게로 몸을 돌려 말했다. "오늘 조용하고 부지런했어요." 늙은 상인, 수염이 긴 남자가 젊은 여자에게 유리한 증거를 대 달라고 간청하는 것이었다. 그러면서 다른 생각을 할 수도 있겠지만, 옆에 있는 사람이 볼 때는 그의 정당함을 인정해 줄 그 무엇도 없었다. 그는 이런 장면을 지켜보고 있는 사람의 체면까지도 거의 손상시켰다. 변호사는 대체 어떻게 이런 연극을 통해 자신을 손아귀에 넣을 생각을 할 수 있었는지, 카는 이해할 수가 없었다. 변호사를 이전에 떨쳐 버리지 않았더라면, 카도 이 장면을 통해 저 지경이 되었을 것이다. 다행히 카는 변호사의 방식에 그리 오래 내맡겨져 있지는 않았지만, 그의 방식은 이런 식으로 효력을 발휘해서, 고객은 결국 온 세상을 다 잊어버리고, 재판이 끝날 때까지 이런 잘못된 길을 질질 끌려가기를 바라게 되는 것이다. 그것은 더 이상소송 의뢰인이 아니었다. 그것은 변호사의 개였다. 변호사가 상인에게 개집에 들어가듯 침대 밑으로 기어들어가 그곳에서 짖으라고 명령했다면, 그는 기꺼이 그렇게 했을 것이다. 카는 마치 여기서 이야기된 모든 것을 정확하게 들어 두었다가, 보다 높은 기관에 이에 대해 고발하고 보고해야 할 임무를 맡은 것처럼, 조사하듯 신중하게 귀를 기울이고 있었다. "종일 그가 무엇을 했지?" 변호사가 물었다. "저는 그 사람을요," 레니가 대답했다, "제 일을 방해하지 않게, 하녀 방에 가둬 놨어요. 그가 늘 머무는 곳에요. 가끔씩 무엇을 하는지 틈으로 들여다봤어요. 늘 침대에 무릎을 꿇고 당신이 준 서류를 창틀에 펼쳐 놓고 읽고 있었어요. 그게저한테 좋은 인상을 주었어요. 창문은 통풍창으로 이어질 뿐이기 때문에 빛이 들어오지 않거든요. 그런데도 블로크가 읽는 건그가 얼마나 고분고분한지 보여주는 거였어요." "그런 말을 들으니 기분이 좋군." 변호사가 말했다. "그런데 이해하면서 읽은 건가?" 이런 대화가 오가는 동안 블로크는 끊임없이 입술을 달싹거렸다. 그가 레니한테서 기대하는 대답을 말해 주고 있는 것 같았다. "물론 거기에 대해서는," 레니가 말했다, "분명히 대답해 드릴 수 없어요. 어쨌든 그가 꼼꼼히 읽는 것은 봤어요. 하루 종일 같은 쪽을 읽고 있었고, 손가락으로 줄을 짚어 가면서 읽었어요. 들여다 볼 때마다 읽는 게 아주 힘이 드는 듯이 한숨을 쉬었어요. 건네주신 서류가 이해하기 아주 힘들었나 봐요." "그렇지." 변호사가 말했다. "이해하기 힘들어. 나도 그가 이해했다고 생각하지는 않아. 그 서류들은 내가 그를 변호하기 위해 하는 싸움이 얼마나 힘든지 그가 그저 추측이라도 하게 만들어야 해. 내가 누구를 위해 이 어려운 싸움을 하지? 그건—이런 말을 하는 건 거의 우스꽝스럽지만—그건 블로크를 위해서야. 그게 무슨 의미인지, 그는 이해하는 것을 배워야 해. 그가 끊임없이 꼼꼼히 살펴보고 있었나?" "거의 끊임없이요." 레니가 대답했다. "딱 한 번 물을 달라고 했어요. 그래서 틈으로 물 한 잔을 줬어요. 여덟시 정각에 나오게 해서 먹을 것을 좀 주었어요." 블로크가 곁눈으로 카를 훑어보았다. 마치 지금 자기를 칭찬하는 말을 하고 있고, 그게 카에게도 깊은 인상을 주어야만 한다는 듯이. 그는 지금 좋은 희망을 품어도 된다고 생각하는 모양이었고, 보다 자유롭게 움직이면서 무릎을 꿇은 채 이리저리 움직였다. 그렇기 때문에 변호사의 다음과 같은 말에 그가 경직되는 모습이 더욱 분명하게 드러났다. "너는 그를 칭찬하고 있어." 변호사가 말했다. "그러나 바로 그게 내가 말하기 힘들어 하는 이유야. 판사의 언급은, 블로크에 대해서도 재판에 대해서도, 유리하지 않았어." "유리하지 않았어요?" 레니가 물었다. "어떻게 그래요?" 블로크는 이미 오래 전에 했던 판사의 말을 지금이라도 자신에게 유리하게 바꿀 수 있는 능력이 레니에게 있다고 생각하는 듯, 레니를 긴장된 눈으로 바라보았다. "유리하지 않았어." 변호사가 말했다. "내가 블로크에 대해 얘기를 시작하니까, 판사가 불편해 하기까지 했어. '블로크에 대해서는 말씀하지 마십시오.'라고 그가 말했지. '그는 내 의뢰인입니다.'라고 내가 말했어. '헛수고 하시는 겁니다.'라고 그가 말했어. '나는 그의 사건을 졌다고 생각하지 않습니다.' 내가 말했지. '헛수고 하시는 거예요.' 그가 반복했어. '나는 그렇게 생각하지 않습니다.' 내가 말했어. '블로크는 재판에 성실하고, 항상 자기 사건을 따라다닙니다. 늘 최근 사정을 잘 알기 위해 내 집에서 살다시피 합니다. 그런 열정을 쉽게 발견하기 어렵습니다. 물론 인간적으로는 기분 좋은 사람은 아닙니다. 예의범절도 형편없고 더럽기도 하죠. 하지만 재판의 관점에서 볼 때는 흠이 없습니다.' 나는 나무랄 데 없다고 했고, 의도적으로 과장했어. 하지만 이 말에 대해 판사는 '블로크는 그저 교활할 뿐입니다. 많은 경험을 쌓았고 재판을 질질 끌줄 압니다. 하지만 교활함보다는 모르는 게 훨씬 더 많죠. 자신의 재판이 아직 시작도 되지 않았다는 사실을 알게 되면, 재판을 알리는 종소리조차 울리지 않았다는 것을 알려주면 뭐라고 할까요?' 조용히 해, 블로크." 변호사가 말했다. 왜냐하면 블로크가 무릎을 제대로 가누지 못하면서 자리에서 일어나기 시작했고, 설명을 부탁하려는 듯이 보였기 때문이었다. 변호사가 이렇게 자세한 말로 직접 블로크를 상대한 것은 지금이 처음이었다. 변호사는 피곤한 눈을 목표 없이 이리저리 두리번거리다 이제 블로크를 내려다보았다. 블로크는 이 눈길을 받으며 다시 천천히 무릎을 꿇었다. "판사의 이런 말은 자네한테는 아무 의미도 없어." 변호사가 말했다. "하는 말마다 놀라지 좀 마. 또 그러면 앞으로 아무 말도 해주지 않을 거야. 마치 지금 최종 판결이 난 것처럼 쳐다보니, 말을 시작할 수가 없잖아. 여기 내 변호 의뢰인 앞에서 창피한 줄 알아! 자네는 또 이 사람이 내게 준 신뢰를 의심하게 만들고 있잖아. 대체 왜 그러는 건가? 아직 살아 있고, 아직 내 보호 아래 있지 않나. 쓸데없는 걱정은! 이미 어디선가 읽지 않았나, 많은 사건의 경우 최종 판결은 임의의 입에서 임의의 시간에 돌연 내려진다는 걸 말이야. 의구심이 많이 들기는 하지만 그건 사실이야. 또 자네의 걱정이 나를 역겹게 만들고, 꼭 필요한 신뢰가 부족해서 자네가 걱정한다는 걸 내가 알고 있는 것도 사실이야. 내가 뭐라고 했나? 나는 판사의 말을 보고한 거야. 자네도 알다시피, 소송절차를 에워싸고 도무지 앞을 짐작할 수 없을 때까지 여러 가지 의견이 쌓이는 법일세. 예를 들어 이 판사는 소송절차의 시작을 나와는 다른 시점으로 잡고 있는 거야. 의견의 차이, 그 이상은 아니야. 재판의 어떤 단계에서는 옛날 관습에 따라 종이 울리게 되어 있어. 이 판사의 의견에 따르면 종이 울리면서 재판이 시작되는 거야. 여기에 반대되는 의견을 지금 자네에게 다 말해 줄 수는 없고, 해줘도 이해하지 못할 거야. 그것에 반대되는 의견이 많다는 것만으로도 자네에게는 충분해." 침대 아래에 있던 블로크는 당황해서 침대 옆에 까는 작은 양탄자의 털을 손가락으로 만지작거리고 있었다. 판사의 말로 인한 두려움이 변호사에게 종속되어 있다는 사실을 잠시 잊게 만들었다. 그래서 그는 자신에 대해서만 생각했고, 판사의 말을 모든 각도로 돌려보고 있었다. "블로크." 레니가 경고하는 투로 말하면서 웃옷 깃을 잡아 그를 약간 위로 끌어 올렸다. "양탄자 털은 내버려두고 변호사님 말을 들어요."

성당에서

카는 임무를 맡았다. 은행에 아주 중요한 이탈리아 고객이 이 도시에 처음 머무는데, 그에게 기념 건축물 몇 개를 구경시켜 주는 일이었다. 다른 때라면 영광으로 알았을 임무지만, 지금은 온 힘을 다해야 겨우 은행에서 면목을 유지할 수 있는 상황이라 마지못해 떠맡았다. 사무실에서 벗어나 있는 동안 내내 그는 걱정을 했다. 이제 더 이상 이전처럼 근무시간을 전적으로 유용할 수 없고, 실제 해야 할 업무를 임시변통으로 때웠다. 그러나 사무실 밖에 있으면 걱정이 더욱 커졌다. 그래서 항상 벼르고 있는 부지점장이 때때로 자신의 사무실에 와서, 책상에 앉아 서류를 뒤적이며, 수년 동안 거의 친분을 맺다시피 한 카의 고객들을 맞이하고 그들을 구슬리고, 어쩌면 자신이 저지른 실수까지도 적발할지 모른다고 카는 생각했다. 카는 드러난 이 실수로 인해 요즘 일을 하는 동안에도 항상 사방에서 위협을 받고 있다고 느꼈고, 더 이상 그것을 피할 수도 없었다. 따라서 업무 차 자리를 비우거나, 더 나쁘게는 짧은 여행을 가게 되면, 그것이 대우받는 것이라고 해도—최근에 정말 우연히도 그런 임무가 자주 있었다—잠시 사무실을 떠나게 만들어 자신의 업무를 조사하는 게 아닐까, 적어도 자신을 사무실에서 불필요하다고 여기는 건 아닐까 하는 추측을 늘 하게 되었다. 이런 임무 대부분은 쉽게 거부할 수도 있었지만, 감히 그렇게 하지 못했다. 비록 그의 두려움이 별 근거가 없는 것이라고 해도, 이런 임무를 거부하는 것은 자신의 두려움을 고백하는 것이기 때문이었다. 이런 이유로 카는 그런 임무들을 겉으로는 덤덤하게 받아들였고, 아주 힘든 이틀간의 출장을 갔다 와야 했을 때에도 심한 감기에 걸렸다는 말조차 하지 않았다. 하필 비 오는 가을 날씨가 계속되어, 이 때문에 여행을 못하게 될 위험에 빠지지 않기 위해서였다. 엄청난 두통을 앓으며 이 여행에서 돌아오자, 그는 자신이 내일 이탈리아 고객을 안내하도록 정해진 것을 알았다. 적어도 이번에는 한 번 거부해 보자는 유혹이 정말 컸다. 특히 사람들이 그의 몫으로 정해 놓은 그 일은 업무와 직접 관계가 없었다. 고객에게 사교적 의무를 이행하는 것은 그 자체로서 의심의 여지없이 매우 중요한 일이었다. 단지 카에게 중요한 것이 아닐 뿐이었다. 카는 업무 성공을 통해서만 자신을 지탱할 수 있으며, 그렇지 않을 경우, 설령 이 이탈리아인을 기대하지 않은 방식으로 매혹시킨다고 해도 아무런 가치가 없다는 사실을 알고 있었다. 카는 단 하루도 업무 영역 밖으로 밀려나고 싶지

않았다. 다시 돌아오는 것이 허용되지 않을지도 모른다는 두려움
이 너무도 컸다. 과장되었다는 것은 자신도 아주 잘 알고 있는 두
려움, 그렇지만 그를 옥죄는 그런 두려움이었다. 지금 같은 경우
는 괜찮은 핑계를 찾는 게 거의 불가능했다. 카의 이탈리아어 실
력은 썩 좋지 않았지만 충분한 정도였다. 그러나 결정적인 것은
카가 이전부터 예술사에 대해 약간의 지식을 갖고 있다는 것이
다. 카가 한동안, 어쨌든 사업상의 이유 때문이기는 했지만, 시립
예술문화재보존협회의 회원이었기 때문에, 이를 통해 카의 예술
사 지식은 은행 안에서 상당히 과장되어 알려져 있었다. 소문에
의하면 이탈리아 고객은 예술 애호가이고, 따라서 카가 그의 안
내자가 되는 것은 당연한 일이었다.

비바람이 몰아치는 아침이었다. 오늘 해야 할 일에 카는 화가
잔뜩 난 채 이미 7시 정각에 사무실에 나왔다. 그 고객 때문에 아
무 일도 할 수 없게 되기 전에, 적어도 몇 가지 업무를 마치기 위
해서였다. 그는 굉장히 피곤했다. 조금이라도 준비하기 위해 이
탈리아어 공부를 하면서 밤의 절반을 보내 버린 탓이었다. 최근
지나칠 정도로 자주 창가에 앉아 있곤 했었는데, 그 창문이 책상
보다 더 그를 유혹했지만, 마음을 추스르고 일을 하려고 자리에
앉았다. 그러나 유감스럽게도 바로 그때 사환이 들어와서, 지배
인님이 오셨는지, 만일 와 계시면 응접실로 건너오실 수 있는지
물어보라고 지점장이 보냈다며, 이탈리아 손님이 이미 와 있다고
전했다. "곧 가지." 카는 대답하고, 작은 사전은 주머니에 넣고,
고객을 위해 준비한 시내 관광안내책자를 겨드랑이에 끼고는 부

지점장 방을 지나 지점장 방으로 갔다. 그는 이렇게 일찍 출근해서 곧바로 업무를 행할 수 있어서 기분이 좋았다. 사실 아무도 이럴 것이라 기대하지 않았을 것이다. 부지점장의 방은 당연히 아직 비어 있었다. 마치 한밤중 같았다. 아마 사환은 부지점장도 응접실로 불러오라는 지시를 받았지만, 그렇게 할 수 없었을 것이다. 카가 응접실에 들어서자, 두 남자가 깊숙한 안락의자에서 일어섰다. 지점장은 친절한 미소를 보냈다. 카가 와서 아주 기쁜 듯했다. 그는 곧바로 소개를 했고, 이탈리아 고객은 카와 힘차게 악수를 했다. 웃으면서 누군가를 일찍 일어나는 사람이라 칭했는데, 카는 그가 정확히 누구를 의미하는지 몰랐다. 게다가 그것은 아주 특별한 단어라서, 카는 조금 지난 뒤에야 그 뜻을 알아차렸다. 그가 유려한 문장으로 몇 마디 대답을 했고, 이탈리아인은 다시 웃으면서 이 말을 받아넘기고, 회청색의 덥수룩한 콧수염을 불안하게 만지작거렸다. 수염에 향수를 뿌린 것이 분명했다. 가까이 가서 냄새를 맡아보고 싶을 정도였다. 세 사람이 자리에 앉아 짤막한 서두의 말을 시작하자, 카는 이탈리아인의 말을 그저 드문드문 알아들을 수밖에 없어 마음이 불편했다. 이탈리아인이 아주 침착하게 이야기를 하면, 카는 거의 완전히 이해했다. 하지만 그런 경우는 아주 드물었고, 대개는 정말 입에서 말이 쏟아져 나왔고, 그것을 기뻐하기라도 하는 듯 고개를 흔들기도 했다. 이렇게 말하면서 규칙적으로 어떤 사투리를 섞어 쓰기도 했는데, 카에게는 이탈리아어로 들리지도 않았다. 그러나 지점장은 그 말을 알아들을 뿐만 아니라 말하기도 했다. 카는 그것을 예상했어야 했다. 이탈리아인은 남부 이탈리아 출신으로, 지점장도 몇 년간 그곳에 있었기 때문이었다. 어쨌든 카는 전반적으로 이탈리아인과 의사소통이 불가능하다는 것을 알아차렸다. 이탈리아인의 프랑스어도 이해하기 어려웠을 뿐만 아니라, 입술 움직임을 보면 어쩌면 이해하는 데 도움이 될 수도 있겠으나, 수염이 입술을 가렸기 때문이었다. 카는 불편한 일이 많이 일어날 것이라 예상하기 시작했고, 우선은 이탈리아인을 이해하려는 생각을 접어 버리고―그의 말을 그렇게 잘 알아듣는 지점장이 있는 자리에서 그러는 것은 쓸데없는 노력일 것이다―언짢은 기분으로 그를 관찰하는 것으로 만족했다. 이탈리아인은 안락의자에 깊숙이 그러면서도 가볍게 앉아서, 여러 번 짧고 날렵하게 재단된 상의를 살짝 잡아당겼고, 한 번은 두 팔을 들어 두 손을 아무렇게나 움직이며 뭔가를 표현하려고 했다. 카는 몸을 숙인 채 그 손에서 눈을 떼지 않았지만 무엇을 의미하는지 이해할 수가 없었다. 결국 아무것도 하지 않고 그저 기계적으로 두 사람을 이리저리 쳐다보며 대화를 쫓던 카에게 이전부터 느끼고 있던 피로가 몰려왔고, 한 번은 방심한 채 곧 일어나 몸을 돌려 자리를 뜰 뻔했다. 다행히 제때에 알아차렸지만 정말 놀랐다. 드디어 이탈리아인이 시계를 보고는 벌떡 일어섰다. 그는 지점장에게 작별 인사를 하고 나서, 카에게로 다가왔는데 너무 바짝 다가 온 탓에, 움직이기 위해 카는 앉아 있던 의자를 뒤로 밀어야만 했다. 지점장은 카의 눈에서 이탈리어 때문에 곤란해 하고 있다는 것을 눈치 채고는, 대화에 끼어들었다. 그런데 아주 현명하고 부드럽게 끼어들어서 겉으로 보기에는 그저 짧게 조언을 해주는 것 같았지만, 실제로는 쉬지 않고 이탈리아인의 말을 가로 채면서 그가 하는 말을 모두 아주 간략하게 카에게 이해시켜 주었다. 카는 지점장의 말을 통해서, 이탈리아인이 우선은 몇 가지 업무를 끝내야 하며, 유감스럽지만 전반적으로 시간도 별로 없고, 모든 관광지를 성급하게 따라다닐 생각이 절대 없으며, 차라리—물론 카가 동의할 경우이고, 오직 카가 결정하기에 달렸지만—성당 하나만 선택해서 꼼꼼히 보기로 결정했다는 것을 알게 되었다. 그는 이렇게 학식 있고 친절한 분—카를 말하는 것으로, 그는 이탈리아인의 말은 무시하고 지점장의 말을 빨리 파악하는 데만 열중하고 있었다—과 동행하여 관광하게 되어 정말 기쁘고, 카가 시간이 되면 두 시간 뒤 즉 10시 정각에 성당에서 만나자고 했다. 그 자신은 이 시간에 확실히 그곳에 갈 수 있을 거라고 했다. 카는 이에 적정한 대답을 했고, 이탈리아인은 우선 지점장과 그 다음에는 카와, 그리고 다시 한 번 지점장과 악수를 하고, 두 사람의 배웅을 받으며, 반쯤만 그들을 향해 몸을 돌린 채, 그러나 여전히 쉬지 않고 말을 하면서, 문 쪽으로 갔다. 카는 잠시 지점장과 함께 있었는데, 그는 오늘 유난히 아파 보였다. 왠지 카에게 사과를 해야만 할 것 같아—두 사람은 다정하게 나란히 서 있었다—지점장은, 처음에는 자신이 직접 이탈리아인과 가려했었으나, 대신—자세한 이유는 밝히지 않았다—카를 보내기로 결정했다고 말했다. 처음에 곧바로 이탈리아인의 말을 이해하지 못해도, 당황하지 말라, 금방 이해가 될 것이며, 별로 알아듣지 못하더라도 그리 나쁠 것은 없다. 왜냐하면 이탈리아인은 자신의 말이 이해되건 말건 별로 중요시 여기지 않기 때문이다. 게다가 카의 이탈리아어는 아주 훌륭하니 분명 이 일을 잘해낼 것이다. 이런 말을 한 뒤, 지점장은 카와 헤어졌다. 카는 남은 시간을 성당을 안내하는 데 필요한 특별한 단어들을 사전에서 찾아 적어 놓으며 보냈다. 정말 성가신 일이었다. 사환들이 우편물을 가져왔다. 직원들은 여러 가지 질문을 하러 왔는데, 카가 바쁜 것을 보고 문간에 서 있었다. 그렇지만 카가 그들의 말을 들을 때까지 자리를 뜨지는 않았다. 부지점장도 카를 방해하는 일을 빠뜨리지 않았는데 자주 들어와서 카의 손에서 사전을 빼앗아, 분명 아무 의미도 없이 책장(冊張)을 넘겨보기도 했고, 문이 열리면 대기실의 반쯤 어두운 곳에서 고객들도 불쑥 나타났다가 주저하면서 인사를 했다. 그들은 주의를 끌려고 했지만, 카의 눈에 띄었는지 확신하지 못했다. 마치 카가 그 중심이라도 되는 듯 모든 것이 그를 에워싸고 움직였다. 반면 카는 자신이 필요한 단어들을 작성하고, 사전에서 찾아내서 적은 뒤, 원어 발음을 연습하고 외우려 애쓰고 있었다. 이전에 좋았던 기억력이 완전히 사라진 듯했다. 가끔 이런 고통을 유발한 이탈리아인에게 화가 나서, 더 이상 아무 준비도 않겠다는 굳은 마음을 먹고 사전을 서류 속에 파묻어 버렸다. 그러나 그 다음에는 자신이 이탈리아인과 성당의 예술 작품 앞에서 아무 말도 없이 오락가락 할 수 없다는 것을 생각하고, 더 화가 나서 다시 사전을 끄집어냈다.

9시 반에 그가 나가려던 참에 전화가 왔다. 레니가 아침 인사를 하고 안부를 물었다. 카는 급하게 고맙다는 인사를 하고 성당

으로 가야 하기 때문에 지금 얘기를 할 수 없다고 했다. "성당에
요?" 레니가 물었다. "응 그래, 성당에." "왜 성당에 가요?" 레니가
물었다. 카는 짧게 설명하려 했다. 그러나 막 시작하려는데 레니
가 갑자기 말했다. "그들이 당신을 쫓고 있어요." 자신이 요구하
지 않았고 기대하지 않았던 동정을 카는 참을 수가 없었다. 그는
두 마디로 인사를 하고는, 수화기를 제자리에 걸면서 절반은 자
신에게, 절반은 더 이상 말소리가 들리지 않는, 멀리 있는 그녀에
게 말했다. "그래, 그들이 나를 쫓고 있어."

그런데 이제 이미 시간이 늦어, 벌써 거의 제때에 도착하지 못할
위험이 있었다. 그는 자동차를 탔다. 마지막 순간에야 관광안내
책자에 생각이 미쳤다. 아까 건네줄 기회가 없어 지금 갖고 가는
중이었다. 카는 무릎에 책자를 놓고 차를 타고 가는 내내 불안하
게 손가락으로 두드렸다. 비는 약해졌지만, 습하고 으슬으슬하고
어두컴컴했다. 성당 안은 잘 보이지 않을 것이고, 차가운 돌로 된
바닥 위에 오래 서 있으면 감기가 더 심해질 것이다.

성당 앞 광장은 텅 비었다. 카는 이미 어린 시절에도 이 좁은
광장 주변의 거의 모든 집들의 창에 커튼이 내려져 있는 것을 이
상하게 생각했던 것이 기억이 났다. 하지만 오늘 같은 날씨에 그
렇게 하는 것은 다른 때보다 더 당연해 보였다. 성당 안도 비어 있
는 것 같았다. 당연히 지금 여기올 생각을 하는 사람은 없을 것이
다. 카는 성당의 양 측면 복도를 다 돌았지만, 따뜻한 목도리로 감
싼 채 마리아 상 앞에 무릎을 꿇고 그것을 바라보고 있는 늙은 여
인 한 명밖에는 보이지 않았다. 그다음에 다리를 저는 성당지기

가 울타리에 나 있는 문으로 사라지는 것이 멀리 보였다. 카는 제 시간에 도착했다. 들어서는 순간 종이 11^2시를 쳤다. 그러나 이탈리아인은 아직 오지 않았다. 카는 정문으로 다시 돌아 잠시 머뭇거리며 서 있다가, 이탈리아인이 혹시 측면 출구에서 기다리고 있는 것은 아닌가 살펴보기 위해 빗속에서 성당을 한 바퀴 돌았다. 그는 어디에도 없었다. 지점장이 시간을 잘못 안 것은 아닐까? 어떻게 그런 사람을 제대로 이해할 수 있단 말인가? 그거야 어떻게 되든 아무튼 카는 적어도 30분은 이탈리아인을 기다려 봐야만 했다. 그는 피곤해서 앉고 싶었다. 다시 성당으로 돌아가, 계단 위에서 작은 양탄자 조각 비슷한 것을 발견하고는 발끝으로 그것을 가까이 있는 의자 앞으로 끌어들이고, 외투로 몸을 꼭꼭 감싼 뒤에 깃을 높이 올리고 앉았다. 기분을 전환하기 위해 안내 책자를 펼쳐 몇 장 넘겨보았다. 하지만 곧 그만 두어야만 했다. 눈을 들어보니 가까운 곳의 측면 복도에서는 아무것도 분간할 수 없을 정도로 너무 어두워졌기 때문이었다.

멀리 중앙 제단 위에서 커다란 삼각형을 이루며 촛불들이 반짝이고 있었다. 카는 좀 전에도 그 불빛을 봤다고 확실히 말할 수 없었다. 어쩌면 이제 막 불을 켰는지도 모른다. 성당지기들은 직업상 소리 나지 않게 가만가만 일을 하는 사람들이라서, 그들을 알아차리기 힘들다. 카가 우연히 몸을 돌리자, 자신의 뒤 멀지 않은 곳 기둥에 달려 있는 길고 굵은 초도 타고 있는 것이 보였다.

---

2   역주: 작가의 실수인 듯하다. 이 소설 다른 판에는 10시로 수정되어 있다.

굉장히 아름답기는 했지만, 대부분 측면 제단의 어둠 속에 걸려 있는 제단 위 그림들을 밝히기에 전혀 충분하지 않았다. 오히려 어둠을 증가시킬 뿐이었다. 이탈리아인이 오지 않은 것은 무례하기는 했지만 이성적인 행동이기도 했다. 아무것도 볼 수 없었을 것이다. 몇몇 그림을 카의 손전등으로 조금씩 훑어보는 것으로 만족해야 했을 것이다. 얼마나 볼 수 있는지 살펴보기 위해 카는 가까이에 있는 작은 측면 기도실로 가서, 낮은 대리석 난간이 있는 곳까지 계단 몇 개를 올라갔다. 난간 너머로 몸을 숙여 손전등으로 제단의 그림을 비춰 보았다. 그림 앞에 있는 성체 등 불빛이 방해하듯 어른거렸다. 카가 제일 먼저 보고 추측한 것은 갑옷을 입은 덩치 큰 기사로, 그림의 제일 바깥쪽에 그려져 있었다. 기사는 발 앞 헐벗은 땅—여기저기 풀줄기 몇 개가 나 있을 뿐이었다—에 꽂아 놓은 칼에 몸을 의지하고 있었다. 그는 자신의 앞에서 벌어지는 사건을 눈여겨보고 있는 듯 했다. 그렇게 서 있기만 하고 가까이 다가가지 않는 게 이상했다. 아마 그는 보초를 서는 임무를 맡은 것 같았다. 꽤 오랫동안 그림을 관람하지 않은 카는, 전등의 초록빛을 견디기 힘들어 계속 눈을 깜빡거리면서도, 기사를 한참 동안이나 쳐다보았다. 그림의 다른 부분에 전등을 비추자 관례에 따른 형태로 그린 그리스도 장례 장면이 보였다. 어쨌든 최근 그림이었다. 카는 전등을 주머니에 넣고 원래 자리로 돌아왔다.

이제 이탈리아인을 기다릴 필요가 없을 것 같았다. 밖에는 억수같이 비가 오고 있는 게 분명했다. 이곳이 생각처럼 그렇게 춥지 않아서 카는 우선 여기에 있기로 했다. 옆에는 커다란 설교단이 있었다. 설교단 위의 작고 둥근 지붕에는 민짜의 황금 십자가 두 개가 반쯤 기울어진 채 붙어 있어, 뾰족한 끝이 서로 엇갈려 있었다. 난간의 바깥벽과 지주 쪽의 통과 지점은 초록색 잎사귀 모양 장식으로 되었고, 움직이는 듯 정지한 듯, 작은 천사상을 감쌌다. 카는 설교단 앞으로 와서 사방에서 그것을 관찰했다. 석재 가공이 더할 나위 없이 꼼꼼했고, 나뭇잎 장식 사이사이와 뒤쪽 움푹한 곳의 깊은 어둠은 마치 사로잡혀 갇혀 있는 것처럼 보였다. 카는 손을 그 움푹한 곳에 넣고 돌을 조심스레 더듬어 보았다. 이 설교단이 있는 것을 카는 지금까지 전혀 모르고 있었다. 그때 우연히 그의 뒤 가장 가까운 열에 있는 성당용 의자 뒤에 성당지기가 있는 것을 알아차렸다. 그곳에 축 늘어진 주름 잡힌 검은 옷을 입고 서 있는 그는 오른손에 코담배 통을 들고 카를 쳐다보고 있었다. '저 사람이 뭘 하려는 거지?' 카가 생각했다, '내가 의심스러운가? 팁이라도 바라는 걸까?' 그러나 성당지기는 카가 자신을 알아본 것을 알자, 두 손가락으로는 코담배 가루를 조금 쥔 채 오른손으로 확실치 않은 어떤 곳을 가리켰다. 그의 행동은 거의 이해할 수가 없어서 카는 약간 기다렸다. 그러나 성당지기는 손으로 뭔가를 가리키는 행동을 그만두지 않았고, 거기다 고개까지 끄덕이며 행동을 더욱 강조했다. "뭘 하려는 거야?" 카는 나직이 물었다. 여기서 감히 큰 소리를 낼 수는 없었다. 그러나 그는 지갑을 꺼내서 옆의 의자를 지나 그 남자에게로 갔다. 그러나 이 사람은 곧바로 손으로 거절하는 행동을 하면서 어깨를 으쓱하더니 다리를 절며 그 자리를 떠났다. 카는 어릴 적, 이렇게 급하게 절뚝거리는 것과 비슷한 걸음걸이로 말을 타고 가는 흉내를 내려 한 적이 있었다. '바보 같은 노인네군.' 카는 생각했다. '저런 머리로는 딱 성당지기나 해야겠어. 내가 서 있을 때 저 사람이 서 있는 꼴이라니, 그리고 내가 계속 갈 것인지 말 것인지 애타게 기다리는 꼴하고는.' 카는 웃으면서 측면 복도를 통해 계속 그 노인을 따라가다가 거의 중앙 제단 꼭대기까지 왔다. 노인은 뭔가를 가리키는 짓을 그만 두지 않았다. 그러나 카는 의도적으로 뒤를 돌아보지 않았다. 가리키는 행동은 노인이 카를 따라오지 못하게 하려는 의도일 뿐이었다. 결국 카는 노인을 내버려두었다. 노인을 너무 겁주고 싶지 않았다. 게다가 카는 이탈리아인이 혹시 올 경우에 대비해, 그런 상황이 있을 수 있다는 것을 완전히 배제하지 않았다.

안내 책자를 놓아두었던 자리를 찾으려고 중앙으로 들어섰을 때, 카는 합창대 석의 의자와 거의 붙어 있는 기둥 옆에 아주 소박하게 민짜의 회청색 돌로 만들어진 부설교단이 있는 것을 알았다. 아주 작아서 멀리서 보면 조각상 하나 정도 세워 둘 수 있는 벽감이 비어 있는 것처럼 보였다. 설교자가 난간에서 한 걸음도 제대로 물러설 수 없을 정도였다. 게다가 설교단의 돌로 된 아치형 천장은 아주 낮게 시작되어 아무 장식도 없이 휘어져 위로 솟아서, 중간키 정도의 남자는 그곳에 제대로 서 있지 못하고 난간 너머로 계속 몸을 숙이고 있어야만 했다. 모든 게 설교자에게 고통을 주기 위한 것처럼 보였다. 크고 예술적으로 장식한 다른 설교단이 있는데, 대체 이런 설교단이 왜 필요한지 이해할 수가 없었다.

설교 직전 준비해 두곤 하는 등이 천정에 달려 있지 않았다면 이 작은 설교단은 분명 카의 눈에 띄지 않았을 것이다. 이제 설교가 시작되려나? 텅 빈 성당에서? 카는 계단에서 아래를 내려다보았다. 계단은 기둥에 붙어서 설교단으로 이어졌는데 상당히 좁아서, 사람이 다니기 위해서라기보다 그저 계단 장식으로 만들어진 것 같았다. 그런데 아래쪽 설교단에 정말 신부가 서 있었다. 카는 놀라서 미소를 지었다. 신부는 올라오려고 난간을 손으로 잡으면서 카를 올려다보았다. 그러고는 가볍게 고개를 끄덕였다. 카는 더 일찍 했어야만 했지만, 가슴에 성호를 긋고 몸을 숙여 인사를 했다. 신부는 살짝 뛰어올라서 종종걸음으로 설교대로 올라왔다. 정말로 설교가 시작되는 건가? 어쩌면 성당지기는 그렇게 머리가 모자라는 것은 아니었고, 카를 설교자에게 가게 하려고 했던 것인지도 모른다. 그것이 텅 빈 성당에서 가장 필요한 것이었을 테니까. 게다가 어딘지 마리아 상 앞에 노파도 한 사람 있었다. 그런데 설교가 시작된다면 어째서 오르간 소리가 설교의 시작을 알리지 않는 것인가. 오르간은 울리지 않고 어둠 속에서 크고 긴 파이프만 희미하게 빛났다.

카는 지금 서둘러 떠나야 하는 것은 아닐까 생각했다. 지금 못하면 설교 중에는 그렇게 할 수 없고, 그러면 설교가 진행되는 내내 있어야만 했다. 사무실에서 이미 시간을 너무 많이 잃었고, 이탈리아인을 기다릴 의무는 더 이상 없다. 그는 자기 시계를 보았다. 11시였다. 그런데 정말 설교가 시작될 수 있는 건가? 카 혼자 신도 전체를 대신할 수 있는 건가? 그가 그냥 성당을 구경하려는 외부인에 불과하다면, 어떻게 그럴 수가 있겠는가? 사실 그는 외부인일 뿐이다. 설교가 있다고 생각하는 것 자체가 말이 안 됐다. 지금은 11시이고, 평일인데다가 날씨도 흐렸다. 신부—신부라는 것은 의심할 여지가 없었다. 매끈한 검은 얼굴을 한 젊은이였다—는 그저 잘못 켜 놓은 등을 끄러 올라가는 게 분명했다.

그러나 그렇지 않았다. 신부는 오히려 등을 점검하고 심지를 약간 올려놓은 뒤에, 천천히 난간으로 몸을 돌려서, 각진 모서리 앞쪽을 두 손으로 잡았다. 한동안 그렇게 서서 머리를 움직이지 않고 사방을 둘러보았다. 카는 큰 걸음으로 뒤로 물러나 제일 앞열에 있는 성당용 의자에 팔꿈치를 대고 기댔다. 어딘지 정확히는 모르지만 성당지기가 구부정한 등으로 일을 끝낸 뒤처럼 편안하게 웅크리고 앉아 있는 곳을 그는 흐릿한 눈으로 바라봤다. 지금 성당 안은 얼마나 고요한지! 그러나 카는 이 고요를 깨야만 했다. 그는 여기에 있을 생각이 없었다. 상황과는 상관없이 특정 시간에 설교를 하는 것이 신부의 의무라면, 그는 그렇게 할 것이다. 카가 도와주지 않더라도 그렇게 될 것이다. 그리고 카가 있다고 하더라도 효과가 더 커지지 않을 것이다. 카는 천천히 더듬더듬 긴 의자 옆을 발끝으로 걸어 넓은 중앙 통로로 나와, 아무런 방해도 받지 않고 그곳을 걸어갔다. 아주 조용히 걷는데도 돌로 된 바닥이 울려, 둥근 천장들이 나직하지만 끊임없이, 여러 겹으로 규칙적인 메아리를 울려대는 것이 방해될 뿐이었다. 카는 신부에게 관찰 당하면서 빈 의자 사이를 혼자 지나갈 때, 왠지 버림받은 기분이 들었다. 또한 성당의 크기가 인간이 감당할 수 있는 한계점에 있는 것 같다는 생각이 들었다. 카가 아까 앉아 있던 자리에 왔을 때, 그는 머뭇거리지 않고 그곳에 두었던 관광안내책자를 급히 집어 들었다. 그가 의자들이 있던 곳을 벗어나, 의자와 출구 사이에 있는 넓은 공간에 거의 도달했을 때, 그는 처음으로 신부의 목소리를 들었다. 힘차고 단련된 목소리였다. 그 목소리가 그것을 받아들이기 위해 준비된 성당을 얼마나 쩌렁쩌렁 울리는지! 신부가 부른 것은 신도들이 아니었다. 그의 부름은 의심의 여지 없었고, 어떤 핑계도 댈 수 없었다. 그가 불렀다. "요제프 카!"

카는 걸음을 멈추고 앞쪽 바닥을 바라보았다. 당장은 아직 자유였다. 계속 걸어서 그의 앞에 멀지 않은 곳에 있는 세 개의 작은 나무문 중 하나를 통해 빠져나갈 수 있었다. 그것은 그가 이해하지 못했거나 혹은 이해했지만 개의치 않겠다는 것을 의미하기도 했다. 그러나 만일 몸을 돌린다면, 그는 붙잡힐 것이다. 왜냐하면 그렇게 하면 자신이 말귀를 잘 알아들었다는 것, 자신이 정말로 이름을 불린 사람이라는 것, 그리고 복종할 마음이 있다는 것을 고백하는 것이기 때문이었다. 신부가 한 번 더 불렀더라면, 카는 분명 계속 갔을 것이다. 그러나 기다리고 있는 동안 모든 것이 조용해서, 신부가 지금 무엇을 하는지 보려고 카는 고개를 살짝 돌렸다. 그는 아까처럼 조용히 설교대에 서 있었다. 그러나 카가 고개를 돌리는 것을 그가 알아차렸다는 것을 분명히 알 수 있었다. 카가 지금 몸을 완전히 돌리지 않는다면, 그건 마치 아이들의 숨바꼭질과 같을 것이다. 카는 몸을 완전히 돌렸고, 신부가 가까이 오라고 그에게 손가락으로 신호를 보냈다. 이제 모든 것이 대놓고 일어날 수 있어서, 카는—호기심에서 그리고 일을 빨리 끝내기 위해서—성큼성큼 날듯이 설교단을 향해 갔다. 의자 첫 번째 열 근처에서 걸음을 멈췄지만, 신부는 아직 너무 떨어져 있다고 생각되는지, 손을 뻗더니 집게손가락을 꺾어 설교단 바로 앞쪽을 가리켰다. 카는 지시에 따랐다. 이곳에서 신부를 보려면 머리를 뒤로 잔뜩 젖혀야만 했다. "요제프 카죠." 신부가 말하면서, 난간 위에 있는 한 손을 애매한 동작을 하며 들어올렸다. "그렇습니다." 카가 대답했다. 그는 이전에는 항상 솔직하게 자신의 이름을 댔던 것이 생각났다. 그러나 얼마 전부터는 자신의 이름이 부담이 되었고, 이제는 처음 만나는 사람들조차 자신의 이름을 안다. 우선 자신을 소개하고 그런 다음에야 서로 알게 되는 것은 얼마나 좋은 일인가! "당신은 기소되었습니다." 신부가 유난히 나직이 말했다. "그렇습니다." 카가 말했다. "사람들이 내게 알려주었습니다." "그럼 당신이 내가 찾고 있는 사람이군요." 신부가 말했다, "나는 교도소 신부요." "아, 그래요." 카가 말했다. "내가 당신을 여기로 불러오라고 시켰습니다." 신부가 말했다, "당신이랑 얘기를 하려고." "몰랐는데요." 카가 말했다, "나는 이탈리아인에게 성당 구경을 시켜 주러 여기 왔습니다." "중요하지 않은 일은 내버려두시오." 신부가 말했다, "손에 뭘 들고 있나요? 기도서인가요?" "아니요." 카가 말했다. "도시 관광 안내서입니다." "손에서 내려놓으시죠." 신부가 말했다. 카는 책자를 얼마나 힘껏 던졌는지, 책장이 펼쳐지고 책장이 구겨진 채 바닥으로 한바탕 갈리듯 미끄러졌다. "당신 재판이 불리하다는 건 알고 있습니까?" 신부가 물었다. "내 생각에도 그렇습니다." 카가 말했다. "온갖 애를 썼지만 지금까지 성과가 없습니다. 물론 아직 진정서도 끝내지 못했습니다." "결말이 어떨 것 같나요?" 신부가 물었다. "전에는 잘 끝날 것이라 생각했습니다." 카가 말했다. "이제는 가끔 스스로도 의심이 듭니다. 결말이 어떻게 날지 모르겠습니다. 결말을 아십니까?" "아뇨." 신부가 말했다. "하지만 나쁜 결말이 날까 걱정입니다. 당신이 유죄라고들 합니다. 당신 재판은 아마 하급재판소를 벗어나지 못할 겁니다. 적어도 일단 당신 죄가 입증되었다고 생각하고들 있으니까요." 카가 말했다. "하지만 나는 죄가 없습니다. 그건 착오입니다. 대체 어떻게 한 인간이 죄가 있을 수 있단 말입니까. 여기 있는 우리는 모두 인간입니다. 이 사람이나 저 사람이나 할 것 없이 말입니다." "그건 맞는 말이오." 신부가 말했다. "하지만 죄인들이 그렇게 말하고는 하지요." "신부님도 나한테 선입견을 갖고 계십니까?" 카가 말했다. "나는 당신한테 아무 선입견도 없습니다." 신부가 말했다. "고맙군요." 카가 말했다. "하지만 다른 사람들, 소송에 참가한 사람들은 나한테 선입견이 있습니다. 그들은 참가하지 않은 사람들한테까지 선입견을 심어 주고 있습니다. 내 위치는 점점 더 곤란해지고 있습니다." "당신은 사실을 오해하고 있어요." 신부가 말했다. "판결은 한 번에 내려지는 것이 아니고, 소송이 서서히 판결로 넘어가는 겁니다." "그렇지요." 카가 말하고 고개를 숙였다. "이제 당신 사건에서 무엇을 할 생각입니까?" 신부가 물었다. "도움을 구할 생각입니다." 카가 말하면서 신부가 이 말에 대해 어떻게 생각하는지 보려고 고개를 들었다. "아직 이용하지 않은 확실한 가능성들이 있습니다." "남의 도움을 너무 많이 받으려 하는군요." 신부가 비난 투로 말했다. "그리고 특히 여자들한테요. 그게 진정한 도움이 아니라는 걸 모르십니까." "때로는, 심지어 신부님 말씀이 옳다고 자주 생각합니다." 카가 말했다. "하지만 늘 그렇지는 않습니다. 여인들은 큰 힘을 갖고 있습니다. 알고 있는 여인 몇 명을 나를 위해 함께 일하도록 움직일 수만 있다면 목적을 달성할 수 있을 겁니다. 특히 이 법원에서요. 여기는 거의 여자 사냥꾼들뿐입니다. 예심판사에게 멀리서 여인 한 사람만 보여주면, 그는 제때에 오려고 법원 책상이고 피고인이고 다 밀쳐 버리면서 달려올 겁니다." 신부는 머리를 난간 쪽으로 숙였다. 이제 설교대의 지붕이 그를 누르는 것 같았다. 밖은 대체 웬 악천후인지? 그냥 흐린 낮이 아니었다. 벌써 한밤중이었다. 큰 창문들의 스테인드글라스는 어두운 벽과 그저 약한 빛 덕분에 겨우 구분될 정도였다. 이제 성당지기가 중앙 제단에 있는 초들을 하나씩 끄기 시작했다. "나한테 화나셨나요?" 카가 신부에게 물었다. "아마 모르시고 계신 것 같습니다. 복무하고 계신 법원이 대체 어떤 곳인지 말입니다." 대답이 없었다. "이건 그저 내 경험입니다." 카가 말했다. 위쪽은 여전히 조용했다. "신부님을 모욕하려는 것은 아니었습니다." 카가 말했다. 그때 신부가 카를 향해 아래쪽으로 소리쳤다. "당신은 두 걸음 앞도 못 보나요?" 화가 나서 외친 것이지만, 누군가가 넘어지는 것을 보고 놀란 사람이 부주의하게 저도 모르게 외친 소리이기도 했다.

이제 두 사람은 오랫동안 말을 하지 않았다. 분명 신부는 아래쪽의 어둠 속에서 카를 제대로 볼 수 없었을 것이다. 반면 카는 작은 등불 빛으로 신부를 똑똑히 보았다. 대체 신부는 왜 아래로 내려오지 않는 걸까? 그는 설교를 하지 않고, 카에게 몇 가지 소식을 전하고 있었다. 그 소식들은 잘 보면 카에게 유익하기보다 손해가 될 법한 것이었다. 그러나 신부가 좋은 의도를 갖고 있다는 것을 카는 의심하지 않았다. 신부가 내려온다면 카와 의견의 일치를 보는 게 불가능하지 않을 것 같았으며, 신부로부터 결정적이며 수용할 만한 충고를 받는 것도 불가능하지 않을 것 같았다. 예를 들면 신부는 어떻게 재판에 영향을 줄 것인지가 아니라, 어떻게 재판에서 벗어나며 어떻게 재판을 회피할 수 있는지, 어떻게 재판 밖에서 살 수 있는지를 카에게 알려줄지도 모른다. 이런 가능성은 분명 있었다. 카는 최근에 자주 이 가능성에 대해 생각했다. 신부가 그런 가능성을 알고 있다면, 부탁하면 알려줄지도 모른다. 신부 자신은 법원에 소속되어 있고, 카가 법원을 비난하자 그 온화한 품성을 누르고는 카에게 소리를 지르기까지 했지만 말이다.

"내려오지 않으시겠습니까?" 카가 말했다. "설교하지 않을 거죠. 내려오세요." "지금 내려갈 거요." 신부가 말했다. 소리 지른 것을 후회하는 것 같았다. 등을 고리에서 떼 내면서 말했다. "우선 당신이랑 떨어져서 얘기해야만 했습니다. 그렇지 않으면 나는 너무 쉽게 영향을 받아서 할 일을 잊거든요."

카는 계단 아래에서 그를 기다렸다. 신부는 맨 위 층계에서 내려오면서부터 벌써 카를 향해 손을 뻗었다. "시간을 좀 내주실 수 있겠습니까?" 카가 물었다. "원하는 만큼 내드리죠." 신부가 말했고, 그러면서 카에게 들라고 작은 등을 건넸다. 가까이 있으면서도 그의 인품에서 드러나는 어떤 위엄은 사라지지 않았다. "아주 친절하시군요." 카가 말했다. 그들은 나란히 서서 어두운 측면 복도를 오락가락했다. "법원에 소속된 사람들 중에서 예외이시군요. 내가 이미 알고 있던 그 어떤 사람보다도 신부님께 신뢰가 갑니다. 신부님하고 터놓고 얘기할 수 있겠습니다." "착각하지 말아요." 신부가 말했다. "대체 내가 뭘 착각한단 말인가요?" 카가 물었다. "법원에 대해 착각하고 있어요." 신부가 말했다. "법에 대한 서문에 그런 착각에 대해 이렇게 쓰여 있어요. 법 앞에 문지기가 서 있었다. 이 문지기에게로 시골에서 온 남자가 다가와서 법 안으로 들어가게 해 달라고 부탁했다. 그러나 문지기는 지금은 입장을 허락할 수 없다고 말했다. 그 남자는 곰곰 생각한 뒤에, 나중에 들어갈 수 있는지 물었다. '그럴 수 있지만,' 문지기가 말했다, '지금은 안 돼.' 법으로 들어가는 문은 늘 그렇듯 열려 있고 문지기는 그 옆쪽에 서 있었기 때문에, 그 남자는 문으로 안쪽을 들여다보려고 몸을 구부렸다. 문지기가 그것을 보고는 웃으며 말했다. '그렇게도 법이 자네를 유혹하면, 내가 막는데도 한 번 들어가 보지 그래. 하지만 잘 알아둬. 나는 권력이 있어. 나는 그저 최하급 문지기일 뿐이야. 방에서 방으로 갈 때마다 더 막강한 문지기가 서 있어. 나는 세 번째 문지기는 쳐다보는 것도 힘들어.' 시골에서 온 남자는 그런 곤경을 예상하지 않았다. 법은 누구나 항상 출입할 수 있어야만 한다고 그는 생각했다. 그러나 이제 털외투를 입은 문지기와 그의 크고 뾰족한 코와, 숱이 적은 길고 검은 타타르식 콧수염을 보자, 그는 입장 허락을 받을 때까지 차라리 기다리겠다고 결심했다. 문지기는 남자에게 걸상을 주고는 문 옆에 앉게 했다. 남자는 그곳에 몇 날, 몇 년을 앉아 있었다. 그는 입장 허락을 받기 위해 무수한 시도를 했고, 수많은 부탁으로 문지기를 피곤하게 만들었다. 문지기는 가끔 그를 간단히 심문하기도 했고, 그의 고향에 대해, 다른 많은 일에 대해 묻기도 했지만, 그건 높은 분들이 하는 무관심한 질문이었고, 끝에는 늘 그 남자를 들여보낼 수 없다는 말을 되풀이 했다. 여행을 위해 많은 것을 준비해 왔던 그 남자는 모든 것을, 아주 값진 것이라고 해도, 문지기를 매수하기 위해 사용했다. 문지기는 모든 것을 받았지만, 그러면서 말했다. '나는 그저 자네가 아무것도 안했다는 생각을 않게 하려고 이걸 받는 거야.' 수 년 동안 시골 남자는 거의 끊임없이 문지기를 관찰했다. 그는 다른 문지기들은 잊었고, 이 첫 번째 문지기가 법으로 들어가는 것을 막는 유일한 방해로 보였다. 그는 처음 몇 년 간은 불행한 우연을 큰 소리로 저주했지만, 나중에 나이가 들고 나서는 그저 혼자 중얼거릴 뿐이었다. 그는 어리석어졌고, 수 년 동안 문지기를 연구하면서 문지기의 털로 된 깃에 붙은 벼룩까지도 알아보았기 때문에, 자신을 도와 달라고, 문지기의 태도를 바꾸어 달라고 벼룩에게도 부탁했다. 결국 그의 시력은 흐려져, 자신의 주변이 정말로 어두워진 것인지 혹은 그저 눈이 자신을 속이는 것인지 알지 못했다. 그러나 이제 어둠 속에서 법의 문에서 꺼지지 않고 비쳐 나오는 광채를 알아보았다. 하지만 그는 목숨이 얼마 남지 않았다. 죽기 전 머릿속에서 지난 세월 동안의 모든 경험이 한 가지 질문으로 집중되었다. 지금까지 문지기에게 물어보지 못했던 질문이었다. 시골사람은 문지기에게 손짓을 했다. 굳어 가는 몸을 더 이상 바로 세울 수 없었기 때문이었다. 문지기는 시골사람에게 깊이 몸을 수그려야만 했다. 두 사람의 키 차이가 시골 남자에게 아주 불리하게 변했기 때문이었다. '대체 지금 뭘 더 알고 싶은 건가?' 문지기가 물었다. '자넨 질리지도 않는군.' '모든 사람이 법을 구하기 위해 애씁니다.' 시골 남자가 말했다. '그 오랜 세월 동안 나 외에 아무도 입장 허가를 구하지 않은 이유가 뭡니까.' 문지기는 시골 남자의 목숨이 거의 다 했다는 것을 알고, 사라져 가는 그의 청각에 닿도록 큰 소리로 말했다. '여기는 아무도 입장 허가를 받을 수가 없어. 이 문은 자네만을 위한 것이거든. 이제 가서 문을 닫아야겠네.'"

"그러니까 문지기가 그 남자를 착각하게 만든 거군요." 이야기에 매우 마음이 끌린 카가 곧바로 말했다. "너무 서둘지 말아요." 신부가 말했다. "남의 의견을 검토하지 않고 받아들이지 마세요. 나는 글에 적힌 그대로 얘기해 주었을 뿐입니다. 그 이야기에서 속임에 대한 것은 없습니다." "물론입니다." 카가 말했다. "그리고 신부님의 첫 번째 설명도 완전히 옳습니다. 문지기는 시골사람에게 더 이상 도움이 되지 않을 때가 돼서야 그를 구제해

줄 소식을 전해 주었습니다."문지기는 그 전에는 질문을 받지 않았습니다." 신부가 말했다. "또 그가 그저 문지기에 불과했다는 것을 염두에 두십시오. 그는 문지기로서 자기 의무를 다 했습니다."어째서 그가 자기 의무를 다했다고 생각하십니까?" 카가 물었다. "그는 의무를 다 하지 않았습니다. 그의 의무는 어쩌면 모든 낯선 사람을 막는 것이었을 겁니다. 그리고 이 문을 통해 들어가도록 정해진 그 남자를 들여보내야만 했습니다."당신은 글에 충분히 주의를 기울이지 않고 이야기를 변화시키고 있습니다." 신부가 말했다. "이 이야기는 법 안으로의 입장 허가에 대해 문지기가 해준 두 가지 중요한 설명을 포함하고 있어요. 하나는 시작에, 하나는 끝에 그 설명이 있어요. 첫 번째에서는 이렇게 말하고 있습니다. '문지기가 지금은 시골사람의 입장을 허락할 수 없다.' 그리고 두 번째에서는 '이 문은 자네만을 위한 것이다.'고요. 만일 이 두 가지 설명 사이에 모순이 있다면, 당신 말이 옳아요. 그리고 문지기는 시골 사람을 속인 거죠. 하지만 여기에는 모순이 없어요. 그와는 반대로 첫 번째 설명은 두 번째 설명을 암시하기까지 합니다. 문지기는 자기 의무를 벗어났다고 말할 수 있을 정도입니다. 시골사람에게 앞으로 입장할 수 있을 가능성을 약속했으니까요. 그때는 오직 시골사람을 막는 게 문지기의 의무였던 것 같습니다. 사실 문서를 해석한 많은 사람들은 문지기가 그런 암시를 한 걸 이상하게 생각하고 있죠. 왜냐하면 그는 정확한 것을 좋아하는 것 같았고, 문지기 임무를 엄격하게 준수하고 있었기 때문입니다. 긴 세월 동안 그는 자기 자리를 떠나지 않았고, 마지막에야 문을 닫았습니다. 자기 임무의 중요성을 아주 잘 알고 있었습니다. '나는 권력이 있어.'라고 말했기 때문이죠. 그는 상관에게 경외심을 갖고 있었습니다. '나는 그저 최하급 문지기일 뿐이야.'라고 말했기 때문입니다. 의무 실행에 있어서 마음이 흔들리지도 않았고, 화를 내지도 않았습니다. 그 시골사람에 대해서 '그는 수많은 부탁으로 문지기를 피곤하게 만들었다.'고 적혀 있기 때문입니다. 문지기는 수다스럽지도 않았습니다. 그 오랫동안 '무관심한 질문' 같은 것만 했습니다. 그는 매수되지도 않았죠. 선물을 받으면서 '나는 그저 자네가 아무것도 안했다는 생각을 않게 하려고 이걸 받는 거야.'라고 말을 했기 때문입니다. 끝으로 그의 외모 즉 크고 뾰족한 코와, 숱이 적은 길고 검은 타타르식 콧수염은 옹졸한 성품을 암시합니다. 이 보다 더 의무에 충실한 문지기가 있을까요? 그런데 이제 문지기에게 또 다른 본질적 특성들이 섞여 있습니다. 입장 허가를 요구하는 그 사람에게 아주 유리한 것들이죠. 아무튼 문지기가 앞으로의 가능성을 암시하면서 자기 의무를 벗어날 수도 있다는 것을 납득시켜 주는 특성입니다. 그가 조금 단순하고, 그런 맥락에서 보면 약간 건방지다는 것은 부정할 수 없습니다. 비록 자신의 권한이나 다른 문지기의 권한 그리고 자신조차 감당할 수 없는 그들의 모습에 대한 그의 말들—나는 그 자신에 대한 이런 모든 말들이 옳다고 생각합니다—이 옳다고 해도, 그가 이런 말을 하는 방식은, 단순함과 건방짐 때문에 그의 견해가 흐려져 있다는 것을 보여줍니다. 해석자들은 여기에 대해 이렇게 말합니다. 한 사건을 제대로 이해하는 일과, 동일한 그 사건을 잘못 이해하는 일, 둘 다 가능하다고 말입니다. 하지만 어쨌든 그런 단순함과 건방짐이, 그것들이 어쩌면 별것 아닐지는 모르지만, 입구를 지키는 일을 약화시킨다는 걸 명심해야만 합니다. 그것이 문지기 성격의 결함입니다. 여기에다 문지기는 천성적으로 친절하게 보이기도 합니다. 그는 전적으로 공직에 어울리는 인물이 아닙니다. 입장이 명확하게 금지되어 있는데도 처음부터 시골사람에게 들어가도록 권하는 장난을 했습니다. 그 다음에 그를 더 이상 들여보내지 않고 글에 쓰여 있는 대로 걸상을 주고 문 옆에 앉게 했습니다. 수 년 동안 시골사람의 간청을 참아 낸 인내심, 짧은 심문, 선물을 받은 것, 문지기를 여기에 세워 둔 불행한 우연에 대해 시골사람이 큰 소리로 원망하게 내버려 둔 고상함—이 모든 것이 연민의 마음에서 나온 것이라 생각합니다. 모든 문지기가 다 그렇게 행동하지 않거든요. 그리고 마지막에는 손짓 하나에 시골사람에게 몸을 숙이지 않았습니까. 마지막 질문을 하도록 말입니다. 그저 약간의 조급함—문지기는 이 모든 것이 마지막이라는 것을 알고 있었습니다—이 '자넨 질리지도 않는군.'이라는 말에서 드러납니다. 많은 사람들이 이런 식의 해석에서 한 걸음 더 나아가, '자넨 질리지도 않는군.'이라는 말이 깔보는 투가 없지 않지만 일종의 호의적인 경탄을 표현하는 것이라 생각하기도 합니다. 어쨌든 문지기의 모습은 당신이 생각하는 것과 다르게 끝납니다." "당신은 이야기에 대해 나보다 더 자세히, 더 오래 알고 있습니다." 카가 말했다. 두 사람은 잠시 말이 없었다. 그러다가 카가 말했다. "그러니까 그 시골 남자가 속은 게 아니라고 생각하는 겁니까?" "오해하지 마십시오." 신부가 말했다. "나는 이 이야기에 대한 여러 의견을 알려준 것뿐입니다. 이런 견해들에 대해 너무 신경 쓸 필요는 없습니다. 그 문서는 변하지 않고, 그 많은 의견들은 종종 문서에 대한 절망을 표현하는 것에 불과합니다. 이 경우 다른 의견까지 있습니다. 문지기가 착각했다는 의견이죠." "그건 큰 영향을 끼칠 의견이군요." 카가 말했다. "그 의견의 근거는요?" "근거는," 신부가 대답했다. "문지기의 단순함입니다. 사람들이 말하기를, 그는 법의 내부는 모르고, 문 앞에서 늘 순찰해야만 하는 그 길을 알 뿐이라고 합니다. 법의 안쪽에 대한 그의 상상은 유치하고, 시골사람한테 겁주려던 그것에 대해 자기 자신도 겁을 먹고 있다고 추측하고들 있습니다. 그렇습니다. 문지기는 시골사람보다 더 겁을 먹고 있습니다. 왜냐하면 시골사람은 법 안쪽에 있는 무시무시한 문지기들에게 대해 들었으면서도 들어가려고 하기 때문입니다. 그와 반대로 문지기는 들어갈 마음이 없습니다. 적어도 그것에 대해서 아무것도 알 수가 없습니다. 달리 말하자면, 문지기는 이미 내부에 들어가 봤던 게 틀림없습니다. 왜냐하면 법에 종사하도록 채용되었고, 채용은 내부에서만 행해지기 때문입니다. 여기에 대해 또 이렇게 대답할 수도 있습니다. 즉 내부에서 호출했기 때문에 문지기로 채용되었을 수도 있지만, 적어도 내부 깊은 곳에 있었던 것은 아니라고 말입니다. 왜냐하면 그는 벌써 세 번째 문지기를 쳐다보는 것도 더 이상 견딜 수 없었기 때문입니다. 게다가 그가 그 오랜 세월 동안 문지기들에 대한 언급 외에 내부에 대해 무슨 말을 했다고 적혀 있지 않습니다. 그런 말을 하는 게 그에게 금지되었을 수도 있겠지만, 그는 그 금지에 대해서도 아무 말도 하지 않았습니다. 이런 모든 것에서 사람들은 이런 결론을 내립니다. 즉 문지기가 내부의 모습이나 의미에 대해 아무것도 모르며, 그것에 대해 착각하고 있다고 말입니다. 그리고 또 시골사람에 대해서도 문지기는 착각했다고 말합니다. 왜냐하면 그는 시골사람에게 종속되어 있는데도 그것을 모르기 때문이라는 겁니다. 문지기가 시골사람을 자신에게 종속된 사람으로 취급한 것은 여러 가지에서 알 수 있는데, 당신도 아직 그것들을 기억하고 있을 겁니다. 이 의견에 따르면, 문지기가 시골사람에게 정말로 종속되어 있다는 사실 역시 명백히 두드러집니다. 특히 자유인은 매어 있는 사람보다 위에 있습니다. 이제 그 시골 남자는 정말 자유이고, 그는 원하는 곳 어디든 갈 수 있습니다. 그에게 금지되어 있는 것은 법으로 들어가는 입구뿐이며, 그것도 단 한 사람, 문지기에 의해서만 금지되어 있습니다. 그가 문 옆 걸상에 앉아 평생을 보냈다면, 이것 역시 자유의지로 한 것입니다. 이 이야기는 그 어떤 강요에 대해서도 말하지 않습니다. 반대로 문지기는 관직 때문에 초소에 묶여 있고, 자리를 떠나 밖으로 멀리 가면 안 됩니다. 추측컨대 설령 그가 원했다 해도 법 안으로 들어갈 수도 없었을 겁니다. 게다가 그는 법에 종사하고 있고, 이 문만을 위해, 따라서 그 시골사람만을 위해 일을 합니다. 그 문은 오직 그 시골사람만이 들어가도록 정해져 있으니까요. 이런 까닭에 문지기는 시골사람에게 종속되어 있습니다. 그가 수 년 동안, 성년의 시기 내내 그저 쓸데없는 임무를 실행했다고 추측할 수도 있습니다. 왜냐하면 이렇게도 말할 수 있기 때문입니다. 즉 한 남자, 그러니까 성년의 나이에 있는 어떤 남자가 와서, 그가 목적을 달성하기까지 문지기는 오래 기다려야만 했다, 다시 말해 그 남자가 기다리고 싶어 하는 동안에 문지기도 기다려야만 했다, 어쨌든 그 남자는 자발적으로 왔으니까, 라고 말입니다. 그리고 이 임무는 그 남자의 삶이 끝나야만 끝나게끔 정해져 있었습니다. 그러니까 마지막까지 문지기는 그 남자에게 종속되어 있는 것입니다. 이 모든 것 중에서 문지기가 아무것도 모르는 것 같다는 사실이 늘 강조됩니다. 그렇지만 여기서 관심을 끌 만한 점은 없습니다. 이런 의견에 따르면 문지기는 훨씬 더 심각한 착각에 빠져 있으니까요. 그 착각은 그의 임무와 관련되어 있습니다. 즉 그는 맨 마지막에 문을 언급하면서 이렇게 말하죠. '지금 가서 문을 닫을 걸세.' 하지만 처음에는 법으로 들어가는 문은 항상 열려 있다고 했습니다. 문이 늘 열려 있다면, 다시 말해 문이 지정된 그 남자의 수명과 상관없이 늘 열려 있다면, 문지기는 그 문을 닫을 수 없습니다. 여기에 대해서 의견이 엇갈립니다. 문지기는 문을 닫겠다고 알려줌으로써 그저 대답을 하려는 것이다, 아니면 자신의 근무 의무를 강조하려는 것이다, 혹은 그 남자를 그 마지막 순간에도 후회와 슬픔에 빠뜨리려는 것이다 등 의견이 분분합니다. 그렇지만 문지기가 문을 닫을 수 없을 것이라는 사실에 대해서 많은 사람들의 의견이 일치합니다. 그들은 적어도 마지막에서 보면 문지기가 아는 것에 있어서도 그 남자보다 아래에 있다는 생각까지 합니다. 왜냐하면 그 남자는 법의 문에서 비치는 광채를 보았는데, 반면 문지기는 직업상 문을 등지고 서 있었고, 변화를 알았다는 어떤 표현도 하지 않았기 때문입니다." "잘 설명해 주셨습니다." 신부가 설명한 각각의 구절을 혼자 낮은 목소리로 반복했던 카가 말했다. "잘 설명해 주셨습니다. 이제는 저도 문지기가 착각했다고 생각합니다. 그렇다고 해서 제가 이전에 가졌던 생각을 포기하는 건 아닙니다. 왜냐하면 두 의견이 부분적으로는 일치하니까요. 문지기가 분명히 알았는지 혹은 착각했는지는 결정적인 작용을 하지 않습니다. 저는 그 남자가 착각했다고 말했었습니다. 문지기가 분명히 알았다면, 제 말을 믿지 않을 수도 있습니다. 그러나 문지기가 착각을 했다면, 그의 착각은 어쩔 수 없이 시골 남자에게로 전달되었을 겁니다. 그렇다면 문지기는 사기꾼은 아니지만, 너무 단순해서 그의 직위에서 쫓겨나야만 할 겁니다. 문지기가 빠져 있는 착각이 그에게는 아무 해가 없지만, 시골 남자에게는 상당한 해를 입힌다는 사실을 신부님은 생각하셔야만 합니다." "여기서 당신은 반대 의견에 부딪치게 됩니다." 신부가 말했다. "이 이야기는 그 누구에게도 문지기를 판단할 권한을 주지 않는다고, 많은 사람들은 말합니다. 우리에게 어떻게 보이든 문지기는 법의 공복이고, 따라서 법에 속한 사람이며, 따라서 인간적인 판단에서 떨어져 있습니다. 그러니 문지기가 시골사람에게 종속되어 있다고 생각해서도 안 됩니다. 그가 임무를 통해 법의 문에만 예속되어 있다는 사실은 세상에서 자유롭게 사는 것과는 더더욱 비교가 안 됩니다. 시골사람은 우선 법에게로 옵니다, 문지기는 이미 그곳에 있습니다. 문지기는 법한테서 근무하라는 지시 받았습니다. 그의 가치에 대해 의심하는 것은 법을 의심하는 것입니다." "저는 이 생각에 동의하지 않습니다." 카가 고개를 저으며 말했다. "이런 생각에 동조하면, 문지기가 말하는 모든 것을 진실이라 생각해야만 하기 때문이죠. 하지만 그게 가능하지 않다는 것은 신부님이 충분히 설명하셨습니다." "아뇨." 신부가 말했다. "모든 것을 진실이라 생각하면 안 됩니다, 그것을 불가피하다고 생각해야만 합니다." "가련한 생각이네요." 카가 말했다. "거짓말이 세계 질서가 되었군요."

카는 마무리하듯 그 말을 했다. 하지만 그것이 그의 최종 판단은 아니었다. 카는 이 이야기의 모든 추론을 이해하기에는 너무 피곤했다. 그 이야기가 이끈 이례적인 생각의 과정들은 비현실적인 것들이었고, 카에게보다 법원 관리들을 위한 논의에 더 적당했다. 단순한 이야기가 이상하게 되어 버렸고, 카는 그 이야기를 머리에서 떨쳐 버리려 했다. 이제 커다란 연민을 보이는 신부는 카가 그렇게 하도록 내버려두면서, 카의 의견이 자신의 생각과 분명 일치하지 않는데도 불구하고 말없이 받아 주었다.

두 사람은 잠시 묵묵히 계속 걸어갔다. 카는 어둠 속에서 자신이 어디에 있는지 모른 채, 신부 옆에 바짝 붙어 갔다. 손에 들고 있던 등은 오래 전에 꺼졌다. 그 바로 앞에서 성자의 은빛 입상이 은색으로 한 번 번쩍 빛나더니 곧 다시 어둠 속으로 사라졌다. 신부에게 완전히 의존하지 않으려고 카는 물었다. "우리 정문 근처에 있는 것 아닌가요?" "아닙니다." 신부가 말했다. "우리는 거기서 멀리 떨어져 있습니다. 벌써 가시게요?" 카는 당장 그런 생각을 하고 있었던 것은 아닌데 곧바로 이렇게 대답했다. "물론입니다. 가야만 합니다. 저는 은행 지배인이고, 사람들이 저를 기다리고 있습니다. 외국 고객에게 성당을 안내하려고 여기 왔을 뿐입니다." "그럼," 신부는 이렇게 말하고는 카에게 악수를 청했다. "그럼 가십시오." "하지만 어둠 속에서는 혼자 길을 찾을 수가 없는데요." 카가 말했다. "왼쪽 벽으로 가세요." 신부가 말했다. "그런 뒤 벽을 놓치지 말고 계속 따라 가시면 입구를 찾을 겁니다." 신부는 먼저 몇 걸음 멀어져 갔다. 카가 큰 소리로 불렀다. "제발요, 기다려 주세요." "기다리죠." 신부가 말했다. "저한테 더 원하시는 것 없습니까?" 카가 물었다. "없습니다." 신부가 말했다. "조금 전에 아주 친절하셨잖아요." 카가 말했다. "제게 모든 것을 설명해 주시더니 지금은 저를 그냥 가게 두시네요. 제가 전혀 중요하지 않다는 듯이 말입니다." "가셔야 한다면서요." 신부가 말했다. "네 그렇습니다." 카가 말했다. "그걸 알아주세요." "당신이 먼저 내가 누구인지 알아야죠." 신부가 말했다. "교도소 신부님이십니다." 카가 말하면서 신부에게 다가갔다. 은행으로 즉시 돌아가는 것은 자신이 말했던 것처럼 그렇게 중요하지 않았다. 이곳에 아직 더 있어도 괜찮을 것 같았다. "왜 내가 당신한테 뭔가를 원해야 합니까. 법원은 당신에게 아무것도 원하지 않습니다. 법원은 당신이 오면 받아들이고, 당신이 가면 가게 둡니다."

결말

카의 서른한 번째 생일 전날 저녁—저녁 9시경, 거리가 고요한 때였다—두 명의 남자가 카의 집에 왔다. 프록코트를 입었고, 창백하고 뚱뚱했으며, 머리에 붙은 듯한 실크해트를 썼다. 누가 먼저 들어갈지에 대해 문간에서 사소한 인사치레를 한 뒤, 카의 문 앞에서 좀 더 과장되게 똑 같은 인사치레가 반복되었다. 카는 방문객이 온다는 통보를 받지도 않았는데, 그들처럼 검은 옷을 입고 문 옆 의자에 앉아서, 손님을 기다리는 태도로 손가락에 꽉 끼는 새 장갑을 천천히 끼고 있었다. 그는 곧바로 일어나 남자들을 호기심 어린 눈길로 쳐다보았다. "저 때문에 오셨죠?" 카가 물었다. 남자들은 고개를 끄덕이고, 손에 든 실크해트로 서로를 가리켰다. 카는 다른 방문객을 기다리고 있었다고 고백했다. 그는 창가로 가서 다시 한 번 어두운 길을 바라보았다. 거리 다른 편에 있는 집들의 창문도 모두 거의 아직 어두웠고, 많은 창문에는 커튼이 내려져 있었다. 건물의 불이 켜진 창문에는 어린아이 두 명이 창살 뒤에서 함께 놀고 있었는데, 아직 자기 자리를 떠나 움직일 수 없는 아이들이라 그 작은 손으로 서로를 만지작거리고 있었다. "별 볼 일 없는 늙은 배우들을 나한테 보냈군." 카가 혼잣말을 하고 다시 한 번 그것을 확인하려고 뒤돌아봤다. "싸구려 방법으로 나를 처리하려 드네." 카는 그들을 향해 급작스레 몸을 돌리고 물었다. "어느 극장에서 연기하십니까?" "극장이요?" 한 사람이 입 끝을 실룩거리며 다른 사람에게 조언을 구하며 물었다. 다른 사람은 마치 말을 안 듣는 몸과 싸우는 벙어리처럼 행동했다. '질문을 받을 준비가 안 됐군.' 카는 혼잣말을 하며 모자를 가지러 갔다.

이미 계단에서 그들은 카의 팔짱을 끼려고 했다. 하지만 카가 말했다. "골목에 나가거든 그렇게 하시오. 나는 환자가 아니오." 그러나 그들은 문 바로 앞에서 곧바로 카의 팔짱을 꼈다. 카는 한 번도 이런 식으로 누군가와 팔짱을 껴 본 적이 없었다. 그들은 카의 어깨 뒤에다 어깨를 바짝 대고 팔을 구부리지 않고, 쭉 뻗어 카의 팔을 휘감아, 훈련받은 대로, 연습한 대로, 반항하기 힘들게 아래쪽에서 카의 손을 움켜잡았다. 카는 둘 사이에서 몸을 꼿꼿이 세운 채 걸었다. 그들은 이제 셋이 한 덩이가 되어, 만일 누가 그들 중 하나를 떨어뜨려 부순다면, 그들 모두가 함께 부서질 판이었다. 거의 무생물만이 만들어 낼 수 있을 것 같은 그런 덩어리였다.

카는 가로등 아래서, 이렇게 꼭 붙어 끌려가는 상태에서는 그 게 상당히 힘들었지만, 자신을 데려가는 사람들을 어두컴컴한 자기 방에서보다 더 자세히 보려고 여러 번 시도를 했다. 그들의 살찐 이중 턱을 보면서 어쩌면 이들은 테너 가수일지도 모른다고 생각했다. 이들의 깔끔한 얼굴이 역겨웠다. 눈꺼풀을 쓰다듬고, 윗입술을 문지르고, 턱의 주름을 긁적거리는 그들의 깨끗한 손도 제대로 보았다.

카는 그것을 깨닫고 걸음을 멈추었다. 그러자 다른 사람들도 멈춰 섰다. 그들은 탁 트이고 인적이 없는, 녹지로 꾸며진 어떤 광장 언저리에 와 있었다. "왜 하필 당신들을 보냈을까요?" 카는 묻는다기보다는 외치듯 말했다. 남자들은 뭐라 대답할지 모르는 것 같았다. 그들은 환자가 쉬려고 할 때 간병인이 하듯 팔 한쪽을 아무렇게나 늘어뜨리고 기다렸다. "난 더 이상 가지 않겠소." 카가 떠보듯 말했다. 그들은 여기에 대답할 필요가 없었다. 움켜쥔 손을 풀지 않고 카를 그 자리에서 들어 올리는 것만으로도 충분했다. 하지만 카는 저항했다. '더 이상 힘은 많이 필요하지 않을 거야, 지금 다 써야지.' 그는 생각했다. 뜯긴 다리로 끈끈이 막대에서 벗어나려고 애쓰는 파리가 떠올랐다. '이 남자들 고역을 치를 거야.'

그때 그들 눈앞 낮은 골목의 작은 계단 위로 뷔르스트너 양이 광장으로 올라왔다. 정말 뷔르스트너 양인지 확실하지는 않지만 굉장히 많이 닮았다. 하지만 정말 그녀인지 아닌지 카에게는 중요하지 않았다. 카는 저항해 봤자 소용이 없다는 것을 바로 알아차렸다. 저항하고, 이 남자들을 곤혹스럽게 만들고, 이제 저항하면서 삶의 마지막 빛을 즐기려고 해 봤자 그것은 영웅적인 것은 아니었다. 그는 계속 걸었고, 이렇게 함으로써 자신이 이 남자들에게 주는 기쁨을 자신도 어느 정도 같이 했다. 그들은 이제 카가 방향을 정하도록 내버려두었다. 카는 뷔르스트너 양이 자신들보다 앞서 간 길을 택했다. 그녀를 따라잡기 위해서는 아니었다. 그녀를 가능한 오래 보기 위해서도 아니었다. 그녀가 카에게 의미하는 경고를 잊지 않기 위해서였을 뿐이다. '내가 할 수 있는 오직한 가지는—' 카는 자신에게 말했다. 그와 다른 사람의 발걸음이 맞아 떨어지는 것이 그의 생각이 옳다는 것을 증명했다, '지금 내가 할 수 있는 유일한 것은 끝까지 냉정하게 정리하는 이성을 유지하는 거야. 나는 늘 능력 이상으로 세상에 참여하려 했지, 그것도 허락되지 않는 목적을 향해. 그건 옳지 않았어, 지난 일 년 동안의 재판에서 내가 깨우친 게 없다는 것을 보여주려 하는가? 나는 우둔한 인간으로서 세상을 떠나야 하나? 재판이 시작 될 때 나는 재판을 끝내려 하더니, 이제 재판이 끝나는 시점에서 다시 그것을 시작하려 한다고 사람들이 말하게 내버려 둬야만 하나? 나는 사람들이 그렇게 말하는 것을 원치 않는다. 나의 이 길에 이 반벙어리에 이해력 떨어지는 사람들을 동행으로 붙여 주고, 필요한 모든 것을 나 스스로에게 말하게 나둔 건 고마운 일이야.'

뷔르스트너 양은 그 사이 방향을 바꿔 옆 골목으로 접어들었다. 그러나 카는 이미 그녀가 사라져도 괜찮았고, 동행하는 사람들에게 자신을 내맡겼다. 세 사람은 이제 완전히 의견이 일치되어 달빛이 비치는 다리 위로 갔다. 카의 조그만 움직임에도 두 남자는 이제 기꺼이 따라 움직여 주었고, 그가 약간 난간 쪽으로 향하면 그들도 그 방향으로 곧바로 몸을 돌렸다. 달빛 속에서 반짝이며 떨고 있는 물은 작은 섬 주변을 돌면서 갈라졌다. 섬 위에는 나무와 관목의 잎들이 함께 뭉친 듯 쌓여 있었다. 지금은 보이지 않지만, 나뭇잎 아래에는 자갈길이 나 있고, 편안한 벤치들이 있었다. 카는 이 벤치들 위에서 수많은 여름 동안 몸을 뻗어 누워 있기도 기지개를 켜기도 했다. "나는 멈추려고 한 게 아니었습니다." 카가 동행인들에게 말했다. 그는 이들이 자신의 행동에 기꺼이 응해 멈춰서는 것이 창피했다. 멈춰 서려고 오해한 사람에게 다른 사람이 카의 등 뒤에서 가볍게 질책을 하는 것 같았다. 그런 뒤 그들은 계속 갔다.

그들은 가파른 골목 몇 개를 지나갔다. 그 골목에는 경찰관들이 때로는 멀리서, 때로는 아주 가까운 곳에 서 있거나 걸어가고 있었다. 콧수염을 덥수룩하게 기른 경찰 한 명이 칼자루에 손을 댄 채 의심스러운 점이 전혀 없지는 않은 이 일행을 향해 무슨 의도를 가진 듯 다가왔다. 두 남자는 멈췄다. 경찰은 입을 열려고 하는 것 같았다. 그때 카가 억지로 두 남자를 앞쪽으로 끌고 갔다. 가끔 그는 혹시 경찰이 따라오지는 않나 뒤를 돌아봤다. 그들과 경찰 사이에 모퉁이가 있게 되자, 카는 뛰기 시작했다. 두 남자는 숨이 턱에 찼지만 함께 뛸 수밖에 없었다.

그렇게 그들은 서둘러 도시 밖으로 나왔다. 이 방향으로 가면 거의 곧바로 도시에서 들판으로 이어졌다. 아직은 온전히 도시풍인 집 한 채가 있고 그 근처에 황량하게 버려진 작은 채석장이 있었다. 두 남자는 이곳에서 멈췄다. 이곳이 원래부터 그들의 목적이었는지, 계속 가기에는 지쳤는지 알 수 없었다. 이제 그들은 묵묵히 기다리는 카를 놓아주었고, 실크해트를 벗고, 채석장에서 주위를 살펴보면서 손수건으로 이마의 땀을 닦았다. 다른 빛에는 없는 자연스러움과 고요함을 띤 달빛이 사방을 비추고 있었다.

누가 다음 임무를 실행할 것인가에 관해 의례적인 말을 몇 마디 주고받은 뒤—두 사람은 임무를 따로 나누어 받지는 않은 듯했다—한 사람이 카에게로 가서 그의 웃옷을 벗기고, 조끼를 벗기더니 마지막에는 셔츠도 벗겼다. 카는 자기도 모르게 오싹했다. 그러자 그 남자가 안심을 시키듯 가볍게 카의 등을 쳤다. 그러더니 금방은 아니지만 곧 다시 사용하게 될 듯, 물건들을 조심스레 쌓아 놓았다. 적어도 카를 서늘한 밤공기에 꼼짝 않고 세워 두지 않으려고 그는 카의 팔짱을 끼고는 함께 이리저리 조금 움직였다. 그 사이 다른 남자는 어떤 적당한 장소를 찾으려고 채석장을 돌아다녔다. 그곳을 찾자 그는 손짓을 했고, 다른 남자가 카를 그쪽으로 데려갔다. 돌을 깎아 낸 절벽 근처로, 떨어져 나온 바위 하나가 놓여 있었다. 두 남자는 카를 앉혀 바위에 몸을 기대게 하고 머리를 그 위에 얹게 했다. 그들은 애를 썼고, 카는 그들이 시키는 대로 응했지만, 카의 자세는 몹시 부자연스럽고 어설픈 자세였다. 그래서 한 사람이 다른 사람에게 카를 앉히는 것은 자기에게 맡겨 달라고 했다. 그러나 그렇게 해도 나아지지는 않았다. 결국 그들은 카를 어떤 자세로 앉혀 놓았지만, 이미 해봤던 여러

자세 중에 제일 나은 것도 아니었다. 그러더니 한 사람이 외투를 열어, 조끼에 꽉 조여 둘러 맨 띠에 걸린 칼집에서 길고 얇고 양날이 선, 고기 써는 큰 칼을 꺼내어 높이 쳐들더니 달빛에 날을 살펴보았다. 또 다시 혐오스러운 의례적인 말이 오가더니, 한 사람이 카 너머로 칼을 다른 사람에게 건네주었고, 이 사람은 다시 카 너머로 칼을 돌려주었다. 카는 이 손에서 저 손으로 건네지는 칼을 잡아 스스로를 찌르는 것이 자신의 의무라는 것을 지금 잘 알고 있었다. 그러나 그렇게 하지 않고 아직은 자유로운 목을 돌려 주변을 보았다. 그는 자신을 완전히 증명할 수 없었고, 당국으로부터 모든 일을 떠맡을 수 없었다. 이 마지막 실수에 대한 책임은, 이 일에 필요한 여분의 힘을 카에게 허용하지 않은 그 사람이 졌다. 채석장 경계에 있는 집의 마지막 층에 카의 눈길이 닿았다. 마치 빛이 번쩍이듯, 그곳의 어떤 창문 덧창이 양쪽으로 활짝 열리더니, 멀고 높아서 흐릿하고 희미하게 보이는 어떤 남자가 몸을 앞으로 홱 숙이더니 양팔을 더 앞으로 내밀었다. 누구일까? 친구? 선량한 사람? 동정하는 사람? 도와주려는 사람? 한 사람인가? 모두일까? 아직 도움이 남아 있나? 잊어버리고 말하지 않은 변명들이 있나? 분명 그런 것이 있다. 논리는 확고부동하지만, 살고자 하는 사람에게는 저항하지 않는다. 한 번도 보지 못한 그 판사는 어디에 있었는가? 카가 결코 가지 못했던 상급 법원은 어디에 있었는가? 카는 양손을 쳐들고 모든 손가락을 쫙 펼쳤다.

그러나 두 사람 중 한 사람의 양손이 카의 목에 놓였고, 그 사이 다른 사람은 칼을 카의 가슴 깊이 찔러, 찌른 부위에서 두 번

칼을 돌렸다. 카는 희미해져 가는 눈으로, 자기 얼굴 앞에서 두 남자가 뺨과 뺨을 맞대고 판결을 주시하고 있는 것을 보았다. "개 같아!" 그가 말했다. 치욕이 자기보다 더 오래 살아남을 것 같다는 듯이.

미완성 글들

베(B)의 여자친구

최근 카는 뷔르스트너 양과 그저 몇 마디 나눌 수도 없었다. 여러 방법을 써서 그녀에게 다가가려 했지만, 그녀는 항상 그것을 막아낼 줄 알았다. 카는 일이 끝나는 대로 곧장 집으로 와 방에 불도 켜지 않고 긴 의자에 앉아서 현관을 주시하는 것 외에는 아무것도 하지 않았다. 하녀가 지나가면서 언뜻 봐서는 빈 듯 보이는 그의 방문을 닫으면, 그는 잠시 뒤에 일어나 다시 문을 열어 놓았다. 아침에는 평소보다 한 시간 일찍 일어났다. 뷔르스트너 양이 사무실로 일하러 나간다면, 혹시 그녀하고만 따로 마주칠 수 있을까 해서였다. 그러나 매번 허사였다. 그래서 그녀에게 사무실과 집으로 편지를 써서, 자신의 태도에 대해 다시 한 번 변명을 하려고 했다. 명예를 회복할 수 있다면 무엇이든 해주겠다고 제안했고, 그녀가 카에게 선을 긋는다면 절대 그것을 넘지 않겠다고 약속했으며, 그녀와 얘기할 수 있는 기회를 달라고만 했다. 특히 먼저 그녀와 이야기하지 않는 한, 자신도 그루바흐 부인한테 아무것도 시킬 수가 없기 때문이라고 했다. 끝으로 다음 일요일에 온종일 자신의 방에서 그녀가 어떤 표시를 즉 자신의 요청을 들어준다는 약속을 하거나, 아니면 모든 것을 그녀의 뜻에 따르겠다고 했는데도 왜 그 요청을 들어줄 수 없는지 적어도 설명은 해줄 그런 것을 기다리고 있겠다고 썼다. 편지들은 반송되지 않았지만 대답도 없었다. 대신 일요일에 어떤 표시가 있었다. 충분히 명확한 표시였다. 이른 아침에 벌써 카는 자물쇠 구멍으로 현관에서 특별한 동요가 있는 것을 알아차렸다. 그것이 무엇인지 곧 밝혀졌다. 프랑스어 교사인 몬탁이라는 성을 가진 독일인 아가씨, 연약하고 창백하며 약간 다리를 저는 그 아가씨가 지금까지는 혼자 방을 쓰다가 뷔르스트너 양 방으로 옮기는 것이었다. 몇 시간 동안 그녀가 발을 질질 끌며 현관을 지나다니는 모습이 보였다. 언제나 옷 하나 혹은 작은 담요 하나 혹은 책 한 권을 놓고 와, 다시 그것을 가지러 갔다가 새 방으로 옮겨 놓곤 했다.

그루바흐 부인이 아침을 가져왔을 때—그녀가 카를 그렇게 화나게 만든 이후로, 그녀는 사소한 일조차도 하녀에게 맡기지 않았다—카는 주저하지 않고 지난 닷새 이후 처음 그녀에게 말을 걸었다. "오늘 왜 이렇게 현관이 시끄럽죠?" 커피를 따르며 그가 물었다. "안 할 수 없나요? 하필 일요일에 방을 치워야만 하나요?" 그루바흐 부인을 쳐다보지 않았지만, 카는 그녀가 안도의 한숨을 쉬는 것을 알았다. 카의 이 엄격한 질문조차도 그녀는 용서나 혹은 용서의 시작으로 이해했다. "방을 치우는 게 아니에요, 카 씨." 그녀가 말했다. "몬탁 양이 뷔르스트너 양 방으로 가면서 짐을 옮기는 거예요." 그녀는 더 이상 말을 하지 않고 카가 이 말에 어떻게 반응하는지, 혹은 그녀가 말을 계속하도록 그가 허용할지 기다리고 있었다. 그러나 카는 그녀를 시험했다. 생각에 잠겨 숟가락으로 커피를 저으며 묵묵히 있었다. 그런 뒤 카는 그녀를 올려다보고 말했다, "전에 뷔르스트너 양 때문에 했던 의심을 버리셨나요?" "카 씨," 바로 그 질문을 기다리던 그루바흐 부인은 이렇게 외치며 카에게 팔을 쭉 뻗었다. "요즈음 일상적인 말을 너무 심각하게 받아들이셨어요. 저는 결코 당신이나 다른 사람을 괴롭힐 생각이 없었어요. 이미 오랫동안 저를, 납득하실 만큼, 잘 알고 계시잖아요. 제가 최근에 얼마나 마음이 안 좋았는지 모르실 거예요! 제가 제 세입자들을 헐뜯다니요! 그런데 카 씨는 그렇게 생각하셨잖아요! 그러고는 '저는 방을 빼겠습니다'라고 말씀하셨지요! 방을 빼겠습니다라니요!" 마지막 말은 벌써 눈물에 막혔다. 그녀는 앞치마로 얼굴을 가리더니 크게 흐느껴 울었다.

"울지 마세요, 그루바흐 부인." 카가 말했다. 창문 밖을 보면서 뷔르스트너 양만을, 그녀가 잘 모르는 처녀를 자신의 방에 들이는 것만 생각했다. "울지 마세요." 다시 방으로 눈길을 돌렸는데 여전히 그루바흐 부인이 울고 있자, 그가 말했다. "저로서도 그때 그렇게 나쁜 뜻은 아니었어요. 우리는 서로 오해했어요. 그건 오래된 친구 사이에서도 한 번쯤 일어날 수 있는 일이죠." 그루바흐 부인은 카가 정말로 용서를 했는지 보려고 앞치마를 눈 밑으로 내렸다. "네 그래요, 그런 거죠." 카는 이렇게 말하면서, 그루바흐 부인의 태도를 보고 대위가 아무것도 누설하지 않았다고 추측했기 때문에, 이렇게 덧붙이기까지 했다. "제가 잘 모르는 아가씨 때문에 부인과 등을 질 거라고 정말 그렇게 생각하십니까?" "그것 말이죠, 카 씨." 그루바흐 부인이 말했다. 어느 정도 마음이 편하다고 느끼자마자 부적당한 말을 한 것은 그녀의 불운이었다. "저는 계속 이런 의문이 들었어요. 왜 카 씨는 뷔르스트너 양을 저렇게 챙길까? 카 씨에 대한 나쁜 말 때문에 내가 잠을 설칠 성도라는 것을 알면서 왜 그녀 때문에 나랑 싸우는 걸까? 나는 뷔르스트너 양에 대해서 오직 내 눈으로 본 것만 말했는데." 카는 여기에 대해 아무 말도 하지 않았다. 그루바흐 부인의 첫 마디에 벌써 그녀를 내쫓아야만 했지만, 그러고 싶지 않았다. 커피를 마시는 것으로, 그루바흐 부인이 쓸데없는 말을 하고 있다는 것을 느끼게 하는 것으로 만족했다. 밖에서 온 현관을 다시 돌아다니는 몬탁 양의 질질 끄는 발소리가 들렸다. "들리세요?" 카가 물으며 손으로 문을 가리켰다. "네." 그루바흐 부인이 대답하고는 한숨을 쉬었다. "제가 도와주려 했고, 하녀에게도 도와주라고 했지만, 몬탁 양이 고집을 부려요. 짐을 혼자 다 나르려 하네요. 뷔르스트너 양이 놀라워요. 저는 가끔 몬탁 양에게 방을 내 준 것이 부담스럽거든요. 그런데 뷔르스트너 양은 그녀를 방에 들이기까지 하잖아요." "아주머니는 상관하실 필요가 없을 텐데요." 카가 말하면서 커피 잔 안에 남은 설탕 찌꺼기를 눌렀다. "그렇게 하면 손해 보십니까?" "아뇨." 그루바흐 부인이 말했다. "저로서야 대 환영이죠. 그럼 방 하나가 비어서 제 조카인 대위를 거기에 묵게 할 수 있으니까요. 사실 저는 전부터 걱정이 되었어요. 최근 며칠 동안 조카를 옆 거실에 묵게 했는데 걔가 당신을 방해하지나 않을까 하고요." "무슨 뚱딴지같은 생각이신지!" 카는 이렇게 말하면서 일어났다. "말도 안 됩니다. 내가 몬탁 양이 오락가락하는 걸—지금 몬탁 양이 다시 자기 방으로 갔습니다—견뎌 내지 못하니, 나를 아주 예민하다고 생각하시나 보군요." 그루바흐 부인은 정말 어쩔 줄 몰라 하는 것 같았다. "제가요, 카 씨, 몬탁 양에게 나머지 이사는 나중에 하라고 말할까요? 원하시면 곧바로 그렇게 말할게요." "하지만 그녀는 뷔르스트너 양 방으로 이사해야 하지 않습니까!" 카가 말했다. "네." 그루바흐 부인이 대답했다. 그녀는 카가 의미하는 것을 완전히 이해하지 못했다. "그러니까," 카가 말했다, "그러면 그녀는 짐을 그 방으로 옮겨야죠." 그루바흐 부인은 그저 고개를 끄덕였다. 겉으로는 고집으로만 보이는 이 묵언의 어색함이 카를 더 화나게 했다. 그는 방 안 창문에서 문까지 오락가락하기 시작했고, 이 덕분에 그루바흐 부인은 자리를 뜰 기회를 얻었다. 평소 같으면 아마 진즉에 그렇게 했을 것이다.

카가 다시 한 번 더 문가로 왔을 때, 누군가가 문을 두드렸다. 하녀였다. 몬탁 양이 카 씨와 몇 마디 나누고 싶으니 기다리고 있는 식당으로 와 주었으면 한다는 말을 전했다. 카는 생각에 잠겨 하녀의 말을 듣고 나서 거의 비웃는 듯한 눈길을 하고, 놀란 그루바흐 부인에게로 몸을 돌렸다. 이 눈길은 카가 몬탁 양의 초대를 이미 전부터 예상하고 있었으며, 이 초대는 그가 이 일요일 오전 그루바흐 부인의 세입자들 때문에 겪을 수밖에 없는 성가신 일과 아주 잘 어울린다고 말하는 것 같았다. 그는 하녀에게 곧 가겠다는 대답을 주어 돌려보내고, 웃옷을 갈아입으려 옷장 쪽으로 갔다. 성가신 사람에 대해 나직이 투덜대고 있는 그루바흐 부인에게 아침 먹은 그릇을 갖고 나가 주지 않겠냐는 부탁으로 대답을 대신했다. "하지만 거의 손도 안 대셨잖아요." 그루바흐 부인이 말했다. "아, 그냥 치우세요." 카가 소리쳤다. 그에게는 왠지 몬탁 양이 모든 일에 참견해서 일을 성가시게 만드는 것같이 생각되었다.

카가 현관을 지나가면서 뷔르스트너 양의 닫힌 문을 쳐다보았다. 하지만 그는 그 방이 아니라 식당에 초대된 것이었다. 노크도 하지 않고 식당 문을 열었다.

식당은 아주 길지만 폭은 좁고, 창문이 하나 있는 방이었다. 문이 있는 벽 구석에는 두 개의 찬장을 비딱하니 놓을 정도의 자리만 있는 반면에, 방의 나머지 부분은 긴 식탁이 꽉 채우고 있었다. 식탁은 방문 근처에서 시작해서 큰 창문에 닿을 듯 말 듯할 정도로 길었다. 때문에 창문에는 거의 접근할 수가 없었다. 식탁은 이미 차려져 있었는데, 여러 사람을 위한 것이었다. 일요일에는 거의 모든 세입자들이 여기서 점심을 먹기 때문이었다.

카가 들어서자 몬탁 양이 창가를 떠나 식탁 한 면을 따라 카에게 다가왔다. 두 사람은 말없이 인사를 했다. 그러더니 몬탁 양이 늘 그렇듯 머리를 이상하게 똑바로 세운 채 말을 했다. "저를 알고 계신지 모르겠습니다." 카는 눈을 찌푸리며 그녀를 보왔다. "물론 압니다." 그가 말했다. "벌써 꽤 오래 그루바흐 부인 집에 살고 계시지 않습니까." "그런데 당신은 하숙비 걱정은 별로 안 하시는 것 같군요." "그렇습니다." 카가 대답했다. "앉으시겠어요?" 몬탁 양이 말했다. 두 사람은 말없이 식탁 맨 끝머리에 있는 의자 두 개를 당겨 서로 마주 보고 앉았다. 그러나 몬탁 양은 곧 다시 일어났다. 장갑을 창틀에 놓고 왔기 때문이었다. 그녀는 그것을 다시 가지러, 다리를 질질 끌며 갔다. 장갑을 살짝 흔들며 다시 돌아와서는 말했다. "제 여자 친구의 부탁으로 당신과 몇 마디 나누려고요. 친구가 직접 오려고 했지만 오늘은 몸이 좀 안 좋아요. 친구를 이해해 주시고 그 애 대신 제 말씀을 들어주세요. 제 친구도 저랑 똑같은 말을 하겠지만, 제 생각에는 제가 당신에게 더 많은 말을 할 거예요. 저는 비교적 냉담하니까요. 그렇게 생각하지 않으세요?" "뭐라 해야 할지 모르겠군요!" 카가 대답했다. 그는 몬탁 양의 눈이 계속 자신의 입술을 향해 있는 것을 보는 데 지쳤다. 그녀는 이렇게 함으로써 카가 먼저 말하려는 것을 막을 수 있다고 믿었다. "제가 사적인 대화를 나누고 싶다고 말씀드렸는데, 뷔르스트너 양이 그것을 허락하지 않는 거군요." "그래요." 몬탁 양이 말했다, "아니면 전혀 그렇지 않다고도 할 수 있겠죠. 아주 예리하게 표현하시는군요. 보통 대화는 허락되는 게 아니고, 그 반대가 되는 것도 아니죠. 사람들이 대화가 필요하다고 생각하면, 대화를 하는 거죠. 지금이 바로 그래요. 지금 하신 말씀에 대해 제가 솔직하게 말하겠어요. 당신은 제 친구에게 글로 그리고 구두로 대화를 청하셨어요. 이제 제 친구는 이 대화가 무엇과 관계있는지 알고 있어요. 적어도 저는 그렇게 생각해요. 그래서 저는 알지 못하는 이유 때문에 그녀가 만일 정말 이 대화를 하게 된다면, 누구에게도 이득이 되지 않을 것으로 생각했어요. 게다가 제 친구는 어제서야, 그것도 대충 이 일에 대해 이야기해 주었습니다. 그러면서 어쨌든 당신에게도 이 대화는 썩 중요하지 않을 것이라고 했어요. 왜냐하면 당신도 그저 우연히 그런 생각을 하게 된 것이며, 특별한 설명을 안 해도 당신은 지금 당장은 아니더라도, 이제 곧 이 모든 것이 무의미하다는 것을 깨달을 것이기 때문이라고 했죠. 그래서 저는 이렇게 대답했어요. 그 말이 옳다, 하지만 나는 깔끔히 정리하기 위해서 당신에게 명확한 대답을 해주는 것이 좋을 것으로 생각한다고 말이에요. 저는 이 일을 떠맡겠다고 자청했어요. 약간 망설이다가 친구는 제 생각에 수긍을 했어요. 이제 당신이 생각하신 대로 처리되기를 바라기도 합니다. 왜냐하면 아주 사소한 문제에서 보이는 가장 작은 차이도 항상 애를 먹게 하기 때문이죠. 그리고 지금처럼 그런 차이를 조금이라도 제거할 수 있는 경우라면, 곧바로 없애는 게 더 나을 겁니다." "고맙습니다." 카는 즉각 대답하고 천천히 일어나서 몬탁 양을, 그 다음에는 식탁 위쪽을, 그다음에는 창문—건너편 집이 햇빛을 가득 받고 있었다—을 쳐다보더니, 문 쪽으로 갔다. 몬탁 양은 그를 완전히 믿지 못하겠다는 듯 몇 걸음 뒤에서 따라갔다. 그러나 문 앞에서 두 사람은 뒤로 물러서야만 했다. 문이 열리더니 란츠 대위가 들어섰기 때문이었다. 카가 그를 가까이서 본 것은 처음이었다. 키가 크고 마흔 정도며, 갈색으로 그을린 살집 있는 얼굴이었다. 그는 가볍게 허리를 굽혀 인사했다. 카에게 하는 인사이기도 했다. 그러고는 몬탁 양에게로 가서 그녀의 손등에 정중하게 입을 맞췄다. 동작이 아주 세련되었다. 몬탁 양에 대한 그의 정중함은 카가 그녀에게 보였던 태도와 눈에 띄는 대조를 보였다. 그렇지만 몬탁 양은 카에게 화가 난 것 같지 않았다. 카가 알아차린 바로, 그녀가 대위에게 카를 소개하려고까지 했기 때문이었다. 하지만 카는 소개되고 싶지 않았다. 그는 대위에게도 몬탁 양에게도 어떤 식으로든 친절하게 대할 상황이 아니었다. 카가 보기에 손등 키스가 두 사람을 하나의 그룹으로 엮은 것 같았다. 그런데 이 그룹은 겉으로 보기에 극도로 해가 없고 사심도 없어 보이지만 카가 뷔르스트너 양에게 다가가는 것은 막았다. 카는 이것을 알아차렸다고 생각했을 뿐만 아니라, 몬탁 양이 장단점을 다 가진 훌륭한 방법을 택했다는 것도 알았다. 그녀는 뷔르스트너 양과 카의 관계의 의미를 과장했고, 특히 카가 요청하여 성사된 대화의 의미를 과장했으며, 동시에 마치 카가 모든 것을 과장한 것처럼 보이게 그것을 이용하려고 했다. 그녀는 분명 잘못 생각한 것이다. 카는 아무것도 과장하려 하지 않았다, 그는 뷔르스트너 양이 하찮은 타이피스트로서 자신에게 오래 저항하지 못하리라는 사실을 알고 있었다. 이때 그는 그루바흐 부인한테서 뷔르스트너 양에 대해 들었던 말은 의도적으로 계산에 넣지 않았다. 카는 인사를 하는 둥 마는 둥, 방을 나오면서 이 모든 생각을 했다. 그는 곧장 자기 방으로 가려했다. 하지만 등 뒤쪽 식당에서 들리는 몬탁 양의 작은 웃음소리 때문에, 어쩌면 자신이 대위와 몬탁 양을 놀라게 했을지도 모른다는 생각이 들었다. 그는 주위를 살펴보면서, 주위에 있는 방들에서부터 방해되는 소리가 들릴까 귀를 기울였다. 사방이 고요했다. 단지 식당에서 이야기하는 소리와, 부엌으로 가는 복도에서 그루바흐 부인의 목소리가 들릴 뿐이었다. 아주 좋은 기회였다. 그는 뷔르스트너 양의 방으로 가서 조용히 문을 두드렸다. 아무 소리도 들리지 않자 다시 한 번 더 두드렸다. 그러나 여전히 대답이 없었다. 자고 있을까? 아니면 정말 아픈가? 아니면 그렇게 낮게 문을 두드릴 사람은 카뿐이라고 생각해서 대답을 거부하고 있는 걸까? 카는 그녀가 거부하고 있다고 생각해서 문을 좀 더 세게 두드렸고, 두드려 봤자 대꾸가 없자 결국 옳지 않은데다가 쓸데없는 일을 하고 있다는 생각도 없이 조용히 문을 열었다. 방에는 아무도 없었다. 지금 이 방은 카가 전에 알고 있는 그 방과 너무 달랐다. 벽에는 두 개의 침대가 길이로 나란히 놓여 있고, 문 가까이에 있는 세 개의 안락의자에는 옷들과 빨래가 쌓여 있고, 장롱은 열려 있었다. 몬탁 양이 식당에서 카를 설득하고 있는 동안, 뷔르스트너 양은 밖으로 나간 것 같았다. 이 일로 카는 당황하지 않았다. 그녀를 그렇게 쉽게 만날 수 있으리라고 기대하지도 않았다. 거의 몬탁 양에 대한 반항으로 이런 시도를 했을 뿐이었다. 그러나 더욱 곤란한 일은, 문을 다시 닫으면서 식당의 열린 문 안 쪽에서 몬탁 양과 대위가 이야기를 하고 있는 것을 본 것이다. 아마 그들은 카가 뷔르스트너 양의 방문을 열었을 때부터 그곳에 서 있었던 것 같았다. 그들은 조용히 이야기하고, 눈으로는 카의 움직임을 쫓으면서 마치 대화중에는 다른 생각을 하며 주위를 둘러보는 척, 카를 지켜본 티를 내지 않았다. 그러나 카에게는 이런 눈길이 더욱 견디기 어려웠다. 그는 서둘러 벽을 따라 자기 방으로 갔다.

검사

은행에서 오래 근무하면서 인간 이해와 세상 경험을 얻었음에도 불구하고 카는 단골 모임의 사람들이 여전히 이상하게 존경스러워 보였다. 그는 이 모임에 속하는 것이 자신에게 큰 영광이라는 것을 절대 부정한 적이 없었다. 거의 판사, 검사, 변호사로 구성되어 있었다. 아주 젊은 공무원과 변호사 조수 몇몇도 여기에 속했지만, 이들은 탁자의 말석에 앉아, 특별한 질문을 받을 때만 논쟁에 참여할 수 있었다. 하지만 이런 질문들 대부분은 사람들을 웃기게 하려는 의도에서 제기될 뿐이었다. 특히 보통 카의 옆자리에 앉는 검사 하스터러가 이런 식으로 젊은 사람들을 부끄럽게 만드는 것을 좋아했다. 그가 털이 잔뜩 난 큰 손을 탁자 한가운데서 쫙 펴고 말석인 탁자 끝을 향해 몸을 돌리면, 이미 모든 사람들은 귀를 기울였다. 그리고 말석에 앉은 사람들 중 하나가 질문을 받았지만 대답을 제대로 못하거나 생각에 잠겨 맥주만 들여다보고 있거나, 말하는 대신 그저 턱만 움직거리고 있거나, 아니면—가장 짜증나는 경우인데—틀리거나 신빙성 없는 의견을 끊임없이 쏟아 내기라도 하면, 나이든 신사들은 미소를 지으며 앉은 자리에서 몸을 돌려버렸다. 이제야 그들은 기분이 편안해진 듯 보였다. 정말로 진지하고 전문적인 대화는 그들만의 것이었다.

카는 은행의 법률고문인 어떤 변호사를 통해 이 모임에 들어오게 되었다. 그렇게 된 시점이 있었다. 어느 날 카는 이 변호사와 저녁 늦게까지 은행에서 긴 토론을 해야만 했고, 그러다 보니 자연스럽게 변호사와 함께 이 모임까지 와서 저녁을 먹었고, 이 그룹이 호의를 보여주었던 것이다. 그는 여기서 정말로 학식 있고, 명망 있고, 어떤 의미에서 권력 있는 신사들을 만났다. 이들은 일상과는 거리가 먼 어려운 질문들을 해결하려 애쓰면서 기분을 전환했다. 카 자신은 물론 아주 조금만 이해할 수 있었지만, 많은 것을 경험할 수 있는 가능성을 얻었고, 이것은 언제건 은행에서 그에게 득이 될 수 있었고 게다가 법원과 사적인 관계를 맺을 수 있었다. 이런 관계는 항상 유용했다. 이 모임 또한 그를 기꺼이 받아들였다. 그는 곧 사업 전문가로 인정받았고 그런 문제에서 있어 그의 의견—모순이 전혀 없지는 않더라도—도 결정적인 것으로 받아들여졌다. 법률문제를 다르게 판단하는 두 사람이 사실 내용에 대해 카의 의견을 요구하고, 그러면 카의 이름이 모든 의견과 그에 대한 반대 의견에서 다시 언급되어, 카는 더 이상 따라갈 수 없는 가장 보편적인 분석에 이르기까지 인용되는 일이 자주 일어났다. 그러나 점차 카는 많은 것을 깨닫게 되었다. 특히 자기 측에서 볼 때 검사 하스터러는 좋은 조언자였으며, 그도 카에게 친하게 굴었다. 카는 가끔 밤중에 그를 집에 바래다주기까지 했다. 하지만 소매 없는 원통형의 외투로 카를 보이지 않게 완전히 감쌀 정도로 덩치가 큰 그와 팔짱을 끼고 나란히 걷는 것에는 오래도록 익숙해질 수가 없었다.

시간이 지나면서 두 사람은 교육, 직업, 연령의 모든 차이를 없애 버릴 만큼 마음이 맞았다. 오랫동안 친했던 것처럼 교류했다. 그들의 관계에서 때로 외적으로 한 사람이 우월하게 보일 때가 있다면, 그것은 하스터러가 아니라 카였다. 카의 실질적인 경험들은 법원의 책상에서부터는 절대 얻을 수 없는, 아주 직접적으로 얻어진 것들이라서 대부분 옳았기 때문이었다.

이러한 우정은 당연히 모임에서도 곧 모두에게 해당하여, 누가 카를 이 모임에 데려왔는지 거의 반쯤은 잊었다. 어쨌든 이제 카를 감싸주는 사람은 하스터러였다. 여기 앉을 권한이 의심스럽게 된다면, 카는 당연히 하스터러를 증인으로 끌어댈 수 있었다. 그것을 통해 그는 특별히 우월한 위치를 차지했다. 사람들이 하스터러를 존경하기도 했고 또 두려워하기도 했기 때문이었다. 그가 갖고 있는 법학적 사고의 힘과 노련함은 정말 경탄할 만한 가치가 있었다. 적어도 이런 관점에서 많은 신사들이 그에게 필적하기는 했지만, 그가 자신의 의견을 방어할 때 보이는 난폭함에 있어서는 아무도 그와 대적할 수 없었다. 카는 만일 하스터러가 상대방을 설득할 수 없다면, 적어도 그를 두려움에 떨게 만들 수 있을 것이라는 느낌을 받았다. 많은 사람들은 그가 집게손가락을 쭉 뻗기만 해도 물러났다. 그러면 상대방은 하스터러가 모임에서 좋은 지인이고 동료이며, 그저 이론적인 질문이 문제이며, 사실 자신에게 아무 일도 일어나지 않을 것이라는 사실—하지만 상대는 입을 다물고 고개를 젓는 것조차도 용기를 내야했다—을 잊어버린 듯 했다. 상대방이 멀리 떨어져 앉아 있으면, 하스터러는 멀리 떨어져서 합의를 볼 수 없다는 것을 알아채고, 음식이 담긴 접시를 밀어내고 상대방인 그 남자에게로 직접 가기 위해 천천히 자리에서 일어났다. 이것은 거의 난감한 광경이었다. 옆에 앉아 있는 사람들은 그의 얼굴을 보려고 머리를 뒤로 젖혔다. 물론 이것은 그저 비교적 드물게 일어나는 돌발 사건이었다 특히 그는 거의 법학적인 문제, 보다 정확히 말하면 그가 직접 진행했거나 진행하고 있는 재판과 관련된 법적 문제에 관해서만 흥분했다. 그런 문제를 다루지 않을 때면 그는 명랑하고 온화했으며 그의 웃음은 친절했고, 음식과 음료수에 열정을 보였다. 게다가 평범한 대화에 전혀 귀를 기울이지 않고, 카 쪽으로 몸을 돌려 카의 의자 팔걸이에 팔을 올려놓은 채 은행에 대해 낮은 소리로 꼬치꼬치 묻고, 그러다가 자신의 일에 대해 얘기를 하거나, 그가 법원 일 만큼이나 열심을 보이는 여성 관계에 대해 얘기할 때도 있었다. 사람들은 그가 모임에 있는 어떤 사람과도 그런 식으로 얘기하는 것을 본 적이 없었다. 실제로 사람들은 하스터러에게 뭔가 부탁할 일이 있으면—대부분은 동료와 화해를 해야 할 경우였다—우선 카에게로 와서 그와 연결해 달라고 부탁했다. 카는 언제나 기꺼이 그리고 쉽게 그 일을 해주었다. 카는 이런 관점에서 하스터러와 자신의 관계를 이용하지 않고도 모든 사람에게 아주 예의바르고 겸손했다. 그는 예절과 겸손보다 더 중요한 것이 무엇인지 알고 있었다. 그것은 신사들 사이의 서열을 잘 구별해서 각자 그의 위치에 맞게 대우해 주는 것이었다. 물론 하스터러가 이것을 항상 가르쳐주었고, 이것이 하스터러가 최고로 격앙된 논쟁에서도 절대 어기지 않는 유일한 규정이었다. 그래서 하스터러도 일반적인 대화는 아직 거의 서열에 들지 못하는 식탁 말석에 앉은 젊은 사람들을 향해, 마치 그들이 개인이 아니라 그냥 하나로 뭉쳐 있는 덩어리인 양, 그들에게 대화를 거는 것이었다. 그러나 바로 이 젊은 신사들이 하스터러에게 가장 큰 존경을 표했다. 그가 11시 쯤 집에 가려고 자리에서 일어나면, 이들 중 한 명이 곧바로 와서 무거운 외투를 입는 것을 도와주고, 다른 사람은 몸을 깊이 숙여 인사하며 그의 앞에서 문을 열어 주었다. 물론 카가 하스터러 뒤를 따라 방을 나가면 그때까지 문을 잡고 있었다.

처음에는 카가 하스터러를 혹은 하스터러가 카를 조금 바래다주었지만, 나중에는 그런 저녁은 보통 하스터러가 카에게 자기 집으로 가서 조금 있다가 가라고 청하는 것으로 끝났다. 그러면 둘은 한 시간 가량 술을 마시고 담배를 피우며 앉아 있었다. 이런 저녁을 하스터러는 아주 좋아해서, 헬레네라는 여성이 몇 주간 자신의 집에서 묵을 때조차도 이를 그만두려 하지 않았다. 그녀는 뚱뚱하고 좀 나이든 여인으로 누리끼리한 피부에 검은 곱슬머리가 이마 주변에 돌돌 말려 있었다. 카는 처음에는 그녀가 침대에 누워 있는 것만 보았다. 그녀는 보통 거기에 정말 넉살좋게 누워서 분책으로 발행되는 소설을 읽으며 남자들의 대화에 신경도 쓰지 않았다. 시간이 늦어지면 그때서야 그녀는 몸을 쭉 펴고 하품을 하고, 달리 눈길을 끌 방법이 없으면, 소설책을 하스터러에게로 던졌다. 그러면 하스터러는 미소를 지으며 일어서서 카에게 작별 인사를 했다. 그러나 나중에 하스터러가 헬레네에게 싫증을 내기 시작하자, 그녀는 이 모임을 신경질적으로 방해했다. 이제 그녀는 항상 옷을 완벽하게 갖춰 입고 두 사람을 기다렸다. 보통은 드레스를 입고 있었다. 그녀는 이 옷을 아주 소중하고, 자신에게 잘 어울린다고 생각하는 듯 보였지만, 사실 낡고 장식이 과하게 붙어 있는 무도복이었다. 특히 장식용의 긴 술이 몇 줄 늘어져 있어 불편해 보였다. 이 옷이 정확히 어떻게 생겼는지 카는 알지 못했다. 카는 어떤 의미에서 그녀를 쳐다보지도 않았고, 몇 시간 동안 눈을 반쯤 내리뜨고 거기 앉아 있었다. 그러는 동안 그녀는 흐느적거리며 방을 오락가락하거나, 카의 옆에 앉거나, 나중에는 그녀의 입장이 점점 곤란하게 되어, 궁여지책으로 카를 두둔하면서 하스터러를 질투하게 하려 들기까지 했다. 그녀가 둥글고 살찐 등을 드러낸 채 탁자 너머로 몸을 내밀어 얼굴을 카에게 가까이 들이대어, 그런 식으로 자신을 바라보도록 강요하는 것은 악의가 아니었다. 그저 궁여지책이었다. 그녀는 이렇게 해서 곧 카가 카스터러에게 오는 것을 거절하게 만들었을 뿐이었다. 그리고 얼마 뒤 카가 다시 왔을 때는 헬레네는 완전히 쫓겨났다. 카는 이를 당연하다고 생각했다. 두 남자는 이날 밤 유난히 오래 함께 있으면서, 하스터러의 제안으로 말을 놓고 너나 하는 사이가 됨을 축하했다. 카는 담배와 술로 인해 집으로 돌아오는 길에 약간 정신이 몽롱했다.

바로 다음 날 아침 은행에서 지점장이 업무상 대화를 하는 중에, 자신이 어젯밤 카를 본 것 같다는 말을 했다. 자신이 헷갈린 것이 아니라면, 카가 검사 하스터러와 팔짱을 끼고 가고 있었다고 했다. 지점장은 그게 아주 별난 일이라 생각하는 것 같았다. 그래서—평소 그의 정확한 성격에 딱 어울리게—성당을 언급하면서, 분수 근처 성당 건물 긴 쪽에서 두 사람을 보았다고 설명했다. 그가 설령 신기루를 설명하려 한다고 했더라도, 다른 식으로 표현하지 못했을 것이다. 카는 검사가 자신의 친구이며 어제 저녁 정말로 성당 근처를 지나갔었다고 했다. 지점장은 놀란 듯 웃으며, 앉으라고 카에게 자리를 권했다. 카가 지점장을 아주 좋아하게 되는 순간은 바로 이런 때였다. 아프고 잔기침을 해대며 과중한 일에 시달리는 이 남자로부터 카의 편안과 미래에 대한 어떤 염려가 드러나는 그런 순간이었다. 하지만 이는 지점장한테서 유사한 것을 경험한 다른 직원들 표현대로라면, 차갑고 건성으로 하는 염려라 할 수 있는 것으로서, 단 2분을 버림으로써 쓸 만한 직원을 몇 년이고 자신에게 묶어 놓을 수 있는 아주 훌륭한 방법일 뿐이었다. 그렇다고 해도 카는 이런 순간 지점장에게 복종했다. 어쩌면 지점장도 카에게 다른 직원과는 조금 다른 식으로 이야기하는 것 같기도 했다. 왜냐하면 그는 상사라는 지위를 잊으면서까지 카와 친분을 쌓으려 하지 않았기 때문이었다. 오히려 정기적으로 일상적인 업무상 교류를 하면서 친분을 맺었다. 그리고 이때 그는 자신의 지위가 아니라 카의 지위를 생각하지 않는 것 같았다. 마치 어린아이와 혹은 이제 막 일자리를 얻으려 지망한, 이해할 수 없는 어떤 이유로 자신의 마음에 든 철부지 젊은이와 얘기하듯 카와 이야기를 했다. 지점장의 배려가 진정성 있게 생각되지 않았거나 혹은 적어도 아까와 같은 순간에 카가 느낀 이러한 배려의 가능성이 완벽하게 그를 매혹하지 않았더라면, 카는 분명 다른 사람이건 지점장이건 그런 식으로 이야기하는 것을 견디지 못했을 것이다. 카는 자신의 약점을 알았다. 약점의 이유는 어쩌면 이런 점에서 그의 내면에 정말 아직 어린애 같은 구석이 있어서인지도 몰랐다. 왜냐하면 그는 아버지를 아주 일찍 여의어서 아버지의 배려를 한 번도 경험한 적이 없었고, 곧 집을 나와, 어머니의 애정을 갈구하기 보다는 오히려 거부했기 때문이었다. 그의 어머니는 여전히 도시 밖의 변하지 않은 작은 소도시에서 반쯤 시력을 잃은 채 살고 있고, 마지막 방문한 것이 2년 전이었다.

"둘이 친구 사이인지 전혀 몰랐어요." 지점장은 이렇게 말했다. 살짝 호의적인 미소를 짓는 것만으로 딱딱한 이 말이 부드러워졌다.

엘자에게로

어느 날 저녁 카가 막 나가려던 참에 곧바로 법원사무국으로 오라는 전화가 왔다. 전화를 건 사람은 법원의 요청에 불복하지 말라고 경고했다. 카가 했던 말들 즉 심문은 쓸모가 없다, 성과를 얻을 수도 없으며, 그 무엇도 얻을 수 없다, 더 이상 가지 않을 것이다, 전화나 문서상의 요청에 신경 쓰지 않을 것이며 법원에서 보낸 심부름꾼은 문 밖으로 집어 던지겠다는 등 이러한 모든 말은 기록되었고, 이미 그에게 큰 손해가 되었을 것이라고 했다. 대체 왜 복종하지 않는가? 시간과 비용도 들이지 않고 얽히고설킨 일을 제대로 만들 생각이었단 말인가? 지금까지 폭력 조치로 해를 입지 않았는데, 고의로 일을 악화시켜, 폭력 조치가 행해지도록 만들려는 것인가? 오늘이 마지막 소환이라고 했다. 카가 하고 싶은 대로 할 수는 있겠으나, 상급 법원이 놀림을 당하게 두지 않을 것이라는 점을 명심하라고 했다.

　그런데 카는 이날 저녁 엘자에게 가겠다고 말을 했고, 바로 이런 이유 때문에 법원에 갈 수가 없었다. 법원에 출두하지 않는 것에 대해 이런 변명을 댈 수 있다는 사실이 기뻤다. 물론 그는 절대 이런 변명을 하지 않을 것이며, 게다가 이날 저녁 해야 할 아주 사소한 그 밖의 의무가 없었더라도 분명 법원에 가지 않았을 것이다. 그는 여전히 자신의 유리한 권리를 의식하면서, 만약 가지 않으면 어떤 일이 생기는지 물어봤다. "당신을 찾아낼 수 있을 겁니다." 이런 대답이 돌아왔다. "내가 자발적으로 가지 않았기 때문에 처벌을 받게 됩니까?" 카는 물었고, 자신이 듣게 될 대답을 기대하면서 미소를 지었다. "아닙니다." 대답은 이랬다. "특히," 카가 말했다, "내가 오늘의 이 소환에 응해야 하는 이유가 뭡니까?" "사람들은 보통 법원의 권력 수단이 자신을 쫓게 만들지 않습니다." 전화 너머의 목소리는 이렇게 말했다. 그 목소리는 점점 약해지더니 결국은 사라졌다. '소환에 응하지 않는 것은 아주 무모한 짓이군.' 집을 나서면서 카는 이렇게 생각했다, '권력 수단을 잘 알도록 해봐야겠네.'

　망설이지도 않고 카는 엘자에게로 마차를 타고 갔다. 마차 구석에 편안하게 몸을 기대고, 손은 외투 주머니에 넣은 채—벌써 서늘해지기 시작했다—그는 생동감 넘치는 거리를 내다보았다. 확실히 만족하면서 만일 법원이 정말로 업무를 진행하고 있다면, 법원을 적잖이 애 먹였다는 생각을 했다. 그는 법원에 출두할지 아닐지 확실하게 말하지 않았다. 그러니 판사는 기다릴 것이고, 아마 모여 있는 사람들 모두 기다릴 것이다. 꼭대기 층에 있는 사람들에게 특별한 실망을 안기기 위해 카만 나타나지 않을 것이다. 법원 때문에 동요되지 않고 카는 자신이 가고자 하는 곳으로 향했다. 그런데 혹시 자신이 멍한 상태에서 마부에게 법원의 주소를 댄 것은 아닌가 하는 의심이 들었다. 그래서 그는 마부에게 큰 소리로 엘자의 주소를 알려주었다. 마부는 고개를 끄덕였다. 그는 다른 주소는 듣지도 못한 것이다. 이때부터 카는 점차 법원은 잊었고, 은행에 대한 생각이 다시 전처럼 그의 마음을 완전히 채우기 시작했다.

부지점장과의 싸움

어느 날 아침 카는 다른 때보다 훨씬 상쾌하고 저항할 수 있는 힘
이 생긴듯한 기분이 들었다. 법원에 대해서는 거의 생각하지 않
았다. 하지만 그런 생각이 들면, 아주 전망하기 힘든 이 거대한
조직이 어둠 속에서 숨어 있어, 이제야 더듬어 찾아낸 구실 때문
에 쉽게 붙잡혀 뜯겨지고 산산조각이 날 수도 있을 것 같아 보였
다. 현재의 특별한 몸 기분 상태는 카로 하여금 부지점장을 초대
해 자신의 사무실로 오게 해서 벌써 얼마 전부터 긴박한 사업상
의 걱정거리를 함께 상의하게까지 만들었다. 이런 기회가 있을
때마다 부지점장은 카에 대한 자신의 태도가 최근 몇 달 동안 조
금도 변하지 않은 듯 행동했다. 카와 끊임없이 경쟁을 하던 이전
처럼 조용히 와서는, 조용히 카의 설명을 들어주고 허물없는, 정
말 동료 같은 간단한 의견을 제시함으로써 관심을 보였다. 의도

적이라 할 수는 없지만 부지점장이 그 어떤 것을 통해서도 업무 상의 주제에서 벗어나지 않고, 정말 온전히 이 문제를 받아들일 자세를 보여서 카는 당황했다. 반면 이 의무 이행의 본보기라고 할 만한 사람 앞에서 카의 생각은 곧 모든 방향으로 옮겨가기 시작했고, 이 일 자체를 거의 아무 저항 없이 부지점장에게 떠맡기려고 했다. 한 번은 부지점장이 벌떡 일어나 아무 말 없이 자기 사무실로 돌아가 버리는 것을 겨우 알아차릴 정도로 카의 상태가 나빴다. 카는 무슨 일이 일어났는지 몰랐다. 어쩌면 대화가 제대로 끝났을 수도 있었다. 어쩌면 카가 저도 모르게 부지점장의 기분을 상하게 만들었거나 아니면 터무니없는 소리를 했거나, 혹은 카가 귀 기울여 듣지 않고 다른 일에 몰두하고 있다는 것을 부지점장이 확실히 알고 그가 대화를 중단했을 수도 있었다. 아니면 카가 말도 안 되는 결정을 내렸거나, 아니면 부지점장이 카로 하여금 그런 결정을 내리도록 꾀어서, 이제 그 결정이 카에게 해가 되도록 만들려고 서두른 것일 수도 있었다. 어쨌든 더 이상은 이 일을 재론하지 않았고, 카는 이 일을 기억하고 싶지 않았으며, 부지점장은 생각을 드러내지 않았다. 물론 당장에 그리고 그 이후에도 눈에 띄는 결과는 나타나지 않았다. 어쨌든 카는 그저 적당한 기회가 생기거나, 그저 조금 기운이 날 때면, 벌써 부지점장한테 가거나 그를 자기 방에 초대하려고 그의 문간에 서 있었고, 이런 일로 별로 놀라지도 않았다. 이전에 했던 것처럼 부지점장앞에서 자신을 숨길 때가 아니었다. 그는 자신을 단번에 모든 걱정에서 풀어 주고, 부지점장에 대한 이전 관계가 저절로 회복시켜 줄, 그런 결정적이며 즉각적인 결과를 이제 더 이상 바라지 않았다. 카는 중단해서는 안 된다는 것을, 사실이 요구하는 대로 뒤로 물러난다면, 어쩌면 절대 앞으로 나가지 못할 위험이 발생하리라는 것을 깨달았다. 카가 끝장났다는 생각을 부지점장이 해서는 안 된다. 그가 그런 믿음을 갖고 태연히 자기 사무실에 앉아 있어서는 안 된다. 불안을 느껴야만 한다. 카가 살아 있으며, 오늘도 그렇게 위험하게 보이지 않지만, 살아 있는 모든 것처럼 어느 날에 새로운 가능성을 갖고 불시에 덮칠 수도 있다는 사실을 가능한 한 자주 겪어야만 한다. 더욱이 카는 자신의 명예 외에 그 무엇을 위해서도 이런 식으로는 싸우지 않을 것이라고 가끔 생각하기도 했다. 왜냐하면 자신이 약점을 가진 상태에서 계속 부지점장을 막아서고, 그가 권력을 가졌다는 느낌을 강화시켜, 그에게 관찰할 기회를 주고, 현재의 관계에 따른 적절한 조처를 취하도록 기회를 준다면, 이것이 자신에게는 이득을 가져올 수 없기 때문이었다. 그러나 카는 절대로 태도를 바꿀 수가 없었을 것이다. 자기기만에 빠졌고, 때로는 바로 지금 아무 걱정 없이 부지점장과 자신을 비교해도 된다고 확신하기까지 했기 때문이었다. 가장 불행한 경험들이 그에게 아무 교훈을 주지 못했다. 그래서 모든 것이 언제나 변함없이 카에게 불리하게 진행되었음에도, 열 번째 시도에서 성공하지 못한 것을 열한 번째에서 관철시킬 수 있다고 믿었다. 그런 모임이 끝난 뒤 지치고, 땀에 젖어 머리가 텅 빈 채로 남아 있게 되면, 자신을 부지점장에게로 떠밀었던 것이 희망이었는지 혹은 절망이었는지 알 수가 없었다. 그렇지만 다음번에 부지점장의 문으로 서둘러 갈 때 또 다시 분명 희망만을 마음속에 품고 있었다.

오늘도 역시 그랬다. 부지점장은 곧 들어 와, 문가에 서서 코안경을 닦았다. 그의 새로 생긴 버릇이었다. 그런 뒤 우선 카를 쳐다보고, 그 다음에는 방 전체도 샅샅이 둘러보았다. 너무 눈에 띄게 카의 일에 몰두하지 않으려는 심산이었다. 마치 시력을 시험해 보려고 기회를 이용하려는 것 같았다. 카는 눈길을 건너 내며 약간 미소를 짓기도 하면서 부지점장에게 앉으라고 권했다. 카 자신은 자기 팔걸이의자에 앉아 가능한 한 부지점장 가까이로 의자를 끌고 가면서 책상에서 필요한 서류를 집어 들고 보고를 시작했다. 부지점장은 처음에는 거의 듣고 있지 않은 것 같았다. 카의 책상 상판은 낮은 난간으로 둘러져 있었다. 책상은 중요한 업무 서류로 가득했고, 난간은 나무에 단단히 박혀 있었다. 그런데 부지점장은 막 그곳에 헐렁한 곳이라도 발견한 듯이 행동했고, 집게손가락으로 난간을 뽑아 보려 함으로써 자신의 실수를 무마시키려 했다. 그래서 카는 보고를 중단하려고 했지만, 부지점장이 허락하지 않았다. 그는 자신이 말했듯이 모든 것을 정확하게 듣고 이해하고 있기 때문이라고 했다. 그러나 카가 당장 그에게 주요한 소견을 요구할 수 없는 동안, 난간이 특별한 조치를 필요로 하는 듯 보였다. 왜냐하면 부지점장이 이제 주머니칼을 꺼내 들더니 카의 자를 지렛대 삼아 난간을 빼려고 했기 때문이었다. 난간을 좀 더 간단히, 더 깊게 박아 넣으려는 것 같았다. 카는 보고에 아주 새로운 종류의 제안을 끼워 넣었다. 부지점장에게 특별한 효과를 줄 것이라고 기대를 걸고 있는 제안이었다. 그런데 지금 이 제안을 하면서 그는 전혀 중단할 수가 없었다. 일이 그를 그토록 사로잡았거나, 아니면 오히려 점점 희박해지는 자의식, 즉 자신이 이 은행에서 아직 뭔가 영향력을 갖고 있으며, 자신의 생각이 자신의 정당함을 증명했었다는 자의식을 갖고 아주 기뻐하고 있는 것이다. 어쩌면 자신을 방어하는 이러한 방식은 은행에서뿐만 아니라 재판에서도 최고의 방식일지도 몰랐다. 어쩌면 카가 이미 시도했거나 아니면 계획하고 있는 다른 어떤 변호보다도 훨씬 나을지도 몰랐다. 말을 서둘러 하는 바람에 카는 난간을 수리하고 있는 부지점장을 강력하게 그 일에서부터 떼어놓을 겨를이 없었다. 그는 보고서를 읽으면서 종이를 들고 있지 않는 다른 손으로 그저 두세 번 진정시키듯 난간을 스치듯 쓰다듬었다. 그렇게 함으로써 거의 자기도 모르게 난간은 아무 문제가 없으며, 설사 문제가 있다 해도 지금은 그것을 고치는 것보다 자신의 보고에 귀를 기울이는 것이 더 중요하며 더 예절바른 것이라는 것을 부지점장에게 보여주려 했다. 그러나 활기차고 정신적 활동만 하는 사람에게서 자주 볼 수 있듯이, 이러한 수공업적 일은 부지점장을 열중하게 만들어, 난간 한 조각이 정말 빠져서 이제는 이 작은 기둥을 다시 원래 구멍에 집어넣는 일이 문제였다. 그 일은 지금까지의 작업보다 더 어려웠다. 부지점장은 자리에서 일어나 두 손으로 난간을 책상 상판에 눌러야만 했다. 그러나 온 힘을 다해도 제자리에 맞춰지지 않았다. 카는 보고서를 읽으면서—그 와중에 다른 말도 아주 많이 섞었다—부지점장이 자리에서 일어선 것을 불명확하게 알아차렸을 뿐이었다. 부지점장이 딴 짓 하는 것을 거의 놓치지 않고 있었음에도, 부지점장의 움직임이 자신의 보고와 어떤 면에서는 관계가 있다고 생각했다. 그래서 그는 일어서서, 손가락으로 어떤 숫자를 누른 채 부지점장에게 종이 한 장을 건넸다. 그러나 부지점장은 그 사이 손으로 누르는 것만으로는 충분하지 않다는 것을 알아차리고, 잠깐 생각한 뒤에 난간에 체중을 다 실었다. 이제 그 작은 기둥들은 삐걱거리며 구멍으로 들어갔지만, 금방 부러졌고, 한 곳에서 기둥의 제일 끝 쪽 부드러운 곳이 둘로 쪼개졌다. "나무가 나쁘군." 부지점장은 화가 나서 이렇게 말하고는 책상을 포기하고 자리에 앉았다.

그 집

카는 기회가 있을 때마다, 우선 특별한 의도와 관련시키지 않고, 관청이 어디에 있는지, 자기 사건의 최초 고소자가 누구인지 알아 두려고 했다. 그리고 어려움 없이 이것을 알게 되었다. 티토렐리와 볼프하르트는 첫 번째 질문에 집의 정확한 주소를 알려주었다. 나중에 티토렐리는, 승인을 위해서 카에게 제출하지 않은 은밀한 계획들을 준비할 때 항상 짓는 미소를 띠며, 다음과 같이 주장함으로써 자신의 정보를 보충했다. 즉 바로 이 관청은 최소한의 영향력도 없고, 지시 받은 것만 알려주고, 죄를 찾는 거대한 검찰기관의 최말단 기관일 뿐이고, 변호사는 물론 소송당사자들도 접근할 수 없는 곳이라 했다. 따라서 검찰기관에 뭔가 바라는 것이 있으면—당연히 늘 많은 소원이 있지만, 그것을 입 밖으로 내는 것이 늘 현명한 것은 아니다—이미 언급한 하위 관청에 의뢰해야만 하지만, 그것을 통해 실제의 검찰청에 다다를 수도 없고, 자신의 소망을 그곳에 전달할 수도 없다는 것이다.

카는 이미 화가의 성격을 알고 있기 때문에, 반박하지 않고 또 더 이상 묻지도 않고 그저 고개를 끄덕이고 말해 준 것에 약간의 주의를 기울였다. 최근에 자주 그랬던 것처럼 카를 들볶는 점에 있어서 티토렐리는 변호사를 충분히 대신하고 있는 느낌이었다. 두 사람의 차이는, 카는 티토렐리에게 그렇게 의지하지 않고, 마음만 먹으면 아무 격식 없이 그를 떨쳐 버릴 수 있다는 점이고, 역시 티토렐리가 지금보다 전에 더 그랬지만, 극도로 말하기를 좋아해서 즉 수다스러워서, 결국 카 역시도 자신의 입장에서 티토렐리를 아주 잘 들볶을 수 있다는 점이었다.

그리고 카는 이 문제에서도 그것을 실행했다. 그가 티토렐리에게 뭔가 숨기고 있는 목소리로, 관청과 관계를 맺고 있지만, 이 관계들이 아무런 위험 없이 알려질 수 있을 정도는 아니라는 듯한 목소리로, 그 집에 대해 자주 이야기를 하면, 티토렐리는 카에게 더 자세하게 이야기하라고 독촉했다. 그러면 카는 갑자기 이야기를 다른 데로 돌리고 한참 동안 거기에 대해 더 이상 이야기하지 않았다. 그는 이런 사소한 성공에 자부심을 가졌고, 이제는 자신이 법원 주변의 이런 사람들보다 훨씬 더 잘 이해하며, 이제는 벌써 이들을 갖고 놀 줄도 알며, 자신이 거의 그들 속으로 들어가서 적어도 지금은 전보다 나은 통찰력을, 그들이 서 있는 법원의 첫 단계에서만 가능한 그런 통찰력을 갖게 되었다고 생각했다. 그런데 여기 아래쪽에 있는 자기 위치를 결국 잃게 되면, 어떻게 될까? 그때도 구원의 가능성은 있다. 이 사람들의 줄에 잽싸게 들어가기만 하면 된다. 지위가 낮아서 아니면 다른 이유로 그들이 카를 재판에서 도와줄 수 없다면, 카를 받아 주고 숨겨 줄 수 있을 것이다. 만일 카가 모든 것을 충분히 고려해서 은밀히 일을 꾸미면 그들은 이런 식으로 카에게 봉사하는 것에 대해 전혀 거부하지 않을 것이다. 특히 티토렐리는 그럴 것이다. 이제 카는 티토렐리의 가까운 지인이자 후원자가 되었기 때문이다.

카는 매일같이 이런 희망이나 유사한 희망을 품고 살지는 않았다. 대개는 정확하게 구분을 지었고, 어떤 어려움을 무시하는 것은 아닐까 혹은 건너뛰는 것은 아닌지 조심했다. 그러나 때로—그런 때는 대부분은 근무가 끝난 뒤 저녁에 완전히 기진맥진한 상황이었다—하루 중 가장 하찮은 사건들, 그밖에 또 모호한 사건들에서 위안을 얻었다. 그런 뒤 보통은 사무실의 긴 안락의자에 누워서—이제는 안락의자에 한 시간 가량 누워서 휴식을 취하지 않고는 사무실을 떠날 수가 없었다—생각 속에서 관찰에 관찰을 더했다. 그는 스스로를 법원과 관련된 사람들로 좁게 한정하지 않았는데, 왜냐하면 여기 반쯤 잠에 빠진 상태에서는 모든 것이 뒤섞였다. 그러고 나서 그는 법원의 중대한 일을 잊었다. 마치 자신이 유일한 피고인이고, 모든 다른 사람들 즉 관리나 법률가들은 법원 건물 복도를 어지럽게 오락가락하는 것 같았다. 가장 멍청한 사람들은 턱을 가슴팍까지 숙인 채, 입술은 내밀고, 책임이 중대한 생각에 빠져 멍한 눈길을 하고 있었다. 그루바흐 부인의 세입자들이 잘 짜인 그룹으로서 계속 등장했고, 그들은 고발을 하는 한 무리의 사람들처럼 입을 벌리고 머리와 머리를 맞대고 함께 서 있었다. 그들 속에 모르는 사람이 많이 끼어 있었다. 카는 이미 오래 전부터 하숙집의 일에 조금도 신경 쓰지 않았기 때문이었다. 모르는 사람이 많은 탓에 이 그룹과 가까이 하는 것이 불편했다. 그러나 이들 속에서 뷔르스트너 양을 찾으려면 그렇게 해야만 했다. 예를 들면 그는 이 그룹을 대강 훑어보았다. 갑자기 그를 향해 아주 낯선 두 눈이 반짝이더니 그를 막았다. 그러고 나서 그는 뷔르스트너 양을 찾지 못했다. 그러나 이런 실수를 피하려고 다시 한 번 더 시도하자, 그룹 한가운데서 옆에 있는 두 남자를 팔로 감싸 안고 있는 그녀를 발견했다. 그것은 카에게 아무런 인상도 주지 못했다. 특히 이 광경이 새로운 것이 아니라, 전에 뷔르스트너 양의 방에서 해변에서 찍은 사진을 보았던 기억이 잊히지 않은 것뿐이었기 때문이었다. 이 광경은 계속 카를 그룹에서 밀어냈다. 여전히 자주 이쪽으로 돌아왔지만, 이제 그는 법원 건물을 이리저리 성큼성큼 급히 지나갔다. 그는 여전히 모든 방을 훤히 알고 있었고, 절대로 볼 수 없었던 적막한 복도들도 마치 전부터 살고 있던 그의 집처럼 익숙하게 생각되었다. 너무 명료해서 고통스러울 정도로 세세한 것들이 계속 그의 머릿속을 파고들었다. 예를 들면 어떤 외국인 한 명이 대기실에서 이리저리 돌아다니고 있었는데 투우사 같은 복장을 하고 있었다. 허리는 칼 같은 것들로 꽉 죄어져 있었고, 그의 몸을 뻣뻣하게 감고 있는 아주 짧은 상의는 노란색의 거친 실로 짠 장식용 레이스로 되어 있었다. 잠시도 멈추지 않고 서성거리면서 이 남자는 끊임없이 카의 눈길을 끌었다. 카는 등을 구부리고 살그머니 그에게로 다가가, 긴장해서 부릅뜬 눈으로 그를 몰래 바라보았다. 카는 레이스에 새겨진 모든 무늬, 결점이 있는 모든 술 장식, 상의의 모든 곡선을 알고 있었지만, 보는 데 질리지가 않았다. 혹은 더 자세히 말하면 그는 이미 오래 전에 그 상의를 질리도록 봤다고 할 수 있다. 아니면 더 제대로 말하자면, 한 번도 그 옷을 보려 하지 않았고, 그 옷은 그가 보도록 허락하지 않았다고 할 수 있었다. '이 외국인은 무슨 가장무도회를 보여주고 있는 거지?' 그는 생각하고 눈을 좀 더 치켜떴다. 카는 긴 안락의자 위에서 몸을 획 돌려 의자 가죽에 얼굴을 파묻을 때까지 이 남자의 호위를 받고 있었다.

·

어머니에게로

점심을 먹다가 갑자기 어머니를 방문해야겠다는 생각이 들었다. 이제 벌써 봄도 거의 끝자락에 와 있고, 그러니까 어머니를 본 게 벌써 3년 전이었다. 그때 어머니는 카의 생일에 당신에게 와 달라고 하셨다. 곤란한 일이 많았지만 이 부탁에 응했고, 생일 때마다 어머니께 가겠다고 약속까지 했었다. 벌써 두 번이나 지키지 못한 약속이었다. 그래서 대신 생일이 아직 14일이나 남았지만 그때까지 기다리지 않고 곧바로 갈 생각이었다. 지금 출발할 특별한 이유는 없다고 생각했다. 반대였다. 어머니가 사는 도시에 가게를 갖고 있고, 카가 어머니에게 보내는 돈을 관리해 주는 사촌한테서 두 달마다 정기적으로 받는 소식들은 그 이전보다 훨씬 더 안심되는 것들이었다. 어머니는 시력을 잃어 가고 있었지만, 의사가 말했기 때문에 이미 몇 년 전부터 이 상황이 올 것이라는 것을 알고 있었다. 이와는 달리 어머니의 다른 건강상태는 더 나아졌다. 더 건강해지지는 않지만, 노년에 겪는 여러 가지 통증은 감소했다. 적어도 통증은 덜 호소했다. 사촌은 이것이 어머니가 최근 몇 년 동안—카는 이미 어머니를 방문했을 때 그런 징조를 알아차렸고 약간 반감을 가졌다—과도하게 신앙심이 깊어진 것과 관계가 있지 않을까 생각했다. 사촌은 편지에서 전에는 그저 근근이 운신하던 노부인이, 이제 일요일에 교회에 모시고 갈 때 자신의 팔짱을 끼고 얼마나 성큼성큼 잘 걷는지 아주 생생하게 묘사했다. 사촌은 믿을 만했다. 그는 원래 걱정이 많았고, 소식을 전할 때 좋은 것보다 나쁜 것을 과장했다.

그러나 어쨌든 카는 어머니께 가기로 결정했다. 달갑지 않은 일들을 겪으면서, 최근에 스스로 유감이라는 생각이 들었고, 거의 억제되지 않는 최종 결정을 자신의 모든 바람에 넘겨주었다. 이제 적어도 이 경우에 이런 나약함은 좋은 목적을 위해 사용될 것이다.

생각을 조금 가다듬기 위해 그는 창가로 갔고, 곧 음식을 치우게 했다. 그리고 사환을 그루바흐 부인에게로 보냈다. 자신의 여행을 알리고, 그녀가 필요하다고 생각하는 물건을 넣은 가방을 가져오게 하려고 했기 때문이었다. 그런 다음 퀴네 씨에게 자신이 없는 동안 업무상 임무를 맡겼다. 이번에는 퀴네 씨가 이미 습관이 되어 버린 나쁜 버릇대로 옆으로 얼굴을 돌린 채, 자신은 무엇을 해야 하는지 잘 알고 있으며, 이런 업무 위임분담을 그저 격식으로서 참고 있는 것이라는 듯한 태도로 임무를 받아들이는 것에 거의 화를 내지 않았다. 그리고 끝으로 지점장에게 갔다. 카가 어머니께 가야만 하니 이틀간의 휴가를 달라고 하자, 당연히 지점장은 카의 모친이 아프신지 물었다. "아닙니다." 카는 별 다른 설명 없이 이렇게 말했다. 카는 손은 뒷짐 진 채 방 한가운데 서 있었다. 이마를 찌푸리고 생각에 빠졌다. 혹시 너무 서둘러 여행 준비를 했나? 그냥 여기 있는 게 더 낫지 않을까? 거기서 무엇을 하려는 걸까? 감상적인 마음 때문에 여행을 떠나려는 것인가? 감상적인 마음 때문에 여기서 뭔가 중요한 것을 놓치는 것은 아닐까? 재판이 보기에는 수 주일이나 휴정 상태에 있고, 어떤 재판 소식도 그에게 거의 오지 않은 이후, 매일 매 순간 발생할 수 있는 개입할 기회를 말이다. 게다가 그는 늙은 어머니를 놀라게 할지도 몰랐다. 물론 그것을 의도하지 않았지만 자신의 의지와는 상관없이 그런 일이 일어날 가능성이 매우 컸다. 왜냐하면 지금 많은 것이 그의 의지에 반해 일어났기 때문이었다. 어머니는 그에게 아무것도 요구하지 않았다. 전에는 사촌의 편지들에 어머니가 집에 오기를 간절히 바란다는 소식이 규칙적으로 반복되었었다. 하지만 이미 오래 전에 그런 소리는 없었다. 그러니까 카는 어머니 때문에 가는 것이 아니었다. 그것은 분명했다. 그러나 자기 자신 때문에 그 어떤 희망을 품고 그곳으로 간다면 그는 완벽한 멍청이일 것이고, 그곳에서 최종 절망 속에서 자신의 어리석음의 대가를 치를 것이다. 하지만 이 모든 의구심은 자신의 것이 아니라는 듯, 낯선 사람들이 그에게 이 의구심을 가져다주려 하는 듯, 그는 단호하게 깨어 있으면서, 떠나야겠다는 결심을 유지했다.

지점장은 그 사이 우연인지, 아니면 이럴 확률이 더 큰데, 특별한 생각으로 카를 향해 신문 너머로 눈을 치켜뜨더니 서 있는 카에게 손을 내밀면서, 더 다른 질문 없이 여행 잘 다녀오라고 말했다.

그런 뒤 카는 사환을 기다리며 자신의 사무실에서 서성거렸고, 카의 여행의 이유를 물어보려고 몇 번이나 들어오려던 부지점장에게 거의 말하지 않고 나가라고 손짓했다. 그리고 드디어 가방을 받자 곧바로 이미 예약해 놓은 자동차를 향해 급히 아래로 내려갔다. 이미 계단에 서 있을 때, 마지막 순간에 직원 쿨리히가 나타났다. 손에는 막 시작한 편지를 들고 있었다. 그 편지 때문에 카한테 지시를 받으려고 하는 것 같았다. 카는 그에게 거설하는 손짓을 했다. 하지만 금발에 머리통이 큰 이 남자는 이해가 더뎠다. 그는 카의 신호를 잘못 이해하고는 편지를 흔들면서 위험하게 겅충겅충 뛰어내리면서 카의 뒤를 따라왔다. 쿨리히가 옥외 계단에서 자신을 따라잡았을 때, 카는 너무나 화가 나서 그의 손에서 편지를 빼앗아서는 찢어 버렸다. 카가 자동차 안에서 뒤를 돌아보았을 때, 쿨리히는 자신이 무슨 잘못을 했는지 여전히 모른 채, 그 자리에 서서 멀어져 가는 자동차를 쳐다보고 있었다. 반면 그의 옆에서 수위는 모자를 벗고 허리를 숙여 인사를 했다. 카는 여전히 은행에서 제일 높은 지위에 있는 사람들 중의 하나였다. 그가 이것을 부정한다면, 수위가 반발할 것이다. 그리고 아니라고 그렇게 말을 해도 어머니는 카를 은행 지점장으로까지 생각했다. 벌써 수 년 째 이랬다. 그의 명성이 아무리 해를 입더라도 어머니의 마음에서 카는 절대 몰락하지 않을 것이다. 출발하기 바로 직전 자신이 여전히, 법원과 관련이 있기까지 한 직원에게서 편지를 빼앗아 사과하지도 않고 찢어 버릴 수도 있다는 것을 확인한 것은 좋은 징조일 것이다. 쿨리히의 창백하고 둥근 뺨을 큰 소리 나게 두 대나 때리는 것과 같은, 카가 정말로 하고 싶었던 짓은 물론 해서는 안 되었다.

작품 소개

소설 《소송》은 1914년~1915년에 쓰였다. 이 시기는 카프카 개인에게 있어서도, 또 역사적으로도 중요한 때였다. 1914년 7월 카프카는 펠리체 바우어와 파혼했고, 그 뒤 《소송》을 쓰기 시작했다. 7월 말에는 오스트리아 헝가리 제국이 세르비아와 전쟁을 시작했고, 결과 1차 대전이 발발했다.

이런 격동의 시간 속에서 카프카는 처음에는 거침없이 작품을 써 나가 2달 뒤에는 약 200쪽의 원고를 썼으나 곧 작업을 멈췄다. 1915년에는 집필을 중단했고, 1916년 잠시 다시 시도했지만 곧 그만두고 말았다. 이미 1914년 11월에 그는 "나는 더 이상 쓸 수가 없다. 최종 한계에 부닥치고 말았다. 새로운, 또 다시 끝나지 않은 채로 있는 이야기를 다시 시작하기 위해서, 어쩌면 또 다시 일 년 내내 이 한계 앞에 머물러 있어야 할 것 같다."고 말했다. 이 작품은 순서대로 쓰이지 않고 각 장이 동시에 쓰였다.

또 카프카가 《소송》을 쓴 공책에 다른 글들도 써서, 나중에 이 작품과 미완성 부분을 뜯어내 각 장별로 정리했지만 각 장의 순서가 정확하게 정해져 있지는 않았다. 따라서 사후에 출판된 이 소설은 판본에 따라 내용 순서가 약간 다르기도 하고, 단락이 달리 나누어져 있기도 하다.

미완성이기 때문인지 아니면 의도적인지는 몰라도 이해할 수 없는 내용이 나오기도 한다. 예를 들면 카가 심문위원회를 찾기 위해 뜬금없이 목수 란츠를 찾고, 사람들은 카의 말을 알아듣고 그를 심문위원회로 인도한다. 또는 이탈리아에서 온 고객과의 약속 시간이 다르게 쓰이기도 했다. 이런 이해할 수 없는 부분이나 사소한 오류도 발견되지만, 이 소설은 카프카 작품의 특성을 그대로 드러낸다. 즉 인간의 불안, 두려움, 부조리, 이러한 것이 만연한 삶 속에서 그럼에도 불구하고 어쩔 수 없이 품게 되는 삶의 희망과 좌절, 개인의 능력을 벗어난 어떤 힘 등.

이런 점에서 소설 《소송》은 이보다 2년 전에 나온 《변신》(1912)과 많이 닮았다. 두 소설 모두 아무 이유도 없는 놀라운 사건으로 시작된다. 《변신》의 주인공 그레고르 잠자가 자고 일어나니 벌레로 변한 것처럼, 《소송》에서 요제프 카는 "무슨 나쁜 짓을 한 적도 없는데 어느 날 아침 체포"된다. 잠에서 깨자마자 영문도 모르고 체포된다. 체포되었지만 구금되지는 않고 일상의 생활은 계속된다. 벌레로 변했지만 인간의 의식은 계속 갖고 있는 그레고르 잠자처럼. 어떤 면에서 요제프 카의 삶은 그나마 그레고르 잠자보다는 낫다. 적어도 "누군가가 자신을 중상하지 않았을까" 의심이라도 할 수 있는 논리적 사고를 할 수 있고, 자신을 변호하려는 행동을 할 수 있기 때문이다. 그러나 두 작품 모두 결론은 같다. 가족을 위해 성실히 일했던 그레고르 잠자는 결국 죽어 아버지에 의해 폐기물처럼 내다 버려지고, 그가 없으면 못살 것 같은 가족은 평범한 일상을 영위하며 미래에 대한 희망까지 갖는다. 은행에서 꽤 높은 지위에 있던 요제프 카는 죄명도 모른 채 법과 그에 속한 사람들에게 휘둘리고, 결국 어떤 변론과 보호도 받지 못한 채 발버둥 치다가, 죄명도 모른 채 채석장에서 죽임을 당한다. 그것도 고독하고 처참하게. 고독하지 않은 죽음이 없고, 처참하지 않을 처형은 없지만, 카프카는 카의 죽음을 유독 덤덤하면서도 끔찍하게 묘사한다. 사형집행인 중 "한 사람의 양손이 카의 목에 놓였고, 그 사이 다른 사람은 칼을 카의 가슴 깊이 찔러, 찌른 부위에서 두 번 칼을 돌렸다." 죽어 가는 카는 말한다. "개 같아 Wie ein Hund". 사실 이 짧은 말 뒤에 다른 말이 없기 때문에, "개 같아"라는 번역 말고도, '개 같은' 혹은 '개처럼' 등으로 바꿀 수도 있을 것이다. 그러나 확실한 것은 그의 죽음이 결코 인간다운 죽음은 아니라는 것이다.

그러면 인간다운 죽음은 무엇일까? "아직 도움이 남아 있나? …… 한 번도 보지 못한 그 판사는 어디에 있었는가? 카가 결코 가지 못했던 상급 법원은 어디에 있었는가?" 죽기 직전 카 또는 작가는 이런 질문을 한다. 도움을 받고, 정당한 판결을 받고, 가장 정당하고 믿을 만한 기관에 호소하는 것, 그것이 적어도 카가 기대했던 것이다. 적어도 법치국가 안에서 죄 지은 사람이 기대하는 인간다운 삶일 것이고, 그러한 판결에 따른 죽음이었다면 인간다운 죽음이라고 할 수 있을까? 살고자 하는 인간에게 인간다운 죽음이란 없을 것이다. 카는 살고자 했다.

그러나 살기 위해 정작 근본적인 질문을 하지 않았다. 대체 무슨 죄를 지었는가? 카는 결백을 주장하는데, 무엇에 대한 결백인가? 체포되었다고 하면서도 카의 일상은 계속된다. 카의 자유가 구속되지는 않지만, 그는 끊임없이 법의 지배를 받는다. 법의 지배를 받는다는 것은 그가 죄인으로 취급된다는 것이다. 결국 죄명도 알아내지 못했고, 아무런 항의도 하지 못한 채, 법의 명령인지 확인도 하지 못하고 치욕스럽게 타인의 손에 죽는다.

이 작품 속에는 유명한 글이 숨어 있다. 〈법 앞에서〉라는 제목으로 소설과는 별개로 널리 알려진 글이다. 법으로 들어가려던 시골사람이 문지기에게 막혀 법의 문 앞에서 오랜 세월 기다리기만 하다가 결국 죽는다. 죽기 직전에 그는 묻는다. "모든 사람이 법을 구하기 위해 애씁니다. 시골 남자가 말했다. 그 오랜 세월 동안 나 외에 아무도 입장 허가를 구하지 않은 이유가 뭡니까? 문지기는 시골 남자의 목숨이 거의 다 했다는 것을 알고, 사라져 가는 그의 청각에 닿도록 큰 소리로 말했다. 여기는 아무도 입장 허가를 받을 수가 없어. 이 문은 자네만을 위한 것이거든. 이제 가서 문을 닫아야겠네."

시골사람이 문지기를 밀치고 문 안으로 들어가려 했다면 어땠을까? 오직 그를 위한 문이었는데 단 한 번도 시도하지 않고 문지기의 말만을 듣고 죽을 때까지 기다린 것이 정당한 일이었을까?

이 글과 카는 어떤 관계가 있을까? 카는 문지기에 저지당한 채법 안으로 발도 들여놓아 보지 못하고 죽어 버린 시골사람이었을까? 아니면 문지기를 밀치고 법 안으로 들어갔다가 더 무서운 문지기에게 혼이 난 것일까?

이런 것은 별로 중요하지 않을 것이다. 그레고르 잠자가 벌레가 되어 자신이 애써 보살폈던 가족에게 버림받았던 것처럼, 카는 법치국가 안에서 성실히 일했음에도 불구하고 죄인이 되었다. 그리고 버림받고 죽임을 당했다. 아무도 없는 채석장에서, 집행인들 외에는 아무도 모르게. 채석장이 공인된 사형장이었을까? 그를 죽인 사람들은 정말 사형집행인이었을까? 그의 죽음이 정말 사형이었을까? 살해가 아니었을까? 그가 왜 죽었는지 카의 주변 사람들은 알게 될까?

카프카의 작품은 논리를 거부한다. 아무 이유 없이 한 개인에게 사건이 발행하고, 아무 이유 없이 그는 본인의 의사에 반해 사회 밖으로 사라진다. 누구도 슬퍼하지 않는다. 마치 아무 이유 없이 혹은 이유는 있으나 스스로는 납득할 수 없는 이유 때문에 일상의 삶에서 내팽개쳐진 개인, 성실히 노력했으나 무익한 일이었고, 결국 사라져도 아무도 슬퍼해 주지 않는 익명의 개인. 카프카는 사회 속의 이런 개인의 모습을 카를 통해 묘사한 것이 아닐까?